沐桐 著

化险为夷

中国财经出版传媒集团
中国财政经济出版社

图书在版编目（CIP）数据

化险为夷／沐桐著. —北京：中国财政经济出版社，2018.1
ISBN 978－7－5095－7754－7

Ⅰ.①化… Ⅱ.①沐… Ⅲ.①纪实文学－中国－当代 Ⅳ.①I25

中国版本图书馆 CIP 数据核字（2017）第 235739 号

责任编辑：潘　飞	责任校对：李　丽
封面设计：陈宇琰	责任印制：刘春年

中国财政经济出版社 出版

URL：http：//www.cfeph.cn
E－mail：cfeph @ cfeph.cn

（版权所有　翻印必究）

社址：北京市海淀区阜成路甲 28 号　邮政编码：100142
营销中心电话：88190406　北京财经书店电话：64033436　84041336
北京时捷印刷有限公司印刷　各地新华书店经销
880×1230 毫米　32 开　11 印张　343 000 字
2018 年 1 月第 1 版　2018 年 1 月北京第 1 次印刷
定价：39.80 元
ISBN 978－7－5095－7754－7
（图书出现印装问题，本社负责调换）
本社质量投诉电话：010－88190744
打击盗版举报热线：010－88190414　QQ：447268889

序

笔者力求本书能够达到如下目的：讲故事，说真话。

故，本书所涉及保险业务活动相关的描述，包括保险产品、合同条款、保险公司的运作、组织结构等都与国家现行法规、行业监管要求以及保险公司现实情况相符。

为了规避读者有意无意间对号入座，以及满足保护个人信息之需，在人物塑造、故事情节展开等方面作者进行了相应处理。在此之上，如仍有读者认为有相似之处，属于巧合。

如果没有一直关心我的家人，如果没有爱护我的朋友，没有你们多年来的支持和帮助，不会有今天的我。

还要特别感谢我的好友乔静文，如果没有她的初次校阅和深情鼓励，此书不可能如此顺利地完成。

在此，不揣冒昧，谨借钟永圣博士之语："为自己的良心负责、为老师负责、为文化负责"，这也是我写作本书的心愿，但囿于本人才疏学浅，还有待各位良师益友多多指教。

沐桐

2016 年 4 月 20 日

目 录

- 引子 / 1

- 第一章

    如果只是观众，无论多精彩也与你无关 / 31

- 第二章

    优雅转身，还要落地生根 / 66

- 第三章

    神的右手是慈祥的，左手是可怕的 / 116

- 第四章

    做好自己，让最好的来找你 / 230

- 第五章

    无私者无畏，无畏者功成 / 308

- 后记 / 343

引子

1

虽已年近四十，丁沫却并未感觉自己已步入不惑之境界，相反，她越来越感觉不认识自己，也不认识这个自认为熟悉的世界了。

丁沫毕业于北方一所名校的财务管理专业，工作后由于工作需要，先后考取了会计师、注册会计师、项目管理师等若干国内外知名的资格证书，并且也曾经是本省通过国家职称考试取得会计师职称的最年轻的人士，这些证书好比附加在个人身上的说明，在他人眼里或被称道、被羡慕。

自然，她也由刚参加工作时的一名普通财务人员，逐步晋升到财务管理岗位的最高级别——财务总监。丁沫在很多人眼里无疑是成功的，或者至少不是普通人。但丁沫自己却并不这么认为，她自感并不快乐，更谈不上幸福。至少在事业方面，她感觉不到自己作为一个人的价值，到底体现在哪儿。

更直接地说，虽然丁沫在事业上已然身居要职、位列高管，踏入这个社会的所谓精英阶层，但即便是这个作为财务管理最高职位的财务总监，也让她越来越感觉困惑，或者说让她感到离自己对人生的期望越来越远，这一点无论是自己的父母还是自己最要好的朋友，都无法理解，没有人了解她内心的感受。每当体会到这一点，丁沫不禁忧从中来。

丁沫虽为女儿身，但生性豪爽，为人真诚，不拘小节，不喜约束，不喜竞争，偶尔会沉迷于自己构筑的世界里。更要命的是，丁沫的内心有一种与生俱来的使命感，深信自己来到这个世界就肩负了与众不同的使命。而且，随着年龄的增长，阅历的加深，深植于内心的使命感不仅没有因为人生的忙碌、颠沛而消失，反而在人到中年以后，越来越让丁沫感到时不我待了。于是，这样的性格或内心世界，与财务总监这个职位的要求或者应具备的性格特征，不能说相去甚远，却也还是有一定距离的。

相信自CFO这个职位设立以来，公司所有者对于这个职位所寄予的期望以及职位本身所赋予任职者的特质，就与公司其他高管不同，简单地说，一个合格的CFO或者说CFO普适的岗位定义就是要精于算计、擅长粉饰，国内一个知名企业家的话概括了CFO的职业特性：CFO脑子里装的就是钱。

不仅如此，而且天天、时时要处于竞争的中心，包括与外部公司之间的竞争，还有公司内部的明争暗斗，虽然丁沫是个随遇而安之人，只要不涉及原则的事情，都采取息事宁人或成人之美之策，但怎奈树欲静而风不止。

由于这个职位的特殊性、敏感性，决定了老板的期望就是CFO的责任，甚至是使命，而很多老板的要求与丁沫自己的人生观和价值观相去甚远。转换成大众能够理解的话，就是说假话、办假事，以结果论成败，老板不看你使用什么手段，只看结果。要资金你能给公司拿来资金，想上市能让公司包装上市，老板如果觉得税负重，作为财务总监的你得有让税务局绕着公司走的本事，这就是老板心目中最称职的财务总监，甚至有的老板直接说："这就是财务总监存在的唯一理由。"

当然，丁沫相信，真诚做人、踏实做事、实事求是地履行社会责任的企业以及企业家还是有的，比如马云、稻盛和夫、雷军、任正非、王石等等,只是丁沫自己没有遇到罢了。这也许是丁沫作为财务总监的职业生涯中最大的不幸吧。

2

我们把时光机摇回到三年前,一个偶然却可能是命中注定的机会让丁沫离开了自己生活了十几年的古城,来到现在这个北方新兴的海港城市。

精工科技,这是一家主营对日本技术外包的 IT 公司,丁沫受聘出任公司的总经理,虽然这个组织的性质是符合中国公司法的法人单位并且是有限责任公司,而且还是外资,但公司规模不大,确切地说是很小,丁沫上任时不到 20 人,但却是位于东京的母公司在中国唯一的子公司。所以虽然公司很小,但毕竟是公司的负责人,不仅可以独立运作管理整个公司,而且丁沫相信在自己的治理下公司能够蓬勃发展起来。于是经过一番考察之后,丁沫举家搬到了这个年轻的,同时具有很强包容性的海港城市——滨海。

此时的丁沫,确信"机会总是青睐于有准备的人",这是真理。丁沫平时就是一个喜欢学习的人,看来自己经年累月地主动学习和积累知识是明智的,让自己一展抱负的机会终于来了。

果然,丁沫上任后不到半年的时间,就将公司打理得井井有条、焕然一新,特别是让员工的精神面貌有了本质的改变,再不是她刚来公司的时候那个状况了。刚到精工科技时,让丁沫吃惊于这样一家 IT 公司,员工平均年龄不到 30 岁,平时的工作氛围却犹如一潭死水,暮气沉沉无半点生机,每个员工的面部正如他们每天面对的电脑屏幕一样:几乎没有表情,用丁沫的话形容就是一张屏幕脸,更不用说发挥主观能动性、创新思维了。办公室弥漫着让人抑郁的沉闷之气,工作一天下来,丁沫觉得自己快要被得窒息了。

而现在公司的整体氛围,有了质的飞跃,上下一心、干劲十足,因为大家都对公司未来的发展充满了希望。丁沫看到这种景象感到十分欣慰：这才像一个真正的团队一样，每个员工都热爱自己的工作，关注公司的发展。

于是，丁沫开始腾出手来为母公司即将接下的大项目招兵买马，进行技术力量和人才的储备。为了能够顺利拿到这个大订单，丁沫不仅在硬件方面提高公司实力，在软件方面也积极着手准备，带领公司各个部门取得了两个资质认证，这两个资质在业内都是十分重要的标志，标志着公司的技术开发和品质管理的实力，当然也是日本人非常看重的资质。同时，还为公司争取到了当地政府针对IT公司在技术开发以及人才使用方面的奖励资金，致使一个名不见经传的小型IT公司在行业主管单位的领导心里留下了清晰的印象。

目前公司的整体状态可以用"万事具备"来形容，只等这个大项目一到，"东风"一吹，就凯旋高歌了。

可是，谋事在人，成事在天。事情并没有像丁沫和她的老板预想的那样，公司几年下来一直积极运营的这个大项目，没有如预期的一样取得客户的认可，客户经过两轮尽职调查最终确定：精工科技公司的技术实力并不像他们当初了解的那样具备行业先进水准，最终放弃了准备双方合作的项目。

而对于精工科技来说，失去这个项目的推动和促进，意味着精工科技在中国的这家子公司可能很久都不能发展起来，这个"很久"也可能就是永远。这个结果，丁沫的老板固然不愿看到，公司的员工不愿看到，可能最不愿意看到这个结果的人就是丁沫了，因为当初选择来精工科技工作，正是基于这个项目的存在以及对其几乎没有悬念的势在必得，这是促使丁沫做出选择非常重要的也可能是唯一的法码。

但是，丁沫本人对于这个结果，仅仅是有些失望而已，因为在丁沫的人生辞典里，过程永远比结果重要。公司要想可持续发展必须自己培养客户、开拓营销渠道，如此形成的市场网络才是真正属于自己的，如果仅靠一两个大客户，等于公司的命脉始终握于少数的大客户手中，仍然是受制于人，走不远的。

然而，让丁沫感到遗憾的是，对于公司未来的经营战略，她的思路与自己老板的不一致,丁沫提倡开发国内客户,假以时日逐渐占领或扩大需求日益旺盛的国内IT市场,而她保守又缺少胸怀的老板并不这样认为,担心促进国内市场的蓬勃发展可能导致中国子公司尾大不掉,自己最终失去控制权。

说到这里,我们不能不介绍一下丁沫的这位老板杨志伟。

杨志伟者,本国公民也。其出身于普普通通的农村家庭,但穷人的孩子早当家,年轻时虽没有接受过正规的大学教育,但是,他凭借努力工作、勤奋好学,依靠自学竟然开发出了一套IT系统,并且被当时任职的国营单位所采用,这套系统据说直到杨志伟离开公司后的近20年的时间中仍然在使用,无论其功能性、可操作性以及在业务管理中的地位均可见一斑,也足见杨志伟虽自学成才,但其时的技术功底以及开发能力已非一般水准。

而在当时的中国,即公元20世纪的最后十年,计算机对于大多数人来说,既神秘又高端,用今天的话说就是简直高大上啊,在一个一千多人的国营单位,能够真正懂得使用的人却没有几个,导致形成"洛阳纸贵"的局面。计算机以及操作计算机的人单独一间办公室,而且进入房间要更换衣服和鞋子,仿佛和医院里的无菌室一样,能在这个办公室里面成天和计算机一起工作,那待遇本身就是一种荣誉,也是一种标志。

丁沫现在还记得,当时自己大学毕业后进入的第一家国营单位使用的财务软件是"用友",当时财务部十几个人,可是,只有一个人会操作计算机,特别牛,让年轻的丁沫羡煞不已。

因为丁沫想到自己当年申报大学志愿时,就想申报关于计算机方向的,结果被父母一通教育,父母认为一个女孩子以后成天和计算机打交道太累脑子了,那坚决不行,还是学财务的好,实用性强,又相对轻松。丁沫现在想来,财务总监每天消耗的脑细胞比一个IT开发工程师只多不少吧。

所以,在当时的社会,能够使用计算机的人固然很少,了解计算机的人也是如凤毛麟角,更不要说能够自行开发一套应用系统了,在很多人看来，这简直就是神一样的人物啊！正是这一过人之处，让杨志伟自信起来，再也不甘于寂寞和平凡了，对自己的未来也有了不一般的打算和憧憬。上天垂青于有志者，于是终于有了一个机会，天遂人愿，让杨志伟来到了日本。

是一个什么机会让杨志伟去了日本呢？

杨志伟是作为被选中的女婿离开中国的，而选中他的这位女孩，是日本一位战后遗孤的女儿，不知为什么这位日本女子就想在中国找一个依托终身的伴侣，也许，中国男子不像日本的男人那样大男子主义吧。当然人家日本女孩也不是随便找一个中国年轻男子做丈夫的，也是有条件的，条件就是一定要有拉面的手艺。

要说今天的日本拉面，本是中国土生土长、老少咸宜的一种面食，但是在 1912 年即明治五年，由于满清政府和日本签订了所谓"日清友好条约"，使得大批华人迁徙定居在日本的三大港口：横滨、神户和长崎。中国人聚居的地方便有了"中华街"的形成，而拉面的技术大约也就是在这个时期流传到日本的。经过上百年的加工演变，已经由刚开始传到日本时的"龙面"演变为适合日本人口味的日本式中国拉面了，并且成为深受大人孩子欢迎的日本主食，乃至一时之间，在日本的主要和非主要城市拉面馆遍布大街小巷。

因此，这位在中国找对象的日本女子，家里也开了几个拉面馆，估计如果要继承家业，想必未来的女婿一定要懂得拉面这项手艺吧。

问题是，难道杨志伟除了有惊人的 IT 开发天分，还擅长以高超的面案技术而闻名遐迩的拉面工艺吗？答案自然是：非也。

但是他却牢牢抓住了这个机会，如愿以偿地去了日本。当时是 20 世纪的末期，日本正在统领世界经济，虽说已经开始走下坡路了，但其经济地位仍然位居世界第二，GDP 指标已经超过了以高端技术和大型机械著称全球的德国。

一个本不符合"招募"条件的人如何也能顺利做了日本的乘龙快婿呢？可见杨志伟除了身怀上乘的 IT 技术，还要有不一般的"应亲"策略方不致与千载难逢的良机擦肩而过啊！当然，其自身的客观条件也是不容忽视的,至少没有给中国男人丢脸:比如眉清目秀、身材匀称、皮肤白皙想必也增色不少,从而提高了成功应亲的概率。只可惜,郎虽一表人才,女却无花容之貌,当然,我们旁人只能观其外表,说不定此女子身怀齐家之德呢。

以如上所述机智灵活的头脑和非同凡响的技术作为支撑,若干年后杨志伟能够在东京成立自己的株式会社,并立足于高手如云的日本IT行业,如此大幅度的华丽转身,想必也就不会让人们有太多惊奇了。

虽说我们中国的文化讲究"英雄莫问出处",但是一个人的出身总是决定了一些东西,而且是在后天的环境中很难改变的,比如本性、格局、胸怀等等,可能经过一些磨练后会刻意地修饰或隐藏,但临大事、做决策时还是会不自觉地露出庐山真面目的。所以丁沫对于老板在公司经营战略上的短视,有多么彻底的失望也就可想而知了。

"道不同,不相为谋",既然大家方向不同,那么我也就不再帮你出主意了,丁沫最终选择了离开。

在丁沫离开两三年后,国内IT市场的发展和变化果然如丁沫当初的判断一样,杨志伟"突然"间发现了国内市场的火热态势感觉似乎亦可以有一番作为,但是此一时彼一时,商机如战机转瞬即逝,此时若想杀进国内市场可不是两年前需要付出的代价了,再想重新切分这块蛋糕,不仅竞争更加激烈,且人才储备、团队气势为精工科技来说均已成明日黄花,时过境迁,难道市场会为了某一个人的想法而停滞不前么?

3

这时,时间已进入公元21世纪的第二个十年,也是丁沫来到滨海市的第三年。

丁沫在精工科技公司的结局,引来其下属以及周围朋友们的诸多同情和对杨志伟的不满,因为大家都知道丁沫是杨志伟从外地请过来的职业经理人，因为工作关系千里迢迢举家来到滨海，且工作期间并没有工作失职或其他个人原因对公司造成不利影响，怎么能如此简单而轻松地就让人家回家了呢?! 退一步讲，就是请人家走人也得有个说法吧，怎能如此草率呢？这样对待一个高级职业经理人是不是多少有些不厚道呢？类似此种的言论几乎一面倒地批评杨志伟此举非君子所为。

丁沫知道大家都是为自己抱不平，从心底里感谢朋友和下属的关心，没想到自己才到滨海三年的时间，能有这么多的人认可自己，丁沫觉得这才是人生最大的收获，也是作为一个人的价值体现。但是，丁沫并不完全同意朋友们的看法。作为一名职业经理人，公司有请你来工作的自由，也自然有解雇你的权力，这就是职业风险，一名成熟的职业人不能患得患失，更不应该怨天尤人。

无论是在外企还是在央企抑或是民企，丁沫丰富的职业生涯早已帮她形成了自己的一套做人和处事原则，人在江湖，无论是高管还是普通员工，职业风险如影随形，无论职位高低，每个人的处境本质上都是相似的。但如何处理既能符合公司当前情况又能让员工心悦诚服，这就彰显做人的水平了，因为公道自在人心。

经过简单的休整，丁沫很快锁定了节能、环保、新材料等行业作为自己职业生涯的下一个起航点，因为丁沫本身就是一个不折不扣的环保人士，提倡节约资源、反对铺张浪费，另外这些行业也都是近年来国家大力扶持发展的朝阳行业。

目标行业既已锁定了，于是丁沫很快发现了一家专门制造过滤汽车尾气的这样一款环保产品的企业：宏宇新材料科技集团，此刻正在寻找集团财务总监。

当丁沫应该公司人力资源总监要求的时间和地点，按图索骥找到宏宇集团时，她发现自己来到了一个在20年前的中国，人们经常看到的院落：与院子的大门相对的是一排厂房，这栋两层的楼房看起来还相对新一些，如果可以称其为楼房的话。在它的左侧还有一栋楼房更加陈旧，看起来也像是生产厂房或车间，丁沫想这个建筑物应该比自己的年龄要大吧。在院子的右侧和厂房相对的是一排平房，应该是办公区吧。

总之，从坐落于院子里的厂房看，很难判断这是一家已经有15年历史的公司了。15年，对于一家中国民营企业来说，的确算是比较长的了，一般来说存续了十几年的企业，应该已经度过岌岌可危的生存期，开始向繁荣兴盛的发展阶段过渡了。

但丁沫凭着多年企业高级管理者的职业经验判断，这家公司似乎并没有踏上发展阶段，而是仍然在生存阶段煎熬。与院子里的建筑物非常不协调的是靠近"办公区"停靠着的两部座驾。汽车对于丁沫来说：既不感兴趣也不会去深入研究，即便如此，丁沫也能估计出这两部车的价值至少也在人民币 100 万～150 万之间。两部高档汽车泊在这样一座院落之中，是如此不协调，给原本简朴的院落平添几分异样的气息，汽车置身于这座院落中也仿佛颇有些扭捏，像一个做了错事被老师刚刚训斥的顽童一样，无精打采地呆立在那里。

这种怪异与不协调，勾起了丁沫孩童般的好奇心，此时这份好奇心有如一台搅拌机在内心深处轰鸣起来，而且伴随着马达的加速，仿佛由开始的隐隐低徊向着咄咄高亢挺进，与院落当下的静谧恰成鲜明的对比。

这是一个秋高气爽的早晨，这种超乎寻常的安静，对一家制造企业来说是极少见的，尤其在一个生产车间环绕的院落之中，这种状况更是少有，这让女人特有的直觉开始警醒，她不禁感到奇怪，甚至是不安。

正在这时，丁沫突然看到一位女士从丁沫判断的办公区方向朝自己走来，丁沫想她应该就是约自己来面试的人力资源总监吧，不过，看起来似乎略显年经了些。

"请问，是丁沫女士吗？"伴随斯文的话语和微笑的嘴角，丁沫看到一只纤纤玉手伸向自己。

"你好，我是丁沫，请问你是？"丁沫连忙伸出手回应道。

"我是钱晓，就是我约你来面试的。"

"幸会，幸会！"自己的判断是对的，丁沫想。这是一位具备强烈都市气息的女子，从干练的职业套装到丝毫不想掩饰的白领气质，与这个胆怯的院落再一次形成了巨大的反差，丁沫对宏宇集团的好奇心愈加强烈了。

"张总已经在等你了，请随我来。"钱晓告诉丁沫这位张总就是公司的老板。第一次面试就直接和老板谈，丁沫觉得这是一家没那么多繁文缛节的公司。

丁沫走进老板张义文的办公室，迎接她的是一位清瘦的中年男士，看起来虽称不上儒雅，却也清新自然、不落俗套。

让丁沫备感吃惊的倒是这位集团公司老板的办公室，吃惊之处在于：一是办公室的面积，二是办公室的布置。时下，但凡老板的办公室首先面积是比较大，为什么老板或者公司的CEO都喜欢大办公室呢，可能公司首脑办公室的面积直接象征着公司的规模吧，所以近年来，老板们的办公室面积有越来越大的趋势，而张义文的办公室应该不到10平米，丁沫印象中老板们的办公室，似乎没有比这间更小的了；再说布置，一张老板班台，班台上有一把台式电脑，班台的后面是一把班椅，在班台的对面是一对木质扶手椅，仅此而已。

这是今天丁沫进入宏宇集团这个院落后感到奇怪的第四个地方了。真是奇妙的一天啊！

此刻丁沫就坐在其中的一把扶手椅上，而这位张总坐另一把。丁沫再看张总的穿着，白色衬衫深色西裤，丝毫看不出来是一个集团公司的老板。丁沫不禁对眼前的这位老板也产生了浓厚的好奇心。

钱晓引领丁沫进来后，简单给双方做了介绍，就出去了。

这间办公室不仅小，采光也不大好。丁沫进来之后就感到有一股寒气，而且隐约还有一股发霉的气味，继而丁沫也发现办公室的一面墙由于防潮没做好，墙纸已经腐蚀性地剥落了一大片。

还好，丁沫的注意力很快就转移到了与张总的谈话上。丁沫发现，张总是个比较随和的人，特别是他的笑容，纯净而又真诚，并且似乎有着一股魔力，仿佛把这间堪称简陋的办公室都照亮了，同时似

引 子

乎把丁沫方才感受到的那股寒气也从这间办公室挤出去了。

"面试"长达三个半小时，内容丰富，气氛祥和。

张义文原来曾是他们老家当地县城科技局的官员，后来看到环保行业日益受到国家的重视，在很多方面给予扶持和优惠政策，而他本人又是这方面的技术专家，于是，张义文也不甘人后弃仕从商，和朋友从老家来到这座新兴的海港城市一同创业。期间历经诸多坎坷和困境，公司终成现在的规模：集团总部设在当地，又先后在国内分别投资了三个基地，逐步成为国内环保行业中的新秀、本地同业中的翘楚。

交流的过程中，丁沫还发现张总对于国学特别是对《黄帝内经》也颇有研究和心得，自称是每天必读之书。这让丁沫格外感到，这位老板的特别之处也如此难能可贵。

丁沫工作以来，接触过的老板或上级领导形形色色，有技术专家型的、年终报告总结型的、海归的、当过知青的等等不一而足，但是能主动学习传统文化并实践于日常生活工作之中的，张义文还真是第一人。

当然，丁沫最关心的还是集团公司的发展以及现在的经营情况，丁沫通过含蓄的询问得知公司的生产正常进行，生产设备也都在运行之中，张义文见丁沫提到生产情况，特意在沟通结束后，带着丁沫在厂区以及生产车间转了一圈，那样子仿佛丁沫已然是他的财务总监了一样。

丁沫和张义文从车间一出来，钱晓就迎了上来，原来钱晓一直在等着丁沫，张义文把丁沫交给了钱晓，自己则回到办公室。

钱晓凭借多年的 HR 工作经验，已经做出判断，自己为集团物色的这位 CFO 让老板非常认可，因此钱晓难免有几分自得，人在得意之时就难免会犯一些平时可能不会犯的错误。钱晓当时的言辞有一些暧昧，让丁沫捉摸不透。

钱晓 33 岁，五官清秀、身材玲珑，虽然戴了一副眼镜，却也能让人感受到这位女子非同一般的时尚气息，能够在这个年纪，作为一个几百人的集团公司人力资源总监也可以算作少年得志了，有几分骄傲也是难免的。所以丁沫认为钱晓言语之中的不当之处应该与年龄尚小、资历尚浅有关。

钱晓有个动作，和别人沟通的时候喜欢眯着眼睛看着对方，而对方往往很难判断这双眼睛在往哪里看，多年做管理工作的丁沫遇到这种情况有一种说不出来的别扭。

丁沫在想，年龄不大的钱晓是有意要让别人感受到她的老成持重呢，还是她的眼镜近视度数与视力不般配才导致她有这种行为呢？丁沫记得自己曾经在一本书中读到过，在双方沟通时一方眯着眼睛，在心理学上被称为"视觉阻断"，是希望通过避免"看到"不想见到的事物而保护大脑，或者想表示对别人的轻视，不知道钱晓是哪一种情况呢？

在接下来和钱晓的交谈中，钱晓告诉丁沫公司目前的一些细节，比如，公司的员工食堂，每天中午只有一个菜，且无论什么种类的菜都是炖出来的，而且几乎都是素菜……其他的一些办公条件也相对简陋，让丁沫有个心理准备。其实，即使钱晓不说，丁沫也能判断出来，老板的办公室都是那个样子，其他人的办公环境能是什么样子，就可想而知了。

关于这些情况丁沫在和张义文的沟通中，张义文一再强调公司现在还是创业阶段，条件艰苦，委屈大家了。

丁沫倒也并不在意目前条件的艰苦，她相信事在人为，只要目标明确、上下一心就没有做不成的事儿，再大的困难也能克服。

丁沫在会计师事务所做专职咨询师的时候，曾经给几个高科技公司做过专题财务顾问，所以对处于创业阶段的公司她是比较了解的。

印象特别深刻的是，有一家公司老板高总是美国"海归"，回国创业，每天吃住几乎都和员工在一起，和技术人员研发新产品，和营销人员了解市场布局，向销售人员了解客户需求，在创业初期环境艰苦、非常拮据，资金周转经常出现断档，有一段时间为了给员工发工资，曾经把自己唯一的住房抵押给银行获得了贷款，老板的这种拼搏

引　子

精神激励着每一位员工，也感染了高管，同时也让丁沫这个外来人员备受感动。公司上下齐心协力，同舟共济，推动公司最终得以渡过最艰难的时期，并且在丁沫带领的上市指导小组的帮助和指点下成功在A股上市，公司获得了第一笔资金。所谓岁寒知松柏、患难见真情，丁沫而后和高总自然也成了好朋友，至今仍保持着密切联络。

宏宇集团目前的现实条件固然比较艰苦，丁沫的疑问在于宏宇集团已经成立了十几年，但仍然处于创业阶段，或者用张义文的话说是第二次创业，张义文并没有表示公司目前财务或经营方面出现了问题，反而一再说明公司经营状况良好、运转稳定。有一个细节丁沫注意到了，就是张义文带着她参观车间的时候，车间里面各种机械设备工作的噪音非常大，可以用震耳欲聋来形容，但奇怪的是自己站在院子里却几乎听不见，也许是厂房隔音处理得比较好吧。只要车间在正常生产，那就说明公司的运营的确是相对正常的。

钱晓对于公司目前客观环境的描述也想尽可能表达得委婉，一方面不想有所隐瞒，一方面又担心条件太差把丁沫吓跑，但丁沫明白钱晓是想让自己对公司有一个相对客观的了解，免得日后真的成为同事再落下埋怨，丁沫感到钱晓的心思是非常细密的，难得钱晓能想得如此周到。

不仅如此，钱晓还十分神秘地透露了一个信息，这个集团公司并不是张义文一人在掌控，张义文的后面还有一个神秘人物掌握着公司的生杀大权，将来的某个时候丁沫一定能认识。当然，这是在丁沫入职以后的某个时间，钱晓还暗示这个时间不会太迟。

这一点让丁沫多少有些吃惊，因为岗位的关系，丁沫对公司的实际控制人有着高度的敏感。但一想到民营企业多半都有这样或那样的隐情，另外，虽然和钱晓才刚刚相识，但是，丁沫却明显地感觉到这位人资总监，说话多少带有夸张的嫌疑。所以，丁沫也就并不特别在意，顺其自然吧，该知道的早晚都会知道。

和钱晓的一番交谈，让丁沫觉得这是一个有趣的女子，同时，直觉也告诉丁沫在这个看似平静质朴的院落，会有着不同寻常的际遇。

第一次见面，钱晓便成功地引起了别人对自己的关注，福兮？祸兮？

4

接下来，丁沫毫无悬念地入职了，成为宏宇科技集团的财务总监。丁沫决定入职担当这个重要角色，依据的是对老板张义文的信任，希望通过自己的协助和努力帮助这位民族企业家实现公司愿景。

丁沫加入宏宇时，公司正在组建集团管理团队。她是第三位入职的集团高管，在她之前已经有两名集团高管，一位是钱晓，负责集团人力资源工作，目前则主要是招募集团高级管理人员。

另一位则是任职集团公司总经理一职的赵爱民，这是一位外表并不出众的老者，甚至乍一看会给人弱不禁风的印象，但却是行业内公认的资深生产管理专家，在这样的身份和标签之下，尤其难得的是赵爱民为人谦和，敬业尽责，丁沫第一次和赵总接触就对这位老者产生了深深的敬意。

赵爱民是张义文大学老师的好友，且赵爱民在出任宏宇集团总经理之前就已经在宏宇集团做了两年多的高级生产顾问，对宏宇集团的生产情况和经营情况都十分了解。而赵爱民除了作为宏宇集团的高管这一身份之外，另一公开的身份是当地新材料科技行业协会的领导，在行业内的人脉不仅可圈可点，其个人威望也让张义文在需要和政府沟通的诸多环节方面意外地尝到了甜头。可以这么说，赵爱民是张义文师长级的雇员，宏宇集团也的确离不开像赵爱民这样既有真才实学、品德高尚，而且对于行业发展也有独到见解的专家级人才，至少五年之内宏宇集团想要顺利发展是离不开赵爱民的。

丁沫有时甚至想，宏宇集团或者张义文能有赵爱民这样的人鼎力支持，成为其左膀右臂，简直就是张义文前世修来的福气。但是，这只是丁沫的想法，不知道身为老板的张义文是不是也认识到了赵爱民的价值呢？

引　子

　　接下来发生的一系列事件，让丁沫对宏宇集团的经营管理情况以及财务状况有了清晰的认识，且将这些信息综合起来，足以影响丁沫对宏宇集团健康状况的判断，让她对这个集团能走多远产生了一定的忧虑。同时，比这些问题更加严重的是，丁沫对张义文的人品打上了一个大大的问号。

　　款项支付，在任何一家企业或公司都是再平常不过的业务活动了，根据公司管理当局的要求以及出于资金安全维度的考量，分别由不同层级的人员进行审批。在宏宇集团，丁沫发现出纳员在每支付一笔款项时，不是按照公司财务规定执行付款，即审批权限到最末一个审批者审批后即执行付款，而是每笔付款都会通过电话请示一个人是否可以支付，即便是一二百元的款项也是如此。

　　丁沫颇为奇怪，对于自己这位新领导的疑问，出纳员回答说："每笔付款都得向老板娘请示，同意后才能支付。"

　　"张总知道这个情况么？"丁沫不动声色地问道。

　　出纳员的表情看起来很为难的样子，"老板娘不让告诉张总……"

　　"那如果两个人的意见不一致，你怎么办？"既然打开了一角，那就索性把这个事情了解清楚，丁沫继续了解。

　　"那肯定得听老板娘的呀！"出纳员似乎明白了新领导的意图，如释重负地回答，表情也轻松了不少。

　　"你在这个岗位多长时间了，平时工作累不累啊？"丁沫想侧面了解她的业务能力和工作情况。

　　"没多长时间，有三个月了吧。"出纳员明显又有些紧张起来，不知道新领导为何突然转变了话题，而这个问题的背后是不是觉得自己工作有失误的情况呢。

　　丁沫笑一笑说："你不用紧张哈，嗯——，你们平时怎么称呼老板娘啊？"

　　"她姓顾，我们叫她顾总。"这个小出纳员仍然小心翼翼地回答。

　　"哦，顾总平时不怎么来公司或者厂里吧，作为老板娘她每天的事情一定不会少，口头答应了的事情，如果事后不记得了你会怎么处理呀？"丁沫想知道出纳员是如何保护自己的，或者她有没有这个意识。

"这个啊，我还没遇到这样的事，她自己答应的还能不记得吗？"看来这个二十五六岁的女孩还真是单纯得不得了，如此严重的问题在她的意识中根本就不是问题。

按照财务管理制度的惯例，出纳员在支付款项时既不按公司财务制度执行，又没有批准人的书面审批，如果出了问题，那第一责任人首先是出纳员，然后就是财务部负责人，财务总监也会跟着受到牵连，至少会被企业决策机构或管理层质疑财务管理工作的严密性。

在丁沫的启发下，出纳员终于明白了自己工作性质的重要性，于是按丁沫的要求，以后每隔一定时间她就请老板娘对所有付款事项进行逐一审批。

在丁沫和出纳员的对话没过几天，丁沫就接到一个陌生电话："喂，是小丁吗？"尽管语音清脆，吐字纯正，丁沫还是一愣，因为在记忆中，好像没有哪个自己认识的人会这样称呼自己，要么丁总，要么丁姐，或者丁沫，亲密一些的称自己"丁丁"，而家人都称自己"沫沫"，称呼"小丁"的还真没有，"哦，我是丁沫，请问您是哪位啊？"

"你不认识我么，呵呵，我姓顾……"，丁沫一时之间还是没有反应过来，姓顾的女性朋友丁沫迅速在脑子里过了一遍，好像都不是。

"抱歉，我一时没想起来，您是？"丁沫希望这个人知趣的话，赶快自报家门，要不她就挂电话了，一般情况下，陌生的电话丁沫都是拒接的。

"我是张总的爱人。"对方果然亮出了身份，但是丁沫的大脑还是有那么一秒钟处于真空状态，然后才反应过来，对呀，这是张义文的妻子——老板娘啊！

"哦，您好，您好，抱歉失礼了，我一时没反应过来！"虽说丁沫久在职场打拼，应对职场的各种突发状况经验丰富，但是，如眼下这个情况，丁沫还真是大姑娘上轿——头一回遇到，丁沫迅速在心里思

引　子

考着，这位老板夫人今天亲自给自己打电话目的何在，如果对自己的工作指手划脚自己又该如何应对。所以，丁沫决定以静制动，等着张夫人先出牌。

"小丁啊，我们还没见过面，难怪你不认识我。怎么样，工作还顺利吗，进入角色了吧？"嗯，一方面在明确告知对方"我"这个人的存在，有提醒的意味；同时又嘘寒问暖，似乎体贴有加。丁沫品味着张夫人话中的涵义，以及话外之音。

"我刚上班没有几天，对公司的情况正在了解之中，这不，刚才正在看报表呢，所以脑子有些短路，没反应过来是您。"丁沫耐心而有礼貌地回应着，她始终不称呼对方"顾总"，这是丁沫的底线，因为直到现在为止，丁沫认为自己作为宏宇集团的财务总监，只对法人张义文负责。

"是啊，是得有个熟悉的过程。你来之前啊，公司的财务都是我一个人在打理，这家里家外的，几摊子事儿，可真够我忙乎的，现在你来了，我就能轻松了。"

"哦，是这样啊，那是挺辛苦的啊！"丁沫还是不急不缓地回应着，等着张夫人出招。

"这段时间我身体不太好，没怎么到公司去，怎么样，公司的情况还都好吧？"丁沫想，这是在向我了解公司情况？她想了解哪方面情况呢，想必是资金情况，但是资金情况她完全可以在出纳那里了解得非常清楚啊！

"嗯，财务报表我还没有看完整，具体情况也不好给您汇报，如果给您说错了，那不是影响您对公司情况的掌握嘛，如果您想了解公司近期的完整情况，我看完报表和张总汇报一下，就给您回复，您看好吗？"在丁沫温婉柔和的话语中，张夫人不难听出丁沫的底线和原则。丁沫现在还不能确定张夫人今天来电的目的就是了解情况，所以尽可能给自己留有足够的空间和张夫人周旋。

"哼，他呀，不怕你小丁笑话，你们张总啊什么事情也弄不明白，慢腾腾的像只蜗牛一样……"丁沫又是一愣，有这么在外人面前

"夸"自己先生的吗？何况这个外人还是你老公的下属，一个新下属，这不是有给自己老公拆台的意味吗？这样评价自己的先生也是对别人的一种威吓吧，实则在告诉对方：我们家是我说了算，你眼睛要看清才好！

"啊？呵呵——您可真幽默！您看，我是刚到咱们宏宇，对公司的情况还不太了解，在了解的过程中有不明白的地方呢，就得多向您请教，到时候难免要烦劳您啊！"丁沫谨慎地选择着用词，小心地控制好语速，既要让张夫人知道自己不是一个刚出道的小白领，也要让她知道我丁沫是尊敬你的，但一定有前提条件，在不触碰到工作原则的前提下，怎么都好说。

"嗯，不麻烦，说到底这都是我们家的事情嘛，不麻烦，好了，你快忙吧！"收了线，丁沫不由得呼了一口气，把思路理一理，想了想老板娘这一番突然来电的目的到底是什么。想来想去，丁沫总结出两点：第一告诉新上任的财务总监，宏宇集团有"我"这么一号人物，第二既然有"我"在，你就应该放明白一些，多向我汇报工作自然有你的好处。

丁沫在当天就把张夫人来电的事情，原原本本告诉了张义文，当然省去了张夫人对自己先生的不屑。丁沫的目的是要明确，我作为宏宇集团的财务总监只能听命于一个人，张义文对于自己夫人的致电好像并不惊讶，但也没有明确表示丁沫是否应该听从夫人的命令。于是丁沫简单给张义文上了一课，讲解了财务总监的职责以及公司管理层的角色，从公司治理的角度讲，财务总监接受公司决策层领导，工作结果向法人代表负责。张义文应该是听明白了，所以明确指示丁沫：财务总监的工作只向我张义文汇报即可。

哦，张义文的表态既让丁沫明白了自己的老板是谁，同时，也明白了自己的处境：虽然这是一家集团公司，但仍然逃脱不了民营企业的宿疾——夫妻店。而作为职业经理人，最不愿意面对的就是这样的企业，因为要两面受敌。那自己以后可要拿出一部分精神头儿应对这位张夫人啦，而且是很大一部分精力。

引 子

于是，对于丁沫来说，宏宇集团的实际控制人终于浮出水面，张义文的夫人顾夺，这个名字给丁沫留下了终生难忘的印象。丁沫想，顾夺想必就是钱晓曾经向自己暗示过的幕后控制人了。

丁沫分析，关于组织的实际控制人是谁，这个重要而又敏感的情况张义文没有告诉自己，可能出于两种原因，一个就是张义文认为自己就是宏宇集团的控制人，另一个是张义文出于面子问题不想让新上任的财务总监知道自己怕老婆，或者受制于老婆。但是，从丁沫所处的岗位特有风险控制的角度来讲，这是一个必须要面对而且需要明确的问题。如果张义文没有正式告知丁沫，那就说明财务总监的直接上级就是集团法人代表，丁沫的工作汇报对象就是张义文，而不是其他人。其实，张义文没有告诉丁沫宏宇集团的实际控制人，还可能有一种情形：张义文故意隐瞒，目的是什么，丁沫目前还不得而知。

丁沫和顾夺真正的接触，是在一次非正式的会议中，虽说是非正式的会议，却比正式会议还要严肃紧张，说非正式因为会议地点不是在公司召开，而是在一个咖啡厅的包间里，与会者可以随意饮用咖啡、零食、干果；说正式是因为这个会议的内容太重要了，并且顾夺在宏宇集团的实际地位或掌控能力从中也可见一斑，同时也让初次接触者丁沫大跌眼镜。

也就是在这个会议上，丁沫第一次见到了宏宇集团的另一个核心人物——顾夺的侄子顾子腾。

参加这次重要的非正式会议的人员包括：张义文、顾夺、赵爱民、钱晓、丁沫、顾子腾，顾子腾是作为宏宇集团下属一个子公司的总经理与会的，而其他人员除老板和老板娘外都是集团高管，顾子腾既非公司股东又非集团高管，却能与会，可见其地位在这个企业中也是举足轻重的。

虽说老板点了零食，但大家都没吃，因为会议的议题不仅重要而且敏感：决定宏宇集团高管的薪资待遇。直到此刻，丁沫才知道原来自己的那点薪水能否兑现还是一个未知数呢！

张义文第一次和丁沫面谈的时候，双方就报酬问题讨论过，张义文能给到的年薪，或者说丁沫第一年能得到的年薪，不到丁沫之前所在单位年薪的一半。不过丁沫并未计较，对于一个尚处于创业阶段的公司而言所有开支能省就省，这一点丁沫是非常理解的。何况，丁沫一方面欣赏张义文的人格魅力，另一方面她也相信自己的工作能力，因此还是充分看好公司未来发展的。

但是，现在看来即便是这样一点少得可怜的、张义文口头承诺的薪酬，原来也是张义文做不得主的，还得由夫人来定夺。

丁沫不明白，为什么当初张义文和自己交流时对顾夺的存在只字不提呢?! 是有意隐瞒，就像介绍公司经营情况一样？还是装傻充愣，就像财务款项支付的问题以及今天的高管报酬问题？难道张义文不知道顾夺浮出水面只是时间的问题吗?! 一个企业的法人代表或者实际控制人是缺乏勇气面对现实还是有意隐瞒企业现状，无论是哪一种，对公司的发展都非常不利，甚至会阻碍企业的发展。

在和张义文的第一次交流中，丁沫清楚地记得，张义文这一次之所以要在社会上公开聘请职业经理人来管理公司，就是希望公司能走上规范发展之路，希望职业经理人能帮助他使公司的经营管理朝更加专业、稳健和科学的方向迈进。但是，现在的实际情况却和张义文的说法大相径庭，一项本就少得可怜的高管报酬方案，不仅需要夫人来决定，而且还需要一个不到二十几岁的毛头小伙来拍板。面对这样的现实情况，丁沫禁不住想到："丁沫呀丁沫，在宏宇集团这口深井里，恐怕还有更严重的情况你还不知道呢！"

会议由钱晓主持，"今天张总把大家请到这里来召开一个特别会议，商议集团高管薪酬的激励方案，请大家各抒己见，畅所欲言。"

钱晓简单得不能再简单地介绍完本次会议的议题，大家不知是听见了还是没听见，在座的每一个人，没有一个人有所表示，但是可以肯定的是大家都听见了，而且听得清清楚楚。

只听见咖啡勺搅拌着早已无需搅拌的半冷的咖啡，发出单调的声响，也许有人也感觉到了这种沉滞的氛围，开始啜饮咖啡了，希望以此缓解一下。很多中国人品尝或饮用液体食品时的声音比较响亮，今

引 子

天在这格外静谧的空间里,这种刺耳的声音似乎更添恼人的乏味。咖啡的浓浓香气,也难掩弥漫在这些高管心头那无可奈何花落去的惆怅。

"各位都不说话,也不能这样耗下去,耽误大家的时间,在座的都是张总花大价钱聘请来的高管,都有眩目的职业经历,我提几个问题,你们商议商议。第一,集团高管凭什么要这么高的工资?第二,集团现在聘请的高管都了解这个行业吗?第三,如果拿着高工资不干活,又应该如何处理?"

顾夺现在应该是50岁左右,有个名词恰到好处地描绘了顾夺现在的状况:风韵犹存,想必顾夺年轻时也是校花级的美人呢。虽说这个年龄的女人身材容易发福,但顾夺却保养有方,身材仍然曲线玲珑,五官秀美,耳畔的翡翠耳环,随步态摇曳的百褶裙闪动着迷人的风采,举手投足之间既透着捉摸不定的文雅,也呈现出作为老板娘甚至企业实际控制人的强势作风。

丁沫看一个人喜欢看这个人的眼睛,可能也是多年管理工作留下的职业病。如果说顾夺言辞之间还有故作的矜持和尊重,但是她的双眼却传递了与故作姿态的外表不协调的信息:愤怒与不屑。

顾夺的问题不可谓不尖锐,但又透露出有限的格局和缺失的所有者风范,她能在这个场合提出本应该是她和丈夫张义文私下里沟通的问题,而不是当着我们这些入职不久的高管的面抖落出来,让人不禁猜想到,他们夫妻之间的关系是怎样的呢?只能说明,要么张义文根本没和她说过这事,可能张义文认为没这个必要,也可能张义文明知她不可能同意,干脆装聋作哑。要么就是张义文告诉了顾夺,而二人没有达成共识。

丁沫不由得瞟了一眼在主位上此刻正襟危坐的张义文,闭着眼睛的张义文仿佛入定一般,这副表情可以用冷淡来形容,也可能是在掩饰内心的情绪。但显然已经丝毫也没有面试丁沫那天时的诚恳与敦厚之态了。这样一副表情的背后在传递什么呢,要说明什么呢?

之前,丁沫已经从钱晓处了解到顾夺和张义文是大学同学,当初是积极支持自己老公下海经商的,当然,创业初期也跟着张义文吃了很多苦,而且顾夺一直在这个企业中担任管理的角色,也就是说宏宇集团一直都是夫妻两个人同时在打理,顾夺可能在财务和人事方面管控得多一些。由于操劳过度,顾夺在三年前得了乳腺癌,做过乳腺切除手术。当钱晓在津津有味地讲述老板这些过往的私事时,丁沫并没有在意这些真假难辨的老板创业过程,丁沫当时感兴趣的倒是:钱晓刚来宏宇集团也没多长时间,就能把这些信息都了解到,真是不简单啊!如果老板知道她有这个本领,不知道要作何感想呢?

夫妻经过十几年的打拼,现在企业的规模和盈利水平比上不足比下有余,创业者完全可以就这样依靠这棵发财树享受人生了。可是就在这个时候,仿佛半路上杀出个程咬金——而且还不止是一个,是几个!

"凭什么你们这些什么贡献都没有的人,来了就要十万以上的年薪啊?就凭你们是所谓的高管吗?!"这是顾夺最不能理解和接受的。

丁沫觉得自己从情感上是可以理解顾夺此刻的心情的,毕竟作为同自己的丈夫一起创业打拼的女人,付出了多少劳累和辛苦,甚至是泪水和心血,个中的滋味是他人无法体会的。所以丁沫作为女人也非常同情顾夺,但是从心底却不敢恭维宏宇集团的这种处事方式。

从张义文的角度来讲,他是想把宏宇集团在现在的基础上做大、做强,要发展为全国范围内的知名企业,而不是一个地方企业,如此,就需要更专业的人来协助他完成这一宏伟蓝图。但是,顾夺却并没有他这样的远大抱负,觉得辛苦了大半辈子了,趁着身体还行,应该享受人生了,或者说即使要把企业再做大一些,也得省着点花钱,不能这样大手大脚,要知道创业的过程是多么不易啊!

顾夺的这几个问题抛出来,让会场又一次陷入了真空,打破这个真空的是顾子腾。

"姑,现在社会上给高管的待遇的确都是很高的。"顾子腾慢悠悠地说道。

"顾总,我作为人资总监,向您汇报一下,现在入职的集团高管

引　子

来宏宇集团之前的薪酬情况。"看见总算有人说话了，钱晓不失时机地抛出来一句不软不硬却很有力度的话，但说话之前还是先瞟了一眼张义文。

见顾夺没有反对，张义文也默许了，钱晓把她调查的三位高管入职之前的年薪在会议上披露了，以此算是回答了顾夺的第一个问题，这几位高管的身价均是超出目前宏宇集团所承诺的报酬的——如果张义文面试这些高管时做出的承诺，还能当作宏宇集团的承诺的话——作为职业经理人来这里工作可不是狮子大开口胡乱要价的。

接下来又是一阵沉默。

顾夺当然是在等着有人回答第二、第三个问题。

丁沫希望此时能够站出来说话的是赵爱民，因为无论资历还是年龄都只有他开口才能让顾夺心服口服，不致让顾夺的情绪出现更大的失控。

"关于对行业是否了解，我凭借多年的生产管理经验，可以明确地说，制造企业的管理之道都是相通的，一理通百理融，集团目前招聘的高管我在私下里分别进行过沟通，胜任目前的职位应该是不成问题的。"果然，赵爱民不失时机地开了口，语气仍然是不紧不慢，让人丝毫揣测不到他此刻的心情。但说出的话，却犹如射出的箭一般铿然有力、不容置疑。

"对高管工作状况和结果的考核，历来都是公司管理中的重要工作，我们也可以建立一套对高管的绩效考核机制，来衡量各职位高管的工作状况和成绩，以此兑现高管的年度薪酬。"自从赵爱民的发言之后，顾夺的表情似乎温和了一些，丁沫判断顾夺也是有大学教育背景的人，应该不至于是无理取闹之辈，可能之前对于集团设置高管的目的，以及高管对一个企业的作用乃至贡献等都是不太清楚的，所以需要澄清她内心的误会或填补未知的空白，此时开口正是时候，而且是一语中的，回答了顾夺的第三个问题，也是最关键的问题。

会议进行到这个地步，应该说算是大家都松了一口气，既消除了老板娘的疑虑，又保全了她的颜面，而集团的高管们也维持了来之不易的所谓"高薪"。但就这时，顾夺又说话了。

"谁能保证，高管轻轻松松拿了一年的高薪，临到年末考核时却走人了？"

如果说顾夺的前三个问题，身为女人还能在情感天平上向顾夺倾斜的话，眼下这个问题问得的确有失作为老板娘的身份了，并且简直有些市侩了。自然，大家谁都没说话，丁沫感到自己体内血液流淌的速度似乎快了些。

表情一直作冷漠状的张义文，适时地开了口：

"今天的会议就这样吧，钱晓回去整理出一份会议记录作为本次会议的备忘。"算是解了顾夺之围，毕竟人家是夫妻，配合还是非常之默契的。

于是，会议在异样的氛围中结束了。

5

人，无信不立；企业无信，则寸步难行。一个企业无论大小，其掌控人或者老板的人品就是企业文化的缩影，也是企业文化实实在在的体现。经过付款审批和高管薪酬会议事件之后，接下来发生的事，让丁沫更加确定宏宇集团为人处事不仅无信，而且无义。

丁沫刚入职的时候就已经知道，赵爱民在宏宇集团的职位是集团公司的总经理，而近期丁沫却发现，作为下属子公司负责人的顾子腾经常参加集团公司的工作会议，而且，有意无意间，顾子腾还经常在会议上发表和赵爱民对立的思路和看法，更加微妙的是张义文的态度既不反驳也不赞许。

终于有一天，钱晓告诉丁沫一个重大的秘密，"赵爱民马上就要被调离集团总经理岗位了，只负责集团的生产技术工作"，钱晓还让丁沫猜将由谁来担当集团总经理。丁沫自然想不出来，其实也没兴趣去猜。实际上丁沫心里是反感钱晓作为主管人事工作的领导，却像一个家庭妇女一样，对于还没有公开宣布的高职任免随意兜售。唉，钱

引　子

晓大概是把丁沫当作在这个企业唯一能沟通一下心情的人吧，虽然集团又来了一个高管，但是看得出来钱晓不怎么喜欢那个故作姿态的总裁助理。

但是这件事情本身确实足够重大，而且涉及到赵爱民职位的变动，丁沫非常想知道这是怎么回事。钱晓卖了个关子，但一看丁沫还真不问了，她自己先憋不住了，直接道出了答案："顾子腾！"丁沫的视线瞬间石化。

"什么原因？"丁沫冷静了一下问道。

"不知道，张总没说，据我分析，是老板娘不喜欢赵总吧。"钱晓的眼睛又不自觉地眯起来了。

"那为什么由顾子腾来接手呢？"丁沫的思路一向犀利。

"因为老板娘希望自己的侄子能锻炼锻炼吧。"钱晓欲言又止，丁沫也没催她，果然没一会儿，她自己就憋不住了，"自从上次讨论薪酬的事没达到老板娘预想的结果，老板娘就觉得在集团得有她的人，要不，集团可能就失控了。"

"这都是你的揣测吧，怎么就失控了，不是还有张总呢么？"丁沫有意装傻。

"哼，张总，就是一个摆设，不信你就看着吧。"仿佛宏宇集团的一切走向都尽在自己掌握之中一样，钱晓一副自信满满的神情。

有的时候，丁沫真的是发自肺腑地佩服钱晓这样一个女子，仿佛任何人的蛛丝马迹都逃不开她灵敏的嗅觉，以及明察秋毫的眼睛。宏宇集团的规模不是很大，但其内部的派系之多，根系之发达，却不可谓不丰富。其中自然有支持张义文的一帮人；还有顾氏一派，而顾氏一派中，顾子腾和其姑妈也是面和心不和，暗地里又各自在培养自己的势力；现在集团公司宣布成立，新来的集团高管估计又会形成一股新兴的势力。而在这些高层派系之下，公司的中层干部又各自站到自认为有发展前途的队伍中。所谓"二人同心，其利断金"，如果不能团结一致，那么这个后果自然就会体现在公司的经营成果上，最终蒙受损失的一定是公司所有者或投资人。

对于赵爱民的任职决定就在第二天的工作例会上公布了。以后没几天赵爱民就真的到新岗位就职了。但随后不久,赵爱民以身体健康为由,离开了宏宇集团。赵爱民离开前,丁沫和这位自己敬重的长者做了一番深谈,赵爱民在宏宇集团工作期间,功绩可圈可点,可以说宏宇集团能有今天的规模,与赵爱民在这里的支撑和付出是密不可分的。现在公司的经营刚刚有了起色,赵爱民却要离开了,虽然可以把宏宇集团的行为理解为过河拆桥,但是,丁沫以自己对于宏宇集团的经营情况和财务状况的了解来判断,宏宇集团现在还远远未到可以马放南山、刀枪入库的发展阶段。

丁沫在惋惜赵爱民离职的同时,也更加确信,赵爱民的去职,是宏宇集团走向衰败奏响的第一支哀乐。赵爱民离职事件以后,丁沫直觉自己离开宏宇集团也只是时间和机会的问题了,而没多久"机会"真的来了。

作为企业的财务最高领导或者财务负责人,首要的任务就是摸清自己掌管的家底——资产和负债、权利和义务。丁沫虽然不大清楚自己钱包里钞票的数量,但是对于工作职责范围内的事情,都严格要求自己做到清晰、准确、完整,特别是对于各种财务数据。

在入职后的第一个星期,丁沫就对集团的财务状况进行了确认,也就是说以张义文告诉自己的信息作为基准。可是了解的情况让丁沫着实吃了一惊,为了验证这个结果丁沫又分别从生产和销售两个业务维度,进行了逆向取数和分析论证,结果证明自己掌握的情况是真实的,那也就是说,张义文告诉自己的信息是假的。

作为企业财务工作的最高管理者,同时作为一名财务管理专业人士,想要了解企业真实的财务状况和经营情况自然是非常方便而又简单的事情。让丁沫想不通的是,张义文有必要对自己的财务总监隐瞒真实情况吗?或者,作为老板的张义文自己,对公司的真实状况难道根本不了解吗?这个问题困扰着丁沫,恐怕自己已经没有机会了解真相了,真相很可能会更加丑恶。如果是故意隐瞒,说明这里面有着不可告人的目的;如果是对真实情况不了解,这样的糊涂老板又能把企

引 子

业带往何处呢？这两种情形，无论是哪一种，想一想，都让人不寒而栗。

丁沫并没有对自己了解到的情况与张义文与顾夺进行再次确认，或者让他们给自己一个说法，丁沫认为现在已经没有这个必要了。自从上次讨论高管薪酬会议以后，不知为什么，顾夺每次给丁沫打电话都非常客气，称呼上也变了，称丁沫为"丁总"不再叫"小丁"了。对这种变化的原因丁沫也没有多想，现在更加不想费那个心思了。

虽说赵爱民的去职，让丁沫有惺惺相惜之感叹，但她对于自己何去何从、是否还可以继续留在宏宇集团工作，尚处于犹豫徘徊之间，经过了虚假经营信息事件之后，丁沫坚定自己的意向：是非之地，不可久留。孟子早有警言"知命者不立乎严墙之下"，所以现在对于丁沫来说需要的是一个机会，一个自然而然的离职机会。但是在没有正式离职前，丁沫在宏宇集团工作一天就要履行一个财务总监应该履行的职责，这一点是丁沫确定无疑要做的。无论顾夺对自己的态度是友好还是冷淡，作为财务总监丁沫仍然只对张义文汇报工作结果。

没想到的是，丁沫盼望的机会很快就来了。张义文要求丁沫为集团公司进行融资，但公司目前的财务状况可以说已经千疮百孔了，连拆东墙补西墙的机会都没有了，融资的方式和渠道非常有限。银行贷款是不可能的了，因为能抵押的都抵押了，有的甚至抵押不止一次了，丁沫也不知道当时这些银行信贷部的人是如何审查企业资信的，难怪银行的坏账率高得吓人，无论国有银行还是股份制银行都差不多。

于是丁沫开始寻找风投、私募，丁沫并没有在自己的朋友圈内寻找投资者，因为她不想让朋友感觉，是自己和老板合起伙来欺骗投资方。而是通过其他间接的渠道寻找，国内的、香港的，还好，北京有一家私募基金对环保行业的项目很感兴趣。于是经过几番电话沟通，丁沫将对方的风控总监带领的一个项目小组请到了公司，和张义文进行了第一轮的洽谈。

但是让丁沫没有想到的是，对方感兴趣的问题，即关系到宏宇集团整体估值的相关问题，张义文一个都没有直接正面回答，不是顾左右而言他，就是说一些空话、套话，之前丁沫给张义文补的课算是付之东流了。

丁沫心想，肯定没戏了。果然，洽谈后第二天，风控总监打来电话，委婉地表达了对宏宇集团项目的放弃。其实这是最好的结局，丁沫还担心如果张义文足够聪明，把自己教给他的临时策略都应对如流，说不定真能一时把对方蒙住呢。可是，假的就是假的，永远也真不了，等到最终被戳破时，丢人的恐怕就是财务总监丁沫了。而对于职业操守丁沫看得比生命都重要。

于是，丁沫以此为由，自称工作不力离开了宏宇集团。丁沫离开半年以后，钱晓也离开了宏宇集团，至此，宏宇集团聘请的高级职业经理人全部阵亡。

两年后，丁沫遇到了一位生产部的同事，了解到宏宇集团原来的三个生产基地，只保留了一个，即位于滨海本地的生产车间，其他两个生产基地因经营及管理不善两年内相继关门。当然，这是后话了。

的确，宏宇集团在很多方面集中了中国民营企业的特点，可以说集民营企业特点之大成。虽然生产设备已经老态龙钟，不是今天这里坏了就是明天那里坏了，生产规模萎缩了很多，但是托环保行业的福，仍然维持着几十个工人的生活饭碗。虽然现在的规模只有丁沫在宏宇集团时的五分之一，并且延迟支付员工工资已经是家常便饭，但是宏宇集团直到今天也没有完全倒闭。

目前，国内有太多像宏宇集团这样的民营企业，因企业个体行为而导致的公司经营不善和业绩下滑，却被某些人归结为是由于国家整体宏观经济低迷的影响，不啻为盲人摸象。

从情理上讲，企业是老板自己的，最希望企业好的就是老板或者投资人，但是怎么做才能让企业真正好起来、并且持续好下去，而且尽可能将这种好的状态延续更长的时间呢？老板们并不一定知道，也有的人自以为知道。

这里面就涉及到两个层面的问题，一个在"道"的层面，另一个

引　子

在"术"的层面。道的层面，在于老板自身，即道的层面要由老板自己解决和面对，而且只能由老板自己解决，并且要道首先解决。

那么什么是"道"呢？"道"的本意是道路，引申的意义包括道理、真理、原则。老子认为"道"乃天地万物之"宗"，同时也是世界宇宙的"本原"，自然之道不仅是世界的始源，而且也是天地万物所赖以存在的根据、本性，老子又将这种本性称之为德，"孔德之容，惟道是从"，"容"即德之容态、道之体现，意即道与德的关系是统一的。我们可以简单地理解为，就是一个人的人格魅力，如何做人，即如何要求自己、又如何对待别人。

企业里老板和职业经理人的关系，并不是今天才出现或者才发生的，只不过换了一套外衣而已，换个马甲我们依然还得识别它。这种关系的本质与过去君主制下的君王和臣子之间的关系，仍然是一致的。所以，孔老夫子早已告诉世人如何处理这种关系才是正确的，才能得到一个双方共赢的结局。

当年鲁定公曾经询问孔子："君使臣，臣事君，如之何？"定公是向孔子请教，但是虽然表面恭敬，但从文字上我们也能体会出作为国君的傲慢："君王使用臣子，以及臣子服侍君王，应该怎样做啊？"孔子的回答呢，却非常巧妙："君使臣以礼，臣事君以忠。"孔子既没有说破：你虽贵为国君，却连这样基本的为君之道都不懂，如何能够正确任用大臣既而实现治理好一个国家呢？还有，既然是向我请教问题，那么就应该诚心正意才对。夫子的回答既答复了定公的问题，又在答复中教育了国君："首先君王对臣子要以礼相待，然后臣子对待君王的事情就会做到忠诚尽责。"

孔子说的臣子对君王的尽忠是有条件的，而不是无条件的愚忠：如果君王首先做到了尊重臣子、以诚相待，那么臣子自然就会对君王的事情勤勉尽忠，因为相对于君王来说臣子是弱势群体，所以君王要先做出表率，臣子自然就知道该如何尽忠了。

作为君王首先做到了礼贤下士、知人善用，做臣子的自然知道应该如何尽自己最大的所能，甚至鞠躬尽瘁、死而后已；同样，当老板的做到了老板应该做的，职业经理人就自然会恪尽职守、精益求精，也就是最大限度地在"术"的层面发挥作用、释放能量了。

一国之君往往自称为天子，即是天之骄子，也可以说是天下最大的老板，为人处事就要上合天道、下合民意。什么是天道？先祖圣贤早已经说得明明白白："诚者，天之道也"，又说"天之在我者，德也。"

首先老板做一个好人，或者懂得"为仁"就是为君王之道，即为老板之道，这是大前提，所谓"人以群分"，什么人吸引什么人，然后企业才可能吸引到优秀的职业经理人，职业经理人领导大家做好事情，事情做好了，企业业绩自然蒸蒸日上、员工及所有者获得的报酬或回报就多，企业为社会、为国家做的贡献也越来越大；放到一个国家的层面，官员做事情做好了，为政昌明，自然国家强盛，百姓乐业，所谓国泰民安，太平盛世。

以孔子或孔门学说为代表的中华民族优秀的传统文化思想，已经被几千年的历史实践不断验证，远者如刘邦、李世民、赵匡胤等，近者如杰克·韦尔奇、马云等等，他们所以成为历代传颂的君主，他们所以创办企业能取得惊世骇俗的成就，是因为他们用自己的行为诠释了什么是"天道"。是故，孔子几千年来被尊为中华民族的圣者，孔子的思想也被世界上不同的文化、不同的种族，被越来越多的人奉为圭臬，直到今天其瑰丽的光芒仍然是人类生存和发展的指南针。

第一章
如果只是观众,无论多精彩也与你无关

1

正当丁沫"燕居,申申如也,夭夭如也"之时,有个朋友非常隐晦地告诉她有一个工作机会,问她要不要尝试一下。这个人之前是宏宇集团的同事,但丁沫和她并不熟悉,以至于丁沫在和她通话的过程中都想不起来她是哪个部门的,因为丁沫到宏宇后不到一个月这个人就离开了,还是在办理离职手续时与丁沫见过一面或者说接触过一次。但是,很明显她对丁沫的情况比较了解,至少知道丁沫现在已经离开宏宇并且是赋闲状态。

让丁沫奇怪的是,这个人给自己推荐工作却不是大大方方的,有些踌躇和欲言又止的感觉，丁沫不禁感到费解。首先我们之间并不熟悉，我也没有求你推荐工作给我，当然你的热心帮忙我还是很感激的，丁沫当时心里想。

于是这个事儿就算放下了，说心里话丁沫还没休息够呢，刚好趁这段闲下来的时间，丁沫想把自己买了好久都没有时间读的书，认真地阅读一番，也该充充电了，来到滨海市这几年的时间几乎每一天都在与时间赛跑，现在好不容易慢了下来，在重温文字、墨香带给自己无限惬意的同时，给大脑和心灵加加油。

丁沫的家庭是幸福的，有深爱自己的老公、活泼漂亮的女儿。丁沫的先生林征和丁沫是大学同学，班上同学谁都没想到他们俩能走到一块儿，而且结婚十几年了，婚姻这座围城还是那么坚固。

丁沫在班级是班花级人物，身材修长，五官端正，却不是那种看一眼让人魂飞魄散的美女，她的美犹如幽谷之兰，遗世独立，扬扬其芳。也许正是这种气质，让大家感到丁沫自有一种与众不同的高冷之美。丁沫自己倒没觉得，她打心底看不起那些自命不凡的人，很多人在未接触丁沫时都心存畏惧，但是了解丁沫的人都知道她是心地非常清纯的女子。

大学期间，特别有意思的是班里盛传丁沫有个做警察的男朋友，而且还是刑警，也不知道这是谁散布的谣言，丁沫也懒得去澄清，因为她觉得这好比一道护身符。因此丁沫身边一直较为冷清，虽然少了护花使者，一如自己的室友一般，但同时丁沫也省去了很多烦恼，最重要的是可以把这些时间用来做一些自己喜欢的事情。比如研究一下中国博大精深的饮食文化，包括香茶、美酒，丁沫印象里自己对茶叶的偏爱就是那个时候培养的。但是，对于美酒，丁沫的"喜欢"更像是叶公好龙，仅仅停留在一些文化、常识之类的文字或理论层面，无论国酒还是洋酒，在丁沫看来都有一种刺鼻的味道，只能远远驻足观赏，无法亲而近之地品尝。

而林征，大学期间丁沫对他几乎没什么特别印象，因为他太不突出了，中等个儿，偏瘦，五官嘛反正鼻子眼睛都在，也说不出好看还是难看，可以说这副面孔是FBI追踪对象争相模仿的面孔——一副大众脸——掉人堆里找不着。而且印象中不擅言辞，也不怎么参加学校的活动，功课却很好，但也没见他怎么用功——丁沫在图书馆就没看见过林征，当然丁沫根本就没注意过林征，所谓的"印象"其实都是没有印象。后来丁沫才知道林征功课好，是因为做家教做的。

林征的老家在川北的农村，父母都是地道的农民，林征是家里的次子，上有长兄、下有幺妹，三兄妹只有他考出了农村，林征是他们村里最出息的孩子了。他们结婚的头几年，林征每月都给家里寄钱，父母虽然从来也没向他们伸手要过，但林征知道家里的情况，丁沫自然也十分支持林征。如今，丁沫的公公婆婆已经先后在几年前离世了，林征长兄仍然在老家种地，现在不种粮食了，都改种经济作物了，收入能比以前好一些；幺妹嫁到了县城，和老公开了个小餐馆，日子过得也算惬意。

丁沫和林征所以能走到一起，丁沫心里清楚林征在什么地方打动了她。毕业季的大学校园最是"戚戚惨惨凄凄"的一段时期，离别、分手、聚会、醉酒每天都在上演或即将上演。同学们都走得差不多了，丁沫也没急着回家，她想在学校再多待几天：一旦出了校门离开这座曾经属于自己的校园，再回来时这里就不再属于自己，已变成了"母校"，物虽是、人已非。学习、生活了四年的大学难道你们不留恋吗，以后不一定什么时候才能回来，干吗急着走呢？再说过几天坐车也会舒服一些。

结果寝室就剩她一个人时，很少生病的丁沫却病倒了，说不清腹部哪个部位疼，而且还想呕吐，丁沫和病魔斗争了三天基本没吃没喝。看来是抗不过去了，头重脚轻的、一步一挪总算蹭到了医务室，门却锁着，还好门口有一排椅子，丁沫干脆坐在门口等，说是等，其实是已经走不动了。

抱着膝盖几乎蜷成一团的丁沫，突然发现一双脚不知什么时候停在自己的面前，有个声音："你怎么了，需要帮助吗？"丁沫当时想这是哪个笨蛋，好好的谁会待在这里啊？于是，没好气地哼了一声，这个声音蹲了下来，丁沫抬起眼皮，认识，同班同学：林征。

　　林征后来说，丁沫一抬头吓了他一跳，小脸说不上是黄还是白，无精打采，眼睛也陷下去了，因此大了一圈，大得吓人。林征没容分说把丁沫送到了附近医院，确诊为急性胃炎，立即住院治疗。住院的七天，几乎都是林征跑前跑后地照顾丁沫，丁沫也没敢告诉父母自己病了，怕他们着急，就说和同学出去玩几天就回家，父母都了解女儿也就没深问。

　　在此期间，有件事改变了丁沫对林征以往的印象，也改变了他们两个人的命运。住院第二天，丁沫无意中感觉脚冷，大夏天的脚怎么会冷，丁沫也觉得奇怪，林征没说什么就出去了，不一会端着一盆热水回来了，丁沫从来没在异性面前洗过脚，觉得怪难为情，说什么也不洗，林征说那我出去你自己把脚放盆里。此时的丁沫虽然吃了一些流食但依然很虚弱，勉勉强强起身把脚放到盆里，却怎么也坐不住，半躺在床上，过了两分钟林征进来了，一看这个样子，还是没说什么，伸手给丁沫洗起了脚。丁沫这一次没拒绝，眼睛和鼻子却很酸，有一种说不出的难受或委屈在心里激荡。丁沫的邻床是个中年女士，有一次林征刚出门就问丁沫："这男孩是你哥哥吗，对你可真好啊！"丁沫含含糊糊地应道："嗯、嗯，是——表哥。"

　　出院后，丁沫内心自是非常感激林征，一直保持着联系，而且毕业后没多久林征也来到丁沫生活的中原古城，一来二去的，自然走到了一起。林征打动丁沫的不仅是他内心的善良，还有他的勇于担当、富于正义感的男子汉气魄，用丁沫自己的话说就是有男人味。在他们结婚十周年纪念日的那天，丁沫解开了心中的一个疑问：自己生病那天林征为什么恰巧也出现在医务室的门口呢？原来林征早已开始关注丁沫了，他自己也记不清是从什么时候开始的，丁沫在他眼里有如一颗天边的星辰，那么明亮，仿佛触手可及，但又是如此遥远。

　　林征不敢贸然向丁沫表白，只有默默地关注、默默地守候，上天不负有心人，终于让林征等到了一个机会。林征发现已经有两天没见到丁沫的身影了，是回家了吗？不对啊，一周前在食堂见面时林征了解过丁沫不着急回家,那会是什么情况呢?

他终于坐不住了,壮起胆子去敲丁沫宿舍的门,还是没人,等了一会儿,林征想不对,果断跑去医务室。原来如此。难得林征如此真心,又如此恒心,女人天生喜欢被人关注,特别是自己还不自知的情况下,这是一个甜蜜的答案,也是一个超级甜蜜的锡婚周年礼物。

2

丁沫的思绪回到眼下,此刻她正处于职业生涯的十字路口。

时值21世纪的第二个十年的中期,国际社会环境相对平稳,虽然局部地区依旧小冲突不断,但没有大范围的争端,全球发展趋势还算安稳平静。中国,一个有着辉煌文明的古国,凭借天赐良机正在崛起,无论是经济产值还是政治影响力,在世界舞台上拥有越来越多的话语权,正在发挥一个所谓大国应有的作用和力量,左右着世界新的格局。

经过三十余年的改革开放,我们骄傲地向世界宣告:中国养活了世界近四分之一的人口,中国的大多数老百姓吃饱了肚子,而且其中不乏眼明手快、胆大心细之人抓住了改革开放的良机,一跃而成为所谓的富人阶层。从此,中国社会再也不像改革开放前一样,整个社会只有一个阶层,大家在银行的存款都差不多。

如今,百姓吃饱了、有人致富了,我们是不是已经实现了改革开放的宏伟目标,终于迈入了小康社会呢?

央视曾经搞了一个随机调查,在大街上随便拦住一个人就问:"大爷,您幸福吗?""女士,您幸福吗?"答案五花八门,有的甚至令人啼笑皆非,调查轰轰烈烈地搞了好几天,最后也没有一个结论:中国人现在是幸福还是不幸福呢?互联网时代没有秘密,或者说没有能守住的秘密。就在央视搞了那个著名的"幸福"调查之后不久,很多人就在自己的手机终端上看到一组调查:全球范围内幸福感指数排名,已经看到一百多个国家了,也没看到CHINA。结果到最后了,终于看到了，几乎是倒数。

当然，这个数据其可信度、科学性都有待考证，但也说明了一个问题，国人现在的幸福感很低。幸福感，虽然没有一个定式，没有一个绝对的概念，几乎百人百解、万人万意，但是不可否认，我们的大多数国民并不快乐，所以当下的社会也不是一个快乐的社会。

我们的生活水平提高了，物质极大丰富，甚至有很多人都到外国去消费了，而且买的不是一般的生活用品，是奢侈品，当然也有个别人相中了人家的马桶盖。在生活水平提高、物质丰富的同时，我们的商品质量却比以前低多了，我们的食品不安全了，无论是给婴幼儿吃的还是给成人大众吃的，甚至是给病人吃的；我们生不起病，我们工作一辈子也买不起一套房，学校的教育提起来就让一家人头疼，好不容易把孩子供到大学毕业，就业又将面临一场新的战役……我们似乎有没完没了的担心、恐惧，没有安全感似乎是我们不幸福的根源。而造成今天这种局面的原因不是别人，正是我们自己，我们每一个人都难辞其咎。

今天的种种现状说明了中国社会的整体价值观正面临崩塌，全体中国人正面临着历史的考验。

过去，道家把"人"称为"倮（luǒ，同'裸'）虫"，即不带毛的光光的虫。而人号称自己是万物之灵，统领这个世界或星球，但这多半是人类自己的一厢情愿或自吹自擂。在动物眼中，人是万物中最坏的物种了，专门破坏生态环境，专门吃我们动物，人类就是这个星球的掠夺者。也许聪明的人类会说，这是立场不同嘛，但是，张献忠也说"天生万物以养人，人无一德以报天，杀杀杀杀杀杀杀！"

作为万物之灵的人类，如果不能"以德报天"，枉为人身，连动物都不如。从生物学的角度来讲，人与其他生物在生命本质上没有区别，唯一不同的就是，人需要学习，学习人文文化，而中华民族优秀的传统文化精神其核心用一个字来概括就是"德"，孔老夫子就此总结了精辟的十二个字："志于道，据于德，依于仁，游于艺。"

有人可能就要问，小康社会是不是像共产主义社会一样，人类社会从来也没有实现过呢?非也,在我们中华民族的历史中,曾经有若干时期出现过小康社会。《礼记》中就有记载:"……禹汤文武成王周公,由此其选也。此六君子者,未有不谨于礼者也。以著其义,以考其信,著有过,刑(即'型',刑仁,字面意思:以'仁'为模式)让讲仁,示民有常。如有不由此者,在埶(shì,古同'势')者去,众以为殃,是谓小康。"所以,这样的帝王才会被百姓被历史传颂,他们治理下的社会也成了理想社会的代名词,同样也成为几千年以后的我们所追求的大同社会。

孔子的弟子曾参说过:"德者,本也;财者,末也。"这就是在明明白白地告诉世人,财富是如何来的,或者说人要怎么做才能生"财"。

丁沫所以能够毅然离开宏宇集团,根本原因即在于德,企业之德具体体现在"诚信"二字,一个无诚信可言的公司,即便能够成功融资,"本"无根,何以生"道"呢?公司可能取得应有的发展吗?更不要说,在正常情形下是不可能取得投资的,如果偶然拿到了投资人的资金,想必是通过不正当的手段或渠道,这种融资行为本身就建立在没有诚信的基础上,而公司作为一个法人机构,一再做一些没有诚信的事,企业若能经营好,岂非是天方夜谭吗!

是故,孔子的弟子有子告诉我们:"君子务本,本立而道生。"本,即为人之本,为人之本就是人要有德,有德才有"得",做人的根本问题解决了,所求之"道"就会自然生发。

如今,我们放弃了自己的文化,置先祖圣贤的教导于不顾,才会有今天的结果,是不是咎由自取、自食其果呢?试问,一个每天连吃饭、喝水都担心会生病的民族能幸福吗?

几乎每个家长都担心孩子将来没有好工作、好前程,赚不到更多的钱,不能成为人中之龙凤,要么从小学就开始上补习班提前学习新功课,要么就是在各种所谓兴趣班之间赶场,增加孩子的各种技能,在这种环境中长大的孩子几乎不知道玩是什么、节假日为何物、童年应该是什么样子,试问,一个这样的家庭会有欢声笑语吗?有这样童年的孩子长大后会是一个幸福的人吗？

勤奋工作的白领，可能工作一辈子也买不起一套普通住房，或者还完银行按揭之后早已过"耳顺"之年，试问，支撑这个社会的中坚力量会有幸福感吗？

一个家庭如果有了一个生病的人，面对动辄数十万的医疗费而束手无策，试问，这个家庭能有幸福感吗？

国内著名经济趋势评论员时寒冰曾说过：中国当下面临的最大的危机，是人性危机。时寒冰有一次向一位德国记者请教了一个问题："中国在国际上那么隐忍退让，甚至以大慈善家的豪气用巨资援助他国，为何国际上还不断提及中国威胁论？"这位德国记者反问了一句话："一个敢卖给自己同胞有毒食品的民族，一个不惜以残害自己同胞来追逐金钱的民族，一个不懂得爱自己同胞的国家，底线在哪里？又有什么事情不敢做？你难道不觉得这样的国家很可怕吗？"

如果有钱有势的人被奉为社会的偶像、成功的榜样，即所谓成功人士，功成名就之下的目标是有更多的钱，以追求更加奢华的生活；担心第二天一觉醒来市值跌停自己变成了穷人，所以他们依旧非常努力地工作，以至"逆于生乐，起居无节"，把每天工作十几个小时推崇为勤奋敬业，越少睡眠甚至连续几天不睡觉成为令人羡慕的特殊功能、标榜自己为特殊种群。那么，这个由所谓成功人士组成的楷模阶层给大众传递的又是什么样的价值观呢？又将如何引领社会的风尚呢？我们的青年、民族的未来将以何为尊荣、又以何为正确呢？！

而那些没有成功的人，没有钱、没有地位的人，正殚精竭虑梦想能够尽早踏入"成功者"行列，他们被各种名目繁多的"成功"培训班教导，被形形色色的所谓成功学大师、励志大师洗脑：要以成功者为标榜，每天早晨醒来的第一件事情就是想象你已经成功，要极力地去想象。复制他们的思维模式、做事方法，你们最终一定也会走向成功。孰不知，夫子他老人家早已有过明确的表白："富而可求也，虽执鞭之士，吾亦为之。如不可求，从吾所好。"

于是乎，社会风行成功学，鼓吹一夜致富，宣扬金钱至上，赚到钱而且越快速赚到钱越被社会奉为精英、成功者，已经到了失去理智、偏离常识、不知廉耻的地步。然而，作为人类应有的美德：诚信、慈悲、谦卑、友爱、敬天却被视为愚蠢、无知，不合时宜，不入潮流。

我们都病了，台湾著名漫画家朱德庸先生有一部漫画作品，就叫《每个人都有病》，以孩子的视角来诠释这个时代，发人深省。的确，每个人都病了，所以我们所处的社会也病了，而且病得很重。

孔老夫子的第四代传人亚圣孟子曾警告过梁惠王："上下交征利，而国危矣。"如果一个国家从上到下、从官员到百姓都争先恐后地追逐金钱利益，那么这个国家就很危险了！事实也已证明孟子他老人家并不是危言耸听。正是在这样一种病态社会面前，丁沫感到困厄的同时又十分痛苦，并且从心底鄙视这种唯金钱论或所谓成功学，她知道当下的社会风气是错误的，让天生充满正义感的丁沫既感到愤怒，又感到无奈，丁沫不知道自己应该怎么做，自己一个弱女子又能做什么，生而为人的意义究竟又是什么呢？

说起来，丁沫要感谢自己的先生林征。在丁沫的家里，首先开始关注国学、传统文化经典的是林征，他经常自己买书看。丁沫当时还嘲笑林征"老夫子"，说林征思想停滞不前了，现代社会这么多需要学习的，你还有精力搞这些陈旧过时的东西。林征虽然从来没有反驳过丁沫，但是丁沫从林征的行动中体会到了一种不同的东西，以她对自己先生的了解，林征从来不做没有道理的事情，而且林征一旦开始行动了，都是经过认真思考之后的结果。

当丁沫把自己的困惑和林征沟通后，林征就说："你可以试着在传统文化中寻找答案，因为我们中华民族的优秀文化已经过几千年乃至几万年的历史验证，已经成为经典中的经典，精华中的精华，即文化元典，我相信只有元典能解决你心中的疑惑。"

后来，林征把丁沫引见给自己的国学老师姬之青，正是通过与姬之青的沟通，丁沫后来对林征说："我终于明白了，什么是'听君一席话，胜读十年书'！"从此以后一发而不可收拾，丁沫也捧起了国学经典，从中吸取营养，并在生活和工作中体会、应用，更感受用无穷，对中华民族古圣先贤的思想和文化备感敬佩，林征时常看见丁沫在学习、体会传统经典时潸然泪下。女子到底是女子，到底是水做成的。而丁沫自己说，只有切身体会到了文化经典带给自己的个中滋味，才能真正理解先人的智慧。

人生于这个世界，不能离开物质生活，每一个人都需要金钱以维持生计，甚至有人认为足够多的金钱，可以获得高人一等的尊严。追求金钱，本是正当的思想和行为，夫子也说："富与贵，是人之所欲也"，然而若"不以其道得之，不处也"。所以说"君子爱财"没有问题，关键是要"取之有道"，而"道"从何来呢？这件事包括两个方面，一方面是"财"如何能来或者财是怎么来的，另一方面，是有了"财"如何用出去。钱，用来做什么，是永无休止地满足私欲，还是用之于道义。这是值得思考的一个大问题。

至于，有了"财"如何用、如何花，洒脱如昔日范蠡者，利益众生、取之于民还之于民，还是做"土豪"用于一己之私利，坐拥香车豪宅、到国外挥洒金钱如粪土？

好在，"德不孤，必有邻"，越来越多的有识之士，作为炎黄子孙、华夏儿女，责无旁贷，主动投身到历史赋予我们的重任中来，学习古圣先贤之智慧，践行传统文化之精神，将中华民族优秀的传统文化运用于工作、生活之中，体悟"德本、财末"之运化天成；用之于自身，体验"德润身"之美妙自在。正所谓功在当代，泽被后世。

让这些仁人志士备受鼓舞的是，中共总书记习近平作为国家首脑身体力行，不仅在国内公开场合包括大学校园，多次倡导中华民族传统文化的复兴与传承，在联合国教科文组织总部演讲时也倡言："实现中华民族伟大复兴的中国梦，就是要实现国家富强、民族振兴、人民幸福。"这是在向全世界宣告中国的治国纲领、大政方针，中华民族的复兴必须建立在我们自己独一无二的、优秀的传统文化基础之上，让原来就有的传统文化在新的时代重新绽放应有的光彩，照亮中国梦之路，而不是重复别人的脚步，更不可拾人牙慧。

丁沫内心的使命感告诉自己，过去的已经成为过去，未来是不是已经在路上，还是在徘徊犹豫中？自己要选择一个有益于民众、有益于民族的行业，或者要做一个这样的人。空想误己、空谈误国，实干兴邦，如此，方不枉此生吧。

3

心定人静。通过一段时间的调整和休养，丁沫现在感到身心明快，精力充沛，不禁想到，现在有的是时间，索性了解了解以前的同事曾给自己推荐过的工作机会，反正主动权在自己手里，于是上网查询了这家公司的简要情况。

这是丁沫以前从未接触过的行业，金融行业，是一家从事商业人寿保险业务的公司：民生人寿保险股份有限公司。保险业务，丁沫也从来没有涉足过。新鲜本身，就对丁沫有着很大的吸引力。因为新鲜，意味着要面对更多的挑战和创新，这两个因素都是丁沫的强项。丁沫平生最怕的就是枯燥乏味、单调重复。

首先，民生保险是其所在的民生金融集团下面的子公司，民生集团是目前国内金融行业里的航母，成立近三十年的时间，旗下有数不清的子公司，在 A 股、H 股上市的子公司也有很多，业务几乎包揽了金融行业现行法规允许的所有业务，从而成为名符其实的金融业巨无霸，同行公司只能望其项背。

民生保险公司在民生集团内部是最初成立的公司，早已经上市了，可是现在每年仍以较快的速度增长和扩张，每年给集团贡献的利润占集团业绩的三分之一还要多。

而"保险"这个词，丁沫不是没听说过，只是从来没关注过，更没有这么近距离地观察过。但是，丁沫的女儿刚生下来没几个月，她们夫妻就给孩子买了一份保险，具体有什么好处，丁沫也说不清楚，只隐约记得好像能给孩子攒些钱。

公司规模不必说了，关键是行业，丁沫对于保险这个行业太陌生了，但是现在政府仿佛很看重这个行业，网上可以查到国家总理的政府工作报告中曾经多次提到这个行业，以及政府给予这个行业的诸多政策支持，可见，保险业至少是一个在十年内有广阔发展前景的行业。那么，这个行业对于百姓过日子来说具体能发挥什么作用，能给老百姓带来哪些实惠呢？于是丁沫买了几本书打算认真学习和了解一下，反正自己现在有时间。

就其地位而言，如果说金融业是现代社会最重要的支柱行业，那么保险就是金融行业的三大支柱之一，另外两个是银行业和证券业。

保险，就其经济实质而言就是应对风险、对损失给予补偿。它的起源是基于人类社会在发展过程中不断与自然灾害、意外事故以及恶劣的生存环境相抗衡的一种自我保护措施。人类在大自然面前虽然非常弱小，但是，人类以互帮互助的形式来尽可能减小所处环境风险产生的损失，以及人作为一种生命体本身自有的风险，比如疾病、死亡等，以及因此失去劳动收入的风险。

据史料记载，5000年前，古埃及与其他王国之间的商务活动基本依靠骆驼商队来完成。横越埃及沙漠的骆驼商队，如果运气不好行进沙漠期间刚好赶上沙漠风暴，其货物、运输工具的损失以及人员伤亡等就会让一个商人彻底破产，经过无数次的惨痛教训后，终于有一个聪明的商人想出了一个办法：互助共济，即一个商队的所有成员共同承担旅途风险。

这个办法规定，如果旅途中有商人的骆驼遇到不测而死亡或货物、财产受到损失，由未受损的商人从其获利中取出一部分来救济受难者；如果大家都平安，则从每个人的获利中提取一部分留存，作为下次运输补充损失的资金。由于有了这个约定，每次事故的损失不会在商队中引起太大的波动和影响，贸易所得的利润分摊下去，至少能够让商人们有足够的资金购置新的运输工具——骆驼，以求东山再起。这种互助共济的办法，经过后来不断的完善和补充，更趋合理，几乎成为所有长途贸易商队的必用良方。正是由于该方法规避风险的互助性，后来被收入到《汉谟拉比法典》中。

在我国，远在3000多年前的长江流域也产生过类似的对抗风险、分摊损失的方法。由于当时造船技术有限，加上长江水急浪高，经常发生船只倾覆、货物损失的事故，据说有一个年轻的四川小伙子刘牧想到了一个办法：货物分装。这个办法提出后几乎没有人赞同，因为这样一来，张三的货可能要装到王五、赵六、李七的船上，不仅增加了装卸工作量，而且自己的货物不在自己眼皮底下怎么着也不放心啊。

但是，在大自然面前，人类显得那么弱小，面对事故频发、损失不断，大家仍然一筹莫展、无计可施，而刘牧却一直没有放弃自己的主张，在刘牧的坚持下，加之面对不断产生损失的现实，最终领队同意首先在自己所在的小商队尝试这个方法。事实胜于雄辩，在经过了一次事故后，大家才真正从感性上体会到了分装的好处和优势，分装的确能够分散风险，从而也就等于实现了分摊损失的目的。慢慢地，这个方法逐渐被所有商队接受和采纳了。

中华民族的先祖在长期的生产、生活实践中逐渐体悟到，风险随处可见，是不以人的意志为转移的，为了确保灾年时民众的基本生活不受影响，政府也采取了相应的措施和预防办法，如"三年耕，必有一年之食；九年耕，必有三年之食"以及"故三年耕而馀一年之蓄，九年耕有三年之蓄。此禹、汤所以备水旱而安百姓也"等等，以此来应对自然灾害给人民生命财产带来的损失，让国家能够安定和谐地渡过灾年，不至于出现社会动荡，并将此定为济世安邦的基本国策。

所以，与其等风险来了、损失发生了才想到解决，不如未雨绸缪、积谷防饥，在风险发生之前就采取一定的措施可见伟大的中华民族本着"圣人不治已病治未病，不治已乱治未乱"的理念"防患于未然"之做法由来已久。

所以，保险这件事情，对于百姓的日常生产生活来说并不陌生，也并不遥远。对于政府来讲，有史以来，无论哪个朝代都大同小异地行使着预防灾害、预防风险以减少风险损失的职能。而作为普通民众个体也从多年的生产实践以及与自然灾害的抗争中，总结出了与政府应对风险相似的做法。

丁沫记得在妮妮小的时候，家里请过做家务的保姆阿姨，这个阿姨家是农村的，而且是地地道道的农民，家里还种着粮食。由于在丁沫家里做工，丁沫一家也跟着沾光，吃到了新鲜的面粉，丁沫永远忘不了用当年的小麦磨成面粉后蒸出馒头的那种麦香，仿佛能让你从嘴里到胃里，一直都有这股诱人的香甜。

同时，丁沫也了解了农民上交或者向国家出售粮食的窍门：每年新打下来的粮食给自己家里先留足，然后上交国家，那么上交国家的粮食就由两部分组成，一小部分是当年的新粮（甚至根本没有，这要看当年的收成如何），剩下的全部是往年的陈粮。据说，她们村子每家每户的存粮足够一家人吃三年的。也就是说，我们城里人买到的粮食不知道是几年前打下来的了。

所以阿姨笑眯眯地说："城里人能吃到三年前打的粮食已经算是新鲜的粮食了！"难怪呢，用几年前打下来的小麦打磨的面粉蒸出来的馒头怎么能有麦香呢？丁沫甚至想，城市人的胃里积攒的各种食品添加剂，恐怕要多于每天吃进去的粮食吧？

阿姨描述的这件事，立即让丁沫想到了很早以前读过的一本书，里面谈到皇帝喝的茶叶，皇帝虽贵为天子、一国之君，但是，每年各地进贡的新茶叶皇帝老人家根本捞不着饮用，那么新茶都去了哪里呢，都让宫里的太监私吞了，新茶自己喝，给皇帝老人家喝的都是去年甚至前年的茶。当时丁沫读到此处颇不以为然，认为就是小说家的创作不一定确有其事，现在看来，还真难说啊，有道是"假做真时真亦假"啊！

丁沫想，如今，果真遇到大灾之年粮食大幅减产，国库储备也吃空的时候，吃不上饭的一定不是农民，只能是城市人。在这个时代，很多城市人是非常可怜的，既没退路又没进路，还得吃着陈粮。而农民兄弟呢，进可攻、退可守，堪比世外桃源啊！

4

"喂,你好,请问是丁沫女士吗?"

"对呀,请问您是哪位?"丁沫接到了一个陌生电话,是位女士,声音听起来给人很温柔的感觉。

"我是民生保险公司的,之前影贞跟我提起过你,她夸你非常优秀啊!"影贞?哪个影贞,丁沫心里直划弧,若不是这人一口还算标准的普通话,丁沫真会怀疑自己是不是遇上了骗子。

"就是朴影贞啊,您是贵人多忘事哦!"对方见丁沫未置可否,及时地补充了一句重要信息。

"哦——"丁沫猛然想起来了,就是前些时候曾经给自己打过电话推荐工作的人。这个人在宏宇集团没待多长时间,丁沫和她可以算擦肩而过,难得她还能记得自己,并且还给自己推荐工作,丁沫心里自是十分感激又不免自觉歉意。

"抱歉啊,一时没想起来。您有什么事情吗?"丁沫冷静了一下,毕竟对方还是陌生人,先搞清楚对方意图再说。

"是这样啊,我们公司现在正在招聘,希望像您这样优秀的人才加盟我们公司,您看有没有兴趣了解一下?"对方嗓音温柔依旧。

"哦,原来朴影贞推荐的工作就是眼下这个人说的这回事!"直到这会儿丁沫才彻底搞清楚推荐工作一事的来龙去脉。

"哦,你们招聘什么职位呢?"

"我们正在组建一个新部门,是管理和服务客户的。"听起来很含糊,丁沫不禁眉头轻蹙。

"我是专门负责这项工作的,所以影贞向我积极推荐优秀的丁女士您啊!"对方见丁沫又不说话了,适时送上一句赞美。

"哦,是吗?"对于人家的赞美总还是要有所表示的,这涉及到礼貌问题,丁沫接了一下。

"那你看,明天或者后天你什么时间方便,我们见面聊一下好吗?"百发百中的赞美任谁都难以拒绝,这次依旧生效,对方赶紧跟进一步。

"唔,那就后天吧。"丁沫也想见面沟通一下,以便近距离了解了解这家公司的大体情况,以及向自己推荐的这个职位的情况。

"好,我们就定在后天见面吧。"估计是没想到丁沫这么容易就答应见面,对方显然非常高兴,一下子放松了。

"后天您上午还是下午有空呢?"对方可能担心丁沫变卦或者是忽悠她,又落实了一下见面时间。

"下午吧。"丁沫说。

"要不,这样吧,中午如果您有空,我们一起吃个饭,边吃边聊,如何?"对方又增加了诚意的尺码,因为如此这样答应见面却又爽约的人太多了。可她并不知道丁沫是一位言出必行的人。

"嗯,那也好。"这场见面就这样敲定了。

"等一下,我还不知道怎么称呼你呢!"丁沫突然想到自己居然不知道对方的大名,就要和对方见面,真是太唐突了,是自己被对方愉快的心情感染了么?

"呵呵,你瞧我一高兴都忘了自我介绍了,我叫施丽。那我们后天见!"对方兴奋之情溢于言表,朴影贞把她形容得如何了得,没有想到这么顺利就约到了这个重量级人物。

到了约定见面的那天,丁沫在约定的时间出现在约定地点。丁沫正在琢磨对方到了没有,突然电话响了,一看正是施丽打来的,施丽得知丁沫已经到了门口,坚持让丁沫在原地等候,她出来接丁沫。丁沫想,恭敬不如从命。

不到一分钟,从里面出来一位中年女士,大多约五十岁上下,丁沫迎着她的目光,"是丁沫吗?"对方笑吟吟地问。丁沫走上前一步,"我是丁沫,你好!"

"我就是施丽,真高兴见到你啊!"施丽亲热地拉着丁沫的手,引领丁沫进入室内。

施丽穿着一身套裙,是比较有女人味的那种款式,颜色在水粉色与米色之间，在丁沫看来过于紧身了，特别是在这个年龄段穿。无论款式或颜色，衣服的主人显然是希望它能让自己显得年轻一些，甚至能让时光倒流就最好了。是不是女子到了这个年龄都难免急切地把自己打扮得尽可能年轻一些？等自己到了这个年龄是不是也会有这种焦虑表现呢？

这是一家咖啡馆，是全国连锁品牌。

寒暄后宾主分别落座。

"来，正式认识一下，这是我的名片。"丁沫连忙接过名片。

"抱歉，我没有名片，您叫我丁沫就好。"丁沫坐下后认真看了一下名片内容，没有职位，但有一种荣誉称谓，类似业绩精英的那种，这样的名片丁沫还从来没有见过。

"你这件裙子真漂亮啊，衬得你的肤色很白，别人穿上肯定没有你这么好的效果。你气质真好。"说实话丁沫这么多年来，还很少遇到人当面这么直截了当地赞美自己，特别是陌生人的赞美。之前丁沫身边的人要么就是老板、要么就是下属，而且丁沫遇到的老板都比较保守，很少和下属开玩笑；自己的下属更不会公开赞美自己的女领导；同级别的人也都是各做各的事，大家在一起也都是说工作方面的事，基本不会聊与工作无关的事情。丁沫一时真不知道怎么回答好，只好微微一笑以示谢意。

"喝点什么？"施丽反应很快，没让气氛僵在那儿。

"卡布其诺吧，小杯，谢谢！"丁沫微笑着回应。

"我要一杯奶茶。"在施丽和服务人员交待消费的饮品时，丁沫不禁细细打量了一下面前的施丽。面部以及五官都经过精心细致的修饰和打理。即便如此，也难掩岁月在这张面庞划过的痕迹。

这是一个虽历经岁月洗礼，但并不想让别人知道她如许年华已悄然逝去。年龄，也许是人类唯一不愿向他人示强之处，特别是女人。

不知为什么，丁沫虽然感激施丽刚才的体贴，但是她发现自己心里一直拒绝这个人。

现在自己面对的这个人，却很难把眼前这张脸和前两天在电话里听到的声音统一起来，因为她并不是一个能够信任的人，丁沫很快就做了判断。

施丽和丁沫说话的样子与面对服务生讲话时完全是两张面孔。面对丁沫的时候，施丽展现的是自己最希望对方看到的形象；而面对服务生的时候，却摆出一副"上帝"的面孔，这个情形不由得让丁沫给施丽的人品下了一个判断：颐指气使，看人下菜碟。

对施丽有一个初步的判断后，丁沫的思绪立即从施丽本人转移到自己今天的目的上来："我想了解下贵公司现在所招聘职位的详细情况。"开门见山，这是丁沫的性格。

"我们这个部门呢，是做售后服务的部门，具体就是通知客户交费呀、为客户做理赔啊、变更信息之类的。"丁沫一时没听懂。这个职位好像是个能说中国话的人都能做的呀，而且施丽的眼睛总是在闪烁，一直不和丁沫的目光交汇，让丁沫更加肯定了自己刚才的判断，这是一个不够坦诚的人。

"哦，那这个岗位的招聘条件是什么呢？"丁沫直接问了。

"大专以上学历，有过金融行业从业经历的优先。"施丽这时难得地看了一眼丁沫。

"哦，那我好像并不符合这个条件，我没有在金融行业工作的经验啊！"丁沫笑着说道，迎着施丽的目光。

"哦，像您这么优秀的人才，我们公司一定会特殊考虑的，这个我能保证。"施丽适时地恭维了一句。

丁沫只是笑了一下。

"而且，咱们这个工作的收入没有上限，不像在传统行业，工资是死的。也没有同事间的勾心斗角，互相排挤；更不用看领导脸色，工作好坏完全凭自己的能力，一个月挣两三万是常有的。施丽说一句，看看丁沫的反应，而丁沫始终都是淡淡地微笑，看不出有任何情绪上的反应。做得好了四五万也不是不可能。"施丽有点沉不气了，直接抛出了杀手锏。

"我还是没清楚自己都需要做什么，或者说这个部门成立的意义是什么呀，记得您在电话里说这个部门是做客户服务和管理的，既然是这样，这个工作如此重要，民生公司成立这么久了，难道之前这个工作一直没有做吗？"丁沫不慌不忙地接过来，诱惑好像没起作用，反而给施丽施加了不大不小的压力。

施丽这个时候想起了好友朴影贞的话，总算理解了什么是高手，什么是重量级人才，不禁有些紧张起来。

"你不用担心，你进来后，我就是你的师傅，你无论有什么问题都可以问我，我随时随地给你解答。"施丽的紧张难以掩饰，在丁沫面前暴露无疑，居然所答并非丁沫所问。

"哦，您在民生保险公司工作几年了？"几个回合下来，丁沫对于施丽的个人能力以及职业素养方面已经有了一个大概的判断，如果自己想了解到一些情况，就得用对方能听懂的语言进行沟通，尤其是对方又比自己年长许多，更应该给予应有的尊重。

"不是很长，五年了。"施丽一时没明白丁沫想问什么，但很显然这个问题要比上面的那个问题容易回答多了，于是，即使没明白这个问题背后的目的，但施丽的神经依然放松了不少。

"那您平时上班，都做什么啊？"丁沫以攻为守，主动出击。但还是保持自己的节奏。

"很简单，早上我们开早会，早会后基本没什么事情了，自己安排见客户，或者自己有事的话去办自己的事情，我们的工作时间是非常弹性的，不像你之前坐办公室，一定要几点下班，咱们这里不需要，完全自己掌握。"这样的回答，不能说没有内容，却依旧空洞；不能说没有逻辑性，但又让人摸不着一个清晰的脉络。如果丁沫在谈话的开始就抛出这个问题，而施丽也如此回答的话，没准丁沫还以为自己遇上了谈话高手，正如《关键沟通》里描述的一样。施丽的一番话语不着边际同时又充满着诱惑，丁沫明显感到施丽一下子得意起来。也许在与其他面试者沟通时，每当了解到这个情况对方都非常感兴趣吧，所以施丽还没等丁沫兴奋自己就先按捺不住地得意起来了。

"哦，那现在这个部门招聘到几个人了呀？"正面出击没有实质性进展，丁沫稍微调整了一下思路，侧面摸一下情况。若果真有如此容易轻松的工作，每月还有几万元的收入，那还不造成万人空巷的情景了呀，天下哪有这样的好事情。

"嗯，有七八个了吧。"施丽的表述明显透着犹豫，这表明要么就是在说谎，要么就是另有隐情。施丽有些糊涂了，一时摸不透丁沫走的是哪步棋。

"那这个部门计划要招多少人呢？"丁沫没有从正面证实这句话的真伪，而是在相反的方向又抛出一个问题。

施丽现在彻底明白了自己不是丁沫的"对手"，她提的问题都是自己从来没遇到过的问题，自己见了这么多的人从来也没有人对这些问题感兴趣啊！施丽虽然很有一番败下阵来的气馁，但同时她也不得不承认丁沫的确是难得一见的人才，如果抓住了就是自己的，就能成为自己团队的得力干将，如果今天没抓住让她飞了，以后再也不会有这个机遇了。

"这样吧，改天你有空时，我让我们领导和你谈谈，你就了解这个岗位的工作了，好吧？"直接抬出领导来了，这倒是丁沫没想到的。施丽总算识别出了眼前的人是个人才，但是她可没有去想一想，将来即便丁沫走入了自己的团队，以自己的能力或能量是否能驾驭得了这个人才，为己所用呢？

"是你的领导吗，怎么称呼他（她）呢？"丁沫想知道这位领导的级别。

"是我们处长，姓王，他在民生公司是非常有名气的。"还没等丁沫答应自己的提议，施丽就表现出如释重负的样子，仿佛只要把丁沫这个难以下咽、更难舍放弃的鸭子推给了自己领导，丁沫这事儿就等于摆平了。

"哦，过两天我再和您联系吧。"丁沫依旧微笑着说。

"还是我联系你吧，下周一我给你打电话。"听出丁沫有放慢节奏的意味，施丽的节奏不由得又加快了。

"好吧。"丁沫有一种习惯，不愿意直接拒绝别人，即使对一个第一次见面就没有博得自己信任的人。

丁沫既然已经认为保险行业是一个有益民生，同时又具备很大发展深度和广度的行业，有了这样一个大前提作为基础，所以还是想认真了解一下这个行业里面的详细情况，注意力也就不会过多放在关注某个人的人品方面了。何况，丁沫始终确信，一个真诚待人、又总是以退为进、以失为得的人，工作中如果遇到人品不太值得称颂的人，实则于己又有何干呢？自己该怎么做还是怎么做，如果能够感染到对方大家共同进步，那最好不过，如果不能，于自己做人也没有什么损失。

5

王伟处长，中等个头儿，周身上下释放出那么一股精明强干的气息，看起来和施丽的年龄相仿，实际年龄也许要比施丽大一些吧，可能是王处长不经意间流露出的丰富阅历，给丁沫传递出了对方年龄的信号。

而且这位领导的头发分布也是地区支持中央，当然，时下也不知是怎么了，也有许多人年纪轻轻的就是这个样子的发型了。

丁沫想知道的是这位王处长为什么在民生保险如此有名气，也很想知道在一个给大众提供保障的行业里，处于高级的人或优秀的人都是怎样去工作的，以及他们是如何看待这个行业的。丁沫身边目前还没有在保险业工作的朋友，保险公司的人士在丁沫的心中并没有特别的印象。

滨城的夏天相比内陆城市的舒适程度，让人深感惬意的同时，又多少有些惭愧。丁沫总觉得在这样的城市里：冬天不是很冷、夏天不是很热，更难得的是春天各色花朵不经意间已然秀满枝头，有很多整条路都淹没在花海中，不要说身临其境了，就是从远处看上几眼也能让人醉到梦里。

即便在萧索的秋天，自古以来文人墨客似乎也难掩钟爱之情，无论是借"无边落木萧萧下"之景、抒仕途无望而任一生漂泊之无奈情怀的,抑或是咏西北边塞秋色、叹驻边戍敌将士生活的"长烟落日孤城闭",还是歌咏江南秋月夜的"洞庭青草,近中秋,更无一点风色",都是因这个季节而生发出独有的佳句,甚至是千年的绝唱。诗人、词家擅长借景传情,直抒胸意,以慰平生。说是钟爱,倒不如说是为了赋诗填词而有"为赋新词强说愁"之嫌疑。因为,描写秋天的诗词背后大都有着悲叹的意味,似乎一年四季的不开心事都集中到这一个季节来舒展情怀一样。

而滨城的秋天首先胜在大自然之色彩丰富,加之有独特的景观天蓝海黛作为背底衬托,更添别样风采。自从来到这座城市生活工作之后,丁沫深感若不能奋发向上、努力进取,实感愧对上天对这座城市的厚爱。

滨城的夏天在丁沫看来空调都是用不到的,但是,丁沫并没有发现空调在这座城市里滞销。此刻,在王处长的办公室里空调正吹送着冷气,丁沫感到胳膊上的汗毛都竖起来了。办公室里烟雾迷漫,王处长正在看丁沫的简历,突然抬起头问了一句:

"一直是做财务总监,这么优秀,怎么想到来这里工作呢?"丁沫没想到他会问到这个问题,但是,你的下属认为我适合做这个工作的呀,你们难道标准不一样吗?

"抱歉,王处长,我没听懂您的意思。"丁沫直接回答,让人听起来冷静中透着冷淡。

"呵呵,我是说,我们现在的岗位和你原来的经历不大相符,但是你过往的表现又这么优秀,倒是可以尝试做一做。"王处长立即展开笑容回应道。

"我也很想知道,你为什么想做这个工作啊?"不仅面带笑容,而且王处长的语气也突然柔和起来。

"我比较看好保险这个行业,但是,我还没有决定是否做这项工作。"丁沫直截了当地回答,她不想给对方留有制造误会的机会。

"那你到我这里来,是想了解什么呢?"语气似乎冷淡了。

"我想知道,我将来如果要做的话,都包括哪些工作内容?我的工作对谁负责,我的工作职责是什么?考核标准有哪些等等,类似这些问题吧。"思路清晰,条理分明是丁沫另外一个标志性特点,而且是具备一定杀伤力的特点。

听了丁沫的这番"要求",面前的王处长一时之间似乎愣住了,大约过了五秒钟,双方都没有反应,丁沫下意识地看了一下手机,想打破这个僵局,还好王处长似乎也醒悟过来了,"嗯,这些情况施丽没有给你讲吗?"

"我没有听懂,所以还想听听您的讲解,有劳您了,如果方便的话。"丁沫礼貌地回应,但不容置疑,她是一定要了解清楚的。

于是,王处长给丁沫介绍了一番这个部门以及丁沫所在岗位的工作内容,这番介绍基本和施丽的描述相差无几,但是内容要丰富和形象一些,比如将来的晋升呀,可以有自己的团队啊,在这里没有传统行业复杂的公司政治呀,完全凭能力吃饭呀等等。

"抱歉我打断一下,您所说的能力,是指什么能力呢,通过施丽主任和您的讲解,我所理解的这份工作基本是服务客户的性质,好像不需要特别的能力啊!"丁沫适时地抛出一个问题。

"对呀,主要工作就是服务,还有管理,同时,也要销售啊!"哦,原来如此,果然不是表面上听到的那么简单。

"我们这个部门和其他的销售部门不同,公司是给我们分配客户的,越是优秀的员工公司分配的客户资源越好。"见丁沫犹豫了一下,王处长立即明白了丁沫的担心,适时地送上一颗宽心丸。

"对,所以我说,和你原来的工作差距较大,你可能做不来呀。"可能是出于关心,也可能就是随意一说,王处长最后似乎无意之间甩过来一颗带有一定冲击力的炮弹,"恰好"击中了丁沫的自尊心。

"我考虑一下吧,谢谢您王处长。"王处长职业性的微笑再度浮现在嘴角,但是眼睛里却没有丝毫笑意,礼貌性起身。

"好,你回去想一想也好,毕竟这不是小事嘛。"王处长站了起来,伸出右手,丁沫也只好伸出手握了一下。

施丽见丁沫出来了，让丁沫在门口等她一下，她进去和王处长说了几句话。出来后看见丁沫说："处长评价你非常优秀，就是担心你不能适应这里的工作，毕竟和你之前的经历差别太大了。"

"哦，是吗？难得处长为我考虑得这么周到啊！"丁沫淡淡地一笑，"过几天我们再联系吧。"施丽这几句话看似是关心，但丁沫听着却有些刺耳，因为在丁沫的职业生涯中，还没有什么是丁沫做不了的事情，至少到目前为止是这样。

丁沫是想要回家和林征商量商量，听听他的意见。

6

保险公司的事情从丁沫开始关注这个行业以来，又是上网查资料又是买书的，但丁沫却一直没告诉先生林征，所以林征还不知道丁沫的想法。但是林征已经从丁沫的一些行为举止上看出了一些端倪。

上网，对于丁沫来说就已经是很大的动作了，因为她平时很少上网，以前的工作都是在单位用电脑，回到家除非是查收紧急邮件，很少用到电脑。用她的话说，除了必须而且是工作必须，她从来不在家里上网。原因有两个，一个是丁沫有比较严重的颈椎增生，看电脑超过三十分钟脖子痛得受不了，另外，丁沫认为上网就是浪费时间，有很多人觉得上网可以学到东西，但丁沫认为真正想要学习还是得在书本里学，网上的信息只是信息而已，不是知识、更不可能是文化。因为你不知道发帖那些的人都是些什么人，是否具备足够的专业知识，人品如何更是无从谈起，而真正的专业人士基本没时间、也没兴趣泡在网上写帖子、回帖子。

晚饭后，女儿妮妮在写作业，林征坐在沙发上看电视新闻，这是林征多年来一直保持的习惯。

林征毕业后先在会计师事务所工作了三年，后来一个偶然的机会去了DNV，很多人一听这个名字，基本都会一头雾水，不知道这是什么机构。

DNV，是"挪威船级社（DET NORSKE VERITAS）"的英文简称，这是一家专业风险管理服务机构，以"捍卫生命与财产安全，保护自然环境"为宗旨的独立基金组织。成立于 1864 年，为客户提供全面的风险管理和各类评估认证服务，主要涉及船级服务、认证服务、技术服务等方面，其在全球一百多个国家中设立了约三百个分支机构，员工逾九千人，来自全球八十五个不同的国家和地区。林征即就职于古城的 DNV 分支机构中，后来由于丁沫工作关系的变动，跟随丁沫辗转来到滨海的分支机构，这不仅是全球性企业的优势，更是 DNV 以人为本企业文化的充分展现。所以，也不是所有具备这个条件的企业，都能有 DNV 这种胸怀。

林征能到这个服务机构遍布全球的地方来工作，而且又是处于业界领先地位的评估机构，更加难得的是这份工作还和自己的专业对口，是得利于自己原来一个客户的推荐，虽然这份工作非常辛苦，只要有评估项目，基本上都在外地，出差就成了家常便饭，辛苦劳顿自然不用说了，也顾不了家。但丁沫还是非常支持林征能到 DNV 工作，除了 DNV 的历史悠久、博大精深，还有就是这个机构非常重视环保，所以丁沫认为一个有着强烈社会责任感的机构，无论其对员工、还是对客户都会有相应的责任，有规矩，不会乱来，能够放心地在里面工作。

中国有句老话说，不是一家人，不进一家门。林征和丁沫能走到一起，日子虽然平淡，夫妻俩倒也相得益彰，他们性格中最大的相似点就是不喜巴结权贵，逢迎谄媚就更是不屑为之了。所以，当年毕业时，品学兼优的林征本来是有机会去政府的一个部门工作的，但林征想了想最终还是放弃了，这让很多同学都不能理解。林征觉得官场不是自己的性格能够适应的，与其将来心力交瘁、追悔莫及还不如当下就做出正确选择。

林征的这种临大事能决策、且胜似闲庭信步般的从容果断，也是让丁沫非常钦佩的魅力之一。

丁沫坐在林征的身旁，林征看看她，一般丁沫不会坐在这儿和他一起看电视，丁沫说新闻对于她来说听听就行了，有先生掌握天下大事，对于她们家来说，已经足矣。

林征问："有事啊？"丁沫就把民生保险公司工作的事和林征大体描述了一番。

"哦，你觉得有什么不妥吗？"这事对于林征来说丝毫也不觉得惊讶，因为他了解自己的妻子，所以继续问道。

"有两点，这个岗位不是领导职位，就是一个普通员工。"

"哦——"林征好像倒没觉得怎样，只是继续看着自己的媳妇，鼓励她继续往下说，脸上似乎还有一层不易被察觉的笑意。林征之所以能 HOLD 住丁沫这么一个漂亮媳妇，一个最大的秘密就是他能让丁沫在自己面前完全放松下来，丁沫想做什么就做什么，想说什么就能说什么，丁沫完全可以做她自己，不用考虑林征是不是喜欢和接受。

"还有，这应该是一个销售岗位，我不确定自己能不能做得来。"丁沫犹豫着，仿佛做了一番斗争才把这件事彻底"坦白"了。

"那这个工作吸引你的地方是什么？"知妻莫若夫，问到关键处了。

"嗯，我对这个行业非常看好，对百姓有益、国家又非常支持；再有，民生集团的实力非常雄厚，好多子公司都是上市公司，各个方面的管理会相对正规一些，个人在这个平台上发展相对能更加容易一些吧。"丁沫又总结了两点。

"哦，那如果是这样，倒是可以试一试，你为什么判断自己做不来呢？"林征表面是在询问自己不了解的信息，但其实是进一步启发丁沫，帮助丁沫明确自己的担心在哪里。

"因为销售的工作，我以前没做过嘛！而且我也不具备做销售的客观条件，比如像做销售的人那样能说会道，又能够看人下菜碟，甚至是'见人说人话，见鬼说鬼话'的圆滑和八面玲珑。"丁沫的一番抢白似乎不是在说自己不行，反而是在批评做"销售"工作的人，为人虚伪、见风使舵。

"据我所知，我们家丁沫在做财务总监之前，也没有实习过财务总监的工作，不也是一个优秀的财务总监吗？"林征若有所思地看着丁沫，眼睛里似笑非笑，却溢满温情。

"那不一样啊，财务，本来就是我的专业嘛！"丁沫似乎有点急了，她是在生自己的气，她发现有些特质是一个人永远都不能达到的，比如八面玲珑，又比如见风使舵。

"而且，一个优秀的营销人员，并不一定非得能说会道啊，但是却一定要真诚和专业，这两个条件是成为一个出色的营销人员所必须具备的素质和条件。"林征此刻的表情严肃起来了，他在告诉丁沫，销售工作并不是一个"见人说人话，见鬼说鬼话"的职业，而是需要用真诚和专业赢得客户尊重的职业。

丁沫看着林征，这下丁沫若有所思，也若有所悟了，脸上的表情也不像刚才那般的僵硬了，而是欣赏地看着自己的丈夫。"不过，在开始做的时候，肯定会有很多困难，你要有准备，特别是在前期刚进入的时候，得有个过程。"

林征和丁沫一样，应聘工作的时候从来不问待遇、工资之类的问题。第一，他们不会去名不见经传的小公司应聘，这样的公司朝令夕改几乎没有定式，还是不要浪费彼此的时间；第二，他们对自己的能力和人品都有足够的自信，如果这个岗位自己能做，那相应的薪资待遇公司都是定好的，不用自己操心；如果自己发挥出色，自然会有更大的舞台让自己发挥能量，那么待遇一定也是随之水涨船高的。

这个方面也和他们夫妻的金钱观有关系。在消费方面，他们一般不讲究非名牌、大牌不可，只要是品质过关、又在自己的承受范围内，当然前提是自己需要的东西；第二，他们不用信用卡，做到支用有度、勤俭节约，特别是丁沫学习传统经典文化之后，对欲望方面的管理更是认真落实修身齐家的原则，丝毫不马虎；第三，他们来到滨城后，由于滨城的物价水平普遍比他们之前居住的内陆城市要高，特别是房价，几乎是内陆城市的两倍还多，所以他们决定先不买房，而且也不打算按揭做房奴，等手里现金积攒够了就一次付款，所以他们现在还是租住在一个惬意的小区里，这是一个海军部队家属院，环境优雅、安全，妮妮上学也非常方便。

这是他们夫妻的第二点相似之处。所以说，有着相同的价值观，会促使夫妻双方在大的原则方面保持看法一致，其他的生活细节之处，就是妻子如何展现妇德之仁了，故而琴瑟相合、举案齐眉也就不只是传说中的故事情节了。

"至于是不是领导，你很在意吗，还是怕说出去面子挂不住啊？如果公司机制好，凭你的能力，我相信一定会有机会，民生集团能做到今天的规模，如果没有一个好的机制是不会吸引人才、留住人才的。"林征的判断能力一直都让丁沫折服，逻辑思维也同样是丁沫的强项，但是，事情一旦涉及自己，仿佛就没有平时那么清晰的思路了。

"面子的问题，只有你自己想清楚了，其实做了这么多年的领导，你觉得自己差那个名分吗？"人就是这样，一旦陷进一个误区，就很难走出来，但是，如果有人在旁边稍一点拨，那层窗户纸兴许就破了，此刻，丁沫就有这种感觉。

"你做不做领导、是不是财务总监，不一样还是妮儿她妈，我的老婆么。"林征笑着眨了眨眼，做了总结式发言。

"那当然啦！"丁沫调皮地冲林征瞪了瞪，却难掩眼角眉梢的欢喜之情。

林征是了解丁沫的，一方面是林征了解丁沫的工作能力以及丁沫的品性，另一方面民生集团的品牌和实力也是实实在在的，而且丁沫能把这件事情和他商量，说明这件事在她心里是非常看重的，说明她自己很想尝试做一做，否则，也不会让自己如此纠结。

因为，丁沫虽身为女子，但做事向来干脆利落，林征还没有见过她婆婆妈妈的时候。只不过这一次情况的确特殊，林征就替丁沫做了一回主，鼓励丁沫勇敢地迎接挑战。

这事儿经过先生的一番分析和鼓励，就算尘埃落定了。

7

众所周知，由于特殊的历史原因，1958 年我国国内保险业务终止，直至 20 世纪 80 年代以后，才又慢慢开始恢复，而民生集团正是在 20 世纪后期成立的众多保险公司之一，国内保险市场独家垄断的格局被打破，现在的民生集团成立初期像其他保险公司一样只做财产保险业务，人寿保险是过了几年后才逐渐展开的，受当时国内经济大环境的影响，国内各行各业在改革开放的大潮下正呈现勃勃生机，大批保险公司以及其他金融性质的公司或机构如雨后春笋般相继破土而出。

民生集团也不甘落后，看准市场、摸准脉搏，市场需要什么就做什么，并且总能抢先一步占领市场，经过近三十年的积累，终成国内金融业巨子。民生集团的创立者也是如今民生集团董事局主席法金生，其家世与金融行业渊源颇深，其先祖据说就已经是当初成立"保险招商局"的出资人之一。

此时成立的国内保险公司无论从人员建制到内部管理，在很多方面大多效法台湾保险公司，比如作为业务人员，加盟保险公司必须在身份上有一个归属，归属于某一个人，这个人自然已经是保险公司的一名代理人了，这个人就是新入司人员的师傅，故称师徒制；再如各个级别的部门的名称：区部、处、课、区等。施丽现在就是一个区的负责人。

自从认识了丁沫以后，施丽感到自己在保险业的春天就要来了，虽然丁沫看起来给人的感觉冷漠、淡然，但是施丽从来没接触这丁沫这个层次的人，丁沫周身上下散发出来的那种气势和影响力非常吸引施丽，她特别希望有丁沫这样的高级人才加盟自己的团队，为自己的团队增加一道独特而亮丽的风景线。

施丽虽然学历不高，但也毕竟有着三十年的社会阅历，因此她判断以丁沫如此优秀的职业经历，丁沫也一定拥有着强大的人脉资源，在施丽看来良好的人脉资源如同一座宝藏，是发展保险事业必不可少的政治基础。如此，自己未来可以从丁沫这里得到的利益将无法估计。哦，丁沫，简直是上天奖励给我施丽的一个天使啊！

可是，施丽也知道这个天使，不是哪个人都能博得其开心的，也不是可以随心所欲意支配的。虽然只接触了两次，时间都不长，凭施丽阅人无数的经验，也摸不透丁沫现在到底是怎么想的，是来还是不来？

施丽出生于20世纪60年代的一个比较典型的中国城市家庭：家里三代同堂，包括奶奶，父母，她们姐弟四人一共七个人住在不到五十平的房子里面，当时她们家还是平房。母亲不工作，用现在的话讲叫全职太太，在那个时期叫家庭妇女，父亲一个人工作养活这个七口之家。虽然生活不富裕，但母亲是一个勤劳又很会持家的人，加之家庭气氛和睦，父严母慈、兄友弟恭，因此她们这个家还是非常让人羡慕的。

施丽在四个孩子里面，排行第二，上面有一个姐姐，下面有两个弟弟。听老人讲，家里老大的性格憨厚稳重的居多；而老二一般都聪明伶俐、能言善辩、喜欢受人瞩目；老三一般在中间不受重视，比较擅长察言观色、懂得自我保护；老幺由于从小受父母兄姐宠爱，故而比较娇惯任性。

排行第二的施丽果然印证了这个不成文的"规律"，情商在四姐弟中是最高的，体现在她良好的沟通能力和善解人意方面。据说她能在几分钟内和一个陌生人拉近距离，并取得对方的信任，可以说天生就是做销售工作的材料。

但是，施丽在高中毕业后接了父亲的班进了国营纺织厂，做了一名纺织厂的挡车女工，别看这个工作现在没有人愿意干，在当时可是让很多人眼红的工作，特别是在施丽同学的心目中，都觉得施丽运气太好了。能轻而易举进入一个国营单位上班，不仅旱涝保收，而且风吹不着雨淋不着的，这对于一个女孩子家意味着以后也就衣食无忧了，就连施丽自己也认为，将来自己也和父亲一样就在纺织厂工作到退休了。

施丽凭借吃苦耐劳的精神，加之其较高的情商，五年的时间就从一名普通的挡车工做到了本厂的团支部书记。施丽在纺织厂的前途，正如一朵花蕾，仿佛看到了自己在春天的绽放。

天有不测风云，人有旦夕祸福。正当施丽雄心勃勃地准备在仕途一路高歌的时候，却赶上中国纺织业遭遇严冬。由于长期以来整个纺织行业国内供给大于需求，加之国际需求又不断萎缩，许多纺织企业处于停产和半停产状态。国家意识到情况的严重性，开始在行业内大规模实施产业结构调整，对低层次的产品和生产这类产品的企业实施关停并转。施丽所在的纺织厂由于长年亏损、早已陷入资不抵债的困境，于是也和其他许多纺织厂一样被列入整顿的行列，根据国家给予的政策，符合条件的员工允许提前退休，而施丽就在这个符合条件的队列里。

离开这个自己工作了十五年的单位，施丽当时的心情可想而知，是沮丧还是抱怨老天不公，可能都有吧！但是，这个结果既是严酷的现实，也是任何个人都不可能更改的。生活还得继续，明智的人已经开始寻找让生活继续下去的其他办法。

于是，施丽和其他许多前同事一样，开始自谋生路。

不怕吃苦的施丽先是自己开了一家美发店，生意一般，后来在朋友的介绍下去了滨城最大的商场做营业员，就在这时，施丽身上天赋的销售潜质开始发挥作用，对于她来说，卖出一件商品，简直就像吃饭喝水一样自然，毫不费力。

在施丽做了售货员以后，她所在的楼层每个月的奖金几乎相当于以前一个季度的奖金，她个人的销售业绩几乎是整个楼层销售额的一半，一颗销售明星正在冉冉升起。此时的施丽又恢复了以往的自信，生活仿佛重新在自己面前绽开了笑颜，施丽感到未来还是非常美好的，至少是可以期待的。

一个偶然的机会，让施丽进入了人寿保险公司，成为保险营销行业的一名代理人。保险行业最初吸引施丽的原因只有一个：赚钱多，这是把她推荐到民生保险公司的朋友告诉她的。而且，不知是有意还是无意，施丽看到了这个朋友的工资条，一个月的工资让彼时已经收入不低的施丽惊诧、艳羡不已，那个数字施丽一辈子都不会忘记，而且在她决定加入保险公司以后，这个数字顺理成章地成为了施丽暗中追赶的目标，用她自己的话说，人活着就要有动力。

　　于是，施丽顺利地进入了民生保险，保险行业也迎来了一个传统行业的销售标兵。

　　施丽的第一个目标就是她的朋友、现在是她师傅的每个月工资条上的那个数字。在施丽进入公司的第八个月结合公司当时的激励方案，施丽果然实现了自己心目中的报酬目标，拿到了当时自己师傅那个数字的工资，甚至还略有超过，这让施丽越发对这个行业看好和喜爱了，也越发地坚定自己的后半生就是吃这碗饭了。

　　施丽刚刚来到民生保险时，她的师傅除了她这个徒弟还有另外两个徒弟，可是没过多久就剩她一个人了。离开保险公司和离开其他单位一样，一般也有两种情况，一种是个人的主观意愿，即代理人主动提出与公司解除代理合同；另一种是代理人被动离开，公司和个人解除合同。不言而喻，属于这种情况的要么是这个人违纪，要么就是不符合岗位要求，也就是没有实现公司规定的业绩指标，就要被考核掉。施丽的两个前辈都是被考核掉的，但是施丽一点都不觉得这俩人可惜，因为在施丽看来，是他们自己努力不够，所以业绩才没有达标。

　　按照职能来划分，在保险公司有两种人，一种是内勤人员，也就是在各种职能部门里的不同级别的人。内勤人员和公司签订的是《劳动用工合同》，受"劳动法"保护和制约；另一种是所谓外勤人员，通俗地说就是做业务的人，这类人和保险公司签订的是《代理合同》，受"保险法"保护和制约，施丽就是外勤。

　　外勤人员一般有两个方向可以发展，要么只做业务，用业内的话说就是走绩优高手的路线，另一条就是走组织发展的方向，也就是说自己也做师傅、由自己建立一个团队金字塔。显而易见，一个人的力量终究有限，只有建立团队才能保证在保险公司持久、稳定地发展。

但是，刚到保险公司的头两年，施丽并不想走组织发展的路，只想自己做好自己份内的事，一个人乐得逍遥自在，又不少赚钱，操那么多心干吗呀。她自己曾经在国企做过团干部，知道人是最难管理的，很多时候费力不讨好。

可是，当她知道了做师傅可以赚到更多钱的时候，现实促使她立即改变了想法。

当然，这个"秘密"，还是从她的师傅那里得知的。

她发现，自己的师傅平时也不怎么出去跑业务，总是待在公司，但是收入好像并不比她少，甚至有时还能超过她，她就开始动脑筋了。当一个人努力拼搏、勤奋工作，却发现自己的收入比没有自己努力的人更少的时候，就会出现严重的心理失衡，自然而然就会生发这样的疑问："凭什么呀？凭什么他比我拿的多啊！"

昔日，当冉有告诉老师孔子，季孙将出兵鲁国的属国颛臾时，孔夫子说"……国有家者，不患寡而患不均"，意思是"我听说过凡是管理国家的人，不担心（有）贫穷的（人）反而担心（财富的分配）不够均衡"。

可见，在一个环境或团体中，"不均"是足够引发领导人、管理者担心的大事！然而，一件事情的起因无论是好的还是坏的，其结果却有可能引发相反的结果：好事可以引发不好的结果，而坏事也可能会促进一个好的结果，所谓有一利必有一弊。是故，菩萨畏因、凡夫畏果。

同样是坏事，孔老夫子批评季孙不顾做臣子的身份悍然挑起内战的政治野心，致使鲁国陷于战火、百姓失去和平宁静的生活；而今天对于施丽来说"不均"的这个"坏事"却激发了其上进心：我也要做师傅！施丽是个明白人，个人改变不了环境，想要生存，那就只能顺应这个环境。自己改变不了公司的政策，聪明人就只有改变自己的想法和行动了。

于是，施丽积极运作，组建自己的业务团队。丁沫正是在这样的背景之下，被施丽的好友朴影贞推荐过来的。也就是说，施丽"面试"丁沫时讲的话，"公司正在筹建一个新部门"云云根本就是一个托辞，更直接地说，就是谎言。

在认识丁沫前施丽已经有六七个徒弟，虽然如此，中间也不间断地迎新送旧，在别人看来施丽团队的人数也不少呢，但是施丽自己心里清楚，这几个人无论是自身能力还是主观努力程度，最终能够留存下来的也就两三个人吧。

唉，建立团队也不是那么容易的，只看人家拿工资那个时刻的得意了，而如今轮到自己才体会到这其中的酸甜苦辣。所以，当施丽认识丁沫以后，心中的期望和憧憬自是不言而喻了。

但是在王处长面试完了丁沫后，单独和施丽讲的一番话，却有如一盆凉水浇在施丽的头上：处长始终担心丁沫原来的位置太高、也没有做过销售，咱们这个地方多半留不住这条"龙"。这是王处长知道施丽对丁沫寄予了很大的希望才说的一番话，一方面如果丁沫果然不选择这份工作也让施丽有个心理准备；另外，丁沫就是来了，这种人你施丽也很难摆平，就是提前给施丽打个预防针，但是这第二层意思施丽当时并没有听明白。

在接下来等待丁沫消息的几天时间里，施丽自己体会到了什么是心乱如麻，是自己主动给丁沫打电话探探口风？是今天打还是明天？还是等丁沫打过来告诉自己结果？唉，真有度日如年之感，热锅上的蚂蚁也不过如此吧。

等了三天，施丽坐不住了，第四天的早会刚刚开完，仿佛是怕自己改变主意一般，立即给丁沫打电话，不管结果如何，反正不能再这么胡思乱想地坐等下去了。自己怎么好像要慷慨就义一般啊！此刻的施丽，想必体会到了什么是视死如归吧。

当铃声响到第四声的时候，终于，丁沫接通了电话。让施丽万万没想到的是，丁沫居然答应来她这里上班，而且没提其他的要求，这让施丽大感意外。放下电话，她就跑到王处长办公室，颇为得意地向处长报告了这个喜讯，王处长也难免意外但仍然高兴地说："太好啦，恭喜你啊!"

　　施丽直到此刻也不知道丁沫为什么会答应来这里上班,是自己哪个地方打动了丁沫,还是另有其他原因?后来她也不想了,反正丁沫已经同意来上班了,不过,施丽倒是自己给了自己一个答案:丁沫是看中了这个工作挣钱容易吧!施丽没有想到,这个岗位对于她来说正能够发挥其自身优势,可是对于丁沫来说,对于更加理性、擅长思考的丁沫来说,销售工作可能恰恰是丁沫这种人的短板。

　　丁沫是看中了保险这个行业未来的广阔发展空间,而且其本身又是一件利国益民的事情,做起来让丁沫觉得更有意义、更有价值,所以才决定投身到民生保险,投身到这个第一次见面就让自己少有好感的施丽的麾下。但是话说回来,即使丁沫把这个理由告诉施丽,她也未必能够理解和相信这是丁沫的真实想法。

　　丁沫也许并不知道,从此以后,许许多多的新发现、新感受将不断地冲击自己十几年工作以来所累积的常识和认知,刷新着自己对于工作、公司、团队等概念的理解。对于丁沫来说,她的事业模式将发生天翻地覆的变化。从此以后,丁沫的人生也开始了非凡的新篇章。

第二章 优雅转身,还要落地生根

1

民生保险公司对于新入职的人员都有一番既定的流程,入职后先进入培训部进行为期半个月的培训,他们称这种培训班叫"新人班",从培训班结业后,要经过保险行业从业资格的相应考核,合格后才能上岗开展工作。

丁沫按照师傅施丽的要求,首先办理入职手续。

丁沫就职的民生保险公司,其办公地点设立在著名的海滨饭店里。海滨饭店坐落于这个城市的繁华商业区,民生保险租用了三层。这是一幢有着辉煌历史的大楼,曾经是这个年轻城市的标志性建筑,如今主体建筑虽然比较陈旧了,但仍然可以从细节处看到初建时的丰采与当时的社会地位,墙体外细腻的浮雕、开阔的大厅、低垂的水晶吊灯、蜿蜒曲折的楼梯以及精雕细刻的木质扶手,就连不起眼的电梯门都饰有优雅的实木雕花。不错,据说,这个酒店当初就是用作本市领导接待国家首脑或重要外宾的处所，普通百姓是不能随意入住的。世事变迁，物是人非，海滨饭店遗世独立的往昔风光已然不再，如今已经成为大众自由来往入住、租用的普通宾馆或者作为经营其他业务的商业场所了。

丁沫上次来是应王处长的面试邀请，只进了王处长的办公室，虽然办公室的空间略感狭小了点，加上烟雾迷漫，其他的也没感觉有什么特别的不同。

今天丁沫第一次走进了自己以后的工作场所，不禁仔细地观察了一番这里的环境和设施。

丁沫跟着施丽一进"办公室"，忽然间，丁沫在没有准备的情况下，进入了一个巨大的房间，而且里面已经有很多人，大约有七八十人吧。不知从什么时候起，丁沫对人多的地方或空间特别敏感，其实在很多时候就是反感。因为人多的地方一个是空气质量不好，一个有神经性头痛的人，对于空气质量的要求就会比普通人要敏感得多；再就是声音嘈杂，大多数中国人有个习惯，讲话不知道压低声音，好像是有意让他人听到自己的声音似的。

丁沫一下子有点不知所措，不知该不该进——如果这是一个公众娱乐场所或其他消费场所，无疑丁沫会立即选择离开，但是这里毕竟是自己今后工作的处所，内心里虽然有一番挣扎，但还是走进去了。施丽可能多少看出了丁沫的不快，赶紧热情地招呼到："来来，进来，快进来呀！"随着这声招呼，已经有好多人的目光聚到了丁沫这里，丁沫越发觉得不自在了，按说做过这么多年领导的她，如今也不是个怯场的人了，但是在这个环境里，丁沫突然感觉自己是个外人，不属于这里。也许是自己和大家还都不熟悉，大概以后大家互相认识了就好了吧。

还是勉强走了进去，坐在施丽的一旁。这时丁沫打量了一下这个巨大的办公室，有几组桌子都是摆在一起的形成了一个整体，施丽这时就坐在连成一组的整体桌子的一端，这些桌子严格来讲并不能称其为办公桌，因为第一没有抽屉，第二没有柜子，而且尺寸比最小的办公桌还要小，称其为培训桌可能更合适一些。这个房间里除了桌子椅子还有一些电脑，有的看起来仿佛好久都没有使用了，上面积满了灰尘，还有一些打印机。给人的感觉是它们好像都不在工作状态。

这里的一切，包括人和物，看起来都那么没精神，一副无精打采的样子。让人不安的是，对于一个适应了拥有独自高管办公室的人来说，这里根本就称不上是一个办公室，倒像是一个交易场所或政府职能机构的办事大厅，虽然此刻这间屋子里几乎坐满了人，但是每个人似乎都不属于这里，只不过是临时来这里办事的过客。

不知道是丁沫的心情影响了她的感官，还是这里的状态影响到了丁沫，眼下丁沫很难想象也很难从心理上接受，以后自己就要在这间"办公室"、在这个"培训桌"上处理保险业务方面的工作了。

"来，丁沫，你把这几张表填一下，都是单选。"自打丁沫一迈进这间屋子，施丽就发现丁沫的情绪比较低落，现在更是一副魂不守舍的样子，她也不确定自己是否能够理解丁沫此刻的心情，但是，直觉告诉她，不能让丁沫在这种情绪下继续，要转移她的注意力。

丁沫接过来一看，这是一套类似心理方面的问卷，询问答卷者遇到问卷中列举的种种情况会有什么想法，以及如何处理等。丁沫问师傅这套问卷是做什么用的。施丽告诉她，就是一种测验，看看你是不是适合做这项工作。

丁沫心想，怎么现在才测试呢？那如果我不适合会怎么办，离开吗？

施丽仿佛看到了丁沫的心思，柔声说道："我相信你非常适合这个工作，而且你会做得很好，这些题目不过是公司招聘的一个程序，不会对你的选择有影响的，放心答吧。"施丽顺势亲热地拍了拍丁沫的手，丁沫也没再说什么，低头开始填写自己的答案。

答完交给施丽，施丽看了一会儿笑着说："我就说你适合这份工作嘛，你看你的得分很高啊！"丁沫一看是八分，满分是十分，也不知道施丽是怎么"判卷"的，丁沫微微笑了一下未置可否，不过她心里想，凡是能到这里答题的恐怕没有通不过的吧。

接下来施丽又交给丁沫几张纸，让丁沫填写。

丁沫接过来一看，最上面的一份赫然写着"代理人协议书"几个醒目的大字。

"代理人"这个词丁沫之前没有听说过，这是第一次见到，就问施丽什么是代理人，施丽解释说："保险行业都这么称呼，我们都叫代理人，只要到保险公司上班都要签这个协议。"

丁沫赫然发现，如果想从自己的师傅处了解自己想知道的信息，还真得有十二分的耐心，师傅每每回答自己的问题，都是以问题回答问题，不知是自己问到了她也不懂的事情，还是师傅要故意隐瞒什么，还是自己的问题她根本听不懂，似乎最后一种可能性不太大。

丁沫仔细阅读了协议里面的条款，特别是针对自己责任方面的，以及公司需要承担的义务方面的，她没发现有什么不妥，但是她还是没有立即去填写这份协议，施丽看着丁沫的神态，以为丁沫有什么变化，就问道："有不明白的地方吗？"丁沫说："没有。"丁沫说出了这句话，自己也明白了为什么自己会感到犹豫，"没什么可问的"这正是丁沫的问题。而且对于"代理人"这个词，施丽刚才的回答并未让丁沫释怀，反而对自己师傅的信任度又降低了一层。

"代理人和公司其他员工有什么不同？"丁沫沉淀了一下心情，终于想到了这个问题，很想知道师傅如何回答。

"代理人，具体就是说可以销售公司的保险产品，与公司其他员工也没有什么大的区别，我们代理人公司不给交社保。"总算道出了一点有价值的信息，丁沫想。

"所有保险公司都一样，代理人都不给交社保，但是公司给咱们代理人交意外险，医疗险和养老险也都有的。"像生怕丁沫改变想法似的，施丽立即补充了一句。

不交五险一金的单位对于丁沫来说还从来没有遇到过，之前丁沫所在的单位全都是按照国家要求给员工交纳社保的，特别是高管人员，这是无须操心的，在丁沫看来也是天经地义的事，而保险行业却不给自己的"员工"交社保，为什么会这样呢？

丁沫低头继续看手里的"代理人协议",所以他们和员工签订的不叫"劳动合同"而叫"代理人协议",丁沫似乎有点明白了。

但是这么重要的事情施丽为什么之前不告诉自己呢?

这是丁沫最想知道的,这些事情只要丁沫进来迟早都是要知道的,丁沫只不过是想要知道施丽对她能不能说一句诚恳的话,如果最后在别人的嘴里知道而不是从自己师傅这里了解到,那作为师傅在徒弟心目中会是个什么形象呢?

至于施丽是故意隐瞒还是因为自己没有主动询问,现在具体是什么原因已经不重要了,关键是现在知道了这个信息还能不能继续这个选择,这是摆在丁沫眼前的问题。

"其实社保谁交都是一样的,只要自己挣的钱多,自己交不也一样么?!"施丽仍然相信丁沫能选择来民生保险,是看中了赚钱多,所以看到丁沫始终不说话,在翻阅手中的合同,赶紧给丁沫紧了一下她认为已经松动了的金钱诱惑螺母。

丁沫此刻心里在想,"民生"这么大的品牌和影响力绝不会是虚张声势,施丽这样的人也可以看作是林子大难免有各种各样的人,我看中的是这个行业,如果真有什么出格的事,即使我今天签订了这个合同,也不能限制人身自由,是不是做下去也由不得别人。于是,丁沫表情平静地签订了协议。

于是,施丽更加确信是足够的金钱诱惑让丁沫最终放低了姿态,"投降"了。

签订完协议,仿佛一对新人举行了结婚仪式一样,新郎再也不担心媳妇会跟别人跑了,施丽也不再担心丁沫会离开她的团队了,对待丁沫的态度也有了转变,这种转变可能只有丁沫能够察觉,这种转变也更加真实地反映了施丽的人品。而丁沫的心理也有了变化,那就是不管你有多少千变万化,我有自己的一定之规。

这时,施丽告诉丁沫还有一个人也要面试一下丁沫,因为丁沫是按照公司的"优管计划"来招聘的,所谓"优管计划"就是"优秀管理者计划"的简称,这是民生保险公司计划打造的一个高精尖的品牌人才保险团队，以此改变一直以来保险公司销售人员素质低下的现实状况。

施丽带领丁沫来到另外一个办公室，这里也是人满为患，每个人仿佛被切割成了一块豆腐放在了一个个栅栏里。

需要面试丁沫的这个人是一个主管，同时也是丁沫所在职场的行政管理人员，这个施丽称其为"亚男"的人，其职位是一名"督导"，这也是丁沫第一次在一个企业听到的职位，想必是一种管理岗位吧，但具体这是什么层级的职位，施丽也说不清。

这位督导是个比较年轻的女士，第一次见面让丁沫有惊艳的感觉，特别是她的一双眼睛，堪称完美：从眼睫毛的长度、卷曲度到眼睛的形状，双目的间距，丁沫觉得这真是一双完美到少有的眼睛，让所有目睹之人无不神怡。略有不足的是原本大大的双眼，此刻看起来却布满血丝，好像没休息好的样子。

与这位向亚男的面试结束后，丁沫已经总结出民生保险的三个面试环节，其"面试官"的侧重点各有不同。第一个面试官即自己未来的"师傅"，也是将来在日常工作中和自己最接近之人，这个环节的所谓面试主要告诉被面试者这份工作的优势，帮助你勾画一个美好的未来，让你无限憧憬，总之这个环节就是一个"好"。

第二个面试者，一般是自己师傅的直接上级，面试重点在于补充或夯实前一关面试者即"师傅"未讲到或被面试人尚有疑虑之处，让被面试者更加有信心，更加热血沸腾。经过这两轮面试，一般被面试者已经认为自己就是做这个工作的最佳人选了，基本处于摩拳擦掌、跃跃欲试的状态之中了。

到了第三个环节，面试官是要给被面试者降降温，相对如实告知这份工作的难易程度，比如每个月都有业绩考核，考核不合格就会降低职务等级，压力是比较大的等等。但是即便如此，丁沫相信不会有任何一个人能被第三个面试官吓走。先热后凉，现在的温度就适中了。

问卷也测试了、协议也签订了，接下来就等着参加培训了，丁沫所在的新人培训班预计在下周开课。

话说民生保险经过几十年的发展和成长，在保险业界有着"黄埔军校"的美誉，可见其为中国金融业、特别是保险业培养了大批的优秀人才，对行业的贡献有目共睹，亦可以载入中国金融发展史册了。

丁沫现在手里拿的是一份"报到通知书"，上面载明报到者的姓名，报到时间、地点，将要进行的培训时间、期间、要求以及培训班主任的电话等内容，十分详细和具体。丁沫工作以来，经历的培训大大小小也数不清了，但是培训之前先接到如此正规的"报到通知书"还是不多见的，让几日以来对保险公司的管理规范性已经产生严重怀疑的丁沫顿生些许好感，也对即将开始的保险公司的培训有了一丝期待。

2

培训班第一天。

培训地点设在民生保险公司滨城分公司的办公大楼内，这间教室大约有二百平米左右，是这座大楼内众多教室中的一间，房间基本坐满了。丁沫心想，坐在这里的人想必都是参加入职培训的，现在的保险行业如此火爆吗，这种景象在其他行业特别是在传统行业基本是看不到的。丁沫的心里隐隐升起一丝不安。

之前丁沫看到"报到通知书"上班主任的名字，是个比较少见的姓，姓劳，叫劳诗雨。如此诗意的名字，想必是个女生吧。今天一见面果然，而且看起来还是个小姑娘，在和大家做自我介绍时丁沫估算了一下她的年龄，在二十五到二十八岁之间吧，而且这位小劳老师还是那种喜欢笑的女孩，一说话就笑眯眯的，虽然不是很漂亮却很可爱，而更难得的是，她虽然小小年纪，却已经有过三年的国外就职经历，也是相似的工作，做培训老师。

可见，有的人天生就是做某一种工作的人。

丁沫他们这个班的学员有一百二十人，看着这满满一屋子的人，让丁沫一方面惊异于这个行业的魅力，另一方面也感慨于民生集团或民生保险的品牌影响力。学员中大都是比较年经的人，三十岁之前的居多，大约占到百分之八十五，四十岁以上的人很少，只有不到二十人吧。

再看这些人的层次，虽然大家还未有接触和了解，但是凭借衣着打扮、举止素养，丁沫已经有个大概的判断，之前做服务行业的居多，而且可以肯定都是做最基层工作的。之后，班主任让大家每个人都做了自我介绍，更加印证了丁沫的判断。

这里也有一些自己做生意失败、遭遇坎坷或者觉得自己做生意太辛苦的人，还有个别做到了企业中层以上管理岗位的人，比如项目经理之类，由于来自IT业，丁沫格外关注，很快就记住了他的名字：陈建南。也有一个人之前是做会计的，还有一个的。

这些人中间，还有一个是退伍军人，这个人给丁沫的印象也很深刻，因为他的军人气质，说话掷地有声，名叫高来富，一个特吉祥的名字，丁沫听到他说出自己的名字，不禁笑了笑，同时也记住了这个人。

轮到丁沫做自我介绍时，丁沫没好意思说自己以前是高管，只说是做财务管理工作的，为什么会这样说丁沫自己也不知道。潜意识里是否认为此时的自己居然能与这些人为伍，对之前的自己是一种辱没呢？丁沫在问自己。

其实她就是说了自己是做财务总监的，估计这些学员绝大多数连财务总监是做什么的都不会知道。

大家在做自我介绍时，虽然背景各异，但来到保险公司，却几乎有一个共同的目的：想在这里赚到钱，而且是赚到很多的钱。在表达这个愿望时大都神态热切并且充满期待。看待这种状况，刚才隐隐的不安感不由得又回到丁沫的内心。

看来，大家的目标都很明确，选择这个行业就是因为能赚到钱，而且赚钱容易。而高来富说得就比较实在和中肯："我是一名退伍军人，文化水平不高，可能我在这个班里是能力最差的，对于以后是不是能做好这份工作,目前我没什么信心,以后请大家多多帮助我,我自己也会加倍努力,希望自己在这里能学到东西,能实现自己的目标。"这是丁沫在这个班听到的最客观、同时也是最谦虚的话。

听到大家的目的和目标后,丁沫不禁感到疑惑,难道大家都被同一个人洗脑了吗?不可能是一个人,应该是同一种策略,这些人的理智都被这种策略冲击或洗脑了,处于不可理喻的亢奋状态。丁沫担心的是,如果大家都为赚钱而来到这里,赚钱,不外就是唯利是图,那么做这份工作的人还能彰显这个行业"人人为我,我为人人"的博爱精神吗?

丁沫还发现了一个事实,即便民生保险公开实施了他们的"优管计划"、向社会招聘有文化、有能力、素质高的人才加盟公司,但不可否认的是,符合这些条件的人并最终愿意投身保险事业的人才还是寥寥无几。丁沫他们这个班一百多人,只有两人是"优管计划"的受益者,包括她和陈建南。其他的人,几乎打眼一看就能做出判断,无论学历还是能力都差强人意。丁沫再一次感到,这个团体离自己有很大的距离,她又一次强烈感受到了内心深处的孤独。

丁沫不明白,这么好的行业,为什么很少有较高层次的人选择加入呢?丁沫百思不得其解。

回到家里,她把这个问题抛给了林征。林征想了想,说:"保险在中国才发展了三十几年,很多家庭连一张保单都没有,你能指望老百姓对这个行业了解多少、又理解多少呢?如果了解都谈不上,又何谈加入这个行业呢?"实际林征还有一句话,考虑到妻子的感受没说出来,就是老百姓对于保险的正面意义了解不多,但误解却是不少,这些状况以后丁沫在工作中自己也能体验到。

但是,有一点林征和丁沫的见解是高度一致的,就是保险行业的发展前景和这个行业的本质是利国利民的,是一个在深度和广度都有很大价值的行业。所以,他才会支持自己的妻子投身到这里。另外一点,林征一向对丁沫的工作能力十分自信,丝毫不怀疑丁沫对工作能否胜任。

丁沫在这个和她以往的培训经历完全不同的培训班中，初步了解了许多保险公司这种组织与其他传统行业的不同之处。

第一，就是彼此的称谓。在传统行业的企业中，员工之间是同事关系，一般互称对方的职位，没有职位的一般称呼对方的名字或姓氏。但在这里，这些学员的关系则互为伙伴，丁沫一时还很难理解"伙伴"的含义。这个称呼倒还罢了，因为还有更肉麻的，直接称对方为"家人"，这怎么可以呢？难道没有一个底线和尺度吗？丁沫听了只感觉皮肤表层发麻而且凉飕飕的。

丁沫很想知道，称"伙伴"也好、"家人"也罢，是基于一个什么样的团体或组织呢？"伙伴"一词，丁沫印象中好像只有在幼儿园里才使用；家人，更加无须说明了，只有一家人之间才是家人。难道，保险公司都办成了幼儿园或家庭了吗？抑或这里的管理制度、企业文化类似于这两个机构？但是这怎么可能呢，因为首先业绩考核这一条就不符合幼儿园或家庭体制，一个没有实质意义的称呼，却叫起来那么亲热，不是非常虚伪吗？这难道不与保险诚信的精神相违背吗？

第二，就是早会经营。每天都以"早会"开始一天的工作，早会的固定内容包括，当天天气预报、国内外时事摘要、工作技能培训、公司新产品宣导等。

第三，就是问候文化。在不同的场合有不同的问候，比如，丁沫所在的培训班，上课时有上课时的问候，下课有下课的问候，甚至张老师的问候与李老师的问候也不相同，班主任对大家的问候也是独特的。问候一般的程序是"上问下答"，具体方式包括语言和行动两部分，语言就是用嘴表达，但是以二人聊天的那种普通音量是不可以的；行动，一般是拍手，但节奏又各有不同，据说有的班主任为了在声势上压住其他班级，还有拍桌子的，可想而知那是怎样的气势。这种问候对于二十来岁的年轻人来说，不啻于一种激励和动员，仿佛做游戏一般，但对丁沫来说，就像看电影一样，首先她是不会喊话的，也就是象征性地拍拍手而已，毕竟也要给各位老师一个面子嘛。

在这里，有一种礼仪在丁沫看来是非常值得传统行业学习和借鉴的，就是进出会议室的礼仪。进门时，如果里面正在开会，来者要面向房间大部分人或主讲人鞠躬九十度方可步入会场；出门也是一样，如果开会期间迫不得已因工作需要而离开会场，走到门口时也需要面向大部分同事以及主讲人鞠躬九十度而离开。后来，丁沫正式开始投入工作了才知道，在民生保险很多会场是根本不允许接听电话的，特别是在早会。还有更加严厉的，为了保证会议质量，把所有与会人员的手机统一放到一起，当然全部要关机。

这个培训课程为期两周，授课的老师几乎全是和丁沫他们同样身份的外勤，只有个别老师是行政人员。

由外勤人员来做培训老师也是民生保险在几十年的实践中逐渐摸索出来的，这样做有几个优势。

第一，对于授课者来说，可以提升他们自身的技能。因为业务做得好不好先不说，并不是每个人都有把自己知道的、了解的知识和技能，按一定的逻辑表达出来，如数家珍、有依有据，让听讲的人能够有所收获的能力。

第二，能够有资格站在讲台上授课的人，并不是一般的外勤人员，而是有一定要求的，比如业务职级要求连续一年在中级以上，这样一来，能讲课的人基本上是业务能力较强的人，这样他们所讲授的内容除了理论，还可以结合实际的工作经验，让理论不再生涩难懂，容易让刚入职的人员理解并掌握。

第三，对于听课的学员，可以想见自己未来的职业发展、以达到激励的效果：如果我做好了，将来也能像他们一样成为培训讲师，这也是非常有吸引力的一件事啊！

在这些授课老师当中，有几位给丁沫留下了比较深刻的印象。

有一位叫杜春梅的老师，是位年龄和丁沫相仿的女士，讲授的是和保险销售技能相关的内容。这位杜老师一看就能判断出其精明强干、事事不吃亏。杜老师自我介绍说，来保险公司之前是做会计的，而且她加入民生保险六年来一直都保持着优秀的业绩，这几句话一下子就让丁沫对这个人产生了兴趣。

这个人和丁沫完全是两种性格的人，丁沫基本属于偏内向的人，平时不多说话，不会也不喜欢咄咄逼人，而杜春梅的风格则属于风风火火、比较张扬的那种，能高调绝不低调，有一说一，有二说二，这种性格的人一般来讲是不会让自己吃亏的，因为从来不懂得退让，更不会让自己处于下风，俗语说"得理不饶人，无理辩三分"说的就是这种人了。

杜老师举了一个例子也充分证明了她的性格特点，以及丁沫对她的判断。

她名下有这么一个客户，电话约访了几次，这个客户就是不想见面，而且态度比较恶劣。丁沫不明白客户为什么不愿意见她，是没有时间吗？

这位杜老师接着说："这一次，我就没客气，对她说：'这样吧，既然我约了你几次，你都不愿意见我，我这里有一份拒绝服务的文件，你在上面签上字，我以后就再不会打扰你了。'客户一听，如果以后有事真的需要保险公司服务时，找不到人帮忙那也是很麻烦的事。态度立即变了，主动问我，找她什么事情？结果第二天我就见到这个人了。"买了保险的人，最担心的就是需要有人提供服务的时候找不到人，就是说出险了没有人管，找不到保险公司的人帮你办理各种复杂的理赔手续。

杜老师还举了几个工作实例，大都是表现她业务能力方面的技巧和手段，她是如何运用这些技巧、手段"拿下"客户的这一类的"英雄"事迹。比如，她的一位高级别的朋友，知道她现在在保险公司工作，每次杜春梅去他办公室，他立马先封住她的口，"咱不谈保险啊，不谈保险"，弄得杜春梅浑身有劲儿使不出来。有一次她听到其他课室的人到她的课室"分享"签单经验，她认为对方有一个"话术"非常好，就立即跑到这个朋友的办公室，把这个话术对她这位朋友用上了，大意是现在的交通事故如此频繁，你在这里舒适地坐着上班，如果你的孩子被外面的车碰到了，你说你担心吗？结果，她这位几年都不谈保险、更不买保险的人主动在她这里购买了保险。

不知道其他的人听了这个故事有何感想,丁沫听完了感觉如果是自己的朋友这样来问自己,首先,自己不会再和这个人做朋友。其次,一个优秀的销售人员成功签单,难道就只能通过对他人进行恫吓或恐吓吗?这种做法体现的是保险行业的本质精神吗?

这堂课让丁沫第一次听到了一个词,叫"话术",有好几天她不知道这是哪两个字,后来知道,她还是没明白为什么把话要说成是"术"?在杜春梅讲解的案例中,丁沫第一次了解到这个词,以后她还会经常遇到这个词。但是,从丁沫第一次听到这个词开始,内心就有些反感,因为在人类历史上,说"人类历史"面有点宽,就说中国社会历史吧,凡是被称为"术"的,好像都是不能拿到阳光下来晒的。比如权术,骗术,心术,现在就连学术如此严肃而重要的领域,也已经出现了严重的问题。还有小学时的算术,丁沫现在还记得,小学算术把自己害得整个小学期间都认为自己是天下最笨的孩子。可是中学以后,丁沫突然摇身一变成了班里数学最好的学生了,为什么突然好了,连她自己都莫名其妙。

丁沫也是第一次听到"分享签单经验",签单,在保险公司里就是当你给一个客户做了一份保单就叫签单,而在同事面前介绍一下签单的过程,就叫签单分享。丁沫想这倒是一个不错的方法,特别是对于新加入这个行业的人来说,可以学到很多工作经验和方法。不知道其他行业是否也有类似的做法呢?但是,如果是好方法还好,如果是不好的甚至错误的方法呢,那不是有误人子弟之嫌吗?比如,刚才这位杜老师讲的所谓"话术",在丁沫看来至少是不赞成这种做法的。另外,所谓分享签单经验,也很容易泄露客户的个人隐私吧,那不是有负于客户对保险公司和代理人的托付和信任吗?因此分享的代理人千万不可因小失大。

所以丁沫在想,这些授课老师的经验或者授课内容,不知道有没有一个专门的部门进行审核,想来,如果没有审核而完全由授课者自己来确定内容和把握相应的尺度,对于民生保险这样规模和名气的公司来讲,应该是不可能的。但是,如果说这些内容都是经过审核的,那就有问题了。因为,所有的讲授内容以及宣传思想都应该符合保险的真谛和精神才是正道,或者至少也是代表着民生保险公司的企业文化和培训要求。难道,如杜春梅者所讲授之内容,也符合民生保险公司的相关要求和规定吗?

另外一个丁沫印象深刻的老师是一位中年男性,叫刘铁军。第一印象,大有人如其名之感。

丁沫之所以对刘老师印象深刻,倒不是因为他是所有授课老师中唯一的课长,而是因为他让人难以忽略的外表:笔挺的商务西装外套,内衬同样挺阔的衬衣,袖口处隐隐可见闪闪发光的镶钻袖扣,一尘不染的英伦款皮鞋,精美的鳄鱼腰带混同在这身装束中,想来一定不是冒牌货吧。

更加难得的是,这一身价值不菲、精心搭配的着装,恰到好处地衬托出刘铁军线条硬朗的面孔、虽人到中年却依旧挺拔伟岸的身姿,即使在保险公司这种相对较传统行业更加注重着装的环境里,他也是十分突出和抢眼的:如此英气逼人,即便从人流中匆匆走过,只要不是瞽者,任谁也会过目不忘吧。

丁沫自从跨进保险行业这个门槛,确切地讲,进入民生保险公司以后,身边所见之人的外在形象,要么举止低俗、足现市井之气,要么猥琐不端、难堪信任,让人愿意多看一眼的简直凤毛麟角。今天一见这位刘铁军老师,一改往日印象,总算对保险公司的人特别是男士的印象有了改观,丁沫不禁慨叹,在保险公司的中层管理者中,能有如此倜傥俊逸之人物,可见努力拼搏的人无论在哪里都能找到自己的位置和价值,这一点保险行业与传统行业倒是高度一致,因为符合事物发展的规律。当然,这番评价已经是丁沫听完刘铁军讲课以后的综合评价了。

难怪身材如此挺拔,刘铁军原是军人出身,复员后分配到税务部门负责保安工作,后来不满于收入水平,经同学推荐,到了民生保险公司,经过十年坚持不懈的奋斗,现在已经晋升到课长的职位。看来这位刘老师不仅外表出众，工作能力也是出类拔萃的。

刘老师的授课内容是讲"组织发展"的，讲述他刚刚加入保险公司时，从开始亲友的阻拦，到他如何通过努力慢慢让亲友改变对保险的误解；从作为个人业绩标兵，到如何感召身边的同学朋友加入保险行业等等，一系列事例，让听众了解保险公司组织发展的脉络，以及如何克服其中的困难。

刘铁军老师的结论是，自己在保险公司找到了恰当的位置，实现了自己当初的梦想，有了足够的金钱来改变自己的生活，让自己生活得更加舒适。在讲述过程中刘老师不失时机地描述了自己目前的座驾，是价值五十万左右的宝马系小汽车，但是他还准备在今年换一辆价值百万的车。这个目标让下面的学员听众顿时发出羡慕的咂舌声。他的经历坚定了学员实现自己梦想的决心和信念，同时也等于在告诉这些学员：你们的选择是正确的。丁沫从学员的眼神中读懂了他们内心的渴望与急切，这是明显的利益诱惑。夫子说："君子喻于义，小人喻于利。"如果一项事业参与的人都是冲着"利"而来，那有这样追求的人会有什么结果呢？一个充斥着唯利是图的员工的企业又会是什么样子呢？我们赖以存在的社会基础又会是什么状况呢？

可是丁沫不屑于这样的追求和向往，因为丁沫从来不把仅仅满足私欲作为自己的人生目标。

第三个给丁沫留下印象的老师叫章苏，是一位女士，丁沫觉得可以用秀外慧中来形容她。章苏老师大约有五十岁，一身精致的商务套装，优雅得体地衬托出依然姣好的身材，属于娇小玲珑型的女士。章苏老师虽然不高，但由于她擅长突出自己的身材优势，所以并没有给人矮小的感觉。反而让人觉得矮小是她的优势，更增添了她亲切大方同时又不失温柔和顺的风采。

章老师自我介绍说，她到民生保险已经十六年，这个数字报出来，学员们不禁全都"啊"了一声，包括丁沫在内，因为这可能是所有授课老师中，在民生保险公司工作时间最长的，可见，她从业经验之丰富。

在此之前章老师在一家国营农场工作，并且做到了副总经理的职位，后来这个农场被其他公司收购转型了，章苏也离开了自己工作了十几年的单位，而民生保险是她工作以来的第二家公司，目前还没打算换工作。她笑眯眯地说到这里，温和地看着下面的学员，看来章老师不仅没打算换工作，而且她还非常热爱这个职业。

一个敬业的人总是能让人肃然起敬。不知为什么，丁沫从心里特别喜欢这位章老师，是因为她穿戴得体，还是因为举止温柔，气质娴静？是，但也不全是。章苏有一种独特的光芒，使讲台上的她焕彩夺目，丁沫想应该是真诚和热爱——发自内心的真诚和对自己所从事职业的热爱。

通过这段时间在保险公司的集中培训，丁沫既接触了保险公司职能部门的人员，即内勤，也接触了许多外勤人员，就是和自己一样做外勤工作的人。在这些人里面，能入丁沫法眼的，到目前为止，还真没有。

虽说"穿衣戴帽，各好一套"，但是，当人们面对一个陌生人时，是通过什么来初步识别这个人，继而，对其产生兴趣乃至希望进一步增进彼此的了解的呢？答案显而易见，我们大多数人凭借的都是一个人所呈现出来的外在，即我们能看到、听到、闻到甚至碰触到的，即我们所有的感官给我们呈现出来的一系列感知。

这些感知当中，不可否认，着装、装扮留给人们的印象是直观的，而且挥之不去。丁沫记得她刚参加工作时，她的领导给她说过的一句话："外表，是你的第一张名片。"着装除了御寒、遮羞，最主要的是其需要实现的社会功能：在他人面前呈现你自己。一个人的外表如果服装是主角，除了主角，当然还有皮包、眼镜、首饰、手表等这些与服装搭配的配饰，这些配饰就是配角。它们不会说话，却清楚地传递了丰富的信息：他是谁，他是做什么的，大约处于什么阶层，甚至于他来见我的目的都能表达出来。这些外在表面的呈现，实则展现出了内心隐秘的世界。

恰恰是这一点，丁沫觉得民生保险公司的同事还需要学习和改进。

　　一个人拥有的财富与他的格局、智识是相匹配的，了凡先生说"享千金之产者必是千金人物"。一个"千金人物"者即使他手提一只普通品牌的皮包，也会令人望之与众不同；相反，如果不是千金人物，即便周身上下都是世界名牌，也不会给他增加一分智慧与修养，恐怕大家还会以为这些大概是冒牌货，更不要说这些所谓名牌本身就是赝品了。

　　当然，过分在意外表，传达的是他脆弱的内心世界，等于是在告诉别人：我很自卑。由于内心缺乏足够的自信，总是担心被人瞧不起，而越是这样担心，就越发需要在外表上让自己看起来像个高富帅或白富美，殊不知，反而弄巧成拙。

　　如果只注重外表，而忽视了丰富自己的内心世界，不去提高自己的个人修养和专业技能，那不就是"金玉其外，败絮其中"了吗？而保险行业素来以"博爱"为行业精神，如果这样的话，能够成为一个称职的保险代理人吗？客户能够对我们产生信任吗？

　　而在章苏老师的身上，外在得体的装扮和内在深厚的素养，得到了恰到好处的统一与和谐。章苏老师的谈吐和举止，在丁沫看来更像她再熟悉不过的企业高管，而不是这些天看得太多的保险公司的业务人员。所以，丁沫非常感兴趣，这样一位女子在保险公司的经历。

　　章苏老师的授课内容，是保险产品和保险的意义。章苏的授课风格也和其他老师不同，特别是她在工作中对待客户的方式、方法，正与她本人留给别人的印象一样，真诚专业、温和大度、从容有礼，始终站在客户的角度考虑问题，而不是在推销商品。

　　章苏的课让丁沫受益非浅，丁沫甚至不知道如果没有章苏老师的课，她会不会留在保险公司继续自己的梦想。是章苏坚定了丁沫的选择，让丁沫坚定地相信在保险公司也有自己的"同类"，丁沫的孤独感似乎隐身了。

　　培训班的最后一项，要进行考试，一方面是对为期两周的培训结果有个总结，另一方面，也是最重要的方面，国家出于对保险行业的监管需要。

国家对保险行业的监管，主要包括两个维度：一个是保险公司，即保险合同术语"保险人"；另一个是对保险中介人，也称保险代理人，就是销售保险产品的人或机构。

首先，保险既是一种共同救济的社会保障机制，保险产品又是一项技术性很高的商品，不仅在合同条款的设计、费率的厘定、承保范围的规定等环节，包含大量专业性很高的计算，而且保险商品呈现给消费者的是一纸合同，里面都是一些拗口的法律术语、金融术语、医疗术语等各种专业领域内的标准用词，不要说普通人，即便是专业人士，比如律师或医生等，拿到保险合同时，也可能多少会有些不知所措，不明就里。

另外，保险产品本身又是无形的商品，不像有形商品可以对实物的质量、性能进行直观鉴别，从而可以让消费者确定是否符合当初购买的意图以及使用目的。

所有这些都使得保险或保险合同显得极为复杂。

而且，保险公司是集众多风险于一身的经营单位，日常经营运作根据的是大数定律的原则，一旦公司陷于经营困境，或者不能按保险合同约定偿付客户的保险损失等类似的财务困境，抑或公司进行不法经营，以各种欺诈手段损害投保人或被保险人利益等，其后果都会造成对社会稳定、经济发展难以估量的破坏。因此，国家对保险人的监管是非常严格的，包括对行业准入资格的审定，只有当拟设立的保险公司获得有关部门颁发的经营许可证，方可开展保险业务的经营；而保险公司开始经营运作后，也就意味着被纳入持久的政府监管体系之中，接受监管部门的持续监督，履行监管部门的要求，包括定期提交财务报表、接受现场检查和非现场检查，交付监管费用等。

另外，由于保险代理人是代表保险公司进行保险产品日常营销的人，是保险公司和客户之间的纽带，其行为一方面代表保险公司的经营运作，另一方面他要把合适的保险产品推荐给客户，其责任十分重大，因此，为了保护消费者的利益，几乎所有国家的保险法都对保险中介人的行为做出了严格的规定：包括严禁歪曲事实或称误导，指中介人或代理人进行不实陈述，误导投保人或被保险人购买不利保单；严禁回扣，即代理人或经纪人为诱使消费者购买保险产品而和其一起分享佣金的行为；严禁欺诈行为；严禁侵占保险人或被保险人的资金，等等。违反规定的后果也是非常严重的，如被处以罚款，吊销许可证或支付由法庭宣判的处罚性赔偿金，等等。

所以这场考试还是十分重要的，不仅在内容方面，直接影响以后能否顺利开展工作以及工作成绩；而且形式上也十分必要，让刚刚加入这个行业的代理人有一个清晰而严谨的概念：对客户负责，对自己的行为负责。

丁沫长这么大，参加过的大大小小的考试数不胜数，这种考试的难度根本不会让丁沫有感觉，全都是选择和判断题的代理人资格考试，全部是在计算机上答题，就更轻而易举了。进入考场后，打开电脑，一看题目，虽然有几道题丁沫看着不知所云，但还是几乎只用了十分钟就答完了，走出考场时，监考老师还以为她没答卷呢。

为期两周的保险公司培训结束了，清纯、活泼的班主任小老师劳诗雨、那些各具特色的授课老师、一百多个同学们还有丁沫所在小组的伙伴们，都让丁沫难忘，她率领所在小组还拿到了"班级优秀小组"的荣誉称号，小组每个人都得到了一份纪念礼物，因此有那么一瞬间让丁沫感到自己又回到了学生时代。

培训班结束时，丁沫赫然发现，好几个和她们这个班类似的"新人"培训班也在同时进行，虽然在培训班开始时，丁沫对那一屋子的人有所感怀，而眼下的发现却着实让自己震惊了。据保监会统计，目前保险行业的从业人员全国有近三百万人，而在滨城也有近两万人，丁沫仿佛看到了一支庞大的队伍，而自己目前就在这个队伍的末梢，毫不起眼，淹没在人群中。

3

由于多年管理工作养成的习惯，丁沫每涉及一件事情、工作或者活动,无论是参与其中还是作为这件事情的负责人,临到结尾时,都要把整件事情从头到尾在心里过一遍,这样她才能安心地给这件事情划上句号。同样,这一次参加培训班,她也要把培训的收获总结一下。

将培训的主要内容前前后后捋了一遍之后,丁沫发现自己只记住了六个字:听话、照做、赚钱,这几乎是所有培训老师在授课过程中耳提面命、重复无数次的三件事,而结果确实有效。

所以丁沫真的记住了,记是记住了,可丁沫不是"听话"的学生哟,学生时代她最怕老师要求她"把你的方法给大家说说,让大家都按你的方法来学习",同样她也怕老师这样要求她按别人的方法去做。别人有别人的方法,我有我的方法,你的方法不适合我,而我的方法也不一定适合你,每个人都是不同的,就如同世界上没有两片相同的叶子一样,所以这个星球才如此丰富多彩,如此美妙。

现在社会上流行一句话,"成功是可以复制的",不知其所指的成功具体为何意,如果"成功"起源于学习、思想,则是不可以复制的。而对于方法、技术、知识则是可以复制的,但是一个人拥有方法、技术、知识却不见得就能功成名就,还要看使用这些"术数"的主人为人者何。

但这并不等于说,丁沫要完全按自己的想法在一个陌生的行业开始工作。她要听师傅、前辈们是怎么说的,还要知道他们为什么这样说;她要知道他们是如何做的,还要知道为什么这样去做。所谓知其然,更要知其所以然。目的就是要找到适合自己的一套方法和做法。

关于"听话"这件事,从另外一个维度看,其产生的"副产品"就是让人不去思考,这是更加严重的问题。因为"学而不思则罔,思而不学则殆",学习而不思考,容易受骗或者易被迷惑;而想法多却如天马行空般不着边际,落不到实处,也是非常危险的。

现在我们的社会中,常有媒体报道说某人受骗的事儿,我们稍微留心分析一下,就不难发现,受骗者基本集中于两类人,一类是大学生,一类是老人。老人比较容易理解,年龄大了反应慢,且一生苦日子过多了，总想占点儿小便宜，而想占小便宜就容易吃大亏。

但是，有着"天之骄子"美誉的大学生经常被骗，就值得思考了，这些孩子读书多、学历高，但是却很少思考，以至时间久了根本就没有思考的习惯和能力了。这也就是为什么当代中国能培养研究生、博士，却培养不出世界级科学家的原因。因为这些所谓"知识"分子已经没有了思考能力，没有了想象力、创新能力。这是否可以从某一个方面证明我们教育的失败呢？

而老夫子的第二句话"思而不学则殆"，更加印证了现今社会下的病态：不能脚踏实地做好基础工作，而整天梦想凭借一个神乎其神的商业模式或者其他手段一夜暴富、一举成名，这种不能务本、脱离常识的空想，不是很危险吗？！若此，岂非守株待兔之故事重现乎？

丁沫比较擅长逆向思考问题，工作方面的事或者生活中只要她感兴趣的事，都会搞清来龙去脉、前因后果。如果一件事可能会产生坏的结果，那么接下来就会寻找预防措施，这是她多年从事管理工作养成的思维习惯。比如，在培训过程中，听到杜春梅兴致勃勃地给学员讲授她的成功经验时，丁沫就会想到，为什么这个话术会让对方立即改变态度购买保险产品？听到这番话的对方为什么会有这样的反应？如果是我，会不会使用这种方法等等，丁沫会想到很多与这件事情相关的周边问题。

在总结的过程中丁沫还发现，她所在部门虽然叫"售后服务部"，但是在培训过程中，却没听到与客户服务或者售后服务相关的工作内容，包括客户服务做什么，怎么做，借助什么样的工具和方法去做等等。难道是这部分内容过于简单浅显，不需要在课堂上讲吗？丁沫决定上班后要向师傅请教。但是，如果此项工作非常简单，为什么要单独成立"售后服务部"来做呢，有何必要呢？况且，还是参加"优管计划"的人来做，其中是否醉翁之意不在酒呢？

4

培训结束后，丁沫正式开始了作为保险代理人这一新身份的职业生涯。

在这个身份下她所接触的与工作相关的一切,包括人和事,与之前她所熟悉的有天壤之别。从办公场所到周围同事,从工作内容到工作结果,从工作职责到职业素养,完全是崭新的开始和尝试。在这里,所谓办公室其实已脱离了办公的性质,故而民生保险公司给这种办公环境重新进行了命名:职场,这两个字倒是恰如其分。

丁沫所在的"职场",就是民生保险公司在海滨饭店设立的工作或营业处所。

经过几天的观察,丁沫了解到,每天的工作内容包括:第一项早会,第二项接待客户来访,第三项办理客户投保资料、客户信息的变更,第四项协助客户办理理赔,第五项就是销售、开发新客户或新保单。基本就是这些事情,的确非常简单。

前四项内容都是在职场中完成,第五项工作很多时候都是出去拜访或面见客户。第三和第四项就属于客户服务性质的工作内容,但是如何办理丁沫还是一头雾水,问施丽,施丽总是柔声说:"不着急,等你的客户需要办的时候,我告诉你,非常简单。"可是,丁沫不喜欢事到临头了才开始学着做,那岂不是等于拿客户练手,这不是她的工作作风。

在保险公司,人和人或者同事之间的关系并不像传统行业。

在传统行业,大多数企业还是按照职能部门来进行机构的设置和人员的划分。每一个人都会划归到一个职能部门,从而界定每个人所处的范围。所谓范围,是双重性的,既包括责任,也包括权力,当然企业高管除外。比如有属于财务部的,有属于人力资源部的,有属于销售部的,你的圈子一般就是你所在的部门,而同一部门的人相对其他部门的人来说,同事之间的关系又会格外亲近一些,因为每天八小时甚至更多的时间你要和他们在一起。进入社会后,除了家人可能同事之间就算是比较亲密的人际关系了。

即便不在同一部门,跨部门成为好友也是很常见和自然的事。由于有了本部门以外的朋友,便于了解其他部门的工作节奏和方式,有利于消除本位主义，融合职能部门屏障，增进部门间的相互理解，提高各部门之间的工作协调性，进而提高整个企业的工作效率。

也有的人秉持所谓单位同事都是你的竞争对手之类的观点，没有什么真情、全都是假意，即使你付出真情，换来的也许是对方的暗箭伤人。但是，丁沫并不这样认为，她承认有人的地方就会被欲望浸染，有欲望就有争斗，但是如果凡事有自己的原则，那么所谓公司政治说简单也就简单，说复杂那也复杂了。所谓"己所不欲，勿施于人"，佛家亦有言：你看到的世界就是你内心的显现。

而在保险公司，每个代理人都不是从属于哪个职能部门，而是从属于一个人，比如，丁沫自己从属于施丽，而施丽从属于她的师傅，虽然如今施丽的师傅已经离开保险行业了。也就是说，这种每个人都属于另外一个人的这种机制，是目前国内保险公司的一大特性，或者说是中国保险业的一大特点，即代理制下的保险业。

当一个人从属于另一个人的时候，往往意味着，两个人之间是有着经济利益纽带的，这也是所谓从属的本质和经济意义，当然这种利益从属仅仅基于双方签订有《代理人协议》。这种徒弟和师傅之间的利益纽带关系，让丁沫联想到了始于16世纪初的美洲黑人奴隶和其白人奴隶主之间的关系，一个奴隶主可以有几个或者几十、几百、成千上万个奴隶。当然，二者还是有区别的，作为奴隶不仅其产生的一切经济利益属于奴隶主，而且永远没有人身自由；而保险公司的代理人有着完全的人身自由，如果作为被从属方的徒弟不想继续这种关系了，完全可以随时解除《代理人协议》。

二者还有其他的区别，黑奴可能永远是奴隶，不可能成为其他奴隶的主人，或者成为自己的主人；而保险公司的代理人是随时可以成为奴隶主的，不仅可以，在某些时候还是必须的，比如保险公司在大力发展组织规模的时期，要求每个人都要成为奴隶主，已经成为奴隶主的，还要成为更大的奴隶主。

所以，对于保险公司来说，是非常欢迎代理人随时争取做奴隶主也就是成为"师傅"的。但是，作为徒弟的这种权力或自由，仅限于徒弟不甘心只做奴隶，而想晋升为奴隶主的这种进步式自由；如果一个奴隶经过了解发现，自己从属的奴隶主无论在人品还是专业技能方面都差得要命，想另投明主，那是不可以的。也就是说，进入保险公司以后，一旦你成为某人的奴隶了，是不可改变的，除非你不在这里玩了。这种偶然性和不可逆性，仿佛又和投胎相似。

作为奴隶主或师傅，自然在很多方面比做奴隶或代理人要有优势，比如，你可以优先掌握公司分配的一些资源，包括客户、受训机会、推荐属下参加公司的活动等等，奴隶主以此作为手中的筹码，奖励给那些听话、照做、不惹事儿的奴隶，同时也就惩罚了那些不听话、不照做、爱惹事儿的奴隶。

如此，奴隶就成为奴隶主事实上的私有财产，奴隶主就是奴隶的天，这片天是晴还是下雨，抑或多云，取决于奴隶的乖巧程度和奴隶主的良善程度，以及奴隶主自身的格局。而且，作为奴隶你如果受了委屈，乃至不合理、不公平，没有说理的地儿，只有一个解决办法，就是解除代理协议，不和他玩了，或者你发奋图强自己晋升为奴隶主从而成功脱离了现在奴隶主的"管控"。这就不像传统行业，直属上级有问题可以越级找更高一层的上级，总有解决的办法，而在保险公司，是没有的。对于师傅或者奴隶主来说，除了政治意义上的优势，更大的好处还是经济意义上的。

代理人不甘心只做奴隶的最大诱惑之处，如果有了自己的奴隶，你不用劳动，也可以有经济利益，而且这种利益的流入会持续两到三年，除非原本从属你的奴隶自由了，人家自己也成为奴隶主了，脱离从属于你的范围。由此不难理解，作为一名师傅，获得经济利益的多少其在本质上与奴隶主是相同的，即取决于拥有奴隶数量的多少和质量的高低。

而实际上，在这种代理人机制下，代理人所创造的利益，最大的受益人还不是他们的师傅或者奴隶主，而是保险公司，保险公司才是这种机制下的最大利益承受者。因为无论是奴隶还是奴隶主，其所创造的价值绝大部分归保险公司所有，作为师傅或奴隶主拿到的只是利益中很小的一部分。所以保险公司的高管们，能够拿到远远高于传统行业平均水准的、如天文数字般的薪酬，众生还会觉得奇怪吗?!

于是乎，在利益链条的驱动和诱惑下，从保险公司到代理人，都争相找人、要人、抢人，甚至不惜一切手段，到了"无所不用其极"的程度，把组织发展放在首位，放在一切工作的前面。有很多职场只关注如何更快地让代理人实现从奴隶到奴隶主的晋升，其他工作均放在次要位置。组织发展工作在民生保险公司的开展，简直可以用如火如荼来形容，丁沫再也想不到可以展现这种疯狂的状况的其他词汇了。于是，保险行业迎来了人员爆炸式的增长，每年、每月的人力增长平均水平都会远远超出其他行业。

正是基于师傅和徒弟之间的从属利益链条，丁沫突然明白了：难怪自己向其他人请教问题的时候，有的人比较友好，知道的就告诉自己了，不知道的就说自己不知道，而有的人就会直接说："问你师傅去，你师傅没给你讲吗？"在和自己没有利益关联的情况下，有谁会对别人有任何形式的付出呢，哪怕就是点拨一句话的事儿。传说中的唯利是图也不过如此吧？

保险公司将这种扩大组织规模的行为称作"组织发展"，还有一个俗称叫"增员"。"增员"这两个字，丁沫也是用了一段时间才搞明白的。因为不了解其中的含义就不知道这是哪两个字，她向别人请教，有人告诉她是"增援"，也有人说是"争员"，还有的说"增源"，还有人根本不知道、也不在乎是哪两个字，且对丁沫问这样的问题感到奇怪。

所以，丁沫上班的第一周，她的师傅施丽给她郑重讲解了三件事。

第一件，以后我就是你的师傅，无论你有任何问题，都要第一个来问我，我都会立即告诉你、帮助你、指导你，我会一直陪伴你在保险行业发展，我，就是你终生的师傅。可能是施丽这一番话讲得非常动情，丁沫听着、听着感觉自己鼻子都酸了。

第二件，你以前的经历这么优秀，不能甘于做一个普通的服务人员,即使公司给你优良的客户资源,你自己还是要有自己的目标,争取早日做主管、当师傅。丁沫知道师傅这是希望她尽早开始增员。

第三件,你要告诉你身边所有的人,你到保险公司工作了,打电话或者发短信都可以。丁沫问这样做的目的是什么,可能没有人这样问过,施丽看了看丁沫,说:"如果他们想买保险,就会来找你。"

施丽说完这三件事,仿佛捎带着告诉丁沫一个信息:每个月要完成的业绩额度,普通的业绩是多少、优秀的业绩需要达到多少等,而且还说我们这个营业区(即施丽组建的经营小组,民生保险的称谓是"区")的业绩一直都是课里名列前茅的优秀营业区。

对于业绩考核这件事,丁沫倒并不在意,因为在丁沫的思想中,只要是别人能做的,自己就能做,而且一定会做好。这是丁沫工作近二十年的经历,逐渐积累下来的对自己的信心和评价。可能在他人看来多少有些自负的味道,可是丁沫宁愿让自己有这样的信心。丁沫无论做什么工作,都有一个特点:认真,负责,而且擅于思考和总结,喜欢不断找到更好的方法解决问题。所以,丁沫觉得没有什么困难能难倒自己,除非是自己根本不想去做的。

关于现在立即增员的这件事,丁沫有自己的想法。自己虽然对这个行业非常看好,可是民生保险公司这个平台到底怎么样,行业环境到底如何,自己还不清楚,怎么能冒然请别人来和自己一同共事呢?而且所谓"共事"的意义,基本上和创业差不多。另外,如果请别人和自己共同创业,这个"别人"还不能是和自己不相关的人,必须是信任自己的朋友,丁沫可不想随意地拿自己的人格做试验,为此,对于增员她有自己的时间表。

还有一点,自从知道"增员"这事以后,丁沫的直觉告诉自己,保险公司的组织发展和传统行业的招聘员工不大一样,至于具体哪里不同,她目前还说不上来,那更不能就这样糊里糊涂地往下走了。

但是,丁沫也没有直接反驳师傅的意思,师傅你说什么我就听着,但我有自己的主意。丁沫就是这样一个人,永远有自己的想法和节奏。

5

丁沫觉得让自己的朋友知道自己所选择的行业，而且了解保险的意义，这倒是一个不错的建议，因为丁沫始终认为保险是这么好的一件事情，如果多多宣传，让大家在了解的基础上多一个选择，做好人生风险的规划，想来会是一件共赢之举吧。

好，说干就干！

丁沫本身来滨城的时间才三年，所谓的朋友是非常有限的，大部分都是过去两个单位的同事。丁沫首先在自己的手机通讯录中进行了筛选，标准主要包括：年龄，职业，健康程度，收入水平，和自己关系远近程度等。最后确定了五十人左右作为告知的对象，短信发出去的那一刻，丁沫感觉自己的心一下子提到了嗓子眼，仿佛要跳出来一般，自己为什么这么紧张，好像考大学的时候也没这样吧！

丁沫有些生自己的气了：丁沫你怎么这么没出息啊，有什么好紧张的，难道你做的工作让你抬不起头吗？！

自己没有勇气亲自打电话告诉对方，具体的原因还是面子的问题吧，丁沫是这样分析自己的，毕竟目前这份工作与自己之前的工作经历相差太大了，可以说对比强烈，怎么和大家解释跨度如此之大的变化呢？何况丁沫骨子里又是一个不愿意和人解释的人，她一直习惯用事实来说话。

丁沫后来统计了一下，大约有三分之一的人回复了丁沫，包括回电话、回复短信，另外三分之二的人是沉默，沉默可能代表着几种情况，一种是自己高估了对方和自己的感情，现在得以证明，因为你做什么还是不做什么人家根本不想关心；另一种可能是对方不知道该怎么回复，既震惊又担忧，那就等等看吧。还有其他的情况吗？丁沫自己也不知道，也不愿意费神去想了。

回复短信的人基本都是一个模式："换新工作了啊，恭喜啊！以后买保险就找你了！"

也有个别的，表现出了极度的惊讶："怎么去保险公司啦？什么待遇啊？去做什么？还是做财务总监吗？""不是做财务总监？啊……是这样啊，也挺好的。以后买保险找你哈！"

丁沫一时之间，搞不懂给自己以承诺的朋友，是出于礼貌，还是随口一说？

是不是自己的行为或意图让大家产生了误会？让对方把自己看成了一个伸手乞怜的人。因为在丁沫看来，君子一言，驷马难追，既然承诺了，无论兑现承诺的时间远近或所做承诺的大小，迟早是要兑现的，所以丁沫向来对自己答应的事都认真对待，也因此不敢轻易许诺。而在某些人看来，对方之所以告诉我换工作这个信息就是在向自己索要一个保证，如此我就给你一个保证，反正我也没想兑现。后来的事实也证明了这种随口做出的承诺是没有价值的，这是后话，此刻丁沫还不得而知。

还有几个人亲自打来电话，关切地询问事情的原委以及丁沫选择的初衷，大家都表示支持。

特别是丁沫刚到滨城不久即认识的一个姐姐，在一家 IT 公司做副总的成媛，询问的非常详细，同时又很顾及丁沫的感受。在了解了情况后，对丁沫的选择加以肯定，同时也传递出对丁沫工作能力的信任和鼓励：你能成为一名优秀的高管，也一定能在新岗位上做出不俗的成绩来。

人们经常说，生活中想真正认识一个人，往往很难，有时候你和一个人交往很多年可能都没把他认清，但是有时只要一件事，就能成为人和人之间友情或价值观的试金石。很准确，却也很残酷。

虽然丁沫的自信从来都不是别人给的，但毕竟这也是自己踏入社会，参加工作以来第一次变化如此之大的转身！成媛姐姐的一番话，以及这些真正关心丁沫的朋友们的支持和肯定，让丁沫的心慢慢从孤独、犹豫中解脱出来，这个世界仿佛又温暖明亮起来了。

在发完短信的一周内，丁沫感到需要出去走走了，了解一下保险市场的真实情况。于是，丁沫首先去拜访了几个人，包括自己熟悉的

IT圈儿内的朋友和给自己回电话的朋友。在这些人里,有的已经知道丁沫现在在保险公司,有的不知道,不过,他们的反应都很平静,可能是丁沫自己内心淡定了,所以传递出来的能量也就不同了。

一个做人力资源的朋友是这样分析丁沫的选择的:能选择有一定挑战性的职业,这本身就说明了一个人的高度和格局。对于他的这番宏论,丁沫也不知道是喜是忧,是感动还是感慨,无论这番评价是否足够客观、理性,在此刻的丁沫看来,都显得无比可贵。当然这里面也不排除人家有恭维的成分,但是,喜欢听顺耳之言,拒绝否定的信息,的确是人的天性。无论如何,这些正面的鼓励和期许,给了丁沫很大的动力和信心。

丁沫突然发现,现在自己如此在乎别人的看法和评价,什么时候自己开始变得如此世俗了?曾经那个"走自己的路,让别人羡慕得牙疼去吧"的丁丁哪里去了?是不是一个人在一个较高的位置待久了,慢慢就会变得在意那个位置了,在意伴随位置而来的相应感受,以及别人对你的仰视了呢?

"丁丁"是大学时同寝室的姐姐们对丁沫的昵称,"与世无争、云淡风轻"是姐姐们对丁沫的评价,丁沫是班里最小的,上学时几乎早上了两年,父母说是因为家里没人照顾,还不如早点上学。丁沫上小学前经常随父母工作地点的变动而搬家,幼儿园也上得有一搭没一搭的,所以丁沫一直都很羡慕别人有一个或几个"我们从幼儿园就在一起了"的小伙伴。

当丁沫告诉钱晓的时候,对于钱晓来说,这不啻一个爆炸性新闻,她惊讶得在电话那头有十秒钟都没说话,这反而让丁沫觉得不好意思了:看把人家吓的。

这几天下来,丁沫有点习惯大家的反应了,所以,等着钱晓慢慢恢复正常了才继续说:"抱歉哈,吓着你了吧?"开了一个玩笑缓和了一下氛围,钱晓仿佛明白过来了,"丁姐姐,你这跳跃幅度太大,我都跟不上你节奏啊!哈哈!"

还没等丁沫有所反应,钱晓又说了,"不过也很好啊,听说保险公司赚钱挺多的啊！现在这个行业很火的，哪天我吃不上饭了就去找你哈！"到底是做人力资源的，三句话不离本职工作。离开宏宇集团后，钱晓一直挺关心丁沫的去向的，时不时打电话问候一下，所以丁沫觉得应该让钱晓知道自己的新工作，即便是出于礼貌上也得让人家知道。

在一个周末，丁沫和林征一起去看望了姬老师，姬老师非常欣赏丁沫的勇气，选择在保险行业工作无疑是需要能力和胆识的。

丁沫和姬老师交流了她选择这个行业的理由，以及对这个行业未来发展方向的分析。对于林征他们夫妻能够站到一个高度并且以胸怀天下的格局来思考职业的选择，姬老师非常欣慰，同时也给丁沫讲了他对保险业的认识，包括这个行业的一些积习和弊病。对丁沫加入保险业以后，未来能够为这个行业带来的一些积极的变化寄予了很高的期望。

姬老师虽然是他们的师长，学识通达，态度却谦和有礼。每次和他接触，都感到如沐春风般惬意，故丁沫每次在这位老师兼友人面前都很放松，同时又心怀敬重，说话自然就坦率真诚。姬老师虽然是先认识了林征，但丁沫的率真灵性他也是非常看好的，所以每次交流也非常愿意给他们切实的指点和帮助，不仅在思想层面，在自我认知、修身养性方面也时有点拨：在认识外在世界的同时，要善于观察自己心性的细微变化，所谓"知人者智，自知者明，"如此方不负对中华民族优秀传统文化的学习，用身体的变化去体会，做到学有所用，知行合一。

姬老师对自己的勉励和期望，让丁沫多少感觉自己更有压力了。当你背负着一个别人的希望时，你会觉得这份希望是压力，而一旦这是你自己想实现的结果时，压力就变成动力了。明白了这一点，丁沫不由得心情舒畅，浑身充满了干劲儿，有点像第一天以财务总监身份上班时的感觉！

久违了，这种未来正在向自己走来的感觉。

就这样，到保险公司工作后，丁沫总算过了第一关，自己的心理关。林征说得对,不管别人怎么看待这事,关键是你自己如何对待这个事,你想成为一个什么样的人,这是最重要的。

孔老夫子说的一句话,正反映了自己现在的心情:"饭疏食饮水,曲肱而枕之,乐亦在其中矣。不义而富贵,于我如浮云。"乐在其中,不错,丁沫正是乐在其中啊!

6

丁沫虽然在正式上岗前参加了为期两周的培训班,对保险行业、保险产品以及销售技能等进行了学习,但是,对于每款产品以及保险合同的相应条款等细节问题,她感觉自己还远未做到清晰明了。

作为一名合格的人寿保险代理人,不仅要了解保险这一金融商品的本质,即转移客户的人身风险,还要注意到它的特殊性:只要没有合同约定的保险事故发生,那么这件"商品"发挥使用价值的期限就会很长,几年或者可能与客户的生命等长。

在这么长的时间里,特别是在我们中国,人情有时重于一切可以遵循的规定、规则。因此,对于客户来讲,最可依赖或者托付的对象就是在谁的手里买了这个商品,他以后有什么事情都愿意找这个人询问或寻求帮助,而不是直接去找保险公司。便何况这份商品的外形又是如此特殊,在很多客户的心里既看不见、摸不着,也用不了,不过就是写着若干条款的几张纸而已。所以代理人的责任就十分重大,要有足够专业的胜任能力。

丁沫有这种担心,一方面源于自己多年来从事财务管理工作形成的严谨工作作风,对任何一件需要往下贯彻的政策或制度,在执行前都要经过细致周密的布置,这些活动可能包括:反复模拟、推演,确保客观可操作;自上而下发布:政策产生的背景和理由,以及执行这项政策可能形成的后果,既包括正面的也包括反面的;系统内培训;实施;跟踪;反馈等。具体执行时视项目或工作的具体情况而有所增减或变换。

另一方面，如果设身处地地把自己放在客户的位置上，以自己现在对工作内容和范围的了解程度来看，从整体轮廓到概念细节都模糊不清，最终怎么能收获一个客户信赖、自己满意的高质量服务结果呢？

有问题找师傅，丁沫想到了师傅的叮嘱和承诺，于是找到施丽。这是丁沫工作后正式向师傅请教的第一个问题：关于短期医疗保险条款中理赔方面的一个概念。施丽开始的回答，在丁沫听来就是顾左右而言他，丁沫以为是自己没把问题说清楚，于是又重新解释了自己的问题，甚至把条款拿在手里给师傅看，但是还是没有得到答案。丁沫想，是师傅不愿意告诉我吗？还是这个问题她真的不懂？但是，这个产品是民生保险已经卖了七八年的老产品，作为在民生工作了四五年的师傅，不可能对条款不清楚吧？作为销售人员，对自己销售的产品都不了解，又是如何实现销售的呢？

施丽一看丁沫是认真的，只好让其他人帮忙给丁沫解答，这时办公室已经开完早会没有几个人了，她招呼离她们有几米远的另外一个区的成员，丁沫听施丽管她叫"春春"，这位叫春春的女子，瘦瘦扁扁的身材，丁沫之前还真没注意到她。此刻她低着头好像在整理一些资料，听到有人叫她，一抬头看到是施丽，笑了一下，还没说话，丁沫就看到一口洁白整齐的贝齿，舒舒服服地排列在经过认真打理的嘴唇后面，也不知是美丽的皓齿衬托了笑容的明媚，还是明媚的笑容更增皓齿的光洁，这张面庞一下子定格在了丁沫的记忆中。

"唉——啥事？"这一声回答，让丁沫超级难忘，因为声音很有穿透力，让人想不到这个细小的身躯里蕴含有如此大的能量，以至能够发出如此高分贝的声音，"麻烦你，给我们沫沫讲讲这个条款，是啥意思，谢谢哈！"

也不知啥时候师傅给丁沫起了个"昵称"，丁沫还真不习惯，因为从来没人如此亲昵地称呼她，父母从小就叫她丁沫，林征一直都随大学同寝对丁沫的称呼叫她丁丁。丁沫赶忙走过去，拿着合同、恭敬地请教，还好这位"春春"女士的讲解逻辑清晰，语言流畅，基本解决了丁沫心头的疑惑。也因此，丁沫认识了除本区以外的第一个本课室伙伴：铁如春，人如其名，虽然瘦小，却如春天般带给人以活力和温暖。

　　让丁沫没想到的是，第一次请教工作方面的问题，竟然把师傅问住了！虽然对师傅的印象不是很好，或者说施丽不是丁沫喜欢的那种类型的人，但丁沫心里对施丽还是很敬重，一方面施丽是丁沫进入保险行业的领路人，是自己的师傅，既然上天安排施丽来做自己的师傅，那么她们之间自有一番缘分吧；另一方面，丁沫也觉得施丽的业务能力应该很强，是一位优秀的保险代理人，自从她们相识以来，施丽一直在明示或暗示丁沫她在民生保险取得的成绩，先是绩优高手，后来逐渐晋升区主任。既然如此，怎么对于这样一个普通的问题都解答不了呢？丁沫始终没有明白这是怎么回事。

7

　　第二天上班，按每天的惯例一开始仍然是早会，每天早会的主持者由每个区轮流来做。丁沫所在的七课目前一共有九个区，最大的区有十几个人，最小的区也有五六个人。当天轮到八区来主持早会。丁沫一进办公室，看到今天出勤的仿佛格外少一些，好像每个区都有几个没出勤或者没开早会的。

　　民生人寿保险滨海分公司六处七课，在册人员应该有一百多人，在丁沫正式上班以后的这些天里，好像没有一天能够做到全部出勤的，所以，至今丁沫也未能认识本课所有人员。

　　正如施丽见丁沫第一面所说的一样，在保险公司上班是很舒服的，有公事就处理公事，没公事就办自己的事情，不像传统行业那么严格、死板。

　　丁沫当时也不理解，保险公司到底如何灵活或者说舒服，丁沫发现有的人早上打个卡就走了，如果不打卡直接不来是要扣款的，具体扣多少，丁沫也不清楚。保险公司的考勤，的确蛮轻松的。

但是丁沫在意的是，不来上班的这些人，他们的业绩如何，能够正常完成工作吗，对于客户的服务工作到位吗？

日久天长，丁沫慢慢发现，在保险公司或者说丁沫所在的六课，唯一重要的就是业绩。上自总公司对分公司的考核，下至分公司完成当期任务目标，全部以各个保险代理人的业绩说话。即便考勤再完美，每个月业绩很难看，那么这位代理人也难以在这里立足。相反，哪怕每个月都不来上班，但是业绩还说得过去，不论哪个职位的领导一般都不会找你谈考勤的事儿；如果一旦必须要面对考勤的时候，比如说赶上分公司抽查考勤，领导找你谈话至少在态度上也都是比较温和的，是和你商量着来，这就是硬道理。而这种情形，放在传统行业都是无法想象的。

今天主持早会的是位漂亮的女子，三十多岁的样子，正是人生好年华，身材颀长，柳眉之下一双杏眼，犹如滴水葡萄，鼻梁挺直，唇部线条圆润，肤色白皙。难得的是，这女子不仅外貌出众，举手投足间更显动作优雅、自信，且周身散发出不卑不亢、刚柔并济的气势，原本乱哄哄的办公室，只见她往讲台一站，说道："现在早会开始，请大家就坐。"七八十人的会场立刻安静了。丁沫心里不禁想到，在同一办公室工作的有如此美女，自己居然都没有发现，奇哉怪哉！爱美之心人皆有之，不只是异性之间才有吸引力啊！

丁沫转过头来悄悄问坐在她旁边的孙乐乐："她是谁啊？""代月莹。"孙乐乐不知道丁沫为什么问这个问题，或者为什么对这个代月莹感兴趣。丁沫来到本区后，很少主动和大家说话，也许大家知道丁沫之前是高管，仿佛多少有些敬而远之的意味，自觉和丁沫之间的话题不多。

早会后施丽把大家召集到一起开了个区内部会议。

丁沫是第一次参加这种会议，本次会议主要是两方面内容：第一，正式介绍一下丁沫加入本区，让大家互相认识一下；第二，也顺便说一下本月任务达成的情况。丁沫这才仔细看了一下在座的人，除了自己和施丽，还有已经认识的孙乐乐以外，另外三个人丁沫没见过,而丁沫之前来办理入职手续时见过的那几个人都已经不在了,也不知道是被考核掉了还是今天没来,不过施丽既然说今天我们五区的人都到齐了,就是说那三个人已经不在这里工作了,而且仿佛除了丁沫也看不出来还有谁在意那三个人。

看来,在保险公司工作,离职或者解除合同是再平常不过的事了。

经过施丽的介绍,她们分别是王柠、赵玉寒、牛学锋。施丽在介绍丁沫时,着重强调了她以前是做高管的,大家的目光带着诧异若有所思,还有一种丁沫也说不上来的情绪在里面,之前大家都是猜测或者道听途说的一些关于丁沫的信息,现在终于得到了证实。

丁沫不喜欢施丽这样介绍自己,因为一来她现在已经是五区的一名成员了,和大家在本质上是一样的,甚至从保险工作的资历来讲,在座的各位都是自己的前辈,以后自己需要向大家学习的地方会很多;二来好汉不提当年勇,过去无论再怎样优秀毕竟都已经是过去的事情了,总抱着过去不放,哪里会有未来呢?

所以施丽让丁沫也说几句时,丁沫就把自己的想法和大家坦率地讲了,从大家的笑容和眼神可以看出,大家喜欢接受眼前这位踏实、平和的新伙伴。

在介绍完新伙伴丁沫后,施丽对本月的业绩达成情况进行了说明。由于丁沫第一次参加关于业绩方面要求的会议,有些名词她似懂非懂,不过,大概的意思也能明白,好像本月除了施丽做了一单,其他人还都没有业绩,而现在的时间已经处在本月中旬了,丁沫听起来也有迫在眉睫的感觉。

施丽在会议的结尾,特意强调了一下五区以往的优秀成绩,人人都要有业绩,而且要争取都拿到"恒星"奖。民生保险公司为了鼓励每月产生更多的业绩或开发新的保单(他们称此为"开单"或"出单""举绩"),除了正常的底薪、提佣以外,从今年开始还设置了一些特别的奖励,比如业绩达到不同的级别时,还可以相应地额外分别拿到恒星奖、行星奖、卫星奖等奖励,而据说五区几乎每个月都是拿到这些额外奖励最多的营业区。

在开会期间，丁沫第一次听到了一个词：基本法，听到这个词的时候，她几乎吓了一跳，难道在保险公司工作还需要了解香港特别行政区的基本法吗？而且每个代理人还要按照这个基本法来考核吗？这事自己在"代理人协议"上怎么没有看到呢？

应该不会的，显然是自己理解错了。

但是会后，她还是就这个问题请教了师傅，才弄清楚了。原来，保险公司对代理人的业务考核、职级晋升、业务品质的管理等等，即对代理人日常工作的管理和考核的一些基本规则，而民生保险公司将这些规则简称为"基本管理办法"。按丁沫的理解，这个所谓的基本法相当于传统行业的"员工守则"以及"薪酬管理办法"之类制度的集合。

到保险公司上班以后，由于职业习惯，丁沫一直很想系统地了解保险公司完整的管理制度体系以及组织结构体系，或者范围小一些的"职业规范操作流程"之类的规定，但是她不知道找哪个部门或者向谁去要这样的东西，也不知道到底有没有她期望的这种文件。

她问师傅，这个"基本法"在哪里可以领到，她以为也是人手一册呢，没想到师傅告诉她，只有营业区主任才有资格拥有这本"基本法"，见丁沫多少有些失望，施丽就问丁沫，"你想了解什么，我告诉你"，丁沫有了上次的教训之后，凡是需要请教理论化、知识化方面的内容，就不再去问施丽了，免得让她难堪，也耽误自己的时间。

但是丁沫觉得"基本法"不能人手一册这事太不可思议了，难道一个企业会禁止和自己已经签订了协议的合作人，了解彼此的合作要求、办事流程、操作规则、奖惩等一系列相应的条款和信息吗？相反，不仅不应该禁止，而且应该大力鼓励和欢迎才有利于双方的合作顺利而愉快地开展啊！

她想搞明白这件事情，是出于经济方面的考虑，还是另有什么目的呢？一个小册子成本有多少钱，为什么不能每个人都有呢？"基本法"既然和每个代理人息息相关，关系着代理人的收入、考核和晋升,是如此重要的文件,为什么不能每个人都发一本呢,这样不是更加有利于代理人的自我管理吗?!

民生保险如此庞大的规模,怎么在这件事情上如此"节省"呢?即便是出于经济方面的考虑,也完全可以实行由代理人自愿购买啊!

这时丁沫突然注意到,这种事情还不是第一次发现,自己在培训班时,有一门课居然是别人用过的教材,发到她们这些新学员的手里时,班主任小劳老师特别叮嘱他们,这本书用过之后还要回收呢!丁沫当时还以为是近期新学员突然增多,来不及印刷新教材呢,现在看来,恐怕没有这么简单。

管理企业有些事情是应该节省的,有些事情是不能节省的,诸如教材这类的东西,哪个人敢说自己听老师讲过一遍之后就能将全部内容理解消化,并且在实际工作中运用自如呢?

关于员工应该知道的工作要求、操作流程、考核标准等这类文件,在日企有个特别的名称,叫作"手顺",相当于汉语的"操作指南""说明书"的意思。在日本由于其民族细致、认真的作风深入骨髓,做什么都要有相应的操作流程和指南,大、小事情都要做得一丝不苟才行,有些工作的细致程度都到了难以理解的程度,甚至有时为了做事而做事、反而忽略了做这件事情的目的何在了,因此,从某个角度说,日本人的工作效率有时也是相对较低的。

丁沫在精工科技软件公司工作时,接触到了这种文件形式,感觉非常实用,在管理上也更加便捷,故结合国内公司的业务特点和中国人的文化习惯,也编制了一套符合中国子公司员工使用的"手顺"。所以,"手顺"编好以后,公司的每名员工人手一本,新入职的员工也都会领到一本。在这本"精工科技员工手册"里面,每一个员工都能找到自己所在的岗位在什么时间做什么事,借助于何种工具和手段,有困难可以找谁帮助;同时,员工也能看到企业的愿景和使命,以及企业对员工的承诺和要求,等等。特别值得一提的是,这本"手顺"是装订成一个手册一样的文件,大小和成人手掌大小相仿,可以装进工装的口袋,方便随身携带和阅读使用。

丁沫曾经分别在两个日企工作过，来滨城之前在内地古城生活时，在一家中日合资的股份公司任职，但那家公司日方并不控股，企业的管理工作几乎由中方人员掌控。虽然当时没有见过这种"手顺"，但公司的管理工作在同时期的制造企业中也是非常规范的，所以企业才能在三年内就走到了IPO的门口。所以丁沫虽然不喜欢日本这个民族，但是对于日本人精益求精的工作态度，以及待人接物谦逊有礼的风范还是持赞许态度的。

日本的很多文化多来自于中国，特别是在唐朝，日本不仅派使者来天朝潜心学习华夏民族的先进思想和文化，更可贵的是还能将其施用到自己的国度且发扬光大、继而传承下去，最终与自己民族的文化有机融合，形成了所谓"大和文化"，以至于时过境迁到了21世纪，曾经的祖师、堂堂华夏民族的子孙却要反过来去向昔日的学生，鉴别、梳理某些古时的文化！试问，一个不在乎自己传统文化的民族，如何能让他人心生尊敬呢？又何以立足于这个外表虽日新月异，骨子里却千疮百孔的时代呢？

施丽主持的区会议结束后，大家和丁沫又聊了一阵子，以加深彼此的了解。

王柠个子比较高有一米七的样子，看起来是那种为人比较冷淡的人，这一点倒和年轻时的丁沫颇有相似之处。丁沫和她一聊，才知道她大学是学农产品加工的，两年前本科毕业，丁沫来之前她是五区唯一的一个本科生，在这里工作已经有一年时间了。那一对东方人特有的丹凤眼，眼波顾盼之间，展颜一笑露出的精致贝齿都给王柠平添几许妩媚。

牛学锋，看起来二十六七岁的样子，丁沫还没来得及和她说话，开完会就匆匆离开了，看来业务挺忙的。

赵玉寒，一看就是一个性格非常柔和的贤妻良母，比丁沫小三四岁的样子，丁沫非常喜欢个性柔和的女人，可能是因为总感觉自己不够温柔的缘故吧。她加入民生保险之前是施丽的客户，那个时候她是典型的家庭主妇，照顾老公和孩子，后来孩子长大了并且被送到外地上学,她一个人在家正闷得难受想找工作时,施丽向她及时抛出了橄榄枝,于是她顺利来到民生保险公司,如今来公司也一年多了,看起来这份工作让她挺开心的。

王柠是由于特别喜欢滨城,自己想留在这个城市,又听说保险公司赚钱多,自己就直接找上门来的,丁沫不禁非常佩服她的勇气。从这件事情上也颇能看出王柠的性格和作风。

加上在培训班的时间,丁沫来保险公司已经有一个月了,现在又通过对自己所在营业区伙伴们的了解,以往没有注意到的一些事实突然涌进丁沫的视线:虽说保险代理人的个人素质参差不齐,事实是大部分代理人的个人素质不高,包括专业能力、文化程度、人品修养等等,以这个层次的人群作为保险公司的主要合作人,面向大众推销保险产品,其结果可想而知。丁沫不禁想到当时姬老师给她讲述的关于保险业的一些乱象。

担忧,又在不知不觉间像一条小蛇悄无声息地潜进丁沫的心里。丁沫觉得,越是了解保险公司以及代理人的现状,就越发让她担忧保险行业发展的可持续性,以及维持可持续发展的生命力或原动力。的确,现在国家重视保险行业,社会关注保险行业,并且给予一定的优惠政策加以引导,但这些都是外力,保险行业未来的发展关键还要看行业的内在因素,外力永远是通过内力发生作用的。

丁沫的担忧不无道理,如果一个行业的从业人员大部分由能力一般、素质不高甚至没有诚信的人组成,即便这支队伍里面有诚信正直、专业胜任的成员,但毕竟占少数甚至是极少数,同样难以撼动保险行业在公众心目中形成的固有形象,所以,仍旧无法获取公众的认可。

至今,丁沫还清楚地记得,在自己做财务总监这一职务的第二家公司时,拟招聘一个主管会计人员,当时单位对这个岗位的硬件要求是国家统招的大学毕业生,并且是财经类专业毕业的。在应聘的候选人中,有一位工作经验和学历都比较合适,而且是所有应聘者中唯一拥有硕士学历的人。

在和她交谈的过程中，应聘者的性格、人品以及以往的工作经历，丁沫都比较满意，工资待遇、公司福利等也都没有问题，也就是说这个人基本就算敲定了，谁知这个时候，应聘者突然问了一个问题：请问，现在财务部人员的学历情况我能了解一下吗？丁沫就介绍了一下公司财务部目前的学历结构，有一个在读研究生，其他都是本科学历，出纳员还是大专学历。

当她了解了这个情况后，情绪一度非常激动，表示自己不能来这里工作，理由是如果把高学历的人放在低学历的人群中一起工作，则对于高水平的人来说，是严重的不公平、不对等待遇！

当时丁沫听了这番言论愣了一下，自己招聘员工这么多年了，无论是硕士甚至博士，还没遇到过以这种理由拒绝工作的，有哪个单位能做到所有员工的学历齐唰唰全部相同啊?！这是企业，又不是中科院。那个应聘者当然是没有被录用，但是，这一幕场景，让丁沫一直难以忘怀，并一度认为这个人如果不是精神方面不大正常，就是根本不想来公司工作，随便找个推托的理由罢了。

后来一个偶然的机会，她把这件事情的来龙去脉讲给一位资深人力资源总监听，结果这位朋友的结论是，丁沫的猜测是不客观的，而且作为专业的人力资源人士，他支持那位候选人的要求，当然她提出的条件确实苛刻，但是从心理学范畴讲是有一定道理的。人是社会型群体动物，特别要求周围环境与自己有一定程度的匹配，就像有种族倾向的白人，反对在自己居住的社区周围有黑人出现一样，在本质上是一个道理。而且此人在面试官面前情绪能突然失控，可能之前在某个单位实际遇到过不公正的待遇，并且给她造成了一定的伤害，以致让她在心理上形成了一个与他人不同的"必备"入职条件。但是理论上有道理并不等于在现实中能通行，在国内工作要求自己身边的同事都和自己的价值观、个人素质相似，基本上是很难实现的。

这也就是为什么能力高、学历高的白领，很多人都愿意去外企工作的原因，即便苦一点、累一些也愿意，因为在外企环境中每个人的素质相对内资企业来说要高一些，人和人之间更能体现出人格上的平等和互相尊重。这就是招聘高级人才时许多应聘者在意的所谓企业软环境，越是高级人才对软环境以及软条件的要求，越是高于对企业硬条件的要求，这已然成为一种越来越明显的倾向。

而此刻，这种情形突然发生在丁沫自己身上，让丁沫多少体会到了那位候选人的心情。很多时候，如果你自己没有亲身经历过，是不会深切明白和体会当事者的感受和情绪的。无论语言多么丰富多彩，也永远代替不了一个人切身的体会。

物以类聚，人以群分。丁沫仿佛重新理解了这句话的含义，也重新体会到了其中的分量。

从今以后，自己周围的人又会如何认识自己呢？会不会把我和这些人看成一类呢？不了解我的人一定会这样，了解一个人需要有个过程。不错，保险行业的确是个好行业，保险这件事也的确是利国益民的好事情，但是现在却有这么多的问题。想到这里，丁沫突然从另一个角度发现了一道光：有问题，不正是从另外一个角度说明机会也更大吗？如果一个行业已经发展起来了，如日中天、一切如意、顺理成章，这不是也说明这个行业已经走到尽头了吗，那不就是所说的夕阳行业吗？还有我丁沫什么事呢？！

丁沫，你想成为什么样的人？想改变这个现状，想做一个有价值的人，就继续做下去，想舒服就不要做了，我丁沫可不是困难能吓倒的哟！

一瞬间，丁沫似乎被自己的豪气感染了，重新振作起来，孔老夫子也说"既来之，则安之"，箭在弦上没有回头路，坚定地往前走，才能看到自己憧憬的那个未来正走向自己。

8

为了索要一份民生保险公司的"基本法"，丁沫第一次正式接触了保险公司的内勤人员。在这之前丁沫已经了解清楚，这事得找内勤解决，而内勤的办公室，就是向亚男所在的那间。

丁沫推门一看，还是一屋子的人，但向亚男不在。她用眼神寻找可以搭话的对象，就是这个吧，离自己比较近的这个女孩，丁沫的眼神停留在她的脸上不到两秒钟，女孩反应过来了：有人在关注着自己。

还没等丁沫说话，这个女孩主动说话了，"你找谁？"语气颇不友好，而且连"你好"都省略了，丁沫挺不习惯。

"我想了解个事情。"此时，丁沫有点踌躇，自己的需求要不要和这个女孩说。

"有啥事，你说吧。"这女孩倒是挺干脆。

"我想领一本'基本法'回去学一学，这事是哪位负责呀？"

这女孩看了看丁沫，问道："你是哪个课的呀？"哪个课？刚入职的丁沫还真不知道自己属于哪个课，只听师傅说过好像是六处，至于是哪个课么……还真是想不起来了。小女子冷冷的话语，加之不屑的神态，让丁沫的大脑一时之间出现了真空。

"我在六处，刚上班……"丁沫觉得很窘，还没等她说完，女孩又说话了。

"你们课长是谁？"丁沫这时顾不得窘不窘了，而是觉得不太对劲了，怎么这女子年纪不大，这语气、这态度倒像一个幼儿园老师训小朋友似的，不仅居高临下，而且盛气凌人。丁沫不禁心想："你是干吗的呀？"

"请问这事是你负责吗？"丁沫依然保持冷静问道，毕竟自己比她大十几岁呢，如果自己在她面前暴露情绪，不知道的还以为自己欺负她呢。

"你不用问这么多，去找你们课长，或者找你师傅。"说完，干脆不搭理丁沫了，自顾看着电脑屏幕了。

丁沫怎么也没想到，要本"基本法"，在她看来不是个事儿的事，居然会碰一脸灰。而且还被一个乳臭未干的黄毛丫头给上了一课。

丁沫回到办公室，看到赵玉寒坐在座位上，仿佛也没什么事情可做的样子，就把刚才的情形和玉寒讲述了一遍，玉寒听完就笑了，说道："'基本法'不是每个人都会给的,只有主任以上的人才有呢。我都来了快两年了,还没看到过呢,平时就是听师傅说的。"

丁沫趁机又了解了一下,内勤的职责都包括哪些,这个问题大家从来也没关心过。

但是大家都知道在保险公司做一名内勤人员,好像就有高人一等的感觉,只不过有些人表现得不是那么明显,而有些修养低一些的,就表露无遗了。这种状况大家也都习惯了,有些事情只能找内勤解决,所以为了办事方便,无论人家态度如何,外勤不仅不敢得罪,面子上还得敬着。

经玉寒这么一讲,丁沫似乎有所领悟,而且玉寒还给丁沫讲了一个丁沫不知道的信息。

由于民生保险公司近年来规模迅速扩张,原来一个职场只有一个督导即一个内勤的局面早已不复存在了,现在每个民生保险公司的职场都有一个内勤办公室,多的有八九个人,少的也有四五个人,主要负责所在职场的培训工作。丁沫想问,培训不是来公司上岗前已经培训过了吗,怎么还要培训呢?

丁沫把玉寒讲到的信息又重新组织了一下,原来,丁沫参加的是岗前培训。在民生各种培训班很多,特别是岗中培训,而且有一个特点,越是业务做得好的人,公司给你的培训机会也就越多,所以优秀的人越来越优秀,这也是企业资源向人才倾斜的一种表现吧。在培训这方面,民生保险做得的确是可圈可点,至少在培训理念方面,足可傲视其他同行。

玉寒原本是想暗示丁沫要与内勤保持良好的关系,否则各种培训机会就有可能与自己失之交臂!而且这些培训大部分内容都是关于如何提高销售技能方面的。也不知道丁沫听懂了没有,但是看丁沫的表情,仿佛并不在意这种培训似的。

其实,丁沫的心思还在如何得到一本"基本法"上。丁沫可不是轻易认输的人,她不信,偌大一个民生保险公司连一本"基本法"都拿不到。丁沫想,我得找个机会。

过了两天，公司发布了两款新产品，照例在早会做了宣导。

丁沫看着大家，谁都没有问题，仿佛只讲解一次，大家就全部了然于胸了。

结果只有丁沫有疑义：丁沫觉得在宣布新产品的这几分钟里，她只知道公司发布了两个新产品，至于新产品的相关投保条件、保障范围、保险责任等重要内容，她都只有大概的印象，但是公司的意思很清楚，已经倡导大家可以去向客户推广了。可是，见到客户，讲什么呢？哪条又是自己有把握可以去讲的呢？新的产品肯定比老产品要有许多进步，但具体好在哪里呢？难道把公司的产品宣传资料丢给客户、让客户自己去了解吗？！

丁沫觉得，保险产品本身就是非常复杂的金融工具，给客户讲解时无论客户有意购买或无意购买，都不能空口无凭，要有书面的资料才好。这是一种工作习惯，也是工作态度。

而且，在保险公司工作了这些天，丁沫发现，作为专门为客户提供保险服务的代理人，学习保险产品所依据的资料，全部和客户看到的资料是相同的。

这一点让丁沫感到难以理解，自己虽然以前没有从事过销售或服务性质的工作，但没吃过猪肉也看过猪跑，销售人员或技术人员对本公司产品的了解一定比客户要多得多，这个道理就像我们做学生时，老师经常讲的，如果要给别人一杯水，首先自己得有一桶水。可是现在保险公司的实际情况是，想给客户一桶水的人自己连一杯水都没有。

针对产品的培训是任何企业内部培训中最重要的一个部分，只要这个企业有产品对外销售，或者说企业的主营业务是产品销售，主营利润来自于产品销售所带来的毛利。

产品培训涉及两方面的问题，第一是数量或数据方面。体现在该产品的相关数据信息量方面，包括投保年龄、保费、保额、生存金、内置利率、理赔方法等；第二是本质或内容方面。这方面包括产品的背景信息，比如，为什么要出台这款产品，为什么在这个时间推出，以及站在客户的角度我们为客户考虑了哪些因素等等。

总之,作为面对客户的服务人员,你所了解的关于该产品的信息一定要比客户的丰富,或者不能让客户把你问住了。如果客户知道的比你还要多,试问,你为客户服务的价值和意义何在呢?更不谈上客户能否信赖你了。

客观地讲,在民生保险公司内部,各种培训还是比较到位的,包括对产品的培训不能说完全没有,分公司的培训部会协助每个课室设立所谓的"产品培训功能组",目的是对本课室的代理人进行产品讲解和相应的辅导。即便如此,这种在形式上看似已经非常完备的培训职能岗位,由于其存在与生俱来的弊端,所以自诞生之时起就有着先天的不足,故而形同虚设。具体不足包括,首先,公司没有针对产品培训使用的内部教材,也就是说对于新产品的了解培训老师和接受培训的学生在一个起跑线上;其次,这些所谓培训组成员都是义务性的,一方面他们自己也要正常展业,一样需要定期考核,同样会面临业绩不足被考核掉的风险,因此没有过多的精力放在给其他伙伴进行培训上;还有,这种培训是不定期的,培训的周期或频率由培训组成员自行拟定。

也就是说,每个业务人员若需要了解某种产品的相关资料,是一件简单的却不容易实现的事情,难度系数比想象的高。但是有一件事,丁沫基本弄清楚了:想从产品功能组得到关于产品的完整信息是不可能的。而对于多年从事管理工作的人来说,即便有专人讲解了某产品的信息,也不如自己手里有一份由公司统一印制的书面资料来得妥当,仅凭口耳相传的方式来讲授如此重要且专业的信息,在丁沫看来,就好比俗话讲的"常在河边走,没有不湿鞋"的道理一样,其行为本身就不够科学和严谨。

对于产品培训的方式方法问题,丁沫也委婉地询问了师傅施丽,得到的答案是:以前,就是她刚来保险公司那会儿,连产品功能组都没有呢,言外之意,现在进步很多了,已经很不错了。

那么,这种不严谨、不科学的工作方式,如果一直存在,是不是从反向证明了保险公司对于产品培训这一工作不够重视呢？否则，不会长期以来一直采用这种轻率的方式。

对于购买保险产品的客户来说，购买的就是一份信任。首先是对保险代理人的信任，其次是对保险公司的信任。而对于签订了代理协议的这两个合作方来说，是不是合起伙来欺骗消费者呢？至少有这样的嫌疑吧！

就产品培训这个问题，丁沫也了解了其他保险公司，结果大同小异。毕竟，丁沫所在的民生保险是国内保险界的领军企业呢，其他保险公司的培训，可想而知，情况可能还不如这里呢。

过了几天，丁沫在早会后又一次来到内勤办公室，这回她打定了主意直接找向亚男，如果她不在，自己也没有必要和那些盛气凌人的小内勤们费口舌了。

还好，向亚男今天果然在。得知丁沫想和她就一些事情聊聊，她立即主动提出离开她所在的办公室找个清静的地方说话。到底是一个职场的督导主管，还是和那些做基础工作的内勤有本质不同的。还好，她们好不容易在人满为患的职场找到了一间暂时空置的教室。

当向亚男了解了丁沫的要求和一些想法后，欣然接受了丁沫提出的建议，并表示在她能力范围内能解决的都给予解决，不能解决的她也会向上级反映。对于"基本法"的发放，公司的确规定只能给主管层级的人，而不能向每个代理人随意发放，原因是什么她也不清楚——"也许她知道也不方便对我讲吧！"丁沫想。"不过，我可以找一本借给您看看。"这位外表美丽的女子果真想得周到，既解决了丁沫的问题，又没有违背公司的所谓"规定"。

对于编写一个叫"手顺"的员工手册，她还从来不知道有这样的东西，听了丁沫的介绍，感觉如果有了这样一个"手顺"，对于新入公司的人员来说，的确能带来许多工作上的便利，但她没有权力做这个决定，也只能向分公司主管领导反馈这件事情。

最后，丁沫把那天那个小女孩对她说话的态度和向亚男描述了一番，她想看看这位督导主管对此持什么态度，向亚男说，一会儿回去就给他们开个会，让他们知道这件事情的严重性。

实际有些情况丁沫还没有讲，这个女孩的态度问题并不是个别现象。其实无论是丁沫自己在和其他内勤沟通工作时，还是从其他外勤人员那里了解到的，内勤平时的态度和这个女孩基本大同小异，也就是说在民生保险公司这种现象是普遍存在的。

接着，她详细了解了丁沫选择来民生保险公司工作的理由，结合丁沫之前的工作经历，对丁沫能够选择来这里工作，敬佩有加。向亚男此刻心里明白了，丁沫为何与其他人有着不同的思维，原来丁沫的经历和其他人是不同的，做过领导的人看问题就是比其他人要犀利一些吧。

也许是俩人聊得投机，向亚男还向丁沫透露了她以前也是和丁沫一样做外勤，就是保险代理人，期间也和所有伙伴一样拜访客户，面临业绩考核，也担心被考核掉等等，付出了很多辛苦，也承受了很大的压力。入职一年后恰逢滨城分公司迅速扩大规模，相应的内勤管理队伍也需要增加人手，公司领导最后提拔了工作努力又一表人才的向亚男。

最后，向亚男半开玩笑地说："丁姐，您现在可是咱们职场的名人，连分公司老总都知道咱们这里招来了一位高人，大家都对您有很高的期待啊，相信您一定能做得很好！"丁沫没想到，她会以这种方式结束这次谈话，淡然一笑道："亚男言重了，我哪里是什么高人啊，我还有许多地方要向大家请教和学习呢！另外，我也非常需要内勤伙伴的支持和帮助啊！以后可千万别这么说了。"

9

其实，丁沫之所以和向亚男描述那位女孩说话的态度，倒不是因为丁沫是一个睚眦必报之人，而是在企业工作了近二十年的管理经验让她深刻了解到，如果一个企业不能发自内心地去尊重一线员工，其后果将会怎样，这体现了一个企业的文化价值究竟是什么。但是，丁沫对于向亚男说给内勤开会的事，也不抱什么希望，因为最能体现一个企业的企业文化的，往往就是这个企业的最基层员工。因为他们做着相对辛苦的工作，却拿着相对较少的报酬。如果这些员工不仅不能成为企业形象的代言人，反而处处令同事难以开展工作，甚至波及客户的购买体验，更严重者直接或间接地损害到客户利益，那就说明这个企业出了问题。问题可能来自于某一具体政策方面，也可能来自于某一管理者个人的言行，如果是这两个方面出了问题，还相对容易解决，因为只是局部问题。如果问题出自于企业文化层面，那就不是问题了，而是企业病了，病的部位是心脏，即企业得了心脏病，倘若如此，试问，这个企业生产的产品或提供的服务还能是健康的吗？答案不言而喻。

无论是文职的一线员工如内勤，还是武将的一线员工如营销人员，他们的工作状态、精神面貌直接反映了该企业处于企业生存周期的哪个期间，是健康的、生机勃勃的上升期，还是病入膏肓、死气沉沉的下降期。一线员工的表现只是镜像，是释放的一个信号，如果不能引起企业管理层足够的重视，查明原因，对症下药，后果往往不堪设想。所以如果老板或投资人看到财务报表上的数字或银行账户里的数字时，才意识到企业出了问题，往往为时已晚。

被当代企业界誉为经营之圣的日本企业家稻盛和夫先生，之所以敢于临危受命，让濒于破产的日航公司在短短的三个月内一举扭亏为盈，靠的就是"敬天爱人"的企业文化和经营价值观。企业文化不是贴在企业厂房、围墙等醒目位置的宣传标识，更不是空喊出来的激励口号，而是要发自内心地、真诚地去践行到企业日常经营管理的每一个细枝末节，最终体现到企业每一个人的言行之中。

记得，丁沫从国企出来在社会上应聘的第一份工作，就是前面提到的中日合资公司，老板每次给公司的管理层开会时，都会提醒大家要尊重一线员工，包括车间的生产工人和奋战在销售前线的业务人员，特别是销售人员，要格外给予体贴和尊重。那位老总的话至今想起来，言犹在耳："你们要记得我们的工资从哪里来，我们的每件衣服从哪里来,我们的父母是谁在赡养,我们的儿女又是谁在抚养,都是我们奋战在一线的员工,是他们的辛勤劳动和付出,才会有我们发到手里的工资,我们挣到的每一分钱都凝聚着他们的智慧和汗水!他们值得我们每一个管理者去尊重!"

也正是因为企业有如此细腻务实的企业文化,公司的发展才会如此突飞猛进,在三年的时间内就已经具备了在国内上市的各项条件。同时,也正是因为企业有这样的文化价值观,公司在短短的一年内,吸引了一批当时古城最优秀的人才加盟,充斥于各个职能部门,真可谓人才济济。"古之士者,国有道则尽忠以辅之"正是这个企业当时的真实写照。而丁沫本人也正是在这家公司的任职过程中,经过无数次的艰苦锤炼,其间不仅付出了无数智慧和心血,还经常会伴以委屈的泪水。只有艰苦的磨炼才会让人更快地成长,丁沫最终从一名普通的基层财务管理人员蜕变为大型中外合资企业的高级管理者。

国家的兴盛,要有相应的人才辅佐方可实现,同理,企业的发展也要吸引优秀人才的加盟,才能在同业中拔得头筹,抢先占领商机。是故,在当今的商业社会中,各行各业高级人才的天价"改嫁费",已经让我们耳熟能详了。

维系国家经济命脉的金融业自然也不甘落后,无论已是明日黄花的银行业,抑或时而熊、时而牛的证券业,还是目前充当时代中流砥柱的保险业,都在行业内外、国内外,或明码标价,或暗地约谈,各大企业都在动用各种手段网罗高级人才为己所用。

民生保险,作为近十几年业务规模呈现指数增长的超大型金融集团,自然在人才储备方面更要有超人的眼光和布局。无论是集团高层管理团队,还是各地诸侯部落都在加紧实施对于人才的归集和聚拢,"优管计划"就是在这个背景下产生并实施的。

但是,有一个问题,丁沫没有看明白,既然民生保险捷足先登,在业界推出了这样一个招揽优秀人才的计划,推行这个方案的目的无疑是想通过聚拢高水平、高能力的人才,提高民生保险公司的服务水准,继而改变人们对保险行业,或者说得实际点就是改变对民生保险人员素质低、能力差的不良印象，提高品牌形象，实现公司目标客户群由中低端人群向高端人群的转移，可以说这个计划的初衷是有一定制高点的，最终目标是赢在未来。

如果这是一个体现公司战略布局的活动，在具体实施的过程中怎么体现不出这个工作被重视的程度呢？比如完全可以在民生保险总部单独成立一个部门，负责领导各个地区这项工作的开展和落实；在每个地区的分支机构中指派一到两名人员，专门负责推行这项工作；由"优管计划"选拔出来的人才单独成立一个机构或团队，以形成团队组合优势，所谓1+1＞3，团结会产生更大的力量。如此，是不是更有利于这个方案的实现呢？

《周易·系辞上》有云："二人同心，其利断金。"

叱咤世界经济舞台二百多年，以金融业起家，伴随世界经济的发展在全球很多行业拥有股份、行事又十分低调的罗斯柴尔德家族，开创这份庞大家业的先祖梅耶·罗斯柴尔德在临终前，把五个儿子唤到床边，用《圣经》里的寓言来叮嘱和教导五个儿子要团结、同舟共济。罗斯柴尔德家族是犹太教家庭，信奉并严格执行犹太教教规和教义。

罗氏家族族徽的主要组成部分是五支箭，据说该家族的私人艺术家莫里茨·奥本海默有一幅画，这幅画描绘的是《圣经》里的一个故事：生命垂危的父亲要五个儿子折断捆在一起的五支箭，正当他们一筹莫展时，这位父亲自己把这捆箭拆开，并把其中的一根折断，说道："家族的力量来自于团结，一根箭容易被折断，五支箭抱在一起就不容易被折断。在一起祈祷的家庭将永远凝聚在一起。"这五支利箭即象征着罗氏家族的五个儿子射向欧洲的五个心脏地区，通过金融手段左右和影响世界经济和政治格局。

这幅画不仅揭示了罗氏家族的家风和家规，也充分说明了罗氏家族为什么从梅耶到现在近三百年的时间仍然左右着世界。

好吧，既然目前还看不懂民生保险推行"优管计划"的步骤，也没人能告诉丁沫这其中的缘由，说明现在还不是解决这个问题的时机，那就放一放吧。

第三章 神的右手是慈祥的，左手是可怕的

1

在丁沫全力以赴地对保险产品和服务技能进行恶补式学习之时，师傅施丽不淡定了。

因为时间不知不觉已经进入到这个月的下旬。在保险公司，时间过得很快，所有人员对时间的飞逝都比较敏感，无论是带团队的人还是没有团队的人。因为每个月都要面临着业绩的考核——仿佛一个审判日的到来，大家都知道每个月的最后几天会对自己或者自己的团队，特别是到这会儿了还没有开单的人，要实行一场无声无息却又残酷无比的淘汰。

对于完成业绩的人员或团队，伴随着各种荣誉接踵而至的，当然也会有经济利益上的收获，体现在业务职级方面：或保留或晋升，也就意味着薪资级别的提高，奖金获得的更多，获得的公司福利也会相应增加，故丁沫感叹，真有一白遮百丑之功啊！

对于没有完成业绩指标的人员或团队，职级下调，也意味着提取奖金的比率也随之降低，还有其他可能的损失，比如未达成任务而损失的额外奖励，与随时都可能出现的各种受训机会失之交臂，还有可能失去给别人授课的机会，等等。如果连续一定时间内一直没有达到考核标准，就会面临被解除代理合同。

对于每个团队的考核也都大同小异，团队面临的是完成团队整体的业绩指标。当然，如果团队内的每个成员都完成了相关指标，那也就意味着整个团队完成或超额完成了当期的任务，这对于一个团队的所有者来说，不仅是荣誉方面的精神激励，更重要的是物质上会获得非常丰厚的回报。当然，如果一个团队内有的人完成了考核，有的人却没有完成，此时可以采用"人均"的方式，如此，也能让整个团队化险为夷，通过当期的考核。所以，如果代理人所在的团队是一支优秀团队，偶尔个别人没能达成业绩指标，也能搭上团队其他伙伴的顺风车，享受到相应物质和荣誉的双重奖励。

所以，每到一个月的下旬，各团队的主管就开始清点没有开单的人员，提醒这些代理人高度关注。所以，在保险公司前二十天是天堂，后十天就是地狱了，对于当月没有业绩的人来说就是这样。当然，一些有经验的代理人，会把工作的节奏安排得非常好，每个月在月初就完成了本月的指标，结果，这样的人一个月下来就是潇洒三个星期，工作一周。

而施丽的新徒弟，丁沫，虽然是新代理人，但已经引起各方面的高度关注了，上至分公司领导，下至自己的直接领导王处长，都在拭目以待。可是丁沫本人仿佛胸有成竹般，不紧不慢地还没有约见客户的意思。

施丽几次旁敲侧击地询问丁沫有没有准客户，丁沫的回答都是否定的，所以施丽开始怀疑丁沫可能连什么是准客户都不知道吧，但也没关系，只要能出单有没有准客户无所谓。施丽决定今天早会后找丁沫好好说说业绩的事儿，她觉得已经到了该摸摸底的时候了。千万别一不留神，把一名优秀的新徒弟送到"挂零"的队伍里了。"挂零"，是行业俗称，对一个月下来没有举绩的人，简称"挂零"，对于帮助这些人尽快举绩的措施或办法，称为"清零"。

"沫沫，今天准备去哪儿啊？"

早会后，施丽都会询问本营业区离开职场的伙伴，也因此，施丽相对于其他带团队的主管来说，是比较负责的，这也是她率领的团队业绩一直名列前茅的一个重要原因吧。但是，丁沫每次离开时她一般都不过问。

"我去见一个朋友，约好的。"丁沫回答，依然淡定如水，心想今天师傅怎么关心起自己的行踪了，她不知道施丽已经急得坐不住了。一听丁沫要去见朋友，施丽特有的职业敏感神经一下子兴奋起来，眼睛仿佛瞬间就有了神采，施丽的状态变化让丁沫不免吃了一惊。

"哦，来来来，坐在我这儿。和我说说，是咋回事儿啊？"施丽这时温柔的腔调，妩媚的神态，是她最擅长的交际方式，也最能展现她的过人之处，却也是最让丁沫受不了的地方。如果说施丽是一枝玫瑰，热情而浓烈，希望自己永远是众人眼中的焦点；丁沫则是一树丁香，淡然而悠远，若有似无，却不离不弃。

丁沫在师傅的身边坐下来，看看师傅有什么问题。

"你去见的这个人是准客户吗？你们认识多久了？怎样认识的啊？"一连串的问题，让丁沫有点摸不着师傅的用意，自己就是去见一个朋友用得着如此关注吗？

实际上丁沫不知道，施丽在了解丁沫这次准备去见的朋友能否成为丁沫的第一个客户。

"她是我女儿同学的妈妈，我们不怎么熟。"丁沫看到失望的表情迅速在施丽的嘴角处蔓延，随之，眼睛的光彩也暗淡下来。"哦，啊——"

"上次我们一起接孩子的时候,她问起我工作的情况,我简单和她说了一下。前两天她给我打电话,说想问问保险的事儿。"丁沫看到施丽脸上的光彩似乎又重新浮现了。

施丽又问了几个问题,比如对方的收入啊,职业啊,爱人是做什么的,家里几个孩子啊等等,发现丁沫和这个人的确不是很熟,结果怎么样,不好确定。那就等丁沫的消息吧。

这位女儿同学的妈妈,确切地说是丁沫女儿在绘画班上认识的小朋友的妈妈。妮妮和她的女儿总是坐在一起,两个小伙伴现在已经成了好朋友,也因此,两位家长自然而然也就认识了,但是,也仅限于认识而已,双方都还不知道对方的名字,每次称呼都是孩子的名字加上"妈妈"。虽然如此,丁沫还是能够从对方的谈吐和穿着上判断她是一个有文化、有修养、有生活品味的女性。

丁沫和这个朋友约定的地点是她的办公室。这是滨城一栋比较有名气的大楼,之所以有名气是因为这里面聚集了滨城很多的政府职能部门。

为了今天的见面,丁沫昨天特别做了一下功课,查询了这栋楼里面的单位或者说部门,把可能的部门情况都做了一番了解。好在这栋楼里的单位基本分为两种类型,一种是与国际贸易相关的,一种是与信息技术相关的,而这两个领域的业务或工作内容丁沫都比较了解,至少不生疏,随便哪个部门的工作丁沫都能和对方聊得起来,在沟通过程中不致冷场或显得无知。因此,丁沫对今天的会面是充满了信心的,虽然这是她作为销售人员第一次与客户的面谈。

到了相应的楼层找到对应的门牌号,丁沫有点傻眼。

为什么呢,因为这个漆成朱红色的木质大门上贴着一块匾,上写"资金审定处副处长"字样。这是丁沫千准备、万准备也没想到的一种状况。此时,丁沫听到心里有一个声音、一种念头在强烈地支配着自己的理智:快速离开这里!

为什么?!

丁沫不由得来到安全出口处。深呼吸,冷静,"丁沫,你什么时候开始喜欢做逃兵啦?""难道就是因为这个人的工作和自己之前从事的工作极其相似吗?""你究竟在怕什么?"丁沫反复地诘问自己。

但是,不仅如此,她甚至希望有人过来把她救走,她想给林征打电话,但是打电话又能和林征说什么呢?工作是自己选的,行业也是自己非常看好的。

今天这突如其来的状况以及表现和丁沫之前对自己的认识大相径庭,最要命的是,丁沫记忆中从来没有过此刻的这种体验。她从来都是平静,别人越是火急火燎的时候,她越是冷静、淡定,一副波澜不惊的娴雅。熟悉她的人,无论是她的闺蜜好友还是跟随她多年的下属,都怀疑丁沫肾上腺素不足,或者身体里根本就没有这东西。

可是今天,丁沫还没上战场,就阵角大乱了。冷静,冷静,丁沫你要冷静下来,思考。

资金审定处、资金审定处、副处长、副处长、副处长……这几个字不停地在丁沫的脑海里出现,突然,丁沫明白了,原来如此。

问题出现在这个职位上。

自己原来做过多年的财务总监,而且是非常优秀的高级管理人员,可是今天要面对的女儿同学的妈妈,对方不仅是身居要职,和自己以前从事的工作严重相关,而且马上将成为她的准客户,极有可能还是丁沫加入寿险行业的第一个客户,而自己现在的身份呢,无论名片上印制的头衔有多么响亮,只不过是一个极其普通的保险业务人员而已。

一旦明白问题出在了哪里,刹那间,丁沫自己都觉得有点瞧不起自己了。

工作是不能把人分出高低贵贱的,人和人之间的差别只有人格的高低。丁沫,这是你自己一直倡导的思想啊!难道道理都是对别人讲的,到自己这里就行不通了?

丁沫呀丁沫,这份工作是你自己经过慎重思考选定的,也和家人做了探讨,得到了他们的支持。曾记否,你对自己信誓旦旦,你对家人、对老师有过怎样的承诺,可如今连客户的门都不敢进,你的表现是不是说明了你根本就是一个懦夫,一个信口雌黄的家伙,你让我真正瞧不起!

不行,我不能就这样还没上战场就自己投降了。

不行,以后,我将怎样面对自己,面对家人,面对孩子呢?!

既来之,则安之。调整一下呼吸,转身走回到门口,敲门。

"请进!"丁沫于是转动门把手,打开了门。

办公室的主人此刻正坐在办公桌的后面,一看进来的是丁沫,立即站起身迎了过来。

"你好,你好,快请坐!"主人引丁沫坐在办公桌旁边的布艺沙发上。

"辛苦你啦,还要让你跑一趟。"她客气地打招呼。

"哪里呀,这是我的工作,倒是我打扰你啦!"丁沫微笑着回应,接着取出了自己的名片,递了过去。

"这么久了,我们都还不知道对方的名字呢,来,正式认识一下,我叫丁沫,以后请多多关照啊!"对方赶紧接过名片,认真地看着上面的信息,然后取出自己的名片。

"是的呀,喏,这是我的名片,我叫柳茵,很高兴认识你,以后你可要多给我灌输一些保险知识啊!"

交换过名片,柳茵顺便走过去,给丁沫冲了一杯咖啡,也在这部沙发上坐下来,在丁沫的旁边,让丁沫感动于她的细心和体贴。

在柳茵冲调咖啡的时间,丁沫迅速浏览了一下柳茵的名片:滨海市软件行业发展管理委员会资金审定处,居然是管理软件行业的,丁沫以前在软件行业工作时听说过,但一直没有和这个部门打过交道,没想到今天能够遇上,真是无巧不成书啊。

接着打量了一下这间办公室,不到十五平方米的房间,简单得体,一个书柜兼衣柜,一个沙发,一张办公桌子,一张转椅,几盆绿色植物,全都绿油油的,看起来很喜欢这个房间和它们的主人。正对着丁沫的墙面上,挂着一幅现代画,风格游走于抽象派、印象派之间,虽然看不出画的是什么,既像几何图形又像是几何形线条勾勒出来的动物。记得在大学期间,丁沫有一段时间对西方美术特别是抽象派的作品产生过浓厚的兴趣,但也仅限于欣赏,自己并没有动笔创作过。研究了一段时间之后,丁沫自己定义的所谓抽象派,就是普通人看不懂画面呈现的是什么,至于画里到底画的是什么,取决于画家当时的心境,而不是画家的双眼。

到头来,丁沫还是喜欢中国的水墨画,只在黑白之间,就定格了山川河流,挥就了人生百态,寂寞了沧海桑田,凝注了虚实有无。其中意境,人间笔墨又怎么形容得出万一呢?

现代画的旁边挂了一面钟,丁沫下意识地看了一下时间。

简单聊了一下工作,柳茵意外地发现坐在自己面前的女子,原来曾经是一个软件公司的负责人,这个情况让柳茵极为惊讶。丁沫本不想说起自己之前的工作情况,可是话题一旦聊起来,一来二去很容易就谈到双方的交集之处。还好,明智的柳茵没有多说什么,而是主动把话题带入了今天的正题,原来,她是想给自己做一份健康方面的保障。丁沫了解了她的收入、需求以及相关的投保信息,认为给她设计一款适合她的健康保障计划是没有问题的。

于是,丁沫把自己的建议阐明以后,就起身告辞了,她们约好改天丁沫带着设计好的建议书再过来详谈。与柳茵的会面前后不到半小时,丁沫已经来到了大街上。

丁沫回到办公室,施丽一见丁沫这么快就回来了,意外的表情,同时又难掩失望的成分。马上询问情况,丁沫把会面的过程给师傅讲了一遍,当然没讲她进门之前激烈的思想斗争。

施丽听完后,过了几分钟,问道:"你觉得她做这份保险的可能性大吗?"这个问题丁沫可没想过,丁沫说:"是她自己说要做一份保险,还用说吗,一定会做啊!"

施丽说:"我看做的可能性不大,你们之间基本没交流投保的重要问题。"丁沫一听,什么是投保的重要问题,这还是第一次听说,施丽说:"比如,你没问她,受益人写谁啊,用哪个银行的卡交费啊?一年能承受多少保费啊?"

神的右手是慈祥的，左手是可怕的

"建议书还没给人家看，先问这些合适吗？"丁沫听师傅这么一说，她这个寿险行业的新兵有点晕。

"正因为如此，你才要辨别她是不是真心想要做这份保险啊！"丁沫一听，觉得师傅的担心也不能说是多余，自己都感到自己的运气太好了。唉，反正已经这样了，先做建议书吧，然后再看事情的发展。

在不了解事情的真相之前，丁沫不喜欢妄加推测，否则，难免会杞人忧天。丁沫总是相信，自己对别人真诚，别人对自己也会真诚。而且，从丁沫自己的人生经历来说，也的确没遇到过比较严重的伤害到她的事件。在实际工作中，丁沫也遇到过让自己不舒服或者在利益上自己吃亏的事情，只要是事情过去了，过不了多久她自己也就把这事忘得差不多了，丁沫信奉"除了我自己谁都无权让我不快乐"，的确，自己做自己情绪的主人。何况有失必有得，即便没有得，自己也通过一件事认清了一个人真实的灵魂，这也是一种收获啊！

但是，也有个别时候事情的发生无法让自己立即想通或放下，每当这个时候，丁沫习惯于向林征倾诉自己心中的不满，林征听完她带着情绪的发泄后，经常都是一个总结式的发言，安慰加劝解。劝丁沫想开点儿，退一步海阔天高，那些名啊、利啊都是身外之物，因为这些东西让自己生气，多划不来啊。工作已经很辛苦，再让自己不快乐，那不是损失更大吗？有时，丁沫想想也是，越计较越是感觉自己失去的多，如果不计较也就没有这许多的不满和痛苦了。所以南师曾说过英雄和圣贤的区别：英雄能征服世界，却无法征服自己；而圣贤不想征服世界，只想征服自己。所以，天性本就风清云淡的丁沫，跟着林征相处得久了，性格也越发地与世无争、清静无为的方向发展了。

晚上回到家，林征今天回来得早，晚饭已经做好了。丁沫本想把今天的事情和林征讲讲，但一时又不知道该如何说起。

林征今天倒是兴致很高，他们公司今天终于拿下一个大单，据说为了拿下这个客户，DNV中华区的老总一年内来了滨城三次，总算有了一个皆大欢喜的结果。更让林征兴奋的是，他签下这一单的同时，也成功征得客户的信任，同意由他出任这个项目的负责人，做这个项目的负责人是林征梦寐以求的。因为这家单位的业务涉及范围非常广，做起来一定充满挑战也充满乐趣。

丁沫听着老公的谈论，也为林征最终赢得了这个机会高兴，高兴的是老公为了这个项目前后差不多跟踪了三年，特别是最近这一年，做梦都想做这个项目。丁沫知道林征和自己的性格非常相似，很少能对某件事情如此上心甚至动情，所以特别为老公高兴。这将是林征来滨城以后接的第一个大项目，具有里程碑式的意义，所有的付出也似乎在这一刻随风而散了。

晚饭后，妮妮写完作业，顺手拿起一本课外书看。

俗语说，龙生龙，凤生凤，老鼠的儿子会打洞。丁沫发现妮妮上四年级以来，明显喜欢看书了，应该也是受到了爸爸妈妈的影响吧。在他们家里，平时如果不聊天，也没有工作需要做时，基本就是大家人手一本书，各看各的，特别是林征和丁沫。妮妮现在还小，写作业的时候居多，写完作业也基本到了该休息的时间了。而如果是节假日，只要不出去旅游，全家人喜欢共同做的一件事情就是：看书。所谓身教胜过言传，家庭作风从小给孩子耳闻目睹的熏陶，已经不知不觉间在孩子的思维意识中潜移默化地形成了概念和习惯。

丁沫发现妮妮今晚还没有画画儿，从三年前开始妮妮每周末都要去上一次绘画课，这是妮妮自己选择的课外班，她说自己喜欢画画。这也是妮妮出生以来第三次系统地学习一种技能或兴趣，前面两个，第一个是芭蕾舞，第二个是二胡，如今，这两种技能的学习都已经放弃了。

放弃芭蕾舞可能是搬家导致的，但是，丁沫心里清楚，即使不搬家妮妮也不会坚持练下去了，原因就是嫌累、怕吃苦，关键是自己在家里不主动练功，每到上课时老师都要批评。起初打算学习芭蕾，也是因为妮妮在她们班里的三十多个孩子中是先天自然条件比较好的，从身材比例、头型大小、脖颈长短状貌、大腿小腿的比例、脚型等等，用妮妮老师的话说，和挑选专业芭蕾舞演员的标准相差无几了。

所以丁沫才下决心让妮妮开始学习，也不是想让孩子以后从事舞蹈职业，而是觉得女孩学习芭蕾一方面是个爱好，另外将来对身材、气质的形成也都有益处。而且，妮妮自己也说喜欢跳舞，当然这里面不排除当时五岁的妮妮还不懂得"喜欢跳舞"意味着什么，特别是学习芭蕾舞需要经历漫长艰苦而枯燥的训练。

学习芭蕾舞，前三年的学习和训练就是打基础，每天的学习包括腿部、站姿等基础动作的不断练习、巩固，以形成扎实的基本功，为以后完美实现高难度的舞蹈动作打下基础。这个阶段，的确是又苦又累又枯燥，能坚持下来的孩子仅占三分之一。妮妮她们班共有不到四十个孩子，只有一个女孩的表现非常突出，让丁沫作为成年人都特别佩服。这个女孩无论在舞蹈班学习还是回家自己练习，都非常刻苦认真，即使生病发烧也来上课。开始丁沫还以为是父母逼着她来的，后来才知道是孩子自己坚决要来上课，但是这孩子自身的客观条件不太好，将来不可能成为专业的芭蕾舞演员，即便这样这孩子依然喜欢芭蕾，所以学习的时候特别认真，练功的时候也非常刻苦。兴趣是最好的老师，的确如此啊！

学习二胡，是他们全家搬到滨城后，妮妮就读的小学建议入学的孩子选学的，这是这所学校的办学特色。丁沫本身对民族乐器就比较热衷，一听学校可以教孩子一种民族乐器，就给妮妮选择了一个比较轻便的乐器，二胡。这也是因为妮妮在音乐上面的天赋很高，无论是对音准的识别能力，还是操作乐器的能力，都比其他孩子要高，这是妮妮上幼儿园时音乐老师告诉丁沫的，为此，丁沫还高兴了好几天呢。丁沫因为自己缺少音乐细胞，因此非常羡慕那些随时随地都能高歌一曲的人。丁沫自己的妈妈就是一位在音乐方面非常有才华的人，不仅可以随时引吭高歌，很多乐器也是信手拈来，丁沫至今仍清楚地记得自己小时候，每次看到自弹自唱的妈妈美丽又温柔的模样，都感到无限崇拜和喜爱，这也是丁沫记忆中最快乐的时光。而自己在音乐上面不仅没有继承妈妈的才华，而且用妈妈的话说简直就是"五音不全"，妈妈的这个定义有如一副沉重的十字架钉在丁沫的背上，让丁沫永远没有自信开口唱歌。

好在,有了女儿以后,丁沫发现妮妮居然有较高的音乐天赋,这真是上天赐予自己的一份补偿啊。所以,丁沫非常希望妮妮将来能在音乐方面至少掌握一项才能,既能丰富自己的业余生活,也能给周围的人带来快乐。但是,伴随着新鲜感的消退,妮妮也慢慢失去了对二胡的兴趣,而且让丁沫生气的是,丫头还强调学习二胡没有征求她本人的意见,都是妈妈自作主张给她选择的。

当妮妮这样说的时候,丁沫恨不得给妮妮一巴掌,但是妮妮滑溜得很,恰到好处地躲到了爸爸的身后,或者说完冲着妈妈做个鬼脸就躲进自己房间把门一关,让丁沫在门外望门兴叹。

林征对培养孩子特长或兴趣的事情,并没有什么特别的意见,和他对待其他事情一样,本着顺其自然的原则,他认为牛不喝水强按头是不可能有好结果的。结果家里二比一,最后妮妮胜利了,二胡终于可以不练了。让丁沫有好一阵子看见二胡就伤心,觉得培养女儿音乐才华的梦想破灭了。

后来,是妮妮自己提出来想学画画,丁沫就"警告"妮妮已经有两次前车之鉴了,自己可要考虑好,为什么要学画画?自己能学到什么程度,遇到困难了怎么办?结果妮妮坚定地给了丁沫一套答案,促使丁沫选择了几所学校,最后确定在滨城少儿美校学习,就是妮妮现在就读的美校。这所美术学校在滨城是比较有名气的,教学也相对专业,孩子们通过在这里的学习,长大后成功考取中央美院、鲁迅美院等国内知名美术专科院校的比率很高,因此这里成为滨城培养美术人才的摇篮。

还好,也许这一次是自己选择的,也许是妮妮确实喜欢画画,三年半以来妮妮一直坚持学习绘画。画画也像学习其他技能一样,有个熟能生巧的过程。老师要求孩子每天安排15分钟的时间画画,以便让孩子在每周才一次的绘画课堂上不至于因手生而导致绘画技能下降,影响当天的教学质量和进度。这也就是拳不离手、曲不离口的道理吧。

但最近丁沫发现，妮妮不像以前一样坚持每天画画了。

丁沫这周已经提醒过两次了，经提醒后妮妮倒也会去画，但是能看出来是不太情愿的。今年妮妮十岁了，上小学四年级，丁沫明显感到妮妮有了自己的主见，有想法是好事，问题是她的想法基本上和家长的不一致，不像小时候，爸爸妈妈说什么，基本上都能按照指示去做。

丁沫想了解一下妮妮目前对于画画的态度，毕竟已经学了三年多了。

"妮妮，老师对你画的画有什么意见吗？"丁沫想先从老师的态度中找答案。

"老师说，还需要多练习。哼，每次都这么说。"看来，老师对孩子的表现也不怎么满意。

"那你自己怎么看的？"丁沫继续问。

"什么怎么看呀？"妮妮是故意装糊涂。

"妈妈看你最近画画的热情不高，你自己有什么想法吗？"丁沫干脆挑明了。

"没什么想法。"妮妮明显情绪不高。

"那你愿不愿意选择上美术初中呢？将来你就是美术专业的学生，考大学也是往美术方向去考。"丁沫想把抽象的事情表达得尽量让妮妮明白，因为能在这所美校学习绘画两年以上的学生，将来一般都会选择往美术专业的方向发展。

"不想考美校，我还是想考普通中学。"虽然妮妮说得轻描淡写，但丁沫明白了，妮妮已经不想在美术方面下功夫了，女儿的想法分明让丁沫觉得手里捧了一颗烫手山芋。

"那画画怎么办，不学了？"丁沫故作镇定，自信面色和缓，语气平稳。

"还是画啊，本来就是一个爱好嘛！"妮妮彻底摊牌了。顿时有一种挫败感，涌上丁沫心头。

从妮妮的房间出来，她把妮妮的话告诉林征了。

林征一听就笑了:"到底是我姑娘,从来都有自己的主张。"丁沫没好气地说:"以后孩子你管,我管不了了。"林征一瞅,哟,媳妇脸色不对,赶紧陪着笑脸说:"女儿还得妈妈多操心,我这当爹的只能把握把握原则哈。"

"你倒是看看,从五岁开始,到现在小学快毕业了,她哪一样坚持学下来了,属熊瞎子的,学一样扔一样,我是管不了了!"今天,丁沫是真生气了,在林征印象里,还从来没见媳妇为了孩子的事生过气呢。

"你这是怎么了,有什么不顺心的事啊?"林征往丁沫身边凑了凑,又摸了摸了丁沫的额头,"是不是身体不舒服啊?"

"我就是不舒服,哪儿都不舒服,你们爷俩儿合起伙来欺负我……呜呜呜……"突然之间媳妇眼泪流下来了,而且哭得很伤心。林征一时有点不知所措,赶紧把电视关掉了。搂着媳妇肩头,"快说说,这是怎么了,谁惹着我家丁丁了,看我不收拾他!啊——"

在林征的记忆里,他们结婚以来,丁沫流泪的次数都是有数的,一次是他父亲去世,一次是丁沫单位同事去世,还有一次是工作上受了委屈,那也是他们刚结婚那会儿,年龄也小,承受压力的程度有限。再后来,林征就没见过丁沫流泪,丁沫在家里虽说不像在单位那样严肃认真,但也基本情绪平稳,且很多时候更像个小女孩,碰到好笑的事情总能开心地大笑个不停。现在女儿也大了,林征经常见她们娘俩儿不知道说些什么就笑作一团。

每当看到这种情景,林征都会由衷地感慨:这就是幸福吧,这才是家里应该有的氛围。林征会在心里默默感谢上苍:上天真是待我林征不薄,赐给我如许的幸福和美满,夫复何求?

岁月,留给林征的,除了年轮的增长,还有就是无尽的知足了。

可是今天,无缘无故地丁沫居然抹眼泪了,这是怎么了?听见妈妈哭了,妮妮也从自己的房间里出来了,孩子吓坏了,还以为是自己让妈妈生气了,赶忙说:"妈妈,妈妈,你希望我继续画画那我就画,你别哭了哈。"林征让妮妮先回自己屋画画,把丁沫带到他们的卧室,扶着丁沫坐在床上，林征在旁边搂着妻子的肩头，"是不是今天工作上遇到困难了，想不想说给我听听啊？"林征开门见山，丁沫这一哭，让林征感到事情应该很严重，否则丁沫不会失态，即使在家里也从来没有过啊。

丁沫就把今天下午见柳茵的事情前后都说了，把自己进门前的想法也讲了。林征问："完了？还有别的事情吗？"因为在林征这个局外人看来，这不是什么事儿啊，不至于让丁沫难过得流眼泪吧。丁沫说没了，就是这个事儿。这个事情一说出来，丁沫立刻就觉得自己轻松了不少，还没等林征给自己喂心灵鸡汤呢，就已经感觉好多了。

现在回过头来一想，自己当时的心情和想法的确没道理，工作是堂堂正正的工作，就是干好干坏的事儿，有什么难为情，又有什么抬不起头来的呢？何况，柳茵对自己非常尊重，丝毫没有把自己当成一名高高在上的客户，而把丁沫置于一名微不足道的保险代理人的位置啊！其实，烦恼，都是自己臆想出来的，和外界或他人无关。没道理的事情，在我们这个世界每天都在发生，实也不足为奇。

丁沫抬头看了一眼林征，林征此刻正关爱地看着自己的妻子，但是什么也没说。他知道，这个坎儿，得丁沫自己迈过去，谁都无法替代丁沫自己。作为丈夫他能做的只能是在旁边给予妻子爱和支持。但是，林征也做好了准备，如果，丁沫真的过不了这个坎儿，这个工作就不能再往下做了，无论多么伟大或有意义的工作，如果做起来不开心就不会有期待中的好结果。同样，一个带着不开心的情绪去工作的人，也不可能为他人和社会带来益处。所以孔子说："知之者不如好之者，好之者不如乐之者。"深以为然。

2

第二天上班，丁沫来到公司见到师傅，施丽告诉丁沫，如果柳茵三天内一直不提保险的事或者三天后拿不下这一单，就让丁沫先给自己做一单，以应对本月的业绩考核。丁沫一听，原来给自己做保险是这样来的呀！难道给自己做一份保险也能作为正常的销售额而列入业绩考核吗？丁沫可没想过这样的问题，而且这样的行为在其他行业中似乎也不可能吧。

但是，丁沫现在还是没有她师傅的那种着急之态，即使柳茵不着急做，不是还有其他人吗？丁沫不反对给自己或家人做保险，她自己和林征都还没有最基本的商业健康保障呢，肯定是要做的，但不是现在。现在听师傅讲的话外之音，给自己或家人做一份保险，不是因为需求而纯粹是为了应付考核，这在丁沫看来无异于认输。

早会后，丁沫就给柳茵打了电话，她马上有个会，下午又要去企业考察，要到明天才能确定见面的时间。

难道真像师傅说的柳茵根本就没有做保险的诚意，只是敷衍自己吗？可是有这个必要吗？我们之间的关系本就单纯而又自然。而且从柳茵对待自己的态度来判断，丁沫始终不认为柳茵是缺乏诚意的。人家没时间，那就等吧。反正也是要工作的，那就做其他事情吧。

丁沫当天把她名下的客户整理了一遍，建立了一套电子档案，登记每个客户的保单情况，以及每次见面以后客户的情况，丁沫自己称之为"客户管理明细表"。师傅告诉她公司有纸质的登记簿可以记录拜访客户的简要信息，但是丁沫觉得一来手工登记费时，二来使用的时候也不方便，就没有采纳。

丁沫抽空给几位IT行业的朋友致电，看看能否约到几个人去拜访，了解一下他们的需求或者自己能帮到他们的地方。打了四五个电话，大家都比较忙，一个也没约上。

快下班时，丁沫接到一个电话是原来宏宇集团的同事牟丽丽，丁沫对她印象不深，原来丁沫在的时候她被派驻在外地子公司做会计，最近才调回滨城。丁沫刚到宏宇集团时，曾经去那个子公司了解过财务管理的相关工作情况，和她有过几次接触。

丁沫正在想，平时和牟丽丽也没什么接触，这个时候给我打电话能有什么事情呢，难道是与过去的工作相关吗？

"你好啊丁总，我回来呀没看到您，才知道您已经离开咱们宏宇了。"听起来还是那么客气,丁沫一时也摸不清她的目的,因为如果工作相关,不应该是她这个级别的人和丁沫联系。

"是啊丽丽,我也是刚离开没多长时间。"丁沫称呼下属一般不称呼对方的姓,都是直接叫名字,这也是她多年养成的习惯。一边打招呼,一边在心里努力勾画着牟丽丽的形象和神态。

"丁总啊,您现在好吗,我听说您去保险公司工作啦?"哦,消息可真是灵通啊,刚回来就知道我现在的工作单位了。

"是啊,你还真是消息灵通啊,以后如果有我能帮到你的地方,尽管找我吧。"丁沫真诚地说。

"哦是啊,保险这方面我们都不太懂,现在知道您在保险公司我们有事一定会找您的,丁总。"蛮热情的,让丁沫都有点感动了,但还是不清楚牟丽丽来电的原因,总不能就是为了寒暄吧?

"丽丽呀,你以后就叫我丁姐好了,这样更自然,你找我有什么事吗?"丁沫开始进入了正题。

"哦,好啊,那以后就叫您丁姐啦,嘻嘻……嗯丁姐是这样,我这不是回家了吗,我想给老公买一份保险,想听听您的建议。"哦,是这样啊。丁沫还真没想到,牟丽丽是想买保险。

"哦,可以啊。你是打算给他买一份哪方面的保障啊?他是做什么工作的?"丁沫在了解被保险人的自然状况。

"他从事IT业,就是编程的,整天坐在电脑跟前,也不活动,越来越胖。"牟丽丽回答道,她并不知道丁沫以前就在IT行业,丁沫曾在这个行业管理一个公司,自然知道这些IT人的工作常态。

"哦,那是很不错的工作啊,你爱人他身体情况怎么样啊?"丁沫想知道客户的健康状况,是不是带病投保。

"他呀,能吃能喝的,除了胖,没别的毛病,嘻嘻。"牟丽丽的声音听起来很轻松。

丁沫又了解了牟丽丽的详细需求和想法,以及她们家的一些情况,约好过两天见面给她详细讲解保险计划。

放下牟丽丽的电话,丁沫突然想到应该给宏宇集团的老领导赵爱民打个电话了，离开宏宇也有好几个月了，一直也没问候一下，是不是太失礼了呀！

"您好吗领导，我是丁沫啊！"听到老领导的声音，丁沫心里非常高兴。虽然他们相处了不到一年的时间，但是赵总质朴的为人，严谨的工作作风，精良的技术水准都给丁沫留下了深刻的印象，也让丁沫打心眼里敬服这位老者。

"你好啊，丁总，呵呵。"赵爱民的声音听起来既意外又喜悦，他对丁沫的平价是非常高的，无论是专业技能方面，还是作为一名职业经理人应该具备的个人素养和职业操守，他觉得都非常难得，特别是在当今的社会背景下，很多人为了钱做事情几乎没有底线，所以丁沫的品格更显可贵。

"领导啊，您以后就叫我小丁或者丁丁好了，哈哈，您身体好吧？"丁沫一直把赵总当作自己的长辈一样相处。

"好啊，现在不像在宏宇集团那么忙，身体自然好啦！你怎么样，在哪里高就呢？"听到老领导关切的询问，丁沫停顿了一下，下意识地理了理头发。

"这不，正要向您汇报呢，我来民生保险工作啦！"丁沫有意停下了，调整一下呼吸，一方面等待对方的进一步提问。

"哦哦——"丁沫也不知道赵爱民这两声是听懂了还是没听懂。

"就是民生保险公司，民生集团呀，领导。"丁沫又添加了清楚的注解。

"啊，好啊，还是做财务吗？"赵爱民的意思丁沫懂得，是问丁沫是不是还是做财务管理工作。

"不是啊，领导，我现在的工作与之前有很大的变化，不做财务相关的工作了，现在的工作与服务和销售相关。"丁沫还是没有具体说出自己的职位。

"那也很好啊，哪天来我这里坐坐，好好聊聊。"赵爱民发出了邀请，丁沫非常高兴，自己也非常想知道老领导对于她的变化有何指导意见。

"领导,您还记得牟丽丽吗?"丁沫进入了今天致电的主题。

"记得啊,她不是原来在嘉兴的子公司做会计吗,是吧?"丁沫不禁佩服老人的记忆力。

"领导就是领导啊,我本想在您面前卖卖关子呢,都没机会啦!"丁沫适时地,也是发自肺腑地赞美了老领导。

"她刚才给我打电话,想给她老公买份保险。"丁沫原原本本地讲了牟丽丽的要求。

丁沫能和赵爱民说这件事,一来因为赵爱民在宏宇集团已经有四五年时间,上上下下的老员工他基本都认识,并且有的人还是他引荐过去的;二来,丁沫也想听听赵爱民对牟丽丽的评价,因为自己对牟丽丽的为人以及家庭情况几乎不了解。而丁沫认为对客户背后的自然背景如果了解得不清晰,容易给今后工作的开展带来无法预测的隐患。

这既是对客户负责,给客户设计一份符合自身条件和需求的专属于该客户的保障计划——尤其是这个准客户还是自己以前的下属,以后就可能是朋友了;也是对自己工作质量和结果的一种保护。

这一问,丁沫发现还真是问对人了。赵爱民对牟丽丽非常了解,至少丁沫想知道的情况,赵爱民都提供给她了。

原来牟丽丽的老公是宏宇集团老板张义文的亲外甥,哦,难怪呢!牟丽丽不是学财会的,居然也能在宏宇集团的子公司做财务经理!这倒不重要了,丁沫现在想知道牟丽丽爱人的身体状况以及家庭情况。牟丽丽的公公,在两个月前去世了,走时还不到60岁,据说是癌症。而牟丽丽老公本人,倒没听说有什么病,但是,赵爱民见过这小伙子,是个标准的胖子。

哦,这下,丁沫有点明白了,是公公的得病和去世让牟丽丽有了危机感,想给自己的爱人买一份健康险。

这也仅仅是丁沫自己的猜测,下次和牟丽丽见面时,需要认真了解一下被保险人的身体健康状况。如果还是没有完全消除疑虑,不能满足标准体投保的条件,那就事先做个健康体检,然后再办理投保手续。丁沫可不希望自己刚刚开始的保险职业生涯之树，还没开始茁壮成长，就出现长歪的枝桠。

第二天，正在开早会，丁沫接到柳茵的电话，不过丁沫拒接了，这是民生保险的规定，在各种会议中都不允许接打电话。会后丁沫给柳茵回过去了，柳茵说，今天下午她有半小时的时间，看丁沫能不能过来。

柳茵温和的态度带给丁沫无比的温暖，似乎也增添了无限的勇气，同时仿佛也传达着一种肯定。

在保险这一行业里，对于丁沫这个已然不算年轻的新兵来说，未来还是如此的神秘和难以预测，丁沫多年来在工作中形成的理智告诉自己：坚持做下去。为了心中的梦想必须要有所作为；同时，一个女性特有的敏感和直觉，也让丁沫意识到了在实现梦想的路上埋伏了难以计数的坎坷，而更多的磨难是来自自己内心世界的挣扎与重建。

当丁沫下午到达柳茵的办公室时，柳茵正在通电话。柳茵用手示意丁沫坐在上次来时坐过的沙发上。

过了两三分钟，柳茵的电话讲完了。走到沙发前边和丁沫寒暄，边照旧给丁沫冲了一杯咖啡，也给自己冲了一杯，这是下午三点多一点，应该还不至于困倦吧。柳茵仿佛知道丁沫的心思，说昨晚写材料写到凌晨三点，今天下午原本是在家休息的，也因此才有空见丁沫。丁沫非常不好意思，诚恳地说：

"这样吧，如果柳茵姐不着急做这份保险，您先回去休息，等您下次有空我们再约。"实际丁沫心里知道，她这么忙，这么一拖就不知道什么时候才能把这事了结了。柳茵比丁沫大将近一岁的样子，身材比较壮实，但性格却是温婉中不失大气，理性中不失浪漫。

"没关系，你不要多想哈，我就是这么一说，经常熬夜写东西，也都习惯了。"的确，丁沫非常理解柳茵，回想自己做财务总监时，不是审阅会计报表，做经营分析，就是写管理办法、商务计划书什么的，有时任务紧，为了尽快赶出来，总是熬到后半夜。正因为了解这种工作的性质，丁沫也非常心疼现在的柳茵。

"那我捡重点的给您讲解吧。"丁沫决定在十分钟内结束战斗,让柳茵能早点回去休息。

丁沫首先从保障的内容开始讲解,然后重点讲解该保障计划的特点,包括优势与不足,以及保险相对于其他金融工具的特性。丁沫的讲解告一段落,等待柳茵的提问。

"你讲解的非常清晰,我听懂了。"丁沫没想到,柳茵是这样开的头。

"我三年前就想给自己和家人做一份健康方面的保障,这几年也咨询了很多人,其中包括我的同学,但是他们的讲解我都没听太明白,又不知道应该如何去询问,今天听了你的讲解,把我之前的疑问都解释清楚了,没想到你刚到保险公司,业务竟然如此熟练。我能问一下,你以前是做什么的吗,当然如果不方便说,就不要说了,呵呵。"哦,原来她早就想买保险,不是现在才有的想法。

"哦,是吗,柳茵姐听明白就好。我来民生保险之前的工作,和您现在的工作差不多,是做财务管理方面的。"丁沫谦虚地说了一点。

"哦——难怪呢,我心里想知道什么,不用我提问,你都讲出来了,而且特别专业。那你以前是做什么行业的啊?"丁沫本想如果柳茵听明白了,没什么问题她就起身告辞了,这下,看来一时半会还走不了了。

"柳茵姐过奖啦,我来滨城先后在 IT 行业和环保行业做过,之前在老家一直都是做财务管理工作的,和数字打交道。"丁沫轻描淡写地回答。丁沫发现自己还是不愿意提过去做管理工作的事情,尤其是不希望让客户知道她是有着多年高级管理工作经历的。

"哦,那我们的工作还有很多相通之处呢!以后,我们还可以在其他方面多交流啊,认识你真的非常高兴。"看得出来,柳茵是发自肺腑地讲些话的。

"好啊,我也非常希望有机会多向您请教呢。柳茵姐,您看我给您设计的这份建议书,您还有哪些不明白的,或者我没有讲清的地方啊?"丁沫把话题拉了回来。

"没有了,我关心的问题现在都清楚了,接下来,你看看,要做什么,需要我提供什么资料。"丁沫没想到,这么顺利,这就要签单了吗?

"哦,您不再考虑考虑了吗?"丁沫善意地提醒柳茵。

"你看你,别人跟我讲保险,恨不得立即让我签单,哪有你这样的,还要主动提醒让客户考虑考虑。"柳茵微笑地说道。

"我是担心您昨晚没休息好,有没考虑到的地方,以后再后悔啊。"丁沫说的都是实话,这就是丁沫。

"不用考虑了。"柳茵坚持道。

"好吧,反正合同下来后,我会给您送过来,并且我会按照合同所载的条款给您再讲解一遍,到时候如果您有误解之处或者我之前没有说清楚的地方,您认为影响到了您所做的购买决定,您有权力退保,公司会全额退还您所交的保费,这就是犹豫期的规定。犹豫期是自您收到合同后十天之内,您都有后悔的机会。"丁沫见柳茵坚持说没有问题了,就按照投保流程往下进行,边说边拿出了投保申请书,请柳茵签字确认。

丁沫从柳茵的办公室出来,走到街上,有一种做梦般的不真实感。自己加入保险行业的第一个保单,就这样签下来了?这么容易吗?丁沫立即拨通了老公林征的电话,响了两声对方挂断了,看来是不方便接听。好吧,那就把这个好消息放在自己心里再捂一会儿。

丁沫没有回公司,而是径直回家了,因为她还要登录公司的系统操作电子投保的程序,公司的网速听说不怎么好,而且经常是没有速度。所以丁沫决定在家里进行线上投保的操作,这是第一次在大名鼎鼎的民生金融集团的业务管理系统里操作投保程序,心情自然是又紧张又兴奋。兴奋是因为她仿佛生来就喜欢一切能够提高工作效率的工具,使用计算机大大地提高了人类的工作效率,从而解放了人类,解放了丁沫本人,丁沫有时想想电脑、互联网的好处,对于自己能够生于这个时代,打心眼里感到无比欣慰。

紧张,是因为柳茵毕竟是自己的第一个客户,第一次给朋友送去了一份她需要的保障,从而给一个家庭转移了相应的风险,第一次实现了一款"无形产品"的销售,而且这个客户对自己讲解的产品功能非常满意。但是,又有那么一丝丁沫自己也说不上来的感觉,藏在心底的一个角落里,若隐若现。

好了,先别管那么多,按照柳茵提供的投保资料,丁沫非常顺利地将这些信息录入到投保平台中,资料录入后系统会首先进行一次审核,结果是"投保信息系统审核通过",丁沫兴奋得手掌都是潮的,这时林征发来一条微信,问她有没有急事儿,打电话的事儿能不能回家再说,他现在在客户会议室。丁沫回复了一个"笑脸"。

好了,接下来就是最后一步,进入转账环节了,丁沫微信告诉柳茵,稍后她的手机会收到一个动态验证码,表明"客户同意交纳首期保费",丁沫嘱咐柳茵收到这个验证码后转发回来。丁沫要把这个验证码录入到系统中,才能进行扣缴保费即转账的操作。一切顺利,转账成功,丁沫第一次在屏幕上看到:"您的客户,柳茵的首期保费缴费成功!"丁沫立即截屏给柳茵,告诉她缴费成功了,同时恭喜她拥有了一份保障,也感谢柳茵对自己工作的支持和配合。

丁沫这时在想,柳茵这么支持自己的工作,自己又从心里喜欢这个姐姐,以后也会成为一个很不错的朋友,是不是应该送个礼物真诚地表达一下自己的谢意啊?正想着,妮妮回家了。女儿很诧异,妈妈今天怎么这么早就回家了?妈妈一脸神秘,"不告诉你,等你爸回来再说。"妮妮一听,"妈妈,你今天是有什么喜事吧?不告诉我,我也知道。"妮妮哼着歌,进了自己的屋,开始写作业。

丁沫这时想好了晚饭的内容,四菜一汤:林征爱吃的炝锅鱼,女儿爱吃的西红柿炒蛋,麻婆豆腐,豉汁生菜,豌豆火腿汤。

以前丁沫做财务总监或总经理时工作很忙,做饭的活儿基本都是林征的,除非林征出差,丁沫才会出现在厨房。而这一个多月来,丁沫虽然不那么忙了,但是做饭的时候好像也很少,今天,她要好好做顿饭给自己和全家人一个回报。

丁沫想着,自己的第一单签得如此顺利,除了自己做了充足的准备以外,和家人给她的支持也分不开。

记得自己刚从培训班回到职场时,刚好赶上一个新产品的发布,要求大家都要掌握新产品的销售,丁沫连续一周每天晚上都和女儿进行模拟演练,丁沫自然是扮演销售服务人员,女儿演客户,而通过这些天的演练,丁沫发现"孩子是父母的一面镜子",果真不假,女儿对于妈妈在演练过程中出现的毛病或者问题,眼光犀利,批评尖锐,特别是说话的口吻和自己平时批评她的话如出一辙,连在旁边看着娘俩的林征也不禁莞尔。

开始丁沫还担心妮妮不愿意陪她一起练习呢,因为在她这个大人看来这是比较枯燥的事情,没想到对于一个孩子来说,却不啻是一个好玩的游戏,特别是这场游戏还能对妈妈进行指导,更让孩子有一种平时难得体验的成就感。

所以妮妮的点评非常到位,比如,"妈妈,你现在不是总经理,也不是财务总监了,说话不能还总是像上司对员工讲话一样,你得放低姿态!"丁沫第一次听到如此有深度的话语居然能从一个十岁孩子的嘴里说出来,而且这孩子是平时自以为不懂事的女儿,不禁愣住了。看到妈妈的样子,妮妮以为自己说错话了,赶紧瞅爸爸示意老爸救援,还没等林征说话,丁沫自己先说话了,"宝贝儿,你说的对,妈妈是应该调整好说话的立场和语气,谢谢宝贝儿!"丁沫亲了一下妮妮,林征和妮妮不禁都长舒了一口气。

林征下班一进屋,闻到扑鼻的菜香,直接来到厨房,一看丁沫正忙着烧麻婆豆腐,"呵,今天太阳打西边出来啦,咱们丁总居然进厨房了,呵呵!"

"少贫嘴,快过来帮忙,有点眼力见儿好不好。"丁沫娇嗔道。

"只要妈妈一进厨房,那可是咱们家惊天地、泣鬼神的大事儿,全家总动员!"妮妮不知什么时候站到了爸爸身后,顽皮地说。现在的孩子也不知道都打哪儿听来的这些词儿,丁沫有时候真不知道拿这宝贝女儿怎么办才好。

"去,写你的作业去,哪儿都有你,一会儿吃饭叫你。"妮妮立马儿做了个鬼脸儿回自己屋去了。

"怎么，夫人今天也有好消息要报告吗？"林征一脸笑意，看来他也有好消息要公布啊。

"怎么，你也有好消息是吗？你的呀，你不说我也知道。"丁沫故意装作不在意的样子，引得林征主动说出他的好消息。

"我们今天正式签约了！你想到了吗？哈哈！"林征平时很少有非常动情的表现，可见这一单对他来说期盼了多久，是他多么看重的一个项目。

"真的啊，这么突然，老公你真棒！"丁沫不禁在林征的脸上亲了一下。

"老婆大人今天的情绪反常啊！"林征故意如是说。因为各种迹象表明，丁沫今天的心情特别好。

"看你能猜到不。"丁沫故意吊林征的胃口。

"今天见到老同学了，还是位男士？"林征故意说。

"去你的，没正经。"丁沫白了林征一眼。

"那就是工作有进展了？"林征试探着说。

"再猜猜。"丁沫的定力真不一般。

"你不会也签单了吧？"林征未置可否地看着丁沫的表情。

"猜对了，就是签单啦！"丁沫终于忍不住了，高兴地说。

"真行啊，快说说，是谁的单呀？"林征自从确定了和丁沫的关系后，随着交往的持续，林征对丁沫的工作能力、做事态度、品行操守等方面的了解也越来越深入，对于丁沫时不时地就有"惊人"事件发生，也慢慢地习惯了，甚至林征对自己妻子的了解，胜于丁沫对自己的了解，这就是林征坚信丁沫能在保险行业做出优秀成绩的理由。实际上，林征确信无论丁沫选择什么工作，只要她做了决定，都会做到最好的自己。

孔夫子昔日对弟子曾参说："吾道一以贯之。"这也是林征的理论依据，能做出成绩的人，在哪里都能做出成绩，"一以贯之"的道理在工作和生活中是同样适用的。能否在某一方面取得成绩，决定于一个人一贯秉持的原则：做事的态度和行为习惯。

3

第二天，丁沫刚一到公司，施丽就喜笑颜开地向她这个新徒弟祝贺，简单问了一些问题，最后说了一句，如果公司人工核保部门能抽到她去做一个体检，就最好了。

丁沫一开始没明白师傅这话背后的含义，早会后悄悄请教了玉寒，一聊才明白，师傅是委婉地提醒她，这个客户会不会是带病投保。丁沫一听，吓了一跳，冷静一想不能吧，柳茵是国家公务员，看病都有社保，难道不怕保险公司查出来吗？再说，如果没有如实告知投保相关信息会有什么后果，丁沫已经给她讲过了，丁沫相信自己的判断。但还是小心点好，看看柳茵这次能不能被抽查到体检。据说四十岁以上的客户被抽到体检的概率很高。

果然，快中午的时候，内勤就喊有丁沫的"问题件"。

"问题件"，是"投保过程问题函件"的简称，丁沫也是第一次听说这个词，心想可能和柳茵的保单有关系吧，到内勤处一查果真是柳茵的《体检函》。丁沫赶紧通知柳茵，不巧的是柳茵马上要出差到外地开会，得四五天的时间才能回滨城，丁沫和师傅一说，施丽一算，等客户回来体检几乎就是月末了，现在也没有办法，只能等客户回来了。

看到师傅这么紧张，丁沫也不自觉地认真起来，决定下午去见几个IT圈的朋友。还没等她决定先去见哪个，赵爱民的电话进来了。丁沫这才想起来，自己被柳茵这一单突如其来的喜悦冲昏了头，把牟丽丽的事差点都忘记了。

赵爱民下午有空，约丁沫到他那里聊一聊，看来赵总非常关心我目前的工作啊，丁沫想到这里，也不知是感动还是不安，内心的情绪比较复杂。

走进赵爱民的办公室，丁沫一想这一别也近半年的时间了，自己现在的变化这么大，好像发生了不少事情，一下子有许多话要说，却又不知从何处说起。就从现在的工作说吧，赵总一定最关心这个事儿了。

丁沫分析得没错，当初，赵爱民听到丁沫自己说去了保险公司，不是做财务管理工作，居然去做普通的销售人员，这个消息太突然了，几乎可以用"震惊"这个词来形容他当时的反应。

他和丁沫相处时间虽然不长，但丁沫的业务能力、专业水准他是比较了解的，每次他在工作中遇到难以解决的问题，特别是在企业管理上遇到瓶颈时，不论是生产管理方面还是其他管理工作，只要和丁沫一聊，准能想出办法，或者直接就交给丁沫去处理了，丁沫简直成了他的高级私人顾问。更难得的是，赵爱民发现这个女人不像其他女人爱计较、情绪化，这些弱点在丁沫身上几乎看不到，无论是不是她职责范围内的事，只要赵爱民找到她，她总是想尽办法去完成或者找出解决方案，并且不是应付差事的临时措施，而是利于企业长期发展的大计。丁沫简直就是一个难得的高级人才，在赵爱民看来，以宏宇集团目前的规模，能请到丁沫做财务总监，当真是大材小用了，这一点，张义文作为这个单位的领头人，心里应该十分清楚吧。

但是后来他得知，在自己离开宏宇集团后没多久丁沫也离开了，丁沫离开宏宇集团这一举动，让赵爱民想了很多，以他对丁沫的了解，丁沫不会因为工作上的困难或待遇方面的问题而离开，所以他分析，促使丁沫离开的原因只能有一种：宏宇的财务状况陷入了丁沫认为无法挽回的实质性困境。而且很有可能，财务状况方面张义文在面试时并没有如实告知丁沫。因为如果当初面试时丁沫就了解这个状况，根本就不会选择宏宇集团；而以丁沫的专业水准，也不可能不关心即将就职的公司现有家底儿是什么情形，如此看来，和张义文第一次沟通时，即面试的过程中，丁沫一定是就相关问题进行了了解，却并没有掌握宏宇的实际状况，那就只有一种可能：张义文向丁沫说了谎话，隐瞒了宏宇目前的实际财务状况和经营情况。赵爱民不愧是一个老江湖，虽然没有目睹丁沫离开宏宇的过程，却基本猜中了丁沫离开宏宇的原因。

赵爱民之所以要做这些分析，是因为他虽然是宏宇集团的总经理，但却没有阅读集团财务报表的权利，这是一个很奇怪的规定，至少在丁沫的职业生涯里，还从来没见过公司有这样的规定，这种情形只能有两种解释：要么，这家公司根本不是按照《公司法》设立的企业，只是一个家族作坊，可能规模稍稍大一些；要么，就是这位所谓的总经理根本就是一个摆设，即名义上的总经理而已，并不负责公司的实际事务性工作。

话又说回来，作为一名高级管理人员，无论从哪方面讲，丁沫也都是非常称职的人，怎么会轻易地就去卖保险了呢?！这个跨度实在过大，让赵爱民怎么都想不通。对于老一辈的国家工作人员，特别是当了一辈子领导的人来说，看多了各色人等，如果突然发现一个真正的人才，往往会特别高兴和欣赏，不仅想方设法地予以提拔、推荐、帮助，而且一旦他做出成绩、彰显出价值，到那个时候，可能他比当事人都要高兴和满足，这就是有着伯乐情结的国家老一辈领导者的风范。而赵爱民身上就有这样的特质，所以当他听说丁沫去了保险公司，他比任何人都想知道这里面出了什么问题。

赵爱民在滨城已经工作生活了半个世纪，对滨城这个地方太了解了。社会上形形色色的工作和人群，他非常熟悉和了解，其他地方或城市的保险从业人员的状况他不知道是什么状况，但滨城从事这个行业的人，他还是了解一些的。因为如果谁家里的孩子说想去保险公司卖保险，父母第一个反应就是"丢人现眼"，找不着工作也不能去做这种工作，原因是保险从业人员给大家留下的印象太差了，东北话讲叫忽悠，普通话就是骗人。

这还不是最重要的，重要的是这个行业的从业者，无论从个人素养还是专业技能都普遍偏低，对于丁沫这样的人物混迹其中，能有什么好结果呢？俗话说人以群分、物以类聚，丁沫不担心周围的人对自己的看法和评价吗？赵爱民自打知道丁沫进了保险公司以后，脑子里的这些想法就没断过，他是怎么也想不通丁沫选择保险公司的理由和依据，在他看来，这不啻于拿自己的职业生涯开玩笑。但是，以自己对丁沫的了解，丁沫不像是一个能拿自己的未来开玩笑的人，否则，就是自己看错这个人了。

所以，今天他做好了要和丁沫好好谈一谈的准备。如今，似赵爱民这般，非亲非故却发自肺腑地关心年轻人的成长，这么有正事的人在我们这个社会已经不多了。

丁沫坐在赵爱民办公桌的后面，现在这个状态，让丁沫仿佛又回到了在宏宇集团时，赵总找她沟通工作时的情景。由于宏宇的条件有限，赵爱民作为集团的总经理，也没一个像样的办公室，每次他们有事情要谈，都得到处找地方，当时丁沫自己也没有独立的办公室，丁沫现在想起来，在宏宇集团的一段时光仿佛梦中一般。

丁沫此行的目的，一方面是看望一下关心自己的老领导，离开宏宇后一直就没再见过赵总；另外，她也想了解一下牟丽丽的家庭情况。而赵爱民只想知道一件事，丁沫为什么选择了保险公司？寒暄过后，赵爱民直接就问道：

"怎么样，在保险公司工作心情好吗？"以他对丁沫的了解，丁沫如果选择一个工作，首先一定是因为有东西吸引到她，但一定不会是薪金的多少，一个人去做喜欢的事就不会觉得苦；第二她能做出选择是因为她觉得有价值。所以他想先知道丁沫最近的心情怎么样，也就间接知道了这份工作是什么吸引到了丁沫。

"啊，刚去没多久，还在学习阶段呢，当初选择这个工作，我是看中了保险这个行业，领导。"丁沫笑着回答老领导的询问。

"工作环境怎么样啊？"赵爱民是想听听丁沫对她周围的同事也就是保险从业人员的评价。

"怎么说呢，这是一个鱼龙混杂的行业，什么人都有。"丁沫说的是实情，其实她知道，这个行业里的"龙"还是占极少数的，大多数都是鱼，其实还有不少根本就是虾米。丁沫没好意思说，所谓的办公环境就像是一个大市场。老领导这两个问题让丁沫有点摸不着头脑，赵总是想了解什么呢？

"我听说保险不好干哪,你以前又没做过类似销售的工作,能适应吗?"赵爱民不兜圈子了,在赵爱民看来,一个高级职业经理人去了保险公司并且是从最底层业务做起,无异于一块美玉抛进了垃圾堆。

"领导,您的担心是有道理的,当初我也想过这个问题,但是,销售是建立在服务基础之上的,我以前虽然做的是高管工作,但高管工作的实质其实也是服务性质的,所以我还是想尝试一下。"原来老领导是关心自己啊,丁沫诚恳地表达了自己的想法。

"你家里人怎么看的,他们同意你去保险公司工作吗?"赵爱民抛出了一个实际问题。的确,丁沫放着高管不做,来保险公司做一个保险销售人员,这事,她还没和父母说呢,亲近的人现在只有自己先生和女儿知道。

"我的家人都挺理解的,也非常支持我的工作。"这个回答再次让赵爱民感到非常意外,但是他也知道丁沫不会跟自己说谎。

"接下来,都有什么打算啊?"赵爱民心里准备的所有问题都被丁沫软绵绵地接下了,但是,赵爱民内心的弯儿却还是没有转过来,现在他能确定丁沫选择这个行业并不是因为走投无路,但是为了什么自己还是没弄清楚。

这时,突然有一个念头钻进他心里:作为一个非亲非故的外人,赵爱民你是不是管得太多了?一时之间,赵爱民准备好的话不知道跑到哪里去了,好不容易找了这么一根"稻草"。

"领导,可能您对保险行业不太了解,我给您简单说说吧。"丁沫突然明白了老领导的无奈,这种无奈实际上正是他对自己未来的担心和爱护,所以丁沫决定认认真真地和老领导交流一下自己选择保险作为新事业出发点的原因以及对于未来自己的一些设想。

首先,得先从保险行业的过去、现在和未来这个时间维度给领导讲讲,让他知道这个行业并不是他们外人所了解的那种不够客观和真实的情况,以及保险的实质和这项工作的意义。丁沫讲完这些内容,明显感到老领导脸上的表情和她刚进来时的不一样了,少了些忧虑,多了些希望和好奇。

丁沫再接再厉把自己以后的打算也一并做了汇报式的说明,一来可以让老人放心,二来丁沫想到自己在滨城人生地不熟的,既然和赵总这么投缘,说不定以后有困难时还得请老领导多帮忙呢。果然,赵总听完丁沫的全盘想法后,转忧为喜。通过丁沫的这一番讲解,赵爱民又增加了对丁沫另一个层面的了解,丁沫身上有一种让人感动的特质,这种特质在女性身上很难看到,但是他赵爱民幸运地看到了,这就是:为了实现理想义无返顾、勇往直前。赵爱民也非常希望在丁沫实现理想的过程中,他作为鉴证人也好,有幸能参与其中也好,对于他来说都是值得期待的。

这一次的交流,让赵爱民更加坚定了自己对丁沫的判断,希望丁沫能不负众望,将自己的规划尽早变为现实。

当今这个时代,为了实现自己的理想而奋不顾身的人,几乎已经绝迹了。当然,"勇者不惧",但并不是"暴虎冯河"式的愚勇,而是以"临事而惧,好谋而成"为基础的智勇,即"大勇"。

丁沫此番与赵总的会面,果真不虚此行,不仅解开了老领导心头的困扰和担心,而且丁沫发现在给别人讲解自己对未来的设想时,也能够让自己的思路更加明确和清晰,无形中又增添了自己的信念。

另外,丁沫还得以完整地了解了牟丽丽的家庭情况。赵爱民认可丁沫对牟丽丽的目前心态的判断:公公年事不高就得了绝症去世了,提醒牟丽丽对自己爱人的健康以及对未来生活所面临的风险,考虑得比较现实了。保险,就是爱和责任在生活中的具体体现。丁沫觉得如果能在别人需要帮助的时候,自己能够提供恰到好处的支持正是自己工作的意义,也是保险这一特殊商品的魅力所在。

4

根据自己了解的情况和牟丽丽本人提供的信息,丁沫做了一份健康保障计划书,打算明天就约牟丽丽见面。

面谈的过程比较顺利，丁沫设计的保障计划，牟丽丽还是非常满意的，由她本人做投保人，爱人自己是被保险人，论及受益人，丁沫建议由牟丽丽本人做受益人，因为孩子现在太小。牟丽丽对丁沫的提议持赞成态度，其他方面也没有什么问题。离别时，牟丽丽提出要回去给她爱人看看，丁沫觉得这很正常，"先生看后，有什么问题我们再面谈，按照相关要求，投保前我是面见被保险人的。"丁沫非常理解牟丽丽的想法，趁机也把投保规则提示给她。

"好的，下次我把他带出来一起见面，我们请您吃饭哈！"牟丽丽爽快地说。

"千万别客气。你看，我们什么时间再联系好呢？"丁沫预约下次见面的时间，这是她的工作习惯，《中庸》有云："凡事豫则立，不豫则废。"如此给对方以从容，于自己做事亦进退有度，同时也是尊重对方的一种表现。

"过两天吧。"牟丽丽没有说个准确的时间。

"那这样吧，周三我和你联系，你看怎么样？"丁沫给客户两天的时间，一般来说如果没有特殊情况，这个时间是相对的。

"嗯，好吧。"牟丽丽同意了。于是双方决定第三天再联系。

丁沫在接下来的两天时间里，给原来的一些朋友和同事致电、约见面。

还好，这一次丁沫的运气不错，约到了五六个人。丁沫突然灵机一动，反正大家互相都认识，不如把他们召集到一起，而且也有这个条件，因为都是软件行业的，公司都在软件园内，距离都不远。丁沫为自己的这个想法而兴奋起来，好久都没见了，刚好也聚一下，联络一下感情，丁沫也的确挺想念大家的。于是，丁沫在一个咖啡厅订了位子，请大家过来喝咖啡。

丁沫约请的人都知道丁沫现在已经投身于保险行业了。寒暄过后，话题自然而然转移到了保险这方面。

一个让丁沫没有想到的情况是，大家基本都没有给自己或家人购买商业保险，即便家里有一分保障，也是给孩子的。转念一想，自己家的情况不也是这样吗，当初自己和林征对保险也不太了解，为人父母之后，直觉给孩子买个保障总是好的，殊不知，他们最终给孩子选择的那份并不是保障型产品。

原来丁沫的主观想法是，高学历人群购买保险的比率会相对高一些，一来高学历的人普遍对风险比较敏感；二来知识程度较高的人，相对来说更容易理解保险的意义和功用，因此，这类人更倾向于选择商业保险以求给自己的生活带来一定程度的安全保障。

但实际情况却和丁沫的想象不大一样，今天过来的这些人基本都是某个公司的负责人，论社会阅历和知识层面都已经达到了一定的水准，但拥有保险的状况却不乐观。但这也好，说明中国的保险市场潜力巨大，无论是保险深度、还是保险密度远远没有达到发达国家目前的水平，丁沫了解的数据是国内保险水平连发达国家的十分之一都不到。

国内保险市场还有一个特点是，投保人即为人父母者只知道给子女买保险，而身为一家之主的父母反而没有任何保障，这种状况在中国也是一种比较常见的现象。

仿佛大家都将保险当作一份礼物送给自己最宝贵的人，这个想法的出发点不错，但是和之前没有系统地学习保险知识的丁沫自己一样，这种想法只是源于为人父母的责任，完全是朴实自发的，并没有理智地思考过其中的道理，即保险和其他有形商品或礼物的本质区别。一般的有形商品或"礼物"只要一次或几次付款之后买回家，这个商品的使用价值也就永远属于你了；而对于人寿保险来说，它需要持续交费才能保证这件东西的存续或者其使用价值的有效，特别是与健康保障相关的保险产品，基本都是期交型保险产品，即需要交纳一定期间的保费，直到保费交清，作为购买者的义务才算终结。

而问题就在于，如果作为投保人的父母，在孩子保险的交费期内出现意外状况，导致家庭收入中断或下降，而无法按时交费的时候，那么，就意味着这份礼物有失效的风险。所以，如果我们给孩子购买的保障失效了，试问，这份礼物或者保护伞的意义又将何在呢？

因此，科学的投保顺序是首先给为人父母者，即家庭经济来源的承担者优先购买保险，然后是夫妻另一方，最后才是家庭中的子女。保险就是预防风险的发生，只有把风险发生最大的可能以及其造成的最大损失有效转移，保险才彰显其存在的价值和意义。

而风险的发生又是我们谁都无法预测的，比如，将在何时发生，以什么方式发生，发生在哪里等等，所以才需要我们未雨绸缪，这是一份沉甸甸的责任，也是为人子（女）、为人父（母）、为人夫（妻）对家人暖融融的爱。

丁沫还发现了另外一个更有意思的现象，而且也十分的普遍：不舍得给人买保险，但是却舍得给东西买保险。现在私家车比较普及，而有车一族，大部分的情况是座驾有保险、座驾的主人却没有保险。丁沫明知故问，为什么要给车买保险呢？

"那还用问吗，这是国家强制的呀，国家不强制我也是不买的啊！"就有这样说的。

"你觉得，是你值钱呢，还是你的车值钱呢？"丁沫接着问。毋庸置疑，多好的车也没有人值钱啊！

"大家都认同，是我们人值钱，但是，大家想过吗，如果发生交通事故，车辆有保险，那么就有保险公司负责处理赔偿或善后事宜，那坐在车里的人如果没有保险，又应该怎么办呢？"

有人说，"我有社保，社保给报销啊！"

也有人说，"平时都开车，说点吉利的吧，别老是事故、事故的，听着特别扭。"

对于认为社保能报销的说法，丁沫当时给了大家一个否定的答案，社保对于交通事故、意外伤害而发生的医疗费用是不予报销的。这个信息让大家非常吃惊，甚至震惊，因为大家的思维意识里普遍认为：只要自己参加社会保险了，按时缴纳社保费用，自己在医院花的钱，只要是社保范围内能报销的，社保都应该给予报销。其实并不尽然。

对于不愿听事故、风险这类词语的，丁沫笑着说，"难道我们不说这些不吉利的话,这些事就不会发生了么?那我们天天都在家里念佛好了,这个世界将永享太平,阿弥陀佛!善哉善哉!"丁沫双手合十,一副虔诚的模样,大家都被她逗笑了。

通过一下午的聚会,给大家宣传普及了保险的意义,保险究竟能做什么,以及应该如何买保险等和大家密切相关的话题,大家多少明白了保险和风险的关系,清楚了保险的意义。每当丁沫讲到保险对于家族和社会的意义时,自己都能被自己感动,她再一次觉得保险这个事物所蕴含的意义实在太伟大了,现在自己能秉承这种精神去工作,又是多么有价值的善举啊!

丁沫觉得自己今天能给这些昔日的朋友介绍这些知识,能让大家有所收获,并真诚地带给大家快乐,这就是一个人的价值吧!丁沫发自内心的高兴。这个下午,丁沫非常感激大家能给她这次机会。

道理容易明白,却迟迟没有行动,这是大多数人,面对大多数道理时的表现,这就是所谓芸芸众生吧。丁沫讲了一下午,现场气氛也非常融洽,但没有一个人表示立马给自己或家人买一份保险。尽管,这本来也不是丁沫召集大家聚会的目的,但是,正如一位名人所讲:"世间最远的距离,就是将思想化为行动的距离。"

丁沫基于对自己所做工作本质的了解,对于没有保障的人在丁沫看来,无异于这个家庭每时每刻都承担着未知的风险。所谓无知者无畏,果真如此。人们的心理常态都是,风险离自己远、离别人近,或者风险都发生在别人身上,不会降临到自己或自己的亲人身上,这是人的共性。

通过这次临时安排的小型聚会,丁沫无意之间竟有一个意外的收获:她明白了一件事情,大家现在不买保险,不是不懂保险的意义,更不是经济问题,而是大家都抱持一个共同的心理:观望。观望什么呢?观望这位昔日的丁总、自己的"准代理人"能在这个行业坚持多久。聚会当中,不知谁提了一句,他有个亲戚,前两年也在某保险公司做过,没多久就做不下去离职了,所以大家感叹,保险不好做啊,每个月都面临考核。当这个话题抛出来,气氛有点冷场,还好抛出问题的人也算机敏，感觉到不对了，把话题适时地转移开了，大家也仿佛什么都没有发生一样。当时这个想法出现在丁沫的脑海只是隐隐的，并未引发丁沫的重视。但是事后，丁沫回味这次聚会，这个判断却越来越清晰，以至丁沫最终认定，大家在观望、等待。

如此，那我们就来试一试，天生不服输，却也天生不愿和别人比较的人，现在开始和自己比。

丁沫并不是一个天不怕地不怕的人，首先她是一个女人，凡是人有的弱点她基本都有，女人特有的弱点也不少，但是，丁沫清楚地知道，每个人对于自己的信心都是通过不断地战胜自己而逐渐增强的。

比如，她毕业的院校是全国知名的工科大学，且以男生居多，她工作以后，当人们知道她毕业于这个大学时，除了惊异、羡慕，基本都会问同一个问题："这个学校不好考吧？"丁沫在刚刚开始工作的前几年对于这个问题的回答都很认真，但是后来她发现，无论自己多么认真、诚恳地回答提问者，提问的人仍然不会明白，因为从他们的眼神里丁沫没有看到光芒，那一抹照亮自己前行之路的光。

5

到了周三约定的时间，丁沫致电牟丽丽，虽然牟丽丽说了半天，但丁沫还是听明白了：她和老公还没确定现在就要做，但是肯定是要做的。

丁沫想：这样也好，那就让人家再考虑吧。因为丁沫一再询问，对方都说没有不明白的地方或者有疑虑的地方。丁沫就把牟丽丽的事情暂时放到一边了。

就在当天，柳茵刚好从外地出差回来了，第二天一大早丁沫陪同柳茵进行了体检，还好，体检的结果让人非常满意，柳茵身体非常健康，这个结果不仅柳茵高兴，丁沫也由衷地为她高兴，因为这证明了自己对柳茵的判断是完全正确的，当然，柳茵也因此顺利成为了丁沫的第一位寿险客户。丁沫和柳茵俨然因保险而成为了好朋友。

神的右手是慈祥的，左手是可怕的

上次和IT行业的朋友聚会时，有个朋友送了丁沫一套礼物，是在日本购买的一对玻璃工艺品，可以用作花瓶，也可以什么都不放，就只这两只瓶子，随意地摆放在书柜或依墙而立的小阁子里，本身自成一道风景，这就是艺术品带给人们的享受吧。

丁沫当时就非常喜欢这两只瓶子，因为摆放在那里，就有一种静谧之美。她直觉上认为柳茵也一定会喜欢，在取得朋友的同意后，丁沫当即决定把这套玻璃瓶转赠给柳茵，同时，丁沫委托那个朋友又订购了几套。把这款工艺品作为礼物送给客户或朋友，除了有特别的品味，还有一点符合丁沫的要求，那就是价格在她认为合理的范围之内，不到一百元，再高丁沫感觉有行贿甚至谄媚之嫌疑，如果是这样那就违背了丁沫赠送礼物的初心了。

正如丁沫所料，柳茵非常喜欢这套意外的礼物，愉悦而珍惜地收下了，但却嘱咐丁沫，仅此一例，以后给家里人再买保险时，就不能这样了。丁沫只微笑不语。

早会时丁沫接到牟丽丽的电话，照旧拒接。会后打回去，对方却没有接听。这一天接着又打过两次电话，一直没人接听。丁沫不由得心想，这是什么情况啊？

晚上，牟丽丽回电了，解释说白天很忙，没空接电话，丁沫自然地就问她建议书是否还有问题，她爽快地回答没有问题。但是，她也不提再见面的事情，也不提后续的投保，丁沫一时没有明白这里面出了什么问题，以为人家还是没有想好吧。

正当丁沫打算结束沟通时，却发现牟丽丽仿佛还没有结束的意思，在其支支吾吾的表述中，丁沫还是听懂了：牟丽丽身边现在也有其他保险公司的业务人员在向她推荐产品，并且还答应给她返回一定数额的保费作为"报酬"。可是，牟丽丽又感觉这个人没有丁沫专业，为人也没有丁沫靠谱，所以一直未置可否。

哦，原来如此，丁沫明白了，牟丽丽既想要丁沫专业化水准的服务，又希望有返佣获得一定的实惠。丁沫丝毫没犹豫，回绝了牟丽丽公开的"暗示"。

丁沫的理由是，作为保险公司的服务人员也罢、代理人也罢，取得的报酬是合理合法的，是企业、社会对他们所付出劳动和智慧的认可。而作为客户已经通过支付保费获得了受法律保护的应有的保险利益，为什么还要向为其提供保险服务的专业人士索要"回报"呢？如果支持这种做法，损失的不仅是从业人员的报酬，更是对所有保险从业人尊严的践踏！

如果任由这种现象存在和蔓延，会有几种恶果出现：首先势必将导致从事这一行业的人收入降低而无法养家糊口，最终促使其离开这个行业，作为服务人员离开保险公司还可以去其他单位其他行业继续工作，对于他们来说不过就是换一家公司而已。

因保险代理人的去职形成的第二个恶果是对保险公司客户的影响。一个代理人或服务人员与保险公司解除合同，保险公司一般会重新配备新的服务人员给相应的客户，但对于客户来说，和原来的服务人员已经建立了一定的信任和感情，面对新的服务人员又要重新建立这种关系。如果几年换一个服务人员也还能接受，如果一年换几个服务人员估计客户该崩溃了吧。所以，频繁更换服务人员，损失最大的是保险公司的客户。

另外，由于客户索要返佣，在剥夺了代理人收入的同时，也严重损害了从业人员的尊严，因此，社会中认可保险这一事业的高层次人士即便想加入其中，相信也不敢、不愿涉足了。从而，使保险业成了走投无路之人、社会底层人员在无奈之下的选择，如此，保险行业的服务质量、专业水准怎么能够提高呢？说到底，蒙受损失的还是保险产品的消费者。

过了很长时间以后，丁沫居然与牟丽丽不期而遇，聊了没几句话题自然就说到保险的事情，丁沫了解到牟丽丽仍然没有给自己的爱人购买保险，这让丁沫很诧异，看牟丽丽并没有打算详述其中的缘由，丁沫也就知趣地没往下沟通。

丁沫曾经把这一情况讲给师傅施丽，希望自己的想法能得到师傅的肯定，但是施丽的态度很奇怪，既没有肯定丁沫的做法，也没有明确表示她对这种事情的处理，丁沫对师傅的态度很是费解。

随着丁沫对保险行业工作的了解不断深入，在和其他伙伴探讨返佣这个话题时，大部分人都同意丁沫的做法，虽然各自的出发点略有不同，有的站在道的一面，有的是站在义的一面，有的就是站在钱的一面，给了客户自己就少拿了呀，凭什么呀？但是，为了表示客户对我们工作的支持，适当送一份小礼物给客户以表谢意、增进彼此之间的情感，这种作法在实际工作中也是占主流的。

6

丁沫在保险公司的工作，按照她以往的工作作风和工作习惯，开展得还算顺利。在丁沫的客户中，有丁沫自己的朋友，也有公司给她分配的客户群，包括部分高级客户也由丁沫负责管理和日常维护。

丁沫加入保险公司之前，自视甚高，特别是在比较得意的时刻，感觉自己是那么的完美，几乎没有缺点。人，往往在这个时候，自满已经不知不觉占据了你的内心，而自己却毫无察觉。当别人指出我们不够谦虚时，我们也一味认为这人就是鸡蛋里挑骨头，吹毛求疵。

现在，丁沫的角色由原来高高在上的管理者，变为企业中最底层的工作人员，每天都要和各种类型的客户打交道，虽然之前的工作也同样是和人打交道，但是，二者有本质的区别。由于位置的不同，或者直接说位置高低的不同，作为一个高管，无论你的姿态有多低，别人也不敢把你放在一个较低的位置上；而作为一名基层业务人员，绝大多数人只认同于一个人外在的公开身份，根本不会在意其本质是什么。

在这种环境下，在不知不觉中，丁沫发现自己也在变化，不是别的，是对自我的认知上发生了变化。原来孤芳自赏之下，以为自己几乎完美无缺，现在看来，自己欠缺的还很多。这种认知的改变，只有在你真正把自己放低的时候，才可能发生，或者说，才能"看清"自己。而现实是不用自己刻意放低，丁沫接触的所有人已经把自己"放低"了：丁沫，就是我的寿险顾问，的确，她很专业，为人也很好，但是，她就是给我做保险服务的。

所以，这种变化，或者说变化的过程是潜移默化的，但是，变化的结果，在丁沫自己看来，不啻生命的重塑。自己知道自己是谁，而且知道自己正在做什么、准备做什么，却仍然把自己放低，就是谦卑。这种放低姿态也好，谦卑也好，都是诚心诚意的，不是做给别人看。唯有如此，才能看清自己，才知道自己欠缺什么，才会有勇气去寻求改变，这就是"修身"的过程吧！若要自己的人格不断进步、升华，不敢求圣贤之境界，只求接近一个君子的标准，作为一个有思想、有意识的万物之灵，方为此生的价值和意义之所在吧，是故曾子有云："吾日三省吾身。"

一个真正谦卑的人，别人是无法把他置于低处的。正如这个世界万事万物的存在，都是相对的一样，保险，也不例外。

保险，的确是好东西，但是，也并非所有人都必须拥有。购买保险有两个隐含的前提条件：一个是有经济能力，而且是长期持续交纳保费的能力，第二就是有购买保险的需求。如果，一个家庭，一年下来或者每个月的收入除了日常生活开支以外，再无其他节余，显然，是无力购买保险的，至少在眼前这个阶段是没有经济能力的。

另外，即便是有这个经济能力的人，也并不一定人人都需要保险，或者说人生的任何时点都需要。

如果某人目前就一个人，且没有人需要他去养活，也就是我们常说的"一个人吃饱全家不饿"的状态，从理论上讲是不需要购买保险的。在不需要的时候购买寿险，就是浪费钱。除非此人有其他的想法或需要，比如想要筹措一笔丧葬费。但如果已经有社会保险了，也就没必要再购买商业保险了，除非他想在自己离开这个世界后，为自己操办一场令世界为之瞩目的隆重丧礼。也就是说，人寿保险是很好的转移人生风险的工具，但也不是所有人在人生的所有时刻都需要。

如果是已婚或者有人需要你赡养或抚养，那么你就有责任为自己选择一份人寿保险，以备不时之需。换句话说，如果你上有高堂，即使身边还未有糟糠之妻，即便高堂自己也有社会保障或每月可以按时领取的退休金，但你仍有购买商业保险的义务，只为了在"万一"出现以后，让没有黑发人陪伴的白发人在余下的时间里能生活得更舒适一些。如果你不仅上有高堂而且膝下有承欢的幼子，那不用说，购买保险简直就是你的责任和义务了，不仅要买而且要尽可能足额，即便为此而减少或节省日常开支。只为了在"万一"出现以后，活着的人不因我们的离去而改变眼下的生活，高堂可以放心养老，幼子能够安心读书。

这是丁沫对于目前所从事工作的认识，但是，并不是所有代理人的想法都和自己一样，其实和她一样想法的代理人她还没发现，反而她发现身边的许多代理人或者服务人员都有一个共性思维，或者被教育成几乎同一思维模式：只要客户手里有钱就应该买保险，而选择保险就应该在自己这里买，仿佛这是天经地义的一般。

如果我们发现自己的朋友有购买保险的需要或想法，那么这位准客户有什么理由一定要选择在自己这里购买保险呢？当然，你可以说，因为我们是朋友啊，即便你们还是感情很不错的朋友，这也只能说明你们的私交不错，但是这种认识仅仅停留在感性层面，并不能让一个理性的人或者谨慎的人选择你作为他或他的家庭保险的代理人。因为，保险销售的不是一纸合同，而是一份信任和承诺，而且还是一份期权承诺。

信任，来自于为他服务的代理人和保险公司本身，在当前阶段保监会越来越严格的监管下，各家保险公司产品的保险利益越来越接近，几乎相差无几。所以，唯一有比较空间的就是服务了，而服务质量体现于服务人员或代理人的专业水准和人品两个维度。

承诺，是在未来的某一时点当保险合同约定的风险发生时，保险公司需要兑现的保险金承诺。虽然从理论上讲，这个承诺的兑现完全是保险公司的责任，但是，在丁沫看来，这是保险售后服务工作的重要一环，不能简单地推给程序化的理赔部门，作为出险客户的代理人应该首先出面帮助客户打理和参与理赔的过程，让客户在遭遇风险时能够尽可能顺利地得到保险利益或理赔金。

所以,作为一名保险代理人,如果身边认识你的人买了保险而没有选择你作为他的服务人员,那你首先要自省:专业技能是不是还不到位,人品是不是也不太让人放心。当然了,如果你自信自己足够优秀,那你姑且认为是那个人没有让你服务的福气吧。塞翁失马,焉知非福?

丁沫在早会过程中,听到有伙伴分享签单的过程,经常就有这种想法,比如签单以后发现客户很有实力,于是后悔自己没有给客户设计更大的保额,要么就是抱怨客户没有早在自己这里购买保险。对于此种心理,丁沫固然感觉奇怪,更让人难以理解的是,这种话怎么可以在大庭广众之下堂而皇之地讲出来呢?!对其他代理人会是一个什么样的影响和引导呢,特别是听众之中很多是二十几岁刚刚加入保险行业的年轻人,这会对他们造成什么错觉呢?!

首先,客户的资金不一定都要选择购买保险,作为保险代理人,我们除了把保险相关的知识掌握熟练,还要掌握一些其他的金融理财工具,比如如何进行家庭资产的配置,比如家族信托等等,目的就是让客户的家庭资产能够得到更加科学和完整的安排,如此,从客户的角度来说,你才是一个能真正站在他的角度替他考虑问题的人。丁沫认为,这才是一个合格寿险顾问的角色。

如果客户没有在之前选择你,而在今天选择了你,那只能说明今天的你无论在专业方面还是为人处事方面,让客户更放心和满意,你应该更加努力地工作,以回报客户对你的信任和支持。客户能在如此长的时间里耐心地等着你的成长和进步,难道不应该为此心存感恩吗?

丁沫还发现有很多伙伴对于自己的工作性质不甚清楚,认为自己就是销售保险产品,如果抱持这种心态工作的话,怎么会有一个让客户和自己都满意的结果呢?

正如星球和星球之间存在着磁场,人和人之间同样也是存在互相感应的,客户能够感受到我们的心绪或者想法,你的服务是出于真诚还是应付,抑或是虚与委蛇,客户都是一清二楚的。对于有保险需求的人来说,能为他们设计一份适当的保障计划是代理人的天职,如果同时能够做到让客户愉快而满意地接受你的"推销",则取决于作为一个服务人员应该具备的本领和心态了。

丁沫记得自己刚刚加入保险行业时,为了让自己尽快熟悉和融入这个行业,经常去学习和听取在这个行业取得优秀成绩的人所做的报告。有一次,聆听了一名寿险精英人士的分享,丁沫清晰地记得这位精英的一句话:以服务的心态做销售,以销售的技能做服务。当时,丁沫不太理解其中的含义,但是以后在工作中经常予以回味和体验,慢慢地,终于理解了其中的真义,深感但凡能够取得一番成绩的人,自有道理于其中。

时代要求保险代理人迅速提高自己的职业定位,这是一个社会共识,同时对于有识之士来说也是一次良机,所谓"识时务者为俊杰,通机变者为英豪"。丁沫看到了这个良机,也抓住了这个机会,所以,她才能迅速在这个陌生的行业站稳了脚跟。

7

丁沫自从开始对自己的客户进行管理,就使用自己设计的客户管理表格。首先把所有客户的资料进行了整理,并录入表格中,每天按不同地点有计划地安排拜访和面谈,回来后再把过程和结果详细记录于表格内,以备下次约访客户时不至于遗忘细节,或者制订出有针对性的拜访计划甚至是建议书,从而提高工作效率和拜访质量。

在一次例行拜访客户的过程中,丁沫偶然了解到,这个客户和师傅也有接触,而且是近期接触,客户直言不讳地说:"怎么施丽不在保险公司了么?以前一直都是她和我联系的呀!"由于是第一次见面,而且丁沫约访了几次才约到这个客户,年龄也比丁沫要年长许多,因此,虽然这个女士对丁沫表现出明显的不友好甚至是敌意,但丁沫仍然以尊重的态度与对方交流。

"施丽是我的师傅，可能是之前服务您的人员离职了，一时又没有合适的人接替，像您这样的 VIP 客户，我们公司要求的服务质量是非常严格的，所以可能是我师傅直接为您服务了。"丁沫虽然此刻心里有疑问，但也不好在客户面前表现出来，就耐心地予以解释。

"哦，施丽很能干的啊！她前几天还给我打电话了呢！"客户继续说道。丁沫听着心里又泛起一阵涟漪。

"对了，她还提到你们最近有新产品出来了，挺不错的，是什么产品啊？"还没等丁沫有所回答，客户又自顾自地说起来。客户传递出来的这些情况师傅从来也没和她讲过，现在要怎样周到、体面地度过眼前这一关呢？

"哦，您对这款产品了解吗？您希望我在哪些方面帮您呢？"略一沉吟，丁沫把被动解释变为了主动提问，机智地处理了客户的异议。

"嗯，我想了解收益的情况，可以的话做一些稳健的投资。"原来如此。

"李总，那您看这样好不好，您大约想做多少，我回去给您专门设计一个计划书，过两天再来给您做详细讲解，您看好吗？"客户叫李华，是一家外贸公司的负责人，对投资之类的理财渠道颇为熟悉和了解，丁沫曾在客户资料中看到她在民生的理财型产品中投入了不少资金。李华同意了丁沫的建议，在丁沫告辞的时候，李华的表现明显不像开始时那般生硬了。

丁沫回到公司，施丽不在职场。丁沫决定要和师傅好好谈谈，对于自己名下的客户，为什么作为师傅的施丽还要联系呢，而且还是背着徒弟向客户推荐产品，这不是明摆着抢客户吗?！

在丁沫刚刚来到民生保险工作的时候，有一个准备离职的同事曾经告诉过丁沫，施丽作为师傅做了很多不应该做的事情，比如和自己的徒弟争客户、抢单等，虽然后来经处长调解总算息事宁人，但是这位同事却没有信心再做下去了，因为这样的事情不是一次两次了。这个人当时负责的就是现在由丁沫接手的这些客户，为了尽快了解客户的具体情况，丁沫后来和这位前同事进行过几次电话沟通。

神的右手是慈祥的，左手是可怕的

当时丁沫听到这个情况既感震惊，又有点半信半疑，基于她多年从事管理工作养成的习惯，凡事都不会只听一面之辞。即便这样，丁沫还是增加了对施丽的防备。但是，谁都知道，这种事情只要客户不公开挑明，也是防不胜防的。

无论怎样，丁沫决定还是要和师傅谈谈，免得以后在一起工作心里有隔阂。

第二天早会后，丁沫把师傅约到一个咖啡厅，把昨天她见李华的大致情况跟师傅做了汇报，然后，她想知道施丽如何解释这件事情。

"我是和她联系过，但那都是以前你还没来公司的时候，也就是节假日问候问候。"施丽的表情很淡定，但是她呼吸的节奏变快了。

"师傅，她提到您上周还给她打过电话呢。"丁沫不动声色地发了一张牌。

"没有，哪有的事儿，她记错了吧。"施丽此时明显表现出有些急燥了。

"师傅，其实这事儿也不怪您，我没来之前，都是您在负责和客户沟通，给他们做服务工作，现在这些客户已经由我在为他们提供服务了，有些事情您犯不着亲自去做，还像以前那么辛苦，您说呢？"丁沫还是不想让施丽面子上挂不住，但也不能听之任之。

"对啊，谁说不是呢，现在你来了，可好了，替我分担不少工作啊！"施丽仿佛松了一口气。

"师傅，我是由您领入保险业的，对于这个行业还不太了解，但既然选择了这里，我希望能走得更远，也更踏实，同时您也知道我习惯按规则做事，这样大家都方便，您说是吧。所以在这里，自然少不了师傅的帮助和指导，如果我丁沫哪里有做得不对的地方，还请师傅多多批评和指教才是啊！"丁沫希望施丽能明白，以后凡是自己已经接手的客户，别人就不要再插手了，先抛开你我的师徒关系不讲，仅就代理人来说，这也是职业操守方面的大忌啊！

施丽作为一个在保险行业工作了五六年之久的人，不能不知道这其中的利害关系吧？而且这又让客户会如何看待保险公司或者民生保险呢？如果内部同事之间还要互相争抢客户，缺少应有的尊重和界限，那么社会对我们这个行业表现出不屑或不尊重也就丝毫不奇怪了。

但是，也不知道怎么回事，自从发生这件事情以后，丁沫白天耳朵里常常能听到关于施丽在业务操作品质方面出现的不合规的事儿，像返佣啦，为了拿下保单误导客户啦等等。听到这些传闻丁沫并不往心里去，更不会当真，有些事情除非当事人举证，否则很难辨明事情的真伪，喜欢传播这些事情的人多半是因妒生恨，有意破坏施丽的名声。而对于大众来说，感兴趣的是新闻甚至是他人的隐私而不是真理，所以大众往往不自觉地充当了谣言传播者。

施丽加入民生保险公司以来，其业绩每年都名列前茅，至少在丁沫所在的职场，办公区域的光荣榜里经常有师傅的彩照，很多人都认识她。树大召风，人怕出名，尽管施丽的某些做法丁沫并不认同，但是如果有人当面说自己师傅的不是，那她一定会维护师傅，或者充其量微笑了之，别人也就不再说什么了。

但是，丁沫也的确知道，师傅对保险合同的诸多条款并不是非常明晰，特别是对于理论上的知识点，她基本都讲不清楚。这也许是因为她读书不多的原因，对于条款理解得不够透彻，可能也会让施丽游走于违规的边缘。这是丁沫的分析，她始终认为施丽不会故意违规，也许是自己潜意识中不愿承认师傅会故意违规。

过了几天，丁沫按约好的时间前往李华的公司。当丁沫如约赶到时，李华却不在办公室。她打电话给李华，说自己在路上，正在往公司这里赶。这时，李华的秘书过来给丁沫泡了一杯茶，让丁沫等一会儿。

大约半小时后，李华回来了，见丁沫坐在沙发上等她，寒暄后抱歉地说今天早上突然有个着急的事情去处理了一下，所以回来得晚了。李华比上次见面时客气了许多，丁沫见状知趣地说，"李总公司业务繁忙，正是生意兴隆的表现啊！说明公司在您的治理下，业务开展得非常顺利。"如果可能，就了解一下李华公司的经营情况，或者

神的右手是慈祥的，左手是可怕的

她这么早出去办理的是公事还是私事，总之，无论公私需要她亲自出面的一定不是小事情。

"唉呀，哪里呀，丁经理你是不知道啊，做生意和过日子一样，都看着别人家好，其实家家都有本难念的经啊！"看来，李华今早处理的事情不是件好事情，丁沫判断，那会不会影响她现在的心情呢？

"哦，李总您谦虚、低调的作风让我非常敬佩啊，如今像您这样虚怀若谷的人可不多啦！"丁沫又是不温不火地恭维了一句，希望李华能透露一点她处理的事情，只有知己知彼才能有让双方都满意的结局。

"唉呀，那有什么用啊，人家该骗你还是要骗你啊，一点都不含糊。"终于，李华松了口，吐露了一点端倪，丁沫想要么是她本人或者是她们公司可能摊上官司了。

"哦，是吗？听您这么说，李总您是遇到坏人啦？这也难怪，现在骗子太多啦，一不留神就出事儿，那咱们得用法律武器保护自己啊！"丁沫趁热打铁进一步挖掘这件事情的进展情况。

"是啊，我已经起诉了，后面这事情还多着呢，还得找律师，提供证据、材料什么的，唉！这不，刚才就是去见了下律师。"看来这不是一个小事情啊，丁沫初步判断。

"哦，那您这是大事啊，您看需要我帮忙的地方，您就尽管说哈！这案子标的是多大呀？"丁沫问到了关键的地方。

"哦，谢谢啊，唉，数字不小啊！"这时，李华诧异地看了丁沫一眼。"丁经理，你对法律方面的事情也懂吗？"

"也不能说懂吧，了解一些基本的常识，以前的工作有接触到。"丁沫说。原来李华发现丁沫用了一个法律术语，如果没有过这方面经历的人是不会知道的，也不可能应用得如此驾轻就熟。其实，"标的"这个词，不仅法律界的专业人士熟悉，财务管理人员也经常接触到，因为这个词常常出现在购销合同中。

"丁经理之前是做什么工作的？"李华的好奇心被打动了。

丁沫简单给李华做了一下自己的履历介绍，李华的眼神明显变得既感慨又疑惑,"唉啊,我就说嘛,丁经理看着就是和其他保险业务员不一样,难怪,原来是做高管出身的,那你现在加入保险公司,是不是屈才了?"李华调整了一下坐姿,又不经意地顺势抚弄了一下指甲,相对于她的年龄来说,这副"美甲"的确炫目了些。李华是一个追逐时尚的女人,从穿着、手袋到个人修饰,无一不体现着其对自己的要求和定位。

从李华这些不起眼的动作上,丁沫读出了那么一丝居高临下的自得,但是丁沫并没有不适之感。一来自己已经不在乎他人对自己的态度了,至少不那么特别在意了;二来丁沫觉得现在李华的这种姿态最是恰当了。人往往在感觉别人不如自己的时候,或者自己比别人有优势的时候,情绪会比较放松,从而更容易以平和的心态考虑对方的建议。

"嗯怎么说呢,都是工作嘛,没有高低之分,管理工作有管理工作的特点,这份工作也有独特的魅力。"丁沫坦诚地说。

"哦,那倒是啊,听说你们这行收入很高啊!"李华突然说道。

"呵呵,李总您对我们这个行业看来了解得蛮多的呀!"丁沫微笑地说道,看到李华的心情渐渐晴朗了,丁沫打算进入正题。

这时,听到有敲门声,门并没有关,丁沫一看正是刚才接待自己的女子。李华的秘书手里拿着一份文件进来,看来是有工作要汇报,"李总,这是您要的资料,我复印好了,您看看。"

"好,放这儿吧,有事情我叫你。"秘书退出去了。

李华随手打开秘书送来的文件夹,眉头一皱,往桌上一推,"还研究生,哼,也不知道是书念多了,还是脑子进水了!"直接端起茶杯喝了一口茶,丁沫顺势一看,文件几乎全是黑色的,内容也不便多看。丁沫随即也端起杯子,啜了一口咖啡。

"李总,您的秘书是哪个学校的高才生啊?"为了缓解气氛,丁沫引导着李华的情绪。

"唉,华北财大的,还是品学兼优呢,连打印这么点事儿都做不好,现在这大学,也不知道成天都在教这些孩子学什么!"看来李华对大学生满腹不满,对当代教育结果满腹批评。这种感觉丁沫一点儿也不陌生,凡是在企业有过管理经验的人,想必都有或多或少的相似感触。当代的大学生,往往眼高手低,复杂的工作做不好,简单的工作瞧不上,工资待遇、福利假期、工作环境等等要求还蛮高。

"李总,这是咱们国家当代教育的通病,也是现状,所以搞得大家都不敢聘用应届大学生,您也不用太往心里去啦。"

"唉,一年的时间,我已经换了三个秘书了,这是第四个了,这些孩子做事情简直不用脑子,可是一旦涉及到自己利益的时候倒是能算到骨子里!"

"是啊李总,之前我在企业工作的时候,就遇到过一个大学生,可是让我大长见识呢!"丁沫接着就把自己当年在精工科技时遇到的一件事情给李华描述了一番。

当时,丁沫有一个项目需要招几个不需要熟练技术能力的编程人员,于是项目经理就建议说可以招收应届毕业生,一来可以作为人才培养,二来也可以节约项目成本,丁沫同意了这个方案。于是,在当地的大学毕业生中,优中选优地招聘了五名大学生,随即分配到了项目组中,由项目经理亲自辅导和安排工作。

其中,有一名家在外地的女孩子,丁沫在面试时就了解到,父母为了她能够在滨海安心工作,花了近百万元给她买了一套公寓,而其父母就是国企的普通工人,丁沫听了当时心里就想,可怜天下父母心啊!公寓就在滨海的高新区,距离丁沫所在的公司特别近,走路上班不到十分钟,按理说这样的条件,为了父母这份心意,做女儿的更应该努力工作回报自己的父母啊!

有一天,项目经理跟丁沫汇报说这个女孩没来上班,而且也没请假,已经给她打了两个电话也没人接。当时大家想,迟到对于年轻人来说也是常事儿,一会儿应该就到了。可是快十一点了,还没有来上班,丁沫有点儿担心了,一个女孩又是一个人住,会不会有什么意外啊?也许同是作为一个女儿的妈妈,丁沫格外担心这个女孩的安全。让人不安的是,这个时候女孩的电话还关机了,而且她的具体住处还没有人知道。下午上班后，丁沫正在焦灼地考虑要不要报警时，接近下午三点的时候，这个女孩却意外地出现在办公室。

让人惊讶的是，人家第一没有跟项目经理说明这个时间没上班的原因，第二仿佛也没有因上班迟到而表现出内疚和歉意，而是堂而皇之地坐在工位上，仿佛开始准备工作了。

后来，项目经理主动找了女孩了解情况，女孩的解释是，自己睡过头了。问她为什么不接电话，回答说没听见，又问为什么关机了，答手机没电了，搞得项目经理都没词了。一个二十几岁，且接受过正规大学教育的孩子，连做人起码的常识都没有，这是家庭教育的失败，还是学校教育的败笔，抑或二者兼而有之？作为用人单位只能空留一声长叹。

听完丁沫的遭遇，李华的情绪似乎平稳了，如果发现别人比自己更加不幸，仿佛自己的那份不幸就自动"痊愈"了。于是，丁沫趁势将李华的注意力转移到正题上。

"李总，您看，这是我们上次见面后，根据您的要求我给您设计的一份计划。"丁沫取出了这份计划，放到李华的办公桌上，准备给李华详细讲解。

"嗯，好，我看看，你知道么施丽前两天也来了，就是你来的第二天，她也来了，我想知道你们俩现在是谁负责给我服务啊？"李华一脸复杂表情，有观望，有同情，还有一点别的丁沫也说不上来。

"哦，是吗？回头您可以打我们公司的客服电话了解现在您的服务人员，据我所知，我是公司指定的专门为您服务的人员，不过多一个人给您服务，对您来说不也是一件好事情嘛，是吧？"从丁沫的表现，李华丝毫看不出丁沫此刻的情绪。

"可是我希望由一个人服务就行了，我也没那么多时间接待保险公司的人啊，你看看能不能给我统一成一个人，就由你服务好了。"李华直截了当地提要求了。

"李总，这件事情，我只能帮您提建议，在公司系统里我就是您的服务专员，如果，除了我还有其他业务人员找您，而您希望由一个人给您服务就可以了,您可以打公司的服务热线,把您的要求说明白,公司是会进行调整的。"丁沫给了李华一个明确的建议。接下来,给李华讲解这份计划书。

从李华公司出来,丁沫有一种说不出来的感受,感觉心里像是被什么堵住了一样,让她呼吸困难,她怎么样也想不到作为师傅的施丽一而再、再而三地做出这种伤害徒弟感情的事情。她这是要抢单吗?如果不抢单,为什么还会在这个敏感的时期去拜访别人的客户呢,而这个客户又是自己徒弟的客户?丁沫想,这一次要和施丽把这个事情说透。

回到职场,施丽正坐在她自己的办公桌后面,这个时候,职场也没有几个人,倒是比较清静。丁沫径直走过去,"师傅,您现在有空么?有件事情,我想和您聊聊。"从丁沫的语气听不出来她想说什么事情。

"沫沫回来啦?什么事情啊?说吧,和师傅别这么客气哈,喏,坐这儿说。"施丽看起来心情很好的样子。

"师傅,是李华的事,我今天去见她了。"丁沫开门见山地说,语气依旧平静。施丽并不像过问其他人那样询问丁沫的行踪,可能觉得丁沫的工作自觉性高不需要督促吧,所以丁沫每天都做什么,见哪个客户,她基本不清楚。

"好啊!怎么样,有什么事情要和我说?"施丽有意眨巴着安装了长睫毛的眼睛,有点调皮地看着丁沫,仿佛自己还是小女孩儿一样,这副表情和动作与她的年龄极不相称,但经过这几个月的相处丁沫也习惯了。

"客户说你去见她了,而且还向她推荐了产品。"丁沫不知道施丽是故意装傻还是真傻,但她不想再撅撅掩掩了。

"啊,那天我从她那儿路过,上去坐了会儿,她主动说起你,还说你给她推荐了一款产品,我就告诉她这款产品非常好。"自从上次丁沫和施丽谈过李华的事情之后,丁沫没发现施丽和自己有什么隔阂,所以一度丁沫还自责,是不是自己过分敏感了。

"师傅，为这事我们已经谈过两次了，我是个爽快的人，如果您想要这个客户，丁沫我可以让给您，从此我就不再去打扰这个客户了；如果不是这样，我也希望您以后不要再去打扰我的客户了。今天，李华也说得很清楚，希望由我来为她服务，也许您认为李华是您的朋友，但李华认为您和我一样都是保险公司的，去见她都是有目的的。您是保险行业的前辈又是我的师傅，其中涉及业务方面敏感的问题，我想不需要我做徒弟的提醒您，是吧？"丁沫把想说的话，抛给了施丽，看着她的反应。

"没有问题，沫沫，是你想多了，你们文化人就是心眼儿多，遇事儿就爱琢磨，我作师傅的怎么能和徒弟争客户呢！"施丽这一次看起来就比上次在态度上有了很大的不同，是不是也是吃一堑长一智啊，以前发生类似的事情，从来没有徒弟敢于和师傅面对面谈论这个话题，丁沫还是头一个。第一次丁沫找施丽交流时，施丽丝毫没有准备，而这一次可能是有所准备了，所以整个过程下来，都显得比较轻松。

"好，师傅，那这个事情我们今天就算说开了，也说清楚了，以后我的客户我服务，如果我哪里做得不对，您批评就是了。如果再有这样的事情，我想那就不是我们两个人谈了。"施丽看了丁沫一眼，似笑非笑地，"看你还挺认真的。"丁沫没有明说的潜台词，希望施丽听明白了。

这就是施丽的为人，丁沫有时候也禁不住非常佩服她这位师傅，本来是让她很没面子的事儿，但是在她，就跟没那么回事儿一样，自己该怎么样还怎么样，是不是做销售的时间长了都这样呢，还是施丽本身的性格就是这样呢？

曾经有人跟丁沫讲过，做销售工作的时间久了，作为一个人的自尊感就变低了，其实，自尊到底是什么呢？自尊，简单地说是一个社会人的自我评价和自我要求；即自我尊重、自我爱护，同时，也期望其他社会成员对自己持有的尊重。如果想让别人尊重自己，首先要自尊自重。

丁沫并不认同销售工作会让人的自尊感降低这一说法，首先，自尊来自于对自我的认知和要求，并不是外界强加于你的，也就是只有你自己内在发生了要有尊严的要求，外界才会有相应的现象响应你。销售工作，由于其性质不同于其他工作，与人打交道的机会更多一些，看到的人间百态也会更多，故感受也会比别人丰富和深刻，时间久了，自尊就会变成半透明状，若隐若现，或者有意隐藏，但必要的时候也会毫不犹豫地亮剑。

有的人自尊感很强，别人能清楚地看到那一圈带刺的玫瑰围起来的壁垒，即便小心仍会时不时地被刺一下。有的人，似乎看不出他的自尊边界，但是，一旦触碰才知道这个篱笆也是能够让入侵者流血的。还有一种人，就是俗话说的没心、没肺、没正义，只要活着、能有口饭吃或者达到自己的目的就成。现如今的社会，好像第三种人越来越有市场，至少在保险业，或者在民生保险，丁沫经常能听到，只要能出单，客户提出的条件都能答应。如果一个行业没有底线，没有了自尊，那么又怎么会赢得他人乃至社会的尊重呢?!

丁沫不想去猜测或分析施丽属于哪种人，一方面自己没兴趣，另一方面，在丁沫看来，每个人都不是天生的坏人，只要自己坦诚相见，光明正大，特别是在利益方面能让的多让一步，所谓的问题也就迎刃而解了。

好在，经过这次沟通后，施丽也的确没再和李华见面或者谈购买保险的事情，至少丁沫没听李华再提起。

经过了这件事情，丁沫有了自己另立山头的想法，再结合自己对现有行业内呈现的种种问题，了解的越多，思想上的震撼也越大。如果对现状不满意，你又改变不了现状，那只有自己做出改变，所以丁沫决心成立自己的团队，走出现有所谓"团队"的圈子，自己的想法只有在自己的团队中实施，才有化为现实的可能。

"团队"这个词每到月末的时候，都会高频率地出现在施丽的口中。"我们是一个团队"啦，"我们这个团队一直都保持绩优"啊，号召大家特别是还没有出单的伙伴要奋力拼搏啦，仿佛"团队"一词就是用作出单的。每当这个时候，丁沫的头脑里都会涌现出一个问题：不知道施丽在和自己徒弟的客户接触时或者与徒弟争抢一张保单时，有没有考虑过"团队"这个问题。

施丽所带领的这支团队，据说还是比较有团队文化和氛围的，比如，定期带领大家出去散心，内容虽然不外就是吃一吃、泡一泡这类的，施丽好像很喜欢泡温泉，因为每次团队活动施丽几乎都是选择这种地方。温泉多处于火山带或地壳断裂地带，而滨海市从来也没听说发生过地震，居然也能有如此多的温泉，丁沫觉得这也是挺奇怪的一件事情。滨海市目前比较流行的所谓"温泉"都被设计成集游泳、娱乐、饮食为一体的场所，而且不限时间，据说有些经常出差的人，在里面玩一宿，连住宾馆的费用都省了。

丁沫呢，从小对水就非常敏感，好像兔子一样，宁可在陆地上待着无聊，也不喜欢下水去找乐儿。另外，丁沫觉得同事之间进行这类活动不太适合，有男有女的，在一起彼此穿着泳装总是不够文雅的，何况保险公司的所谓"同事"，有的人几乎一个月也就见几次面而已，彼此和陌生人没什么区别。所以每次施丽组织类似的团队活动，丁沫总是不参加，这对施丽来说肯定是一种不好的体验。为此，丁沫也提过建议，团队活动能不能换一种方式，比如组织大家到户外活动，走进大自然，呼吸新鲜空气，但始终也没有被采纳。可能是因为，每次附和丁沫提议的只有两三个人。每当这个时候，丁沫都会强烈地感受到，自己在这里的孤独，仿佛都能听见不同价值观强烈碰撞而发出的摩擦声。

8

滨海市由于其特殊的地理位置，每到冬季的时候，都会刮北风。

丁沫本是非常喜欢风的，尤其喜欢被风直面吹拂。即便这样，丁沫初来滨海市的时候刚好也是在冬天，记得第一天出门，就差点儿被猛烈的大风吹上天，如果旁边不是有自己未来的同事，她都想抱住电线杆不放手了。曾经，不知是在哪本书里，记得女主人公是一位美丽的女士，又特别注意保养自己的皮肤，每当有风的时候心情就不好，因为她担心被风吹皱自己娇美的容颜。

来到保险业的第一个冬天就这样过去了，丁沫仿佛还没意识到季节的变换，强劲的北风已经被柔和的东风取代，大地悄悄开始了新一轮的生命复苏，要不了几天，迎春花就会目不暇接了。

在这个时候，丁沫终于发现了一个叫作"理财规划师"的金融行业专属的职称。自从自己成为保险业的一员之后，丁沫一直在关注这个行业的资格或职称方面的学习。如果想在一个行业做得足够优秀，就要学习这个行业有一定深度、足够专业的知识和技能。但是，丁沫打听了很久，也没有探听到这方面的消息，上天不负有心人，这层面纱终于被揭开了。民生保险与一个知名的培训机构合作，专门做"理财规划师"职称的考试辅导和培训，今天来到丁沫所在的职场进行宣传。

但是，让丁沫不解的是，她所在的课一百多人，报名学习的却只有三人——丁沫和师傅施丽，还有另外一个区的伙伴儿。也许是这个职称的考核费用比较高吧，丁沫了解了一下，是自己目前取得的所有职称或资格中费用最高的。这个职称共有高、中、低三个级别，丁沫选择了高级职称班的学习，一来自己是财务专业的，可以选择报高级班；二来丁沫认为自己有财务管理专业的基础，本身又是国家注册会计师，完全可以直接从高级课程学起。

不久，丁沫聆听了高级班的第一次授课，聘请的是首都一所知名大学的教授，丁沫离开大学后还是第一次参加这种正式的授课。考CPA时，她基本都是自学，买回来教材后自己在家里学习，只有一科参加了培训班，这是丁沫和其他人学习方法上的最大不同，她喜欢一个人学习，她认为这样有助于思考。

让丁沫没想到的是，参加了这个高级班的学习，却提供了一个能够近距离接触和了解民生保险高级人才状况的渠道，至少是民生保险在滨海市的情况。丁沫在保险行业已经浸染半年的时间了，看到了太多这个行业的不足和问题，非常想知道这个行业精英们的工作状态。每个行业都有自己的精英队伍，但是如果一直看不到，难免心里就会有疑问：这个行业到底有没有精英。

在参加理财规划师学习班之前，丁沫参加过很多民生的其他培训，都是针对绩优人员或者业内称之为预备干部之类的培训课程，开始丁沫都是满怀希望地去参加，因为她希望能够认识一些这个行业中的优秀的人，她始终不相信，保险行业全部都是她身边每天见面的这些人。但是经过几次打击之后，对于这些培训班丁沫再也提不起兴致了，因为找不到能和自己产生同频共振的人，每次都是乘兴而去败兴而归。这些人在一起谈论的基本都是当下流行的电视节目、娱乐明星的八卦新闻等这类话题，丁沫一方面对此不感兴趣，另一方面她不了解这些信息。丁沫期待的是能认识真正的绩优高手或优秀人才，好好和对方交流、学习，取长补短，开阔视野。

丁沫的期望有可能在这个班里变成现实，因为她发现这个大约有三十几人的班有几个特点：第一，他们都有自己的业务团队，除了自己以外都是团队负责人，也就是说都是区主任一级以上的人员；第二，资历深，至少也是在保险业工作三年以上的人，而且职级都是中级以上，这就是业绩优秀的具体证明，当然这里面几乎三分之二以上的人皆非大学学历；第三，层级高、素质高，高到不仅有民生保险滨海分公司老总级人物，另外还有一位鲜明的"海归"。

丁沫很想知道他们为什么报名学习这个职称，按道理说，他们这些人年薪至少几十万，多则一二百万，还有什么必要吃苦受累地来这里学习呢？

特别是那位海归。丁沫和他一聊才知道，原来和自己来这里的目的有相似之处，就是希望能找到志同道合的人，在保险这个行业里希望自己不再孤独，在他们的潜意识里，找到自己的同道，以便让自己更有信心在这个行业走下去，至少不是孤独前行。丁沫来这里的目的当然是想学到真东西，与此同时，如果能够认识一些高素质的人就更好了。

的确，在这个班里的学员，要比其他班的学习层次高、层级高、学历高，可以说，正是这些人带领着保险从业人员在保险市场打拼，同时也意味着，他们将引领保险行业未来的走势和发展。只是，他们意识到了自己肩负着这样一个重任吗？

随着班级同学之间相识程度的加深和彼此的相互了解，丁沫和其中的几个人成为了好朋友，包括前面提到的民生保险负责滨海市场的老总，他们之所以相互吸引，是因为彼此有着相似的思维模式以及还保险行业本来面目的使命感和正能量。丁沫从他们的身上似乎看到了这个行业的未来和光明前景，以往自己形单影只的感觉，在这个时候暂时消失了。

让丁沫感到有趣的是，这些保险业中的精英们，一样有着迷茫和困惑的时候。

像其中有一位处长，她所领导的处有三百多人，而且这个数字保持稳定的状态也有几年的时间了，自己做处长也有七八年的时间了，可是即便如此，她有时还是能够感觉到内心的失落和彷徨，时常能感觉到自己在周围亲友的心里、眼里没有应有的地位，没有得到应有的尊重。因此，她也会时常问自己，十六年前踏入保险行业是不是一个正确的选择？可能唯一让她有自豪感的就是自己的收入吧。但实际上钱这个东西，当你的生活中不觉得缺少它的时候，其存在不过就是银行对账单上面毫无意义的一串数字而已。而每当这个时候，在自豪感升涌的同时，又仿佛嗅到了自己身上散发出来的阵阵铜臭味。因而，又觉得自己的确可鄙，能够炫耀的仿佛只有金钱了，自暴自弃的情绪在不知不觉间漫延开来，以至让她有时难以自拔。

而这些情绪，他们不可能对任何人说，或者向任何人透露，不可能向自己的上级或下级透露，也不可能向自己的老公或妻子去诉苦，尤其是女士，如果向自己的老公倾吐一下心声，老公第一个反应可能就是"咱不干了，回家吧，把自己搞那么累干吗，家里什么都不管"等等。保险行业的特点就是，越是别人休息的时候，越是保险人辛苦的时刻，因为有很多保险公司或领导喜欢搞节日竞赛之类的活动，他们的理由是别人休息了刚好有时间听你讲保险。所以虽然看起来保险人好像不怎么上班，其实比传统行业工作的人，按部就班地上班更加辛苦。

丁沫通过在这个培训班的学习，不仅学到了自己期望中相应的知识，而且交到了朋友，同时坚定了自己未来在保险业发展的信心和动力，这是丁沫之前没有想到的。还有一点收获就是，丁沫验证了自己对这个行业未来发展的判断。

9

在丁沫服务的众多客户里，大部分丁沫已经拜访过了，丁沫始终认为，作为一名服务人员，如果你连客户都没见过，服务从何谈起呢？一来，保险是对家人的一份关爱，且这份关爱是长期的，可能也是终身的，同时更是一份沉甸甸的托付。何况，中国人自古以来就是崇尚礼仪的文明之邦，自己接手这些客户后有计划地安排拜访和面见，也是对客户发自内心的尊重。

本着这种情怀，只要能约到的客户，丁沫基本都会去见客户本人。但是有很多客户信息已经发生了变化，而公司系统却没有同步变更。比如，有的客户的联络方式变了，电话要么空号，要么已经不是客户本人，要么就是停机了。电话联系不上，那就只有登门查找了。公司过去对客户的资料信息在管理上可能要求比较低，联系地址不详细、不清晰的情况比较常见，如此就给后来的服务人员留下了很多谜题。比如，北京街一号，街坊邻居住了二十几年也不知道这个神一般的一号具体在哪儿，仿佛这条街自古以来就从二号开始；还有楼号非常详细可就是找不着这栋楼的；还有更神的，明明只有三个单元，人家却白纸黑字写着四单元，等等。面对这种情况，丁沫也只能表示无语，那就等着客户有事情主动找公司的时候方能揭开谜底了。

对于保险公司无法联系到的客户，从客户的角度说，理论上不会有保险利益的损失，但是如果客户所持有的险种发生了变化或调整，当然，这种调整发生的概率是很低的，而且但凡需要调整也都是按照政府相关监管机构的要求、依据国家的相关政策来操作，而非保险公司自行调整。而且这种调整因为是大规模的统一行为，保险公司会书面通知所有客户，对于无法通知到的客户，一般会采取按默认的一个条款去落实客户的保单利益。具体对于每一位客户来说，是否涉及到利益的损失就不一而足了。因此，作为客户，联系方式变更以后，包括通讯地址、电话、联系人发生变化，一定要尽快通知保险公司。

另外，如果保险公司无法联系到某一客户，而该客户又没有连续交纳保费，这种情况就比较危险了。如果客户不是由于对产品不满或经济原因而未交保费，只是由于疏忽大意忘记交费，可能客户自认为保费都是正常缴纳的状态，但是保险公司实际并未收到，从而导致保单失效，这就容易出现纠纷甚至双方对簿公堂，特别是在保单失效阶段客户又恰恰出险了。

对于电话联系不上而地址又不详，但是经过一番坎坷、几番曲折终于联系到了的客户，见到丁沫后惊异之余也十分感动，感慨于现在如此尽责的服务人员太少了，直言作为保险公司这么多年的客户，从来也没有人如此认真地查找过自己，从此，把丁沫当成好朋友，虽然客户早已超过了成为保险公司客户的年龄限制，已经没有购买保险的资格，不能成为丁沫的客户了。

在丁沫接触或者服务的客户中，有很多已经很长时间都没有保险公司的服务人员给自己提供任何服务了，这个数字大约能占到丁沫服务客户总数的60%以上。如果客户购买完保险，在不出险的时候，就难以见到保险公司的人影，也听不见保险公司的声音了，客户会是什么心情呢？如果我们见到客户，首先关心的不是如何为客户提供周到、细致的服务，或者如何弥补过去工作中出现的失误和不足，相反，满脑子盘算的都是怎样才能开发出新的保单，客户又会是什么感受呢？

要么就是根本不服务于客户，要么就是给客户提供服务时不能从坦诚出发反而透出虚伪。很多代理人，在给客户服务的过程中，传达出强烈的目的性,让人感到你所做的服务不过都是幌子,其最终的目标就是推销保险产品。

丁沫自己就有这样的体会。如果在公共场所或者一个陌生的环境,有一个不认识的陌生人主动和你接触、搭讪,和其交流后你会发现对方十有八九是保险公司的。而且,他们有着相似的标签:男士则彬彬有礼、女士则文雅大方,目的就是要给所有萍水相逢的人留下一个美好印象,最好的结果就是你们互相留下联络方式。当然,你可能永远都不会主动去和这个人联系,但是放心,对方一定会主动找你的。

然后你会发现,保险代理人会和你一直保持联系,最终你会成为保险公司的客户。此时已经或即将成为客户的你是否会想到,在他们彬彬有礼、文雅大方的背后是有所图的,这一切都是利益在驱动。你会如何看待、又会如何对待这位所谓的"朋友"呢?这就是保险公司培训出来的代理人具备的普遍特点。这也是丁沫从来不将陌生人作为自己的客户的一个原因,丁沫不想让友情从一开始就套上利益的锁链,即便有这样的可能。当然,这里不排除对方确实有保障需求,而恰好又认识了一个保险公司的朋友。然而,谁都知道,这种完美的结局出现概率极低。

有一次在超市购物时,收银处大家都在排队等待结账,丁沫前面两个人聊天的声音不知不觉飘入耳朵:"所以呀千万别和保险公司的人打上交道,一旦他认识了你,就能把你缠死,你不拿钱出来就别想把他打发走。"丁沫当时真想上前去和对方理论一番,被林征用眼神制止了。

无论是在处理日常工作的职场还是各种各样的培训场合,强调销售、突出销售,淡化服务、轻视服务的现象比比皆是,这已经成为一种常态。在没有把服务工作提升到应有的高度并付出应有的诚意时,客户的感受就不会好,而客户没有美好、难忘的消费体验,就不会形成忠实的客户群体,客户即使消费了你的产品,也不会发自内心地去赞美你、传播你。相反,如果客户体验到的是丑恶、愤怒、不安等阴暗面时，客户会更加卖力地传播，传播的当然也是负面的消费体验。而口碑效应永远都是一个企业零成本高回报的宣传渠道。被保险公司伤害过的准客户如果在其他金融企业中体验到了高品质的服务，那么试问，保险公司又凭借什么留住客户，特别是高端客户群呢？

说到底，形成今天这样的局面与目前国内各大保险公司没有认真去践行自己的文化有深层的关系。保险的真义、保险公司的社会责任没有被真正践行到工作中。

每一位保险代理人虽说不是保险公司法律意义上的员工，但是他们直接面对客户，传递着保险公司希望或不希望他们传递的信息。在客户眼里，他们的一言一行呈现的都是保险公司的企业文化和工作标准，体现着保险公司的所思所想。

发自内心的真，就是诚，有了诚的意念，践行的结果就是信，所谓言出必行，为信也。对客户有"信"，就会赢得客户；对社会有"信"，就会赢得社会的尊重。这是企业生存发展的根本。一个人对自己有信，就是自重，就能实现自身人格的修养与升华；对客户有信，自己的工作成果就能被客户需要和赏识，这是工匠精神的具体呈现，也是一个人立足于社会的根本。故"君子务本，本立而道生"。

10

人生百态，林林总总，服务的客户多了，难免什么样的人都会遇到。一般来说，作为客户都希望自己能够被卖方重视，常有问候或其他服务，至少自己有个问题或者需要帮助的时候，能听到人声、见到人面，以示自己作为保险公司的客户还一直被保险公司记在心里，而没有在买完保险之后即人走茶凉。

但是，也有的客户不希望被保险公司的人打扰，经过几次和有这种心理的客户"过招"，丁沫分析可能存在以下几种原因：一个是之前购买的保险产品是人情单，即自己本意不想买，碍于人情或面子不得不买，买了以后一没觉得保险有什么用，二也没见作为保险公司的客户有什么优势；第二种情况就是买的时候是自愿买的，当然存在服务人员用心服务讲解到位，反正钱放哪里都是放，何况除了收益还有保障也挺好的，就买了。但是购买后发现，当时三天两头过来的服务人员不上门了，甚至有问题打电话找到人家，却让客户给公司客服打电话解决，这种情形就与购买保险之前形成强烈反差，大有当初接近客户就是为了销售，一旦目的实现就再也不会在你身上浪费时间了；再有就是只要给一次见面机会，就会隔三差五地被打扰，甚至纠缠，大有不买不罢休之势，让人不胜其烦。

也就是说再也不愿见到保险公司人员的客户，是被保险公司的服务人员伤害了的，客户心中已经失去了对保险公司代理人或服务人员的信任，甚至连人和人之间最起码的好感也没有了。所以只有找到病因，才能对症下药，既然我们失去的是信任，那就要重拾信任。

既然这是普遍现象，肯定不是自己一个人遇到的难题，丁沫也想知道其他同事前辈们对于这类情况是如何处理的，自己也从中学习学习。刚好今天人特别齐全，大家差不多都在。

乐乐首先支招："我也遇到过拒不见面的客户，而且态度特别差，好像我要把她怎么的似的，防范心特别重，碰了几次钉子，我也就不理她了。等到她出事了，就该主动找你了，这种客户有什么可牛的，我们做的这些就是我们日常的工作，否则好像谁愿意见她似的，沫沫姐先甭理她，晾着她。"丁沫现在也有点这方面的想法了，嗯，有些事情不到火候，急也没用，冷处理可能也是个办法。

刚好牛学锋今天也在，听到她们几个在讨论这个事，就上前插话："要是我呀，我就磨他，我就哭诉：如果你不见我，呜呜，我就会被开除的，呜呜——看他还能不见，哈哈。"唉，丁沫也笑了，但是并没说话。心想，我也是服了，这办法你能用，我可用不了。

王柠一副冷冷的理性神情："姐姐，这客户是男还是女的呀，多大年龄啊？"

丁沫一听，哟，看来王柠的办法还非常具体，针对不同的人有不同的妙计，"有男的也有女的，女的年龄四十多岁吧，男的有六十岁左右吧。"

"姐姐，对付比较强硬的女人，你得用你的热情和温柔去感化她，她不是硬么，咱就得用软的呀，嘻嘻。"王柠一口美丽的贝齿绽放在精心涂饰了唇彩的嘴巴中，加之凤眼婉转，真的是韵味十足。所以这办法，也就得王柠去用。别看王柠的外表平时看起来一副冷冰冰的样子，可是对待客户就热情多了，如果真的温柔起来，可能只有师傅施丽能与之媲美吧。

"对付男客户，我同意学锋的办法，可是这招您用就……"王柠也觉得丁沫用这一招不太妥当。

施丽的办法呢，更有建设性，"这有什么难的，你按系统里的地址找她去，到她门口等着，看她还能不让你进屋！"丁沫一听，头仿佛大了一圈儿，做不速之客？丁沫打死也不会这么做。往日温柔似水的师傅，怎么今天像变了个人似的？

玉寒一直没说话，此时开口了："沫沫，你可以告诉她有礼物，给她送礼物过去，自古以来当官不打送礼的嘛！"丁沫一听，未置可否。按丁沫的作风，她可不想搞贿赂，倒不是心疼钱，而是觉得这种行为不正当，有损自己的职业形象。"玉寒，你觉得买多少钱的礼物合适啊？"丁沫想确定是那种初次见面表示敬意的小礼物，还是真正的礼物。

"不能太便宜的吧，否则人家会以为我们太小气，更不愿意见面了。"丁沫明白了，这就是行贿了。

丁沫心想，正如乐乐说的，这是我们日常的工作内容，如果不是工作关系，你想见我都难呢，为什么人家不愿意见你还要买上礼物去见呢，这不是等于在告诉客户：我是有求于你的。保险，谁买就保障谁，不买就没有保障，干吗去求着人买呢？难道我求客户买了，客户出险了还能分我一部分理赔金吗？乐乐年龄虽然不大，平时看着没什么心计，工作也不怎么上心，但有时说出话来，还真是有些见地。

和大家探讨后，丁沫了解了这些前辈们的看法，有可取的也有不可取的，就像别人的衣服再好看，穿到自己身上就不一定有那样的效果了。

丁沫自己总结一下，首先心态要正确，才能有勇气面对拒绝，何况自己前几次约访，也许就是恰巧赶上人家有事，不方便见面，今天再试试，说不定就成了。

丁沫今天计划约访的人，因为在前几次的约见电话中，客户总是有各种理由不见丁沫，而且最后一次联系时抱怨过买过保险后就没人搭理了，言外之意就是批评保险公司的服务：买完保险就没有人搭理了，即售后服务工作不到位。

看来，客户的心结还是出在我们的服务工作质量差这一点上，那我就应该再多一点耐心。查看了客户管理表格，看到上次联系是三个多月前，好吧，今天给她再打一个电话，如果她还是和以前态度一样，那我就放一放，以后她有事时，让她主动找自己好了。

"喂，您好，请问是法志艳女士吧？"丁沫在话筒中保持微笑寒暄着，同时尽量让自己心情放松下来。

"嗯是呀，你是哪位？"通了三四次电话了，都没把电话存上，丁沫难免失望，不过对方的语气听起来还算正常。

"我是民生保险公司售后服务人员，您的客户经理，我叫丁沫，您这会儿说话方便吗？"丁沫耐心确认对方现在的通话环境。

"你有什么事儿？"对方态度立即有了变化，仿佛有人按了什么开关，丁沫感觉她们之间立即竖起了一面屏障。

"您看，近期您什么时间方便，我想去拜访您，或者您来公司，作为您的专职服务人员，一年多了，我们还没见过面，是我工作的失职啊！"

"不用了，我明天出差！"和以往的说辞一样哦！丁沫有点泄气了。

"那您出差回来呢，找个时间您看可以吗？"丁沫决定再努力一下。

"你干吗呀这是，为什么非要见面呀，不就是想再让我买你们的保险吗？不可能了，这都几年了，你们是平时没问候、过节也照样没个动静，人家保险公司过年过节都有个礼物啥的，到我这儿连副对联都没有，买保险之前你们前前后后陪着笑脸，买了保险后就找不着人啦——"丁沫听她这一顿控诉，虽然这是在电话里，但是听起来心里一样很难受，仿佛客户在当面数落自己一样，虽然以前并不是丁沫为她服务。

"哦，是呀，您批评的非常对，我们的工作有很多需要改进的地方，您看法女士，这不我就是要给你服务，可是您一直也没时间不是吗？"丁沫觉得把心里的愤怒发泄出来就好了，于是，就跟进了一步，让客户明白，至少我作为你的服务人员想给你提供服务，可是你一直不见面啊！

"你少来这一套，你们保险公司的都一个样，死活要见面，见了面就死缠烂打，非让我们买保险，谁不知道！"丁沫长这么大还从来没遇到过有人这样和她讲话，一时之间，她还真没办法了，只是感觉一口气在胸口堵着出不来。

"您怎么这样说呀，法女士……"

"你们保险公司今天换一个人，明天又换一个人，今天刚见了你，明天又换人了，有什么好见的！"对方的火气还没降下来的意思。

"法女士，每个人的情况不同，我就是打算在保险行业做下去的……"还没等丁沫说完，对方就接话了。

"行了行了，你们每个人都这么说，保险公司没一个好人，说话就跟放屁似的，没个准儿。"丁沫一听，心想这人素质怎么这么低，还骂人呢！

"你不尊重我，你能尊重一下自己吗，首先代表民生保险公司为客户服务是我的工作，如果你拒绝我的服务，我尊重你的想法，只要你在《放弃服务通知函》签上名字，以后我也不会再打扰你了。"丁沫尽量冷静地说。

"啊？你这是威胁我吗？你还敢威胁客户，我要投诉你！"客户的情绪又高涨起来。

"这是你作为客户的权力，我的工号是17699，你可以去民生保险分公司投诉中心投诉。再见!"丁沫挂了电话,呼了一口气。泪水禁不住流了下来。有几个同事听到丁沫刚才的对话都围拢过来,一边安慰丁沫,一边指责客户的不当行为。

关于这个客户的后续,丁沫一直也没有再和这个客户联络。而她也没有接到公司投诉部门的信息,同时,她也没有要求更换服务人员,因为,她一直在丁沫名下的客户中。这事儿,就这么放下了,但是,法志艳说的每一句话,都像针一样刺激着丁沫的神经,一直在丁沫的心中徘徊,丁沫倒不是记恨这个客户,反倒觉得保险公司做好服务工作的重要性,是多么的紧迫,无论是对客户来讲,还是对代理人或保险公司来讲。丁沫希望这个客户永远不要找自己,这个心愿既是对客户人格的评价,也是对客户的一个祝愿。随着在保险公司工作经验的积累,丁沫已经发现,如果是客户主动找到自己,很多情况下是客户出险了。

11

马上又到冬天了,这是丁沫来到民生保险公司后的第二个冬天,也就是说这一年马上就要过去,新的一年又快要开始了。时间,仿佛缭绕于指缝中的云,在一场充满诱惑的梦中,迫不及待地飘向那个终点。

丁沫觉得应该就自己一年多的工作进行一下总结了,目的是为了明确自己成功的经验、失败的教训,以便今后在遇到类似情况时处理得当,同时提高工作效率,对自己或者他人都可以作为借鉴。这里的所谓"成功",仅指某一保单的销售,所以称为"实现销售"可能更为确切。

可是,总结下来,丁沫不得不承认,凡是能够签单的客户,并没有什么共同的规律可循,或者说在销售实现的过程中,丁沫根本没有使用所谓的销售技巧或者手段,所有她经手实现的销售全部是自然发生的,没有一单是刻意追求的结果。如果非要找一个共同点,那可能就是：丁沫的这些客户都有保险需求。

所谓"大音希声，大象无形"，丁沫相信，无论多么高明的营销技巧或促销手段，都比不上一颗真诚为客户服务的心。

这也是 MDRT 精英会员的共识。MDRT 是目前被公认的全球寿险业至高无上的精英盛会，能加入其中成为会员，即标志着该会员在寿险业或金融服务领域拥有渊博的知识和最高的职业道德。

保险基于其产品的特殊性，要求销售人员或代理人与客户建立一种长期的依托关系，通过或者准备通过向客户提供预期的、长期的、增值的服务来建立双方的信任关系。在这种关系的建立过程中，代理人会成为客户、准客户乃至潜在客户的顾问、伙伴，甚至是帮助客户解决问题的助手。这个过程根据每个人自身条件、资质的不同需要的时间也不同，但目标都是希望通过长时间的努力去获得客户的信赖以建立长久的、双方共赢的互利关系。

如果非要总结出一个东西出来，那可能这就是规律了吧，或者说是正面的东西。

有正面的就有负面的。丁沫的总结就是作为保险客户，客户自己一定要接受保险，在与销售或服务人员的沟通中逐渐了解并理解了保险的意义，从而愿意为自己或家人购买一份保险，就是图个安心。相反，如果客户自己没有购买的意愿，或者意愿不强烈、不坚定，因一时冲动，或者在代理人所谓的销售技巧、促销手段的围攻利诱下，或者碍于情面屈服于代理人的"淫威"不得已而购买了保险，皆非真正的销售实现，即使签单了也等于给自己埋下了一颗炸弹，不一定哪天就会爆发。

在丁沫计划的最后一批首次拜访的客户名单里，有一位叫茹屹的男士，丁沫注意到这个人，仅仅就是因为他的名字：茹屹，那不就是如意吗，父母也真是有才，人家这姓也好。丁沫看了一下客户的资料，职业是物流，具体做什么的，就没有更详细的说明了。客户名下只有一张保单，客户是投保人，被保人应该是其子女，目前保费已经交清。

找到相应的办公室时,门是开着的,丁沫就站在门口或者说离门口比较近的地方。办公室东西很多,面积也很大,此时只有一个人在,而且很忙的样子,正聚精会神地操作着电脑,仿佛还没有发现已经有人站在门口了,不用问,这个人一定就是客户本人了,因为在楼下丁沫刚刚确认过,客户此时就在约好的时间和地点等她。

"请问,是茹屹先生吗?"丁沫轻轻敲了两下门,一边点头致意一边询问。

此人的确没注意到客人到了,"哦哦,是是,进来,进来吧。"丁沫沿着蜿蜒的"小路"走进去,终于见到被困荒岛的"老顽童",见此情形,心思玲珑的丁沫不知不觉竟想起了《射雕英雄传》里的情节,自己心里不禁自觉好笑。

"我是民生保险的丁沫,和您约好的,现在是不是打扰您了?"丁沫边说边递过名片,"以后还请多指教,多关照啊。"

"哦哦,我知道、我知道。我这儿有点乱,不好意思哈,请坐、请坐。"这人看着倒是非常实在。丁沫发现,茹屹说话喜欢重复。

"您工作挺忙的吧,要不,您先忙,我先坐一会儿,没关系。"丁沫微笑着提议。

"是啊,我这会儿正在付一笔款,还不能停,你先坐会儿,我马上就好。"看得出来,是重要而紧急的事情。

丁沫趁机打量一下这间所谓的办公室,房间里堆的都是一些物件、小摆设之类的,什么圣诞树啊,笔筒啊,挂饰,还有一些丁沫也看不出用途的小东西。丁沫想,做物流的公司怎么会需要这些东西,也许是他们公司的业务范围发生了变化吧。

办公室大约有三十平,有五张办公桌,一组布艺沙发和一个配套茶几,凡是能放东西的地方几乎都堆满了物品,丁沫在想,能在这种环境下忘我工作的人会是一个什么样的人呢?

茹屹是一个五十岁左右的人,一副深色框眼镜,中等身材,不胖不瘦,这是一个没有任何特点的人,掉人堆里找不着,唯一的特点可能就是眼镜了。

丁沫不习惯在系统里看客户的年龄,她习惯面对面地看到一个实实在在的人,再根据实际情况来评判客户现在的基本状况,比如职业、健康状态、文化程度、家庭情况、性格爱好之类的,然后再决定如何与之沟通和交往。

过了大约三五分钟,茹屹抬起盯着屏幕的头,"不好意思,处理完了,你说吧,您找我有什么事情啊?"茹屹边说边点着一根烟,"我抽烟您不介意吧?"客户客气了一下,丁沫做了个"请"的手势。茹屹倒是一个爽快的人,直截了当。

"我现在是您的专职服务人员,想了解一下近期我们公司的服务工作您觉得怎么样,有没有需要改进的地方,另外您有没有建议想要告诉我的。在我之前,有专人为您服务吗?"

丁沫跟着客户的节奏,开始进入了工作轨道。

茹屹说有至少有三年的时间没有人和他联系过了,丁沫联系他之前,他都差点忘记自己还有一份保险在民生。在了解了客户的基本信息和想法后,丁沫首先给客户讲解了现有这份保单的作用和价值。

茹屹现有的保单是差不多二十年前给儿子购买的一款少儿险,丁沫首先了解了他当时选择这款产品的原因,对方说当时也没想别的,因为孩子刚出生不长时间,就觉得能给孩子存点钱也不错,还能在不同时间领出一部分钱使用,比较灵活,资金也安全。这位客户是做物流生意的,对于风险、回报等投资方面的事情有一些基础,理解保险的功用就比较容易一些。

在讲解完孩子的保单后,茹屹问成人有没有类似这样的保单,他想给自己做一份。丁沫根据他目前的家庭和收入情况,以及未来养老的计划,当场给他设计了一份,没想到茹屹听完丁沫对这份养老保障计划的介绍后,非常满意,当场就同意购买。丁沫说:"你不需要再考虑一下,或者和家人商量一下吗?因为这毕竟关系到您和夫人养老的事情啊!"因为每年交纳的费用数字不小,所以丁沫提醒客户还是慎重一些为妥,没想到茹屹说:"没问题,我们家我说了算!"

这还是丁沫从业以来和客户第一次面谈就签单的情况,连丁沫自己都不太相信，签字、投保、转账所有环节都非常顺利。但丁沫心里却有一种说不出的隐忧：在丁沫看来，但凡轻易得来的东西也都非常容易失去。

就在茹屹投保后的第三天，丁沫正在上高级理财师的课，接到茹屹打来的电话，询问他刚刚购买的保险收益情况，还有生存金的领取等事项，这些细节在投保的当天丁沫已经反复给茹屹讲解过，不知道他今天为什么就这个问题又打电话来询问。电话里终究没有当面说明更加容易理解，丁沫建议去茹屹的办公室再和他说明。

但茹屹不同意丁沫来办公室见他，坚持说自己已经清楚了，然后挂了电话。又过了两天，茹屹又打来电话，虽然他讲得委婉，但丁沫也听明白了：他爱人不同意买这份保险。

"本来我是想把自己偷偷积攒的私房钱拿出来，给她娘俩买份保险，以后就是有个灾有个啥的，都能应付，再加上社保，生活就没什么可担心的了。谁成想，这事，不知道怎么让我那口子知道了，死活也不同意买这份保险，你说，我是为谁啊，我是为谁啊，得了吧，这钱我还不如自己花了，落个心静。"原来是背着媳妇啊，难怪呢，还说自己在家做主呢，看来也是吹牛，丁沫想这次自己才是真正听明白了。

"哦，是这样啊，茹先生，难得您有这份深切的责任感啊！但是这毕竟是家庭的一桩大事，涉及至少两代人、几个人的权益呢！从道理上讲我支持您，但是从情感上来讲，我也是女人，我觉得是您不占理，这么大的事，怎么着也得和嫂子商量商量，听听她啥意见，所以我特别理解嫂夫人的感受。您看这样好吗，我去见见嫂子，把这份产品给她讲解一下，否则您这么看好这款产品，因为误会就草率地、糊里糊涂地退掉这个产品，不是太可惜了吗？"丁沫提出了一个中肯的建议。

"唉，那也是，那也是，但是我们家那口子脾气不好，估计你也说服不了她啊！"但是茹屹还是把妻子的电话给了丁沫，同意按丁沫的想法去做做妻子的工作。

最后，丁沫为了稳妥起见，特意问了一下茹屹，他们家除了刚做的这张保单，在民生保险公司以及其他保险公司还有没有其他保单，茹屹坚持说只有这一张保单。又了解清楚了自己在和他妻子沟通时需要回避和注意的问题。丁沫心里有底了，知道自己该怎么做了。

茹屹的妻子是在一家酒店上班，好像是做人力资源的，丁沫想，我怎么总是能碰上做人资工作的人呢，看来自己和这个职业缘份不浅啊。丁沫和这位茹夫人通话后，感觉在电话里听还比较好说话，也不是不讲道理的人，而且她同意丁沫给她当面讲讲产品，并且让丁沫到单位来见她，因为她工作忙走不开，第一次和茹夫人沟通丁沫感觉还比较顺利。

茹夫人所在单位比较偏远，丁沫平时不喜欢开车上班，林征最近又忙，丁沫用百度地图一找，乘公交车就不要想了，不然估计丁沫要么去的时候找不着人家单位，要么回来的时候找不着家，那就只能坐出租车了。那还不如就叫"快车"吧，也许是经常拿快车和出租车做对比，丁沫觉得"快车"比出租车的服务好多了，不仅车内整洁，而且服务礼貌，司机也很有眼色，实际上这一切服务品质的体现都取决于司机的素质，至少从外表看"快车"司机个人素质的平均水平的确要比出租车司机高一些。

丁沫想，第一次去看人家也不能空手吧，得买点水果啥的。丁沫这还是头一回去见客户的家属，以前去见客户从来不买东西，她觉得我就是公司给你指定的专业服务人员，我可以给你解决你自己或其他人不能解决的问题，我不是带着礼物找人聊天的，这是丁沫给这个职业的定位。

丁沫到目前为止对这事的理解是，茹屹背着自己的妻子花了一笔不小的钱，而且这笔钱还是瞒着妻子私自攒的，做妻子的肯定都不高兴啊，这件事首先是茹屹做得不对。但最终这钱也是花在自己家里了呀，而且这笔钱还花在了对于整个家庭来说比较重要的方面，并没有乱花。所以，只要自己把这事儿说明白了，这个误会解决起来应该不难。

见到这位茹夫人时,丁沫自己都有一种千里迢迢、风尘仆仆的感觉。

这是一位保养得应该说非常精心的女士,包括面部的妆容都非常精致,但是依旧难掩岁月的痕迹。她和丁沫交谈的神态让丁沫觉得有些奇怪,因为她的问话让丁沫听着有点不着边际。寒暄过后,首先,她问丁沫:"你和我爱人是怎么认识的?"这是一句不太礼貌也不太客气的问话,即使作为妻子有什么想法,也不能如此不顾双方的尊严而诘问。

起初,丁沫一愣,随即明白了她这话背后的内涵。

"茹先生是民生公司的客户,您知道吗?"丁沫依旧是她那惯有的语速和表情,平静而自然,让人猜不透她的想法。

"你指什么?"茹夫人态度比较坚硬,丁沫发现她一直在刻意观察自己的脸部,不知道是在察看自己的表情,还是有什么其他企图呢,丁沫觉得挺有趣,突然童心大发。

"茹先生在二十年前曾经给贵公子在我们公司购买了一款少儿人身险,您知道吗?"丁沫慢悠悠地说,对方越是着急,丁沫越是慢。

"我知道啊怎么啦?那个保险,费用不是早交完了吗?"茹夫人不解地问,眼睛直勾勾地盯着丁沫,仿佛丁沫的脸上写着她想要的答案。

"对啊,那份保险是已经处于保费交清的状态,但不等于这份保险合同执行完毕了呀,所以茹先生仍旧是我们民生公司的客户呀!"丁沫笑眯眯地说。

"那是怎么啦?"茹夫人没明白丁沫葫芦里卖的什么药。

"茹先生既然是民生保险的客户,那就是我们售后部门的工作服务对象啊,公司刚好指派我作为茹先生的专职服务人员,这是我的名片,以后还要请您和茹先生多多关照啊!"丁沫慢慢地把名片双手递给茹夫人,笑盈盈地看着茹夫人。

"哦,不用这么客气。"茹夫人接过名片,认真地看着。

"哦,你还是高级经理呀?!你到保险公司多长时间啦?"到底是做人力资源的,三句话就露出自己的专业来了。

"我来的时间不长,刚刚一年多,所以以后还要请您多指教呢!"丁沫诚恳地回答。

"哦,那你以前是做什么的?"这就开始进行背景调查了。

"我啊,以前的工作和现在的工作差别挺大的,但也有相关之处,您是觉得我的工作有哪些需要改进的吗,您尽管跟我说好了。"丁沫悄悄地变被动为主动。

"嗯,也没什么,我对你不太了解,但是感觉到你和那些做保险的不太一样。"茹夫人说的倒是其真实意思的表达,她再一次貌似不经意地上上下下打量了丁沫一番,就像她们刚才见面时一样。

"哦,茹夫人,名片上有我的服务工号,回头您可以拨打我们公司的服务专线,查一下就知道了,这也难怪,现在什么事情都得长精神头儿,您说是吧,呵呵。"丁沫若无其事地给她一个台阶。

"茹夫人,您看,您先生前两天刚刚购买的这款养老保险计划,您有哪些不明白的地方,我给您讲讲。"丁沫把话头带入正题,同时取出了建议书。

"嗯,你们这款产品里讲的分红什么的能确定吗?"茹夫人仿佛回过神儿来,问了一句。

"您提的问题真好,分红是我们公司根据以往的经营状况计算出来的一个预定利率,并不代表实际的经营利率,所以我们在给客户的利益演示表里,分别标明了高、中、低三档利率,您看在这里。"丁沫指着建议书相应的位置,引导对方阅读和理解。

"分红是不确定的,但是,我们这款产品已经上市五年了,上市以来的实际年平均利率一直高于中档利率,您如果感兴趣,可以到我们公司的网站查阅这款产品的实际分红收益情况。"丁沫不急不慢地讲到。

"嗯嗯,是挺不错的。让我再看看。"茹夫人接过丁沫的建议书,针对其他细节又看了下去。

丁沫没有打扰她,让她仔细地阅读,免得以后再有不明白的地方。

"这样吧,你把这个先放我这里,今天我还有其他事情,我回家研究研究,过两天再说。"茹夫人看了大约有五分钟,抬起头来对丁沫说道。

"那好,您回去认真阅读一下,过两天合同下来了,我再给茹先生送过去。"丁沫笑着回答。

"啊?还有合同啊?"茹夫人仿佛有些意外,丁沫更觉得意外。

"对啊,您和先生花钱买的是一份正式的合同啊,您手里拿的只是一份建议书,是让您对购买的产品有个概括性的认识,但并不是真正的保险合同。保险合同过两天就会下来,如果您和先生对所购买的产品有任何疑义,可以在拿到合同的十天内退保,我们是全额退还保费。"丁沫详细地给她做了保险常识的普及。

"啊,这个我知道。"茹夫人好像突然又冷淡了许多。

"好吧,那您看还有需要和我沟通的吗?没有的话,我就告辞了。"丁沫准备离开了,这位茹夫人有点喜怒无常,即便对方想让她多待会儿,丁沫也不想多待。

"您身材保持得真好,能看得出来,您平时非常注重保养,以后如果有机会,我得多向您请教请教呢!"茹夫人在送丁沫到电梯口的一段路上,俩人都没有说话,而电梯还没有来,丁沫在告别时由衷地赞美了一下茹夫人,希望能缓解一下气氛。

"哈哈,我也是平时注意锻炼。"看来,丁沫赞美的正是她最得意之处,丁沫这才发现,自己和这位夫人说了这么半天,这位茹夫人还是第一次展露笑颜,她笑起来也是挺好看的,甚至别有一番味道,丁沫想。一个人无论天生的容貌有多平淡,真诚的笑颜也会让时间惊艳。

在回家的路上,丁沫想着和茹夫人相处的几十分钟,心里总有一种说不出的体验和惆怅,看着窗外马路上过往的人流,丁沫想起了太宰治的诗:

"幸福感这种东西,

会沉浸在悲哀的河底,

隐隐发光,

仿佛砂金一般。"

也许只有如太宰治这样一生都处于悲哀情绪之中的人,才会把幸福感和悲哀联系在一起吧。以前读到这首诗,丁沫总是无法理解诗人情怀中到底是幸福还是悲哀,今天丁沫仿佛多少有点明白了这首诗的意境了,就在于茹夫人那微微一笑之间。其实,有什么好担心的呢?是你的终究你的,谁也抢不走,不是你的,即便你紧紧地抓在手里,也依旧会失去。

过两天合同下来了,丁沫去给茹屹送合同,按照要求把保险条款相应的部分讲解了一遍,顺便问了一下,夫人的态度是否已有所改变,茹屹苦笑着说,不知道,据我对她的了解,她很难改变自己的想法。

果然,收到合同的第三天,丁沫接到一个陌生电话,对方说是茹屹的爱人,声称要退保。

"丁经理啊,不好意思,你推荐的这款产品,的确不错,但是我们家现在正是用钱的时候,我先生他不管钱,根本不知道家里的情况。"丁沫听着茹夫人继续说。

"我儿子要出国,手续都办了一半,我正发愁手头的钱不够呢,这下加上老茹手里的钱就差不多了,这个产品不是有犹豫期吗,麻烦你给我们办退保吧,不好意思。"看来,她仍旧担心属于自己的幸福抓不牢,不能出现任何一点点的意外。

"茹夫人,我建议您再考虑考虑,退保的时间还有好几天呢,不急着在这几天。这款产品非常适合你们家的情况,孩子出国的钱我也可以帮你们想其他的办法,您看好吗?"丁沫不温不火地建议道。

"不用啦,不用啦,你的好意我心领啦,你就给我们退了吧!"看来她是坚定要退保了。

"您如果的确想好了,我不会阻拦您的。退保需要投保人持身份证和保险合同来公司前台办理,请茹先生哪天方便的时候找我办理吧。"丁沫回答。

"那谢谢你啦，我明天就让老茹去办。"看来还真是迫不及待了。

第二天，早会还没开完，茹屹就来到了职场，一见丁沫明显地有些愧疚，反倒是丁沫还和第一次见他时一样，笑呵呵地，帮着茹屹顺利地办理了退保手续，保费不到三分钟就到了茹屹的银行卡里，让茹屹深感意外，没想款到得这么快。

临分别时，茹屹和丁沫讲了实情。

"丁经理，您看这个事情真是对不住您啊，我那口子一直就这样，现在更年期了更多疑了，只要我和女的说句话她都敏感，这不非要查我们俩啥关系。这个保险我做完后，觉得不错就给我一哥们推荐了，结果那哥们回家和他老婆讲了，可他媳妇第二天就问你嫂子了，你嫂子一听，不知道这事儿啊，当天晚上，就和我闹开了，唉哟，这一晚上都没消停。就问我和你是怎么认识的，让我把你的电话给她，她当晚就要给你打电话对质……"丁沫虽然猜到了一些，但也没想到"剧情"如此激烈，真有点同情这位茹屹同志啦。

"我是左解释右解释，最后儿子看不下去了，总算把他妈妈哄消停了。但是，人家已经下了死命令，这保险是非退不可。这不，第二天我就给你打电话，但是我真不知道该和你怎么说，你看看这事儿，唉！你说，我这是用我自己的钱给她买个依靠，非但不领情还弄得一身骚，好人难做啊！你说，我这，我这也不能为了这保险把家里弄乱不是……"丁沫听了茹屹的叙述，自己都感到茹屹真是不容易，为了妻子，为了孩子，为了这个家，家家有本难念的经，的确不假啊！

"没事儿，茹先生，这事儿谁也没想到能发展到这个地步，您如果真觉得对不起小丁啊，以后多给我推荐几个客户不就弥补了吗，哈哈！"丁沫大气地说。

"那是一定的，那是一定的，丁经理人这么通情达理，专业水平高又有能力，我身边只要有想买保险的我就给您推荐过来。"茹屹看着还是那么实在，这人倒是挺可爱的，丁沫想。

丁沫顺便问了一下茹屹，把儿子送到国外读书的事情，茹屹说这都是孩子他妈的主意，非要到美国拿个洋文凭，说回来找工作容易，他也没辙。丁沫看得出来，茹屹在家其实就是第三把手。

12

现在很多中国家庭，无论是否具备相当的经济条件，也无论孩子学习成绩好还是差，都会考虑把孩子送到国外去读大学，甚至还有高中就送出去的，以便先过语言关。丁沫身边就有很多这样的家庭，有的已经送出去了，有的正在积极咨询、比较各种门路准备往国外送。

学习成绩好的，是为了让孩子能接受所谓更优质的教育继续深造；学习差点儿的，父母就认为是国内的教育问题太多才把孩子给搞成现在这样，所以选择给孩子重新找一条求学之路。都说欧美教育特别是中学之前的教育以玩、乐为主，重在开发孩子的创造力，培养孩子的学习兴趣，以及保护孩子的自信心，这些让接受国内教育的家长无不心动，为了让孩子有一个更稳妥的未来，凡是家庭经济条件还不错的，为了孩子能有个好的前途，自己就再拼搏几年也值。

面对这种情况，国内教育改革迟迟不见动静，国外教育风起云涌的局面，丁沫也和林征讨论过，将来是不是也让妮妮到国外念书，但孩子毕竟现在小学还没毕业，也就没着急。

但是，丁沫知道他们两口子心里都有一个结：作为一个有着几千年甚至上万年灿烂文明、优秀传统文化根基的华夏子孙，现在却要把孩子送到只有一二百年历史的国家去求学，是否有损华夏先祖威名呢？作为华夏子孙让自己的儿女到国外接受教育，若孔子、老子、孟子等古圣先哲泉下有知，怕也会举着手杖敲打我们的脊梁吧？！问题的关键是，我们把孩子送到那里，又希望孩子学到什么、接受的什么样的教育呢？说到底，把自己的孩子送到国外，是希望把孩子培养成一个什么样的人呢？

国际上有人在悄悄学习我们中华民族优秀的古老文化，而我们作为炎黄子孙却一叶障目、视而不见，弃之如敝履，子曰："道不远人。

人之为道而远人，不可以为道。"如此，是智者所为吗？

当一个国家处于发展之中，特别是当自己所处的社会环境尚有许多不尽如人意之处时，很多人自觉不自觉地习惯把中国的事物和外国的放在一起对比，保险行业也不例外。

丁沫也经常遇到把中国的保险和外国的保险相提并论的情况。的确，国内的保险，特别是寿险，在国内的发展很快，但毕竟起步比欧美要晚得多。如果说现代社会中金融业是一个国家的经济命脉，而保险业就是金融行业的顶梁柱，一个国家的宏观经济发展状况与保险业的发展是息息相关、互为表里的。简单地说，当社会经济处于稳定运行的状态时，老百姓手里有了剩余的钱，对目前的大环境有信心就会多买保险，保险公司也会把收到的保费按国家要求的比例投入到资本市场，如此就会带动一个国家金融资本市场的良性循环和稳步发展。

如果，一个常居国内的中国人买了国外的某款保险，这就好比在欧盟某国购买了一款电子产品，商家宣传的诸多优势可能让你感觉美妙，回到国内一用，才发现，国内的使用环境让这款产品出现诸多水土不服的症状，从而降低了自己当初预估的使用体验。

保险产品也和其他有形商品一样，买的时候好买，用的时候就不一定啦，特别是在境外购买而实际使用过程发生在境内，更容易出现这样、那样的问题。在保险实务操作中最常见的问题一般容易出在理赔或者保险利益的给付这个环节，这也是作为客户或投保人最担心的问题。因为寿险只有两种情况下会涉及到保险利益的给付，一种情况是合同到期了，另一种情况就是出险了。

合同到期还好说，没有其他问题的话，就等着保险公司如约给付保险利益，慢点快点也没所谓了。当然，如果客户年龄在这个时候已经比较大的话，可能也会计较给付的速度问题。

如果是出险了，客户这个时候面临的可能是等米下锅的局面；而对于保险公司，凡是需要理赔的案子，全部都要进入理赔程序，调查、取证、认证、落实、结论等等一个都不能少。这个时候作为客户的一方可要注意啦，理赔程序是按照保险公司所在国家或地区现行的法律程序进行和实施的，那么在这个过程中会出现什么情况，是谁都无法预测的，最有可能出现问题的环节就是客户递送的理赔资料，但凡有点问题，保险公司方面左审查、右核对，搞到几天甚至几十天不见赔付款，而且客户连保险方的面儿都见不着，也不知道保险公司那面是什么情况，这个时候作为客户的一方其急迫程度就可想而知了。

还有，作为中国客户，能保证外国的保险合同我们一定能懂吗？当然以该国语言为第二母语的客户除外；其次，即便您能看懂语言，那上面的法律术语您一准儿都能理解透彻而不被忽悠吗？如果在给付保险利益时，您收到的钱款和您当初理解的不一致，这跨国官司您是打还是不打？恐怕您得聘请懂国际法的专业法务人士，不仅如此，还得聘请懂得当地保险法规的金融界人士才能确保打赢或者提高打赢这场跨国官司的速度和概率吧？中国客户千万不要天真地以为只有中国的保险公司被客户投诉，国外的保险虽然发展几百年了照样被客户投诉，客户维权官司照样打。

茹屹后来果真没有食言，给丁沫介绍了一位朋友，茹屹这位朋友不仅给自己公司全体员工做了团体人身保险，而且就企业的有关管理事项咨询了丁沫，和丁沫成为了好朋友。这是后话。

丁沫后来将茹屹夫妻的投保、退保过程告诉林征时，林征也感觉事情的发展的确有如都市情景剧一般，情节跌宕起伏，结果难以预料。同时感慨这是挺特别的一对夫妻，但显然是女方对男方怀有比较严重的不信任感，而这种不信任的原因，外人皆不足以评论和猜测，所谓鞋子舒服不舒服只有脚知道。

林征后来还调侃丁沫，"咱家丁丁真的是成熟了，这样大一张单子签好却又飞了，面对这一剧烈变化却能处变不惊、从容应对，镇定自若犹自闲庭信步，不容易啊！"的确，这是丁沫从业以来经手的最大的一张保单，结果就这么化为泡影了。丁沫反倒是泰然自若，觉得来得容易，去得也容易，这是必然结果。自己从小到大，无论大小事情，凡是没有经过自己努力而得到的，无论是精神上的荣誉，还是物质上的收益，最终也都不会属于自己。所以在丁沫的人生哲学里，早就明白了先有付出才有收获的道理,乃至于后来学习孔子的"先事后得,非崇德与?"没想到自己居然凑巧和夫子的想法一致,不禁飘飘然了几天呢!

13

春去秋来,秋往冬至,不知不觉,丁沫来到民生保险公司工作已经是第二个冬天了。一年四季,丁沫虽独爱秋季,但是因为自己出生于冬天,所以对冬天似乎也别有一番眷恋。

冬天,是四季中最低调的一个季节,丁沫有时想,不喜竞争,凡事低调,是不是与自己出生于冬季有关呢?冬天,大地之上看似一派萧索凋零,但是谁又能看到种子破土之前的种种努力呢?人们看到的往往是破土而出、惹人怜爱的幼苗,或者迎风摇曳、招蜂引蝶的花儿。冬天,万物都在蓄积中含藏忍耐。

在丁沫眼里,冬天是蕴育英雄的季节。冬天也是四季之中的母亲,一位温柔而多情的母亲,默默守护着每一个即将在春天降临的精灵。

年终岁尾,几乎所有单位都在做着一件事情:年终总结。个人要写年度总结报告,单位要召开年度总结大会,以总结过去一年的收获和不足,展望和憧憬下一个年度的奋斗目标。

丁沫发现,保险公司一年一度的总结大会比其他行业更加热闹和隆重,保险行业相对于传统行业来说,是一个比较偏重于精神激励的一个行业,比如行业特有的早会、夕会,各种启动会、总结会、培训会议,甚至在这个行业有一种说法,叫做会议经营,仿佛离开会议这种模式,公司经营都无从谈起了。于是,在保险行业似乎更加重视整体会议规模,而忽略了作为单独个体的保险代理人技能的提高和学习。

民生保险公司滨海分公司的年度总结大会如期召开了,女士们大多身着晚礼服,男士们很多人都把自己结婚时穿的礼服穿来了。可见,大家对于每年一次的年度盛会是非常重视的。丁沫以前着晚礼的场合大都是一些酒会,不需要特别拘谨和正式,可以边品酒走动边和朋友聊天,气氛相对轻松自在,而着晚礼坐在这儿一本正经开会却还是头一次。

说来也可笑,丁沫做了多年的高管工作,最不擅长的就是坐那儿开会,她觉得很多会议就是一种消耗,精神上的损耗和物质上的浪费。虽然对开会的反应比较极端,但是丁沫仍然理智地维持一名听众应有的仪态,没有像其他人一样打盹儿、玩手机。

丁沫认真听取了工作报告中今年业绩指标的完成情况,民生保险滨海分公司的各项工作均已达成或超额达成年初的目标,特别是丁沫所在的业务单位,业绩达成情况以及增长情况在各业务单位排名中均名列前茅,而负责这个业务单位的正是民生保险滨海分公司的副总高伟民,也是丁沫理财规划师高级班的同学、丁沫在这个学习班的几个好友之一。

丁沫心想,过几天得让高伟民请客庆贺一下,大家辛苦一年了,成绩是大家做出来的,做领导的得慰问慰问大家,顺便几个好友也在一起聚聚。

现在大会进行的应该是表彰上一年度的先进个人和先进团体,由施丽带领的经营区荣获了本年度的最佳团队经营奖,施丽捧着一个奖杯容光焕发地回到座位,丁沫真心为师傅、也为自己所在的团队高兴、自豪。

接下来,是年度个人前十名,听到大会主持人宣布:"荣获年度个人业绩第六名——六处七课丁沫!请丁沫上台领奖!",丁沫没什么反应若无其事地坐在那儿,还奇怪地看着别人,因为此刻大家都看着她,坐在旁边的王柠、乐乐、玉寒等全都叫她,"沫沫!姐姐!叫你呢,是你,快去领奖啊!"丁沫这才明白过来,是在叫自己呢,真的是自己!在众人热烈的目光下、热情的掌声中,和着激昂的颁奖进行曲的节奏,仍然处在错愕之中的丁沫走向主席台。

踏上主席台这才注意到,给自己颁奖的,居然是高伟民。高伟民今天看起来格外兴奋，平时一副随意得多少有些懈怠的样子，今天却像换了一个人，郑重而且庄严，让丁沫反而有种不真实的感觉。在给丁沫授奖时，特别用力握了握丁沫的手，似乎还眨了眨眼睛，高伟民说了什么丁沫基本没往耳朵里进，然后是获奖人员和领导合影，在惊异、腼腆、如梦似幻之中领到了从业以来的第一个荣誉奖杯。

怀抱奖杯和一束鲜花的丁沫回到自己的座位，好半天，仿佛还在梦中一样，从来也没想过在高手如云的民生保险公司自己还有获奖的机会，何况自己还是一个保险业的菜鸟呢，居然还能获得这样的认可和肯定，太让丁沫意外了。有一度，丁沫甚至想是不是重名啊，自己领了别人的奖杯，那可糗大了。于是，赶紧问师傅是不是奖项发错人了，施丽瞪了她一眼："咋的，不想要啊，不想要给我！"

"是我的。"坐下来冷静想想，平时只是努力做了应该做的工作，从来不在意自己的工作到了什么层次，之前也没有人告诉自己今天会被授奖。站在主席台上、聚光灯下受奖，这个事儿，离自己远到自己都想不起来上一次是什么时候了。到了自己这个年龄，工作只要有意义有价值，如此自己就会由衷地感到快乐，就是这么简单，或许简单反而更容易取得成绩吧。也好，带着惊喜，带着荣誉，带着奖杯送别这一年的辛劳和汗水，给这一年画上一个完美的休止符，实则美哉其何、意也缱绻。

又一想，自己还真的有好多年没有得到过什么荣誉了，一直做领导，荣誉离自己仿佛很遥远了，遥远得让人觉得荣誉都没有吸引力了，其实不然，当捧着沉甸甸的奖杯时，丁沫内心忽然涌起了一股暖流，确信自己当初的选择是正确的，同时，也证明了自己不仅可以是一名优秀的职业经理人，也可以成为一名身手不凡的业务人员，这一点更让丁沫为自己和自己的成长感到高兴。

丁沫觉得自己能有今天的成绩，不管怎么说，首先得感谢师傅施丽，于是，她把自己的鲜花送给了师傅，施丽非常意外，自然也非常高兴地收下了。

记得刚来民生保险上班的时候，丁沫就特别引人注目，原因自然有很多方面。

其实丁沫的引人注目,不是从民生开始的,从她记事起,印象中自己在很多场合都容易引起别人的关注,小的时候她认为是自己身高的原因。丁沫从小就比同龄人高,而且高很多,所以有很长一段时间她觉得自己如果能隐身该多好啊!后来随着年龄的增长,自信的增加,她也慢慢适应了人们的目光,也能在别人或隐或现的关注下随遇而安、泰然自若了。

有的人总是能够在人群中突出,不是刻意为之,更不是因为某些言行,究竟是什么原因造成的自己也不知道。丁沫只能把这种"能力"视为是与生俱来的特质,所以在很年轻的时候她就告诫自己,只要是在公开场合,即便是独处时也千万不可忽视自己的行为和举止,因为丁沫的身影似乎总能被人记住。

甚至,在丁沫踏入社会工作以后,有好心的前辈提醒丁沫要"低调"一些,对此,丁沫一直很困惑,因为单纯的丁沫打心眼里不懂得什么是高调,而自己在哪些方面标榜高调了呢?丁沫从小接受的教育就是,自己应该做的事情要尽力做好,而且是不计报酬地做好,就是这么简单和直接。只是有那么一种环境,当一个人奋不顾身地努力工作时,可能会被周围的人理解为出风头、爱张扬,以至显得和大家不大一样。正如夫子当年所言:"事君尽礼,人以为谄也。"

丁沫刚加入保险业成为一名保险销售代理人时,给她刺激最大的不是外界、不是客户,而是自己的同事,在无意间说的一句话,可能说这话的伙伴自己都忘记了,但是说者无心听者有意,丁沫一直记着这句话,并且把它当作鞭策自己的动力。

记得那是在早会结束之后,丁沫又像往常一样向一个伙伴请教产品方面的问题,可能自己的问题对方也不太清楚,坐在她旁边的人就接话说:"你想的太多了,用不着抠那么细,客户也不会注意的。别小看这份工作,可不是谁都能干的,我们卖的是无形的产品,说白了就是一张纸,即便做过领导的人,可不一定能做得了这份工作。"丁沫后来分析,这位伙伴说这番话的意思,立意是强调丁沫要走出去见客户，不要总待在职场，抠那些所谓的条款、名词，所以这个伙伴认为丁沫是不敢面见客户。

当时，丁沫只是笑了笑，也没说什么，其实也用不着说什么，因为丁沫很早就习惯了用事实或结果来回答。

林征今天刚好有空来接丁沫回家，看着神清气爽的丁沫，特别是还看到了丁沫怀里抱着一个硕大的盒子，略感诧异之间，似乎也明白了几分，故意挤眉弄眼、神色夸张地说："哎呀，这人和人就是不能比，岁月能在所有人的脸上刻下'来此一游'，唯独我家丁丁靓丽依然，请问这位姑娘芳龄几许呀？"

"讨厌，你什么时候也学会油嘴滑舌了，小心开你的车吧。"丁沫故意板着脸嗔道。

丁沫突然发现，不知道从什么时候开始，林征好像比以前话多了，也比以前愿意开玩笑了，是心情突然开朗了，还是性情变化了，难道说四十多奔五十岁的人了，性情也能说变就变吗？

工作方面，林征倒是收获了让他颇为引以自豪的一个大客户，他也因此在职位上得到了晋升，但也不至于为此而改变了性情。他们俩虽然都属于敬业型的人，对于工作向来都是严于律己、宽以待人，要求自己对待工作认真踏实、精益求精，至于工作给予自己的回报从来不奢求，能给到相应的回报当然更好，即便没有也不去计较，用林征的话讲，图个乐呵也是收获。所以，如果是因为职位的升迁而让林征改变了性情，是不太可能的。

可能是自己工作性质的变化，让老公感到比以前轻松了。因为现在从职务上来说，林征是领导，丁沫是普通员工，这种职位上的变化刚好和他们家以前的状况相反。也许正如姬老师一直强调的，男人在家里就得有作为一家之主应有的地位和尊严，女人也应该有女人应该有的位置和样子，如此夫唱妇随、父慈子孝、兄友弟恭，这个家才能阴阳和合，所谓家和万事兴，家庭成员、乃至一个家族才能身体健康、事业成就、学业圆满。丁沫觉得自己现在多少理解了老师的教诲。

而客观情况是，迫于工作性质所限，如果女人在单位做领导，回到家里很难一下子就能从角色中转换过来，调换到妻子、妈妈、媳妇应有的位置和状态，容易把在工作中的角色带到家里，这样难免就会有意无意地把夫妻应有的位置颠倒过来，从而破坏了家庭角色间应有的位置和场能。作为妻子的自己可能没察觉，作为丈夫的可能也没有察觉，也可能察觉到了，但是碍于情面，也不好说什么。长此以往，感觉不对的那个角色，视每个人性格、素养的不同，有的选择隐忍、有的选择释放，因此，形成了幸福的家庭都是相似的，不幸的家庭各有各的不幸。

生活中即使近如夫妻，有很多事情也只能意会不能言传，一旦说出来，就会大煞风景，甚至本来没什么事却搅出事情来。

所以台湾从政的女士，很多人为了事业而放弃家庭，大都终身未嫁。也许她们是明白人，懂得家庭五伦、夫妻合和、阴阳五行。女人只要是站在了一定高度的位置，也许这是一种选择，是放弃，同时也是收获。

14

公司年度总结大会开完没多久，丁沫接到茹屹的电话，请丁沫到他的办公室，说要给丁沫介绍一位朋友。丁沫心想："你那办公室哪有地方坐啊？"所以直接说："那这样吧，刚好也快过年了，我请您和这位朋友喝茶，都忙碌一年了，也出来聊聊天，放松、放松，您看好吗？"茹屹也没客气直接答应了。

茹屹的朋友也是做物流的，虽然茹屹的公司现在已经不做物流了，改外贸业务了，这位朋友可是一直奋战在物流行业，十几年经营运作下来，公司已然形成了一定的规模。

这位朋友姓鸿，比较少见的姓氏，名万里。丁沫一听，哈，好气派的名字！这是一位身材偏高、不胖不瘦的人，年龄大约在50～55岁之间，外表在丁沫看来是再普通不过了：平头，上身一件灰中偏绿色暗格的金利来商务T恤，下穿一条藏蓝色西裤，手拿金利来深驼色手包、腰间金利来皮带，这位鸿老板看来是典型的"金利来"控啊，不知道鞋子是不是也是这个品牌的。鸿万里浑身散发出一种干练与洒脱之气，不像常见的国内民营企业的老板，要么故作儒雅，要么土豪毕现，鸿万里的气质倒更像一位职业经理人。在和丁沫握手的右手上，戴了一串蜜蜡手串，可能是他这身行头中最抢眼的饰物了。虽然谈笑风生，却自有不怒自威之气概传递出来。

丁沫当时也不知道这家公司的规模到底有多大，所以也不多说话，看看他们之间都说些什么，这也是丁沫一贯的工作方法。

看来，他们二人也有一段时间没见面了，这次见面是茹屹发出邀请，巧的是，平时，这位鸿老板的状态是全国各地出差，昨天刚从外地回来，今天就接到茹屹的电话，所以用茹屹的话说，鸿总和丁经理还是很有缘分的。

他们相聚的茶馆，是丁沫选订的，丁沫是这里的常客，时而自己小坐，时而和客户会谈，时而和几位朋友聊天。所以，已经和这里的大小茶艺师非常熟悉，每次丁沫来也几乎都是自己亲自招待客人，而不用这里的茶艺师，这样就双方便利，茶艺师可以休息或招呼其他客人，而丁沫自己招呼自己的客人，彼此说话也能自然些，这次也不例外。丁沫时而斟茶，时而劝饮，时而微笑点头，有道是"俗人多泛酒，谁解助茶香"，在丁沫看来友人相聚共品香茗，实乃天下第一乐事。

在所有饮料中，丁沫最喜欢饮茶，其他带有甜味的饮料平时基本不碰，用丁沫自己的话就是，天生没长那个嘴巴。

丁沫饮茶是从大学毕业开始的，起源就是因为读了一本杂志上介绍的一款绿茶：云雾茶。直到现在，丁沫依旧清晰地记得，从茶叶的采摘，到揉捻、干燥、炒制等环节，直至变成茶杯里待人们品尝的茶叶，对云雾茶叶的道道生产、加工工序，均如数家珍、娓娓道来。书中还特别对云雾茶冲泡后产生的气雾进行了细腻的描写：云雾茶冲泡后，气雾袅袅升腾，犹如一个曼妙的少女，似轻歌曼舞，又似顾影自怜,似踏雪寻梅,又似翘首企盼,令观者无不浮想联翩,久久难以释怀。云雾茶,也因此而得名。丁沫亦从此一发不可收地爱上了绿茶。

然而,饮茶这么多年,云雾茶也饮了几种,就是还没有看到那一抹如少女般飘渺氤氲的气雾,丁沫于是就想,也许自己还没有练就一双看破红尘世俗的法眼。

丁沫喜欢饮绿茶,不仅因为绿茶体现出来的品质最能代表中华民族精神,从叶子、气味,到汤色、口感,无不传递着华夏民族厚重的文化底蕴与拼搏向上的智慧;而且绿茶先苦后甜的感受,也蕴含着人生的奥妙和哲理。无论嗅入鼻腔、映入眼中,还是浸在口里,绿茶呈现的都是美仑美奂,却又娴静淑婉,恰如一位传统的中国女子,凭栏独立,凝神远眺,远山含黛,衣袂飘飘,正是"回首亭中人,平林淡如画"般的写照。无论龙井、雀舌、碧螺春、湘波绿,还是松萝、峨蕊,雪芽、银针,毛尖、寿眉……只闻其诗情画意般的名字,想必已让人百转千回、美不胜收了。

丁沫现在还清晰地记得,自己刚开始喝茶时,非玻璃杯不饮,只为观赏每一片嫩绿的叶子在水中旋转、伸展、浮沉,让丁沫百看不厌,丁沫非常享受这个过程。再嗅一嗅泌入心脾的香气,仿佛能把积压在心底的烦恼和不快荡涤一空。然后轻轻啜饮一口茶汤,苦而不涩,鲜醇馥郁,齿颊回甘,只一瞬间,体内的每一个细胞都像重新更换了细胞核,于是神清气爽,疲劳顿扫。

绿茶中,龙井是丁沫的最爱。曾经有一位朋友为此还挖苦过丁沫:"你喜欢喝龙井,那不是和皇上一样了么,当年乾隆爷最爱喝的就是龙井啊!"他是挖苦丁沫有攀龙附凤之意。丁沫可没想那么多,就是喜欢龙井冲泡后散发出来的那股香气,茶人都说那是豆香气,可是丁沫却不这么看,如此清幽雅正的香气、甜滑润喉的口感,怎么能和豆子散发出来的气味混为一谈啊!

这一次品茶论道,就算与这位鸿万里先生认识了,鸿总对于丁沫及其从事的工作有了一个初步的了解,丁沫听这位鸿总的意思,是想给公司的所有员工做一份团体人身险。丁沫心想原来茹屹早就知道鸿万里有这个打算,故而才从中搭建这个桥梁,介绍自己与之相识。丁沫建议根据今天初步掌握的信息,自己回去后先设计一个方案,相约下次再详细沟通。

可能是年终岁尾,每个公司或者单位除了开总结大会,还有就是抓紧一年最后的几天给员工搞个培训,一方面是学习的需求,另一方面也是借机放松一下。丁沫这几天连续接到了两个这样的邀请,一个妮妮所在学校的邀请,一个是柳茵她们单位。

妮妮学校方面已经是第二次邀请丁沫了,目的是给学校高年级的孩子做一次理财方面的基础知识讲座,丁沫非常高兴能和孩子们一起进行理财方面的交流和学习。

之前丁沫没发现自己特别喜欢孩子,不知道是因为年龄慢慢大了,还是因为妈妈这个"职位"做得久了,丁沫发现,自己现在挺喜欢和孩子在一起的,喜欢听孩子们肆意的嬉闹,喜欢听他们无拘无束的放声大笑,自己虽然没有参与其中,但是即便在旁边看着心情也非常愉悦。

为此,丁沫有一次还问林征:"唉,你说我这是不是衰老的表现啊?"弄得林征哭笑不得,只好轻轻拍了拍丁沫的头说:"我看丁丁是要返老还童啦!"

晚上在家里精心准备了给孩子们讲课用的PPT,首先让妮妮验收,妮妮通过了才能拿去给孩子们讲,妮妮提了几个中肯的建议,当然也有意见。

丁沫突然发现,妮妮很会提意见,说意见是好听的,实际是擅长找毛病。丁沫说妮妮长了一双"毒"眼,但是用人家妮妮的话说呢,这就是艺术家的眼睛,可不能白用哦,是有成本的——也许是多少受父母的遗传吧,妮妮提的意见和想法都挺到位的,就像丁沫刚刚加入保险行业的时候,每天回家练习如何向客户介绍产品一样,正是在妮妮的吹毛求疵中丁沫才快速进步了。

妮妮的这种表现,让丁沫想到一个问题,如果一个人做领导时间比较久的话,有可能对具体工作就比较生疏了,眼睛里看到的都是问题和毛病。因为挑别人的毛病，这个工作其实是很简单的一件事：一个十一岁的孩子说起来都头头是道。

如果真正拿起来去做不一定自己比下属做得要好，也就是说千万不要做一个"站着说话不腰疼"只知道对下属指手画脚的管理者，而且，也千万不要在下属面前把自己的"当年勇"挂在嘴边，一个早已成为过去时的好汉，时光不可能倒流，过去是好汉，不等于今天仍然是好汉，好汉不是说出来的，是干出来的。

丁沫有此感慨，也是因为一个IT界的朋友最近向丁沫诉苦公司的一些现状，而今天妮妮的表现让丁沫有了触动和启发。

给孩子们做的讲座非常受欢迎，也非常成功，丁沫觉得首先得感谢孩子们的配合。在讲解一些基本的知识点时，虽然枯燥，但孩子们听得非常认真，而且还有问题提出来，只有提出问题来，才说明听众认真听讲了。

特别是有个别的孩子表现出了很高的财商，丁沫刚刚讲解完理财的基本常识，就有孩子提出以后要如何对待自己的零花钱，以及自己家里对于大额的开支应该如何把握等等，类似这样相对专业的事情，让丁沫吃惊于孩子们的接受和理解能力，这也让她从另一个侧面体察到了保险代理人这一职业，如果只能扮演销售保险产品这种功能单一的角色，恐怕代理人这条路将会越走越窄。

柳茵单位的培训，是想让丁沫做一次商务礼仪方面的讲座。这个邀请，的确让丁沫感觉挺意外的，因为丁沫毕竟不是礼仪培训方面的讲师，或者有过这方面资历的专业人士。丁沫自己认为这是赶鸭子上架，但柳茵坚持让丁沫尝试一下，她的理由是，根据她对丁沫的观察和了解，丁沫自己平时的穿着打扮，举止谈吐，以及丁沫以往的高管资历，给这些年轻人、大学生做一场礼仪基础知识的培训是绰绰有余的。

即便柳茵如此信任自己，丁沫回家以后，还是认真做了准备。整理好课件后，林征又帮助她审核了一番，直到林征点头认为没有问题了，丁沫这才觉得心底有了一些自信和把握。

走进柳茵她们单位的会议室,这里就是今天的培训教室了,丁沫一看坐了一屋子的人,大约有四五十人的样子吧,没想到柳茵单位有这么多年轻人,看年龄也的确都很年轻,大部分都是二十五到三十岁之间的,最大的看起来也就三十岁刚出头吧。

丁沫看着这些年轻的脸,突然有一种感动,她觉得自己能站在这里,虽然名义上是给这群年轻人讲课,其实也是和这些年轻人沟通交流学习的机会啊,这得需要多么大的缘份才能促成此事呢。惜哉!惜哉!

讲座比预计的时间几乎延长了一倍,整整一个下午,从个人商务礼仪,包括言谈举止、穿衣搭配、整体形象设计,以及一些特殊商务场合比如酒会、宴会的座次安排,到饮用咖啡、茶、红酒等的礼仪要求,还有日常工作经常接触的细节方面,比如递送名片、迎宾送客、甚至包括商务邮件的写作措辞等等,这些环节让大家颇有收获,感触也很深,话题和内容已经远远超出丁沫准备的范围。

讲座氛围之热烈和融洽,也是大大超出了原来的预想,特别是听众知道丁沫从前还在 IT 业做过公司负责人,因为是与大家平时的工作高度相关的行业,会议室状态从单方听讲变成了双方互动,丁沫答"记者"问,场面之热烈让丁沫有点应接不暇。

开始,柳茵也担心丁沫应付不来,因为事先并没有设计这方面的"培训"内容,后来一看,虽然有些疲劳,但从丁沫的状态以及轻松幽默的回答上,就知道丁沫对于这个场面还是应付自如、游刃有余的,也就放心了,没有干涉听众的提问。

虽然这些讲座都是义务性的,但是丁沫做起来真是不亦乐乎。于丁沫自己,虽然一下午的讲解和沟通的确让身体感觉疲惫,但心情却非常快乐和满足,既给朋友帮了忙,自己也因此结识了这么多优秀的年轻人。

作为柳茵来说呢,一方面丁沫作为柳茵私人的朋友,给大家进行了礼仪方面的常识性培训,丁沫的表现,也让柳茵验证了自己对丁沫的判断,且多少得意于自己有幸结交了这样一位好友。另一方面也感叹，像丁沫这样的综合性人才，混迹于口碑欠佳的保险业，怎么看都有屈才之嫌。

15

丁沫第二次见鸿万里是在他的办公室。位于滨海市中心城区的一栋写字楼中，据说该写字楼的物业服务是五A级标准。想必能够在这里买楼或租楼，也是企业实力的彰显吧。

鸿老板办公室的布置给丁沫的感觉可以用一个字概括：大。一进双开门的办公室大门，一组实木的四组屏风挡在门口，绕过屏风，一下子让丁沫想起了陶渊明对"桃花源"的描写：眼前豁然开朗。办公室的布置比较简洁：一圈栗色皮质欧式沙发首先进入眼帘，硕大的班台，在房间的正面，班台旁边是一组书柜，应该说是一排书柜，因为书柜几乎占据了一面墙的空间。

再往里走，可以看见沙发对面的茶几上价格不菲的中式茶具，向来宾展示着主人不凡的审美和情趣。丁沫不太认识木材，从班台的颜色推测，可能是黄花梨木或者金丝楠木的吧。由于班台硕大，使得本来不算矮小的鸿万里，坐在里面也似乎显得不那么伟岸了。书柜里面的书籍不少，丁沫扫了一眼，以史书居多，最底层是一套最新版的二十四史，其他的书也都看起来很新的样子，看来主人对其光顾有限。

鸿万里此时正低头看几张纸，可能是合同或报表之类的，起身招呼丁沫先坐在沙发上，等他一下，丁沫微笑："不急，您先忙着，我顺便参观一下。"双方俨然老朋友一般。

丁沫的视线又重新回到办公室的布置上来，在鸿万里背后的墙壁上挂了一幅字，是毛泽东的一首词，著名的《沁园春·雪》，临摹的当然也是他老人家极具毛氏特点的草体，看着这幅仿佛有着魔力的狂草书法，让这间办公室顿现一派阳春白雪般清新之气和昂然不屈的精神境界，尽扫这个空间布局的世俗气和呆板的氛围。

没一会儿，鸿万里过来坐到沙发上开始一边泡茶一边和丁沫聊开了。

　　这时丁沫注意到,茶具是一套"天福"窑金秋茶具,可见,鸿万里也是爱茶之人。鸿万里今天泡的是碧螺春,香芬入口,袅袅余香似有若无地在空气之中弥漫。"鼻观舌根留不得,夜深还与梦魂飞"丁沫想起一句诗,不禁莞尔。

　　二人借茶聊了一阵有关茶具、茶叶的话题,丁沫发现人不可貌相,这位鸿万里老板一副通俗易懂的外表,却也内涵深厚,不仅对中国的茶文化有着独到的认识,而且对传统文化有着深厚的爱好,丁沫不禁增添了几分亲近之感。

　　鸿万里坐拥的万里速运有限公司是一家资产近十亿、员工一千多人的公司,除了货运还有其他的贸易业务,这个写字楼有三层是他们公司的。在往这里来的路上,丁沫还在担心,如果投保人数比较少的话,做团险的单位成本就相对比较高,担心企业承受有困难,现在看来是自己杞人忧天啦。

　　虽说保险业务都是相通的,丁沫是个人寿险业务的代理人,对于团体险业务领域,没有研究过相应的产品和条款,为了不辜负客户的信任,丁沫决定找一个熟悉团体险的人,可是自己身边没有,于是,丁沫想到了高伟民,请他帮忙,给自己推荐一位团体险的专业人士。高伟民推荐的是团体险在滨海的营销总监郑强。郑强是民生保险在滨海成立分公司后的第一批员工,也是民生保险在营销总监这个位置上为数不多的研究生。

　　在这位郑总监的帮助下,丁沫不仅设计出了一份让鸿万里特别满意的投保计划,而且,丁沫从郑强的身上看到了保险公司真正的专业人士的风采和品格。所具备的真才实学,其驾轻就熟的风险规划理论,应用在错综复杂的现实生活中,有如天衣无缝一般,既巧妙又自然。所谓专家看门道,外行看热闹,可以说,郑强的出现让丁沫在思想上彻底改变了以往对保险行业专业程度的认知。

　　有了郑强的鼎力支持,和万里速运的团体险合同签得非常顺利。从鸿万里的办公室出来,丁沫给茹屹打了个电话,感谢他给自己介绍这位朋友,茹屺很淡定仿佛知道丁沫要给他打电话,也没多聊,手头好像很忙,电话就挂了。丁沫想,朋友之交淡如水,就是这个意思吧。即便这样,丁沫还是觉得应该抽空去拜会一下茹夫人,以示谢意。来而不往,非礼也。

16

刚和茹屺通话结束,就进来一个电话,丁沫一看是方晓莫。

"喂,你好晓莫。"丁沫知道方晓莫找自己一定是有什么事儿。

"唉呀,亲爱的丁姐姐,忙啥呢,有空没,过来坐坐,我请你喝咖啡呀。"方晓莫如果温柔起来,还真让人找不着北。

"你知道我喜欢喝茶的哦——"丁沫明知她们外资公司一般只有咖啡招待客人,故意逗她不紧不慢地回答,一边已经在琢磨去她那里的路线图。

"我们新换了一种口味的咖啡,你过来尝尝,说不定以后茶都不喝了呢!"方晓莫其实是个挺容易相处的女子,不知道为什么在工作中总是会遇到她自己所描述的专门和自己作对的人。

"大约半个小时吧,我能到你那里。"丁沫平静地说。

"太好啦!我就知道丁沫沫再忙也不会不管我的。我在办公室等你哈!"自打认识方晓莫以来她就这么称呼丁沫,她认为这个称呼更可爱。什么事儿啊,好像很严重的样子,丁沫心想。

方晓莫比丁沫小三岁,虽然是个大型IT公司的中层管理者,手下也管理着几十号软件工程师,性格却像个总也长不大的孩子,让丁沫感觉缺少点什么。但是,方晓莫的业务能力却是一流的,而且对工作非常敬业,所以丁沫一直视方晓莫是自己在滨海市比较要好的朋友之一。

方晓莫所在的公司是滨海市软件园几个大型IT公司之一,也是世界知名的软件公司,方晓莫在这家公司服务已经超过十年,目前是公司开发部的部长,据晓莫自己说,部长这个级别只有她自己是女性,其余全部是男性，丁沫为此还戏称，"那你不成白雪公主了吗，他们都得把你当宝贝宠着吧？"谁知，这么一说，差点儿让方晓莫流下眼泪来，"哪有啊，能像姐姐说的这样就好了……"

丁沫有时想，可能是因为一直没结婚的原因，晓莫的情绪有时比较敏感，也挺脆弱的，说不上哪句话没说对，就有可能招来眼泪或者其他情绪上的明显变化。当然了，从这一点也说明方晓莫打心眼里把丁沫当姐姐，在丁沫面前丝毫不掩饰自己的情绪。

方晓莫毕业于内地古城的电子科技大学，据说这所大学是全国软件业最好的学校，培养的学生自不必说，都是各大软件公司抢手的人才。晓莫不仅功课好，而且人长得也漂亮，既有南方女孩的委婉细腻，也不乏北方女孩的爽朗泼辣。在大学时处过一个男朋友，毕业时俩人因为谁都说服不了对方回自己所在的城市，结果分手了。晓莫也没回老家重庆，而是选择来了滨海，她自己说是因为喜欢这个城市的年轻和变幻莫测的大海。

按理说，一个既漂亮又优秀的单身女孩身边一定不会缺少追求者，可是，晓莫就是一直没遇到属于她的那个白马王子，对此晓莫自己说，王子的马迷路了，耽误在来找公主的路上。

因为职业的关系，晓莫的身边自然而然聚集的差不多都是IT男，而晓莫却特别不喜欢做软件开发的男生。这倒也是，丁沫刚刚接触这个行业时，也体会到这个行业的人有一个共同的特点——不苟言笑，虽然年纪轻轻，但个个都显得老气横秋，既没生气也没情趣，一天从早到晚的面部表情就像极了那个他们时时面对着的电脑屏幕，所以IT业的很多男生都有一张"屏幕脸"。但这种状况在女生身上倒很少看到，相反，IT业的女性无论是开发工程师还是做品质管理的，几乎都是那种让人容易亲近的阳光活泼型，性格单纯，容易快乐。这真的是一种很奇怪的现象或现实，是不是从另一个侧面说明了女性更适合做这份工作呢？

丁沫现在都还记得，有几个讽刺IT行业程序员或开发工程师的笑话，其中有一个丁沫印象非常深刻：

早上太太交待要出门上班的先生：老公，你下班的时候买几个包子，如果碰到卖西瓜的，就买一个。

结果先生回家交给太太一个包子，太太奇怪呀，问他，怎么就买了一个包子呢？做程序员的先生振振有词地说："我看到了卖西瓜的了呀！"太太竟无言以对。

这个笑话虽然极端了一些，可是也从一个侧面相对真实地反应了程序员或者我们熟悉的软件开发工程师的思维模式和性格特点。概括地说，可能在软件开发这个群体中找到一个性格开朗、充满生活情趣，又不失浪漫情怀、懂得女性心思的男子恐怕比较难，或者说在这个高智商的群体中间找一个高情商的男子概率较低，这样的男士比较稀有。即使找到了，也怕是名树有属了。

晓莫不找 IT 男做男朋友可能还有另外一个原因：晓莫的前任男友就是 IT 男，所以不想再找这个行业里的男生了，免得触景伤情。这是丁沫自己的分析，但是话又说回来，谁又能准确把握别人的心思呢？即便是自己的心思恐怕也难以准确把握吧，何况是对于异性之间那种既微妙又难以捕捉的情绪呢！

隔着玻璃门，丁沫看到方晓莫正在神情专注地敲键盘。丁沫轻轻敲了两下门，以示提醒，晓莫抬头一看是丁沫，高兴地站起来，把丁沫迎进去，拉着丁沫的手坐到沙发上。每次见到丁沫，晓莫都非常亲热，即使在她们初次相识的一场行业高峰会上，也是如此。

那次高峰会参加的企业特别多，可能因为是软件行业，绝大部分企业指派的都是男士代表来参加，只有为数不多几位女士，在午餐的时候这几位女士自然而然就围坐在一张桌子上，巧合的是刚好一张桌子坐满，这时就有人提议："我们十位女士，那就是十全十美，我们应该合影以示纪念啊！"

提议的人就是方晓莫，看得出来，在这十位女士之中，方晓莫应该算是最年轻的，所以显得比较活跃，大家也觉得这个提议很好，于是十位女士合照了一张照片。合照之后，餐桌上的气氛立刻就变得不一样了，一下子把大家的距离拉近了，午餐成了女士们畅谈交流的最佳方式,她们那一桌吃到最后方才撤席,在丁沫记忆中也是自己在外面开会吃得最舒服的一次。从此之后,这十位女士一直保持着联系,形成了一个相对紧密的IT业小圈子。

而午餐后的休息时间,方晓莫则主动找到丁沫,亲昵地挽着丁沫手臂边走边聊天,好像认识了好久一样,丁沫本来也不认识其他人,就和她聊开了,才发现晓莫真是一个蛮可爱的女孩,特别是丁沫了解到,她毕业于自己曾经生活工作过的古城,对晓莫的情感又自然亲近了许多。丁沫有一次问晓莫为什么单独找她聊天,晓莫笑嘻嘻地说,因为姐姐漂亮呀,姐姐与众不同嘛!这就是方晓莫,一位仿佛永远也长不大的可爱又能干的公主。

丁沫的好朋友成媛,也是在那次的高峰会上认识的,当时成媛就坐在丁沫的旁边,她们俩首先交换了彼此的名片。所以那次峰会后,丁沫一直保持密切联系的只有两个人,一个比自己大的姐姐——成媛,一个是比自己小的方晓莫。

"姐姐,您坐哈,我去冲咖啡。"晓莫出去了。外资企业一般都设有单独的员工茶水间,在里面可以短暂休息。可以一个人,也可以两三人在一起小谈一下或公或私的话题。边聊边喝杯饮品,提提神,放松一下。大型企业的茶点、饮品都是免费提供的,小型企业的就是员工自己准备了。

丁沫的思绪回到眼前的情景,丁沫这才想到,已经有快两年的时间没到晓莫的办公室来了,作为晓莫信赖的姐姐自己确实对她的关心太少了。

办公室的布置没什么变化,只是办公桌上多了一张照片,看来是近期和父母的合影,背景是大海,可能是老两口到滨海来看望女儿时拍的吧。照片里的老人看起来都非常健康,而且保养有方,气度不凡,一看不是知识分子就是国家公务员,说明晓莫的家庭背景也是非常不错的。没听晓莫讲到她还有其他兄弟姐妹什么的,可能她是家里的独女吧。

角落里多了两盆植物,其中一盆是龟背竹,绿油油宽大的叶子,煞是惹人喜爱，龟背竹是丁沫比较喜爱的一种植物，其自有一种优雅从容、与世无争的气质。还有一盆丁沫也不认识，枝繁叶茂之间与龟背竹的娴静淡然形成了强烈的反差，特别是其呈现出一派欣欣向荣的霸气，给这间略显沉闷的办公室增添不少生机。

丁沫向来不擅长种养植物，并且认为这都是自己从小生长在城市的原因，与大自然接触得太少了，导致自己养花养草成活率很低，养了几次让自己彻底没了这方面的信心，要不是有林征给自己收尾，不知道多少植物都要在自己精心周到的伺候中魂归西天了。

"姐姐给，趁热喝吧，小心，别烫着了。"丁沫正欣赏间，晓莫把热气腾腾的咖啡端过来了。

"哦谢谢。这是什么花呀？长得真热闹。"接过咖啡，丁沫指着自己不认识的那株植物问道。

"姐姐猜猜看，嘻嘻。"晓莫的调皮劲儿又来了。

"我上哪里猜去，你不说我也懒得问了。"丁沫故意不问了，晓莫就是这脾气，你越是对什么感兴趣，她就越是喜欢吊你胃口。等你不上心了，她就开始着急了。

"姐姐，别生气嘛，你觉得它好看不，我特别喜欢它的名字：幸福树！"晓莫得意地说。

"哦，好温暖的名字，的确，看它长得多热闹呀！真是一株好树，好幸福呀！"丁沫冲晓莫眨了眨了眼睛。

"姐姐别想歪了，是公司配给的哦——"晓莫心思转得快，一下猜到了丁沫眨眼背后的含义。

"哦，那也不错呀，你瞧这寓意多好啊！"

姐妹俩闲聊了一会儿，丁沫就问晓莫，这么急找她来有什么重要的事情要说，晓莫说："姐姐，咱俩都多久没见面了呀，你不想我啊，我可想你啦，嘻嘻。"丁沫知道晓莫找自己一定不是单纯想自己了这么简单，晓莫虽然看着好像做事没什么分寸，但那都是给人的假象，或者晓莫更喜欢让别人对自己有这样的误解。

原来，晓莫所在的公司今年拿下了一个大客户，据说为了拿下这个客户市场部费了九牛二虎之力。这个客户的项目或开发规模到底有多大呢？据说现在拿过来的工作量，不过是甲方的投石问路，但是却让方晓莫部门的一百多名开发工程师忙活了近半年的时间，显然这是甲方对乙方的开发能力、品质管理做的测评，如果能让甲方满意，估计整个项目拿下来以后五年的活儿都不用愁了。

所以，这次开发的项目并不仅仅是一个单纯的项目，它牵动着公司上下众多敏感而微妙的神经，也就是说只能成功不能失败，而这样一个重中之重的开发任务，被分管开发工作的副总裁分配给了晓莫主管的开发一部。这个决策无疑是正确的，因为公司虽然有两个开发部门，但是，方晓莫的部门成立最早，不仅开发经验丰富，且各种技术力量搭配均衡。

为此，晓莫率领她的项目经理们进行了精心的准备。首先在人员数量方面增加了20%的预算，下拨了独立的项目管理津贴；在开发设备方面公司也给予了大力支持，配备了目前最先进的一套计算机，作为该项目专门的服务器独立使用。新项目在各方的密切关注下有条不紊地展开了。

项目工期六个月，中间过程中虽有一些波折，但也都得以成功应对，并没有对项目的质量和工期造成实质性威胁。可是临近项目最后一个月收尾的时候，也就是两周前，晓莫发现项目整体有比较严重的质量问题，为此，晓莫想了很多办法，开了好几个项目情况分析会，对于项目质量的提高或改进却没有实质性的帮助，至今，她也不知道问题出在哪里。她暗自想过很多办法，包括更换项目负责人，但是在这个节骨眼儿上换谁谁也不敢来啊！

何况，距离交工不到一个月的时间了，项目已接近尾声，临阵换帅，是行业内的大忌，不仅对于团队士气是场考验，而且无论对于离任的帅还是接替的帅，都存在严重的不公平甚至不公正，换帅的结果很有可能是将瘸马治成了瞎马，达不到换帅的目的。

所以方晓莫非常苦恼。最近她还听说公司打算再筹建一个开发部，如果在这个时候让公司得知自己部门主导开发的项目出了问题，那后果简直不敢想象啊!

原来在自己离开软件行业近三年的时间里,国内 IT 行业的确迎来了新的转折点,只看晓莫单位的规模就能知道一二。晓莫部门原来七八十人现在增加了近一半的人力,原来公司只有一个开发部,现在是两个,而且还要再增加一个。丁沫真心替自己的朋友高兴,这说明 IT 行业终于送走了严冬,迎来了万象更新的春天。如果此刻自己仍然在精工科技又会是一番什么景象呢?

"姐,你看,光听我在这儿唠叨了,咖啡都快凉了!给,尝块儿点心吧。"晓莫的话让丁沫快速整理了一下自己的思维,回到眼下晓莫的办公室。

丁沫了解了这些情况,也不由得替晓莫担心。

"哦,是这样呀,那问题很严重啊!什么时候交工啊?"丁沫边说边啜了一口咖啡,她知道晓莫的说明还没有结束,重点的部分还没有讲。

"正月十六交工,唉,愁死我了,姐,您说我该怎么办啊?"晓莫还是没有把问题的重点说出来,丁沫也不着急。

"这么大的项目,你们怎么对项目进行管理的呀,设置了几个项目组?"丁沫打算按照项目管理的逻辑梳理项目的基本状况。

"六个开发组,一个品质控制组。"晓莫说道。

"PM 是谁呀,资历如何?"丁沫试探着问道。

"向博强,您还记得他吧?"说到这个人,晓莫明显表现出有点犹豫。丁沫推测可能问题出在那里了。

方晓莫谈到向博强时出现了短暂的犹豫,丁沫以自己对他们俩的了解,略一分析大致找到了问题所在。如果部门或者具体到某一项目、工作中出现了问题,问题一般不会在下属那里,而是在这个部门或团队负责人那里。因为只有负责人掌管团队的资源调配,包括团队所有的人力、物力、财力。也就是说,相对于下属,负责人在一个团队中占有绝对优势,故而也在客观上承担工作结果的责任。

向博强,是方晓莫手下非常能干的一个项目经理,技术水平可能是晓莫的几个项目经理中最高的,而且人也不错,丁沫和他打过交道,而且丁沫负责精工科技软件公司时,有一个项目就是和晓莫所在的公司合作,对方带队的正是向博强。丁沫对他的评价是:技术能力强,项目管理能力突出,性格直率,思维敏捷,给丁沫印象最深的还是他的创新能力,属于典型的技术型人才,同时也是难得的管理人才,综合能力比较突出。也正是在那次合作中,丁沫无意间了解了方晓莫的管理模式和工作方法。

而方晓莫,则是一个优点非常突出,缺点也很明显的管理者。优点是,从底层做起,技术功底深厚,因而避免了在团队管理上出现两层皮,从而能有效提高管理效率;性格开朗,善于沟通和组织协调。缺点呢,作为管理者,有时可能不够沉稳,在想法未成熟或情况不明朗的状态下,就轻易得出结论。另外,从基层做起既是她的优势同时也是她的一个劣势,有时难免技痒而直接插手项目经理的管理工作或技术架构,从而让项目经理感觉自己被架空或没有发挥自己实力的舞台,严重挫伤了项目经理的工作积极性。

对待下属特别是技术型人员的管理,尤其是男生,作为他的领导应该懂得充分放权,在一个划定的框架内给其相对充分的自由,让其施展本领、绽放光彩。相反,如果事无具细,这样不但管理者和被管理者双方都很累,而且很难达到期待的工作结果,最终被管理者认为是领导不信任自己。一个认为领导不信任自己的下属,很难上交一份让双方满意的答卷。

方晓莫和向博强的合作已经近四年的时间了,以这个时间来考察一个技术负责人是足够了,更何况是技术进步日新月异的 IT 行业呢。而作为领导的晓莫不仅没有营造激励下属工作热情的氛围,反而表现出不放心、不放权,甚至经常在下属面前夸耀自己昔日的光辉历程,让下属如何理解你的意图呢,又让下属情何以堪呢?作为上司在下属面前夸耀自己的过去,只能证明一件事:对于今天的自己已经不自信了。

丁沫没有继续询问其他的情况,给晓莫讲了那天女儿妮妮给自己

"审核"讲课用的课件时出现的情景,以及后来自己的一番体会和感想。接着说道:"做领导的或者做上级的,为人不能过分刻薄,你看什么是'刻',所谓'察察之明'也,领导若为人太过精明,做下属的就不容易发挥应有的才能。"

这段话说出来,丁沫自己也是有着切身体验的,确切地说是教训不是经验,今天讲给晓莫听,希望晓莫能从中悟出一些道理出来。晓莫听完了丁沫的叙述,若有所思。丁沫接着又给晓莫讲了两个故事,是孔子给自己的学生讲的两段话。

一段是说,"自己无为而治,只管从容安静,却使天下太平的人大概只有舜吧?他都做了什么呢?恭敬庄严地坐朝廷罢了。"

夫子的这句话包括两层意思:第一,"无为",首先并不是什么都不做,而是对下属充分地信任;另外,作为上级,要有在做事之前对困难和问题充分预估的能力,从而把可能发生的问题和矛盾解决在萌芽状态,接下来的活动也好、工作也好按部就班地开展,仿佛没有什么事情一样,这是"无为"的第二层意思,实则作为领导能够做到让他人看起来"无为"是很不容易的,体现了一个领导的真正水平。第二,舜所以能取得那么大的成就,让后来的君王、百姓、读书人无不拜为圣君明主,除了做到了"无为",再就是他个人被千古传颂的品德:恭敬庄严,居上位者自己庄严自己,下属就不敢不敬业尽责、端正职守,所谓身教胜于言传嘛!

第二段是说,"出了问题责备自己要重,即自己多承担责任,责备他人要轻,做到这样啊,下属的怨恨情绪自然就少了!"

这段话可以结合我们爱戴和尊敬的前国家领导人周恩来的话"严以律己,宽以待人"来理解,二者含义基本相同。

方晓莫本就冰雪聪明,只不过是人在局中不如旁观者清,经丁沫一番点拨和分析,明白了问题的症结,下面就要看她自己如何调整心态,继而改变工作作风了。

丁沫离开晓莫办公室的时候,天已经黑了,正值下班高峰期,晓莫还要加班,丁沫没让她送自己。软件园本就离丁沫的家两三站的距离,与其坐车,还不如自己走回去呢,既锻炼了身体,又能自己掌控回家的时间。

华灯初上,万家灯火,丁沫特别喜欢晚上家家户户都开着灯的画面,每一个透出灯光的窗口,仿佛传递着温暖和踏实,让即使还没有回家的路人,也感受到了触手可及的幸福,实实在在。

就在这一年的腊月二十七那天,丁沫接到方晓莫的电话,邀请丁沫和自己部门的人一起聚会,热闹一下。丁沫知道晓莫的开发项目取得了突破性进展,原来担心的品质问题不攻自破,现在部门全体人员从上到下,形成了新的合力,可以说是一支真正有战斗力的团队。

从方晓莫部门工作的成果上,丁沫看到了晓莫的改变,这种改变让丁沫深感欣慰,也让丁沫由衷地替自己的好友感到高兴。但是,对于晓莫的邀请,丁沫并不打算参加,一来年末事情确实比较多,二来,想必这次聚会是晓莫苦心孤诣安排的,趁春节辞旧迎新之际让自己部门有个新的开始,让大家看到她方晓莫的改变。

所谓"上下一心,其利断金",没有克服不了的困难。丁沫坚信晓莫在工作岗位上一定能走得更远,也会走得更加稳健,期待晓莫新的捷报。

17

新年伊始,一年之际在于春,虽然丁沫曾经是一名优秀的高管,但是丁沫却是一个不喜欢定长远目标的人,更不喜欢做计划,因为计划没有变化快。

在丁沫看来,工作只要努力去做就好了,干吗非要把有思想、有活力的生命和一成不变、毫无趣味的目标捆绑在一起呢?对于勤勉的人,即便没有目标仍然会努力工作,严格要求自己,对于懒惰的人目标订得无论如何大气磅礴,终究也不过是一纸口号、一张空头支票而已。这一点,日本的经营之圣稻盛和夫先生就是这样做的,他在企业的经营中从来不制订超过一年的计划,他秉承的经营宗旨一贯是:今天，就踏踏实实做好今天的工作，埋头于每一个当下，美好的明天自然会到来。

但是，今年丁沫给自己规划了一个目标：成立自己的团队，组建一支高品质的寿险代理人团队。

其实，组建团队这件事，丁沫在加入民生保险半年的时候就悄悄进行了，但是这么长时间下来一直没有结果，丁沫自己总结其中的原因，是自己在内心并没有对这件事情予以足够的重视，按以往的经验，如果自己真想做一件事，没有做不成的。于是，丁沫新年初始就给自己定下了目标：一定要建立团队。

丁沫是典型的思想主导型的人，做事情之前，一定先在自己的头脑中把这件事情筹划清晰，而对于重要的工作，不仅要在头脑中筹划，更要把想法落实为书面的实施方案，以便确定这个任务或工作具备可行性。因此，为了确保自己今年的目标如期完成，丁沫利用春节假期完成了《团队管理办法》，以及团队文化等文案工作的编写。

在传统行业里，扩大公司规模、增加人员编制，这些工作应该由人力资源部具体执行操作，无论哪个部门需要增加人员，上自公司总裁、下至一线生产工人。可是，在保险行业，招聘代理人完全是个人的事情，这是由保险公司的体制决定的，在代理制下，代理人并不是保险公司的员工，而是保险公司的合作经营伙伴。根据国内现行保险监管法规的规定，代理人作为某一保险公司的产品销售人员，被授权在一定区域内行使该公司所属的品牌和产品的代理销售权，且在同时期内只能与一家保险公司签订代理协议，也就是作为某一代理人，一定期间内只能代理销售一家保险公司的产品。

也因此，在代理制下的保险公司，对于招聘代理人员、扩大营销队伍这种活动不称其为"招聘"，而是称作增员，这是有别于传统行业的专属于保险行业的名词。

同样也是出于双方劳动关系及合作性质的不同，即代理人与保险公司只是单纯的代理销售合作关系，并不是劳动雇佣关系，双方依据法律应承担的责任和义务以及赋予的权力，均受保险法的制约，而不受劳动法的保护。所以,增员也好,扩大组织规模也好,从法律层面上讲,都是代理人自己的事情,既然是自己的事情,那么致力于组织发展的代理人,与增员相关的工作活动安排,包括从开始寻找准增员对象到沟通面谈,直到保险公司面试前等环节,都需要增员人自己亲力亲为的。由增员活动发生的费用,也是增员人自己承担。

丁沫加入保险行业以来一直在思考,保险从业人员的个人素质普遍不高,与这种增加人员的模式有着直接的关系。人以群分、物以类聚,英雄吸引豪杰,才子必与雅士为伍;反之,亦然。

如此问题就来了,或者说出现了产生问题的温床,保险监管部门对于以个人名义进行的招聘活动是严格禁止的。也就是说,如果一个代理人引荐自己的亲属、同学、朋友加入保险行业,这种行为就是增员,也是合规的;但是如果个人以公开招聘的方式或通过各种招聘渠道大范围进行招聘活动,其行径则构成了违规。

而规范一个企业的行为相对容易,规范每一个人就比较困难了。利益诱惑之下就会自发地形成市场,于是乎,保险代理人招聘与保险监管部门好比老鼠和猫,永远上演着一出经久不息的剧目——猫抓老鼠,你抓你的,我招我的,只要不被你抓到,那就万事大吉。

为什么代理人肯冒天下之大不韪,铤而走险实施招聘活动呢?这要从两个层面或角度客观地分析这件事情。

存在的就是合理的。

从保险公司角度而言,当然积极支持现有代理人不断引进新的人员进来,如果把每一个代理人比作一个经营店铺的话,则对于保险公司来说,无异于店铺越多越好,何况此店铺几乎无需任何成本的投入,不过是增加了代理协议的印刷费而已,简直就是一台印钞机,当然,印钞机的工作能力与价值贡献因人而异。看明白了这一点,保险公司要做的,只有一件事——在公司上下积极营造组建团队、争当师傅的氛围,甚至形成以"争做师傅为荣,不做师傅为耻"的风气。至于,作为现有合作伙伴的代理人,如何才能快速地拉起一支队伍,则大有"八仙过海,各显神通"之势。想做师傅的代理人,如何去做,你懂的。

从代理人角度而言,绝大部分人出于利益诱惑,也有人是出于价值感的提升,或者二者兼而有之,正如马斯洛的生存原理阐明的,一个人衣食无忧以后,需要的是获得社会的认同和尊重。

而丁沫呢,她想成立一支符合自己理想的团队,是出于什么目的呢?

这个问题,在还没有开始筹建自己的团队之前,丁沫就认真地思考过,而且不止一次地反复思考,探问过自己。

可以这么说,从她决定加入保险行业的那一刻开始,到成为一名优秀的代理人,她从来没有认为自己加入这个行业仅仅是为了成为一名销售保险产品的业务人员。丁沫要建设一支队伍,通过这支队伍让保险在更大范围、更高层面发挥其应有的社会作用,从而帮助和改变更多的人,改变社会对现有保险行业的认知。这是丁沫的心愿,是丁沫加入保险行业的初衷,也是丁沫从事保险业的终极目标。

每年的第一个季度各大保险公司都在积极运作、备战"开门红",以斩获新财年的第一桶金,给新的一年拉开一个好兆头。而第二个季度就是要扩大规模招兵买马。当然,保险公司的角色仍然是摇旗呐喊、营造氛围,鼓动代理人摩拳擦掌、冲锋陷阵。为了能够更加快速、稳妥地实现人力规模指标,保险公司也会象征性地投放一些资源,给出一定的激励政策,每个代理人招到几人就有相应的物质奖励,比如旅游、学习、培训,奖励的兑现要么以各个团队为单位比如营业处、课等,要么兑现给每个代理人。所以,一方面为完成工作任务,另一方面也是因利益驱动,每个业务团队都会调动各种资源、想方设法实现人力规模的增长。这个活动从策划到实施的整个过程俨然就是一场战役。丁沫就听说,有的营业团队甚至聘请了一些所谓的职业规划师参与其中,以赢得人力战役的胜利。

在这种形势和氛围之下,各个团队的负责人或团队长,就会因势利导地鼓舞自己团队的人员,号召各代理人跟着公司的节奏开始行动,顺势而为,可以事半功倍实现团队的搭建。

组建团队的第一个步骤就是得有人选。

传统行业招聘员工可以在各大招聘网站进行人才搜索，也可以参加政府行政部门举办的人才招聘会，还可以借助各种媒体，比如报纸、电视等平台宣传企业招聘用工的信息。这些渠道或方式不仅是常见的、也是规范的。所以采用正规渠道进行招聘的企业，其用工行为让应聘人员感到是光明正大的，也是正当的。

反之，如果你突然接到一个陌生电话，告诉你，我们这里正在招聘员工，哪怕就是招聘总裁，你会有何感想呢，何况，现在这种陌生招聘电话不是偶然为之，而是常常接到呢？

想必大部分人的第一个反应是反感：你是怎么知道我的个人信息的？况且我也没有找工作啊，我现在的工作好好的。被这种增员的电话骚扰到的也包括丁沫自己，开始的时候丁沫也奇怪了，自从加入保险行业以来，怎么隔一段时间就能接到同业的增员电话呢？自己还是身处这个行业的人，都如此反感，何况不是这个行业的人，这种行为得有多么让人讨厌呢？！

这种偷偷摸摸的招聘行为，其本身已经贬低了保险，仿佛是不打自招：这份工作既廉价又不靠谱，好比在电线杆上发布用工信息一样。之所以不能光明正大地招聘，就是因为代理人制下的个人招聘是违规的。所以，也难怪有些人竟然把保险事业与传销这种非法行为等同起来了。

很多代理人通过各种渠道获得陌生人名单，或者通过各大招聘网站，在里面搜索正在找工作或已经找到工作的人，然后逐个打电话，这种靠碰运气组建自己团队的方式，在丁沫看来不仅违规，而且是不可取的，其根基也是不牢固的。

18

丁沫的做法是，一定要找自己认识并且相对了解的人作为未来团队的合作伙伴。认识的人、熟悉的人或者是这些人介绍的亲友，如此双方彼此都有个认可和评价，这是团队建立的第一步，也是所以称之为"团队"的基础。

丁沫认为很多人根本没搞清什么是团队，就开始了团队的筹建工作，一条没有路标的路最后能走到哪里就是一个未知数，即便果真聚拢了一些人，按保险公司的要求构成了一个经营单位，也是运气使然，不仅根基不牢，给未来的团队经营埋下了巨大的隐患，而且也不是一个可以供他人借鉴或传播的光明之法。

首先何为"团队"，不是几个人凑在一起有一件事做，就是团队了。

一个团队，首先是有自己的团队文化，有团队愿景、团队使命，有团队结构、有团队标识的组织。团队文化是将一群人召集到一起的精神纽带，也即团队的价值观，价值观不同的人不能成为团队成员，所谓"道不同、不相为谋"；其次，团队成员间彼此信任、互助、友爱；第三，团队所开创、经营的事业是为社会所接受的正义事业，为绝大多数人谋利益的高尚事业。

同时具备以上三点的组织方可称之为团队，否则，不啻为一群乌合之众。

再则，保险产品虽然也是商品，但其售卖的不仅仅是一纸合同，而是一份承诺，客户是出于对代理人个人以及代理人所代表的保险公司的信任方能做出购买决定。所以，作为保险从业人员，代理人的道德水准是非常重要的，也是首要条件，但是对于我们不了解的人甚至不认识的人，其德行方面就很难把握了。

另外，出于代理人的职责，也要求代理人应具备较高的职业道德水准。保险这种商品因其特殊性，特别是人寿保险，合同有效时间一般较长，甚至与客户生命等长，且客户即投保人虽然是一个人，却关系全家甚至几家的福祉，寄托着几代人的生命尊严、责任与爱，如此长期且重要的资金安排更需要德劭之人来经营打理，方至妥善。

方向和框架有了，接下来就开始寻找合适的人选。

丁沫的目标锁定现在正从事销售的朋友，年龄在三十岁以上的女性为佳,为什么设定这样的标准呢?丁沫认为,女子天生情感细腻、具备耐心、擅长与人沟通,另外这个年龄的人基本已经结婚,对生活有了一定的理解,更懂得责任和爱的内涵,也就相对比较容易理解保险的意义。

如此,丁沫陆续与二三十位符合标准的人进行了面谈,通过面谈,丁沫认为适合做这项工作,而且本人也愿意从事保险事业的人有十几人,丁沫感到自己的工作进展还是颇有成效的,团队的成立仿佛遥遥在望,不禁心生欢喜。

这一天是个周末,丁沫接到方晓莫的电话。

"丁沫沫姐姐,忙不忙呀?"一听这口气,丁沫就知道晓莫今天心情大好。

"什么喜事啊,说吧。"丁沫依旧平静如水,波澜不惊。

"姐,你猜猜看。"晓莫最近也不知道怎么了,说话越来越像个孩子,丁沫直想笑。不过,丁沫知道,即便像个孩子也比像个"领导"成天挑别人的毛病要好。

"我哪能猜得着啊,再说啦我得配合咱晓莫啊,即使能猜着也不能道破天机哟,哈哈。"丁沫揶揄道。

"姐,我们的项目通过验收啦!哎呀,我太激动啦,今天真是值得纪念的日子!"最终还是晓莫按捺不住喜悦的心情,自己宣布了。

"哦,那真是一件大喜事啊,祝贺你晓莫!"丁沫一想,对啊,就忙乎自己这点事情了,晓莫部门负责的、备受公司上下瞩目的重点项目早已经过了交工的时间了,自己这个做姐姐的也没关心一下。

听到这个消息,丁沫欣喜的心情可能不亚于方晓莫,而除了高兴丁沫还有很多欣慰的感情在里面,她觉得最终这个重要的项目能够得以顺利通过验收,说明自己那天和晓莫的沟通还是起作用了,晓莫不仅用心思考,而且认真在自己的思想深处进行自省和剖析,并在行动上加以约束和改变自己,才有后期项目的顺利实施和今天的验收合格。一个软件开发项目能得以验收通过,说明不仅开发质量符合甲方要求,在技术实现、功能扩展、画面设计等所有方面也均符合或超出客户的预期要求，这个结果相当于大学生的毕业论文，但比写一篇论文的难度可要深奥得多。

"姐姐，这个军功章有我的一半，也有您的一半，要不是您那天的开导，我可能还处于水深火热之中，如热锅上的蚂蚁不知所措呢！"丁沫知道晓莫说的是真心话。

"哎呀，和你姐还这么客气，想怎么庆祝啊！项目津贴现在可以支用了吧？"丁沫到底财务出身，三句话就能想资金安排上。

"是啊，打电话一个是向姐姐通报一下喜讯，再就是邀请姐姐过来和我们一起开心呢！我计划这样，我们先去吃韩国烧烤，然后去K歌，最后泡温泉，怎么样？一条龙的全套服务，到位吧？"晓莫得意地说。

"好啊，美食娱乐健身都有了，我就不去了啊，咱俩之间就不用这个了，再说我一个小老太太，往你们那里一坐年轻人都觉得受拘束，你带着你那些小伙伴们去吧，也应该好好犒劳犒劳他们一下了，他们最辛苦了！你懂的——"丁沫言下之意，想必晓莫心里清楚，是让自己趁热打铁，把向博强以及其他项目经理的心彻底拢顺了，以后工作起来就没有障碍了，当然，关键还是看方晓莫会不会做领导，管好自己，打理好自己的心。

晓莫也就没再和丁沫纠缠，调整了一下自己感谢丁沫的方式和时间，打算过两天单独请丁沫，就她们姐俩，说话唠嗑也方便。"姐，说真的，以后我得多和您交流，我才能不断进步啊，到时候您得不吝赐教哦！嘻嘻。"晓莫半开玩笑半认真地说道。

"你这丫头什么时候也学得嘴巴跟抹了蜜似的，好了快去布置吧，我中午也有个约会呢。"丁沫结束了通话。

哎呀，真是好事成双啊，丁沫心里想着，晓莫这个项目成功的意义不仅在于项目本身，在晓莫的事业进程中可以说是一级晋升的台阶，具有里程碑的意义。

按照民生保险公司的增员流程，代理人自己面谈合格的候选人或被增员人，经由区主任、课长等面谈合格后，由分公司进行面谈或面试，说是面试其实都是走过场，除非找来的这个人实在不行，比如学历太低，或者有过精神病史，否则候选人或称被增员人基本都会通过各个层级的面试。

而丁沫的十几位准代理人在经过层层面谈、面试均告合格后，不知为什么陆陆续续或委婉或直接地告诉丁沫，自己的想法改变了，不想从事保险方面的工作了，不仅如此，还反过来劝说丁沫，认为丁沫在这个行业太委屈了，这个行业不适合丁沫这样的人发展。

这个结果是让丁沫万万没有想到的，同时也让丁沫非常不理解，一时难以接受。有很长一段时间都没有从这个结果的阴影中走出来，因为她始终没明白，自己精心挑选的这些人是什么原因导致他们最终选择了放弃？

自己又来到了这个房间，空旷，冷清，不时有风吹进这个没有人气的房间，雪白的落地窗帘不时地随风飞舞，更增添了房间的神秘感。虽然房间布署高雅、庄严，采光也非常充足，因为房间一圈都是细长的落地窗。但是，房间里却弥漫着悲凉和沧桑的气息，还有一种很难描绘出来的情绪，压抑？无奈？房间像是椭圆形，墙壁是蓝色，比天空蓝要深、比宝石蓝又浅，墙上挂着油画，画的是一个站立的男子，一身浅色的19世纪欧洲的着装……还有办公桌，但每次都看不清桌子的位置以及桌子的颜色……窗外是一片草地，但是没有耀眼的光线，似乎是风雨即将来临的时刻，让人不由得更加不安……虽然每次都看不清房间的全貌，但丁沫心里好像知道，这是一座城堡最下面的一个房间，这里的一切自己曾经是那么的熟悉，却又是如此的陌生，这里曾经是那么的繁华与兴盛，如今却只落得"雕栏玉砌应犹在，只是朱颜改"……

这是一个梦，丁沫已记不清梦到过多少次了，每次"看到"这个房间的时候，梦中的自己都会知道，我怎么又来到这里了呢？看来梦中的自己也不愿来到这个悲凉之地，每次梦醒之后，丁沫的心情都会大受影响，低落而又惆怅。

丁沫平时很少做稀奇古怪的梦，像别人梦见妖、鬼、怪之类恐怖的景象，对于丁沫是一点都不理解那会是一种什么样的感受。印象中自己曾经做过一个梦，梦见自己死了，梦中是出殡的场面，而"自己"仿佛是飘在空中，俯瞰这个场面。这是丁沫记忆中最怪异的梦境了。

如今，这个一再出现的城堡房间的梦境对于丁沫来说，让丁沫多少有点担心自己的精神或心理方面是不是出了问题。

于是她把这个梦境和林征讲了，林征也感到奇怪，但是不好让妻子更加担心和不安，只能安慰丁沫：可能是最近自己心理压力比较大，所以潜意识中就会出现反射心情的梦境，所谓日有所思夜有所梦嘛。成立团队的事情先放一放也好，又不是明天就不在这个行业做了，慢慢来，别着急，所谓"谋事在人，成事在天"，谁也不能违背天意啊。

丁沫就这样经历了一段她加入保险行业以来最低迷的时期，每天也是一样出勤，仿佛也和以往一样该做什么做什么，但是心情一直处于低谷。师傅施丽也看到了丁沫的状态，开始以为丁沫是不是有了想法或者不想在保险行业做下去了。实际上自从丁沫加入自己的团队以来，施丽总是担心丁沫哪一天就会突然告诉自己：师傅我不想做了。可以说，这个画面时常会在施丽的心中闪现。伙伴们也都注意到了丁沫情绪的变化，但是，谁也不知道丁沫这种状态产生的原因。作为丁沫的师傅施丽多少也能猜到一些，但始终也没和丁沫就这件事情认真地进行过分析和沟通。

一个人的时候，丁沫自己还是会认真地思考这个问题，分析问题可能出在哪里。也许对方对自己不够信任，也许对方对于做保险工作还是没有信心能做好，也许是听了哪个人的劝告而放弃了。后来，丁沫突然发现自己这样漫无边际地猜测，结果简直可以有N个版本，索性放下了，不去想了。到时候自然有水落石出的那一天。既然老天爷没能让我在这个时候成立自己的团队，那一定是有缘由的吧。

就这样，第一次团队筹建工作无疾而终，丁沫内心的惆怅自是难以描述，但生活还在继续。

19

一个周末,丁沫正在陪妮妮上绘画课,接到一个电话,是宏宇集团的生产部门负责人许大伟,丁沫离开宏宇集团后,几乎没和这个人联系过,接听电话时差点都想不起来对方是谁,搞得丁沫颇有些窘迫。

一阵寒暄过后,丁沫听明白了,许大伟是想请丁沫帮忙,给他的亲戚提供一些工作上的指导,他的亲戚是一家连锁餐饮企业的老板。丁沫不置可否,只能说,有空的时候,可以找他的亲戚了解一下,看看是什么情况,至于能不能帮上忙,自己现在不好下结论。丁沫心想,许大伟这事怎么也能想到我?

直到和许大伟的亲戚见面,丁沫才明白,原来是赵爱民向自己的前下属推荐的自己。丁沫当时心想,老领导也不事先告诉我一声,也好让我有个准备呀,万一他的问题我解决不了或者没帮上忙,那不也丢您这个推荐人的脸面么。现在,只能"既来之,则安之",看情况再说。

情况原来是这样,许大伟的这位亲戚叫罗志生,是许大伟的表哥。罗老板公司的主业是连锁餐饮,目前有三四个餐饮品牌在东北三省运营,十几年辛苦经营下来,公司有了一定的积累,未来发展也十分看好,所以就有人想给他的公司投资。

之前公司的股东就是罗志生夫妻,说白了就是罗志生一个人的公司,现在突然有人想跟自己一起做这个事儿,他还真不知道该如何应对,虽然这个人也和自己是朋友,但是做了这么多年生意,罗志生非常清楚"亲兄弟明算账"这事儿,所以思来想去,他决定得找个明白人给自己好好筹划、筹划。这么重要的事情还是找自己的亲戚靠谱,周围这些亲友还就是许大伟混得有点模样,许大伟听了表哥的困惑和想法,知道自己也不懂资本运作方面的事情,但是自己也许可以帮忙介绍其他懂得这方面操作的专业人士。于是,许大伟想到了自己的老上级赵爱民，赵爱民了解情况后，立即推荐了丁沫，而许大伟坚信赵爱民的判断。

情况知道一个轮廓，丁沫又了解了一下公司现有的净资产，可是，这位老板只知道他账上大约有多少钱，至于啥是净资产他也搞不清，丁沫笑了。于是，从另一个角度又问了一下，企业有会计报表吗？这一问，这位罗老板就看许大伟，许大伟说没事，有啥说啥，否则丁总没法给咱帮忙。原来他们公司目前只有一个专职财务人员，即出纳员，会计核算这一块是委托给财务公司记账报税的，平时如果有事，还有一个兼职会计，是只有年末或者有重要事情时才会出现的财务人员。

看来，丁沫也不用了解真实情况了，就把吸收新股东应该注意的情况给罗老板大略讲了讲，丁沫知道，他一定是没有听懂，因为首先这件事情不仅在技术上非常复杂，而且对于企业来说也是特别重要的，丁沫觉得这事不是在咖啡厅能说清的；另外，她也不清楚现在这家企业的整体财务状况，不太好给出一个清晰具体的建议，只能提一些常规的注意事项，如果想了解细节，可不是一两句话就能说清的，否则就是应付他，是有违丁沫做人原则的。

会面结束后，丁沫单独给许大伟打了一个电话，把她内心的真实想法讲了，许大伟才恍然大悟，表示把这个意思给罗志生传达清楚，然后再看他怎么决定。

丁沫又给赵爱民打了个电话，打电话之前细细一想，不禁十分惭愧，这一晃又是大半年过去了，自己连声问候都没有，可是他老人家还一如既往地惦记着自己。赶紧拨通了电话。赵总在电话里听起来心情很好。寒暄过后，丁沫把许大伟托付的事情给老领导简略描述了一番。赵爱民在倾听的过程中，告诉丁沫他光顾过这家餐厅，饭菜质量都还不错，当时也正值饭口时间，来得稍晚的食客都要等位置呢。

丁沫心想，那说明他家的经营状况还是挺不错的呀，难怪有人想跟他合伙做呐。

经营企业就是这样，你的企业越是经营得好，就越是有人想给你投资,大凡投资者,都喜欢做锦上添花的事。如果你经营遇到了低谷,希望有人拉你一把,给企业注入一些资金的时候,就没有人理你了,除非你运气好,遇到了识货的明白人。

赵爱民的意思是,既然大家有这样的缘分,能帮就帮一把呗,民营企业家都不容易啊。老领导的主旨丁沫很是赞同。

在这次见面之后,没过几天丁沫接到许大伟的电话,想请她去罗志生的公司坐一坐,上次的事情具体如何操作再详细谈一谈。

丁沫安排了一下日程,约定了去罗志生餐饮企业的时间。

在与罗志生第二次的交流过程中,丁沫终于了解到企业的真实财务状况,以及新的投资者想占有的股权比例等基本情况,至于对方是否还有其他的要求,并不得知。这位拟投资人并不是风投,也不是私募,也就是说不是专业的投资机构,只是一个自然人,手里有钱放着也是放着,投股市以及其他资本市场自己一不专业二也不放心,看好罗志生企业现在以及未来的发展,就想把钱放到罗志生这里,以钱生钱。

丁沫于是给罗老板提出了应对的具体办法和步骤,包括如何与拟投资人进行谈判,如何起草股权变更协议等具体环节。

丁沫注意到,新股东并未提出要求被投资企业出示经审计的企业会计报表,从这一点来看,对方要么就是不懂投资入股一家企业规范的操作环节,要么就是信任或者看好现在这位老板的为人,所以没有按正常步骤安排投资前的工作。如果是这样,新股东可能是一位偏感性的人,如果入股后还要参与企业的日常经营管理活动,具体如何与现在的管理团队进行分工,现在的老板就要提前有所准备和思考,这也是比较容易出现问题的环节,以免事到临头再想办法就晚了。所谓"圣人不治已病治未病,不治已乱治未乱"讲的就是这个道理。

作为吸收新股东加入的被投资企业来说,即便新股东不要求,企业自己也应该做一下财务审计,一方面明确自己的家底,另一方面以示公开、公平、公正,对老股东和新股东双方都是平等对待的,以便为日后双方和谐共处、共同经营企业打下一个健康的基础。即便投资人不参与企业的经营,这些工作也是不能省的。这是丁沫给出的建议,罗志生听得非常认真,还时不时用笔记下一些要点。

通过两次的沟通,罗志生非常感谢丁沫专业性的指导和帮助,提出来要给丁沫表示表示,或者给丁沫办张 VIP 卡什么的,丁沫谢绝了,开玩笑说,以后到您这里用餐,多给折扣就好了。当这位老板得知以前的财务总监,现在就职于保险公司时,和大多数人一样非常诧异,但还是礼貌地没有过多评论。许大伟在一旁就说:"哥,你以后需要买保险,不论是家里、还是店里,都可以找丁总,丁总不仅企业财务方面专业,私人理财也是非常专业的,让你赚到的钱在生钱的同时更安全。"丁沫笑着说:"罗总不要有压力,咱们随缘好了。"

丁沫后来得知,入股谈判比较顺利,对方果真也没提出其他的要求,比如要有一定的管理权什么的,就是每年按入股比例分红就可以了。

鉴于丁沫在这次的投资活动中发挥的不可替代的作用,以及表现出来的专业胜任能力、优秀的人品,罗志生有意请丁沫出任他们餐饮公司的企业管理顾问,以便以后有问题随时沟通和请教。丁沫同意了,只要自己有空可以给他们提供一些指导。虽然现在离开了实体企业,但毕竟在传统行业工作了近二十年,还是非常有感情的。何况丁沫对于企业财务管理一直非常感兴趣,同时她也擅长解决和处理企业在经营管理中出现的问题。

当然,丁沫也有自己的私心,希望通过自己所提供的这种与众多代理人不同的服务,对开拓目前的寿险事业有所帮助,但这一定是顺其自然、顺势而为的结果。

第四章 做好自己，让最好的来找你

1

随着在民生保险工作时间的增长和对寿险工作了解的深入，丁沫越发感到保险行业在经济生活中发挥的作用是何等巨大，保险作为转移风险的金融产品，在人们的生活中，其彰显的意义又是何等具体和真实。

在工作经验与日俱增的同时，丁沫发现现在自己有一怕：害怕节假日接到客户的电话，因为在这个时间段接到客户的电话，一般都是客户出险了。

如果是客户生病了，这种状况相对来说还比较好处理，安排客户去合适的医院，即要选择在保险理赔范围内的医院，同时要考虑到本市各大医院各自的医疗优势。当然，凡是国家正规的医院几乎都在可以理赔的范围内。

丁沫最害怕的就是接到意外事故的电话。因为有的意外事故情况非常复杂，而有的也令人非常难过，即便与客户非亲非故，闻之也令人难以承受。

丁沫有一个与众多代理人不太一样的特点，就是不喜欢多说话，和客户见面也依然是自己的真实状态，不会因为是客户而多说一句话，该说的一定说到位，处于可说可不说的丁沫要视具体情况决定。作为代理人如果话说得过多，不仅自己累，重要的是对于客户的体验来讲也不是好事，不利于客户理解保险产品或保险的意义。

丁沫信奉的是：功到自然成。

在一次准备第二天的客户拜访前，丁沫照例对该客户的现有保单以及客户的相关信息进行了整理。这位客户是公司分配给丁沫的公司老客户，投保人孙建军，三十五岁，男性，个体工商户。从系统中的信息可以看到，客户家庭的主要经济来源是孙建军的水果生意。做个体生意的人群有一个共同特点，即绝大多数都没有社会保险，但凡遇到疾病或意外，都要自己支付全部的医疗费用。因此，这个人群相对来说，更需要利用商业保险来转移风险，以保护自己和家人。

投保人名下有三张保单，看情况是大人孩子各一张，单从数量上看这是一家比较有保险意识的家庭，用业界同仁的话说这是优质客户，容易开发出新的保单。但丁沫并没有把注意力放在开发新保单上，而将家庭现有的保单进行了逐一整理和分析。

整理后丁沫发现，虽然看起来每个家庭成员都有了一份保单，但是实际上，从一个家庭的风险防范来说，还有很多细节尚待完善。

比如男主人孙建军是三张保单的投保人，这一点证实了孙建军是家庭经济支柱的猜想，而他自身的保单是一款关于普通疾病外加意外伤害的保单，也就是说这张保单只转移了普通疾病的风险，而把大病、重疾的风险留给了自己。而且意外伤害的保障额度过低，只有两万元，即如果被保险人因意外事故而不幸身故，只能得到人民币两万元的赔付。

而一场重疾或大病下来的花费，往往可能会让一个原本处于小康生活水准的家庭，骤然降格为捉襟见肘的贫困家庭，所以，单纯从转移风险的角度来看，孙建军本人的现有保单并没有有效地或完整将人身风险转移出去，只是转移了部分风险，而且是小部分风险。

再说女主人，女主人的保单是一款大病或者称重疾的保险产品，也有意外伤害的保障，但不足的是，重疾的保障额度过低，还不到目前滨海市平均治疗一次大病费用的一半，如果风险发生的话，能否得到足够的赔偿资金来进行诊治呢？答案是显而易见的。

第三张保单，是这个三口之家唯一的小宝贝孙建军儿子的保单，这一张显然是父母给自己的宝贝儿子积攒财富的一个账户，但是丁沫看来有两点需要补充或者完善，一个是应该添加意外伤害的保障，孩子今年五岁，正是上窜下跳、调皮捣蛋的年龄；另一点需要补充之处就是添加重疾方面的保障。

简单分析了孙建军的家庭保障后，丁沫决定立即拜访这个客户。

丁沫如约见到客户后，把三位家庭成员的现有保障情况一一进行了介绍，随后将每个人每张保单应该补充的地方也都进行了说明和强调，特别是男主人的重疾保障以及孩子的意外伤害保障应该重点考虑，应立即补充和完善。

孙建军听完丁沫的讲解，拿着保障分析资料看着，琢磨了一会儿问道："什么叫意外伤害？"丁沫心想，这是一个不爱讲话的人，看这性格还挺内向的。给他进行了解释，不以人的主观意志为转移的突发事件，比如不小心摔了一跤导致骨折，踢球导致脚部多处骨折，以及高空坠物使人受伤的情况，等等，现在意外伤害的事故发生频率越来越高，甚至有人觉得自己生活的环境充满了不确定、不安全的因素。

丁沫举的例子都是因意外事故发生而导致受害人身体受到不同程度的伤害，而非致命的情况。于是，他又问了一句，如果下楼崴脚了就赔吗？丁沫觉得有个概念他可能没搞清楚，就是赔不赔和赔多少的问题，于是着重就这二者的关系给他做了详细讲解。

只要属于意外事故发生的损伤，都属于意外伤害的赔偿范围，当然，有些损伤或伤害难以界定是否是意外事故导致的，当面临这种情况时，需要由保险公司的专业人员进行确定或请其他专业机构的专业人士借助一定的技术手段进行确认。

针对不同的伤害程度，赔偿的金额也是不同的。意外伤害的赔偿原则是补偿制原则，也就是因意外事故被保险人花了多少钱，在以保额为最高限度的前提下，保险公司进行赔付。最严重的意外伤害情况，就是因意外伤害而导致被保险人死亡，那就赔付全部保额。

讲到这里，客户可能是觉得自己听懂了，立即说道："人都死了，还要钱有啥用？保险这东西，我看了，只要粘上就没个完，一会儿说你这里少了，一会儿说你那里少了，没完没了。"哎，丁沫一听，说了半天，还是没听明白多少啊。

"呵，孙师傅您说的想必都是您的切身体验，我也不好批评您的体验是对是错。正像您刚才说的，如果因意外导致不幸的发生，有人并因此终止了生命，但是，我们还有活着的亲人啊，这些亲人是不是仍然要继续生活呢？"丁沫启发着投保人继续讲解。

"那还用说吗，肯定得活着啊。"客户不知丁沫要说什么。

"对，那活着的人无疑要继续生活，是不是需要金钱来维系和运转啊？保险的作用就是防止因为意外或者疾病的发生，导致失去家庭收入，或者在收入骤降的情况下改变家人原有的生活质量，比如孩子可能因风险或事故的发生而被迫放弃学业，老人可能因此得不到应有的赡养等等。您说是这样吧？"丁沫尽量引导客户与自己的思路保持同步。

"嗯，是，理儿倒是这么个理儿。"客户回答。

"所以啊，我们花钱购买的商品必须得实现它的使用价值，如此这钱才花得值，您说对吧？就像您是做水果生意的，会有人花钱去买不能吃的水果吗？！别说不能吃了，就是不太好看的，都没人愿意要，您说是吗？"丁沫进一步启发他。"而假如我们花钱购买了保险，但真正发生事故时却发现用处不大，或者没有解决您面临的问题，您说，到那个时候作为消费者是不是就得骂人啦？"丁沫笑着问客户。

"嗯，对啊。道理我都懂，但是，你也知道，我们是做小生意的，这不一定哪天生意不好做了，保费可能就交不上了，现在我们一家三口的保费每年是两万元，如果还要再买的话，我得琢磨琢磨。"客户的回答也很在理。

"我理解您的顾虑，也赞成您能谨慎地选择投保。是这样，您不要以为凡是保险就一定很贵，像儿童意外险每年也就交一二百块钱，就能买到目前国家允许购买的最高保障了。"丁沫仍然在努力提醒对方。

"嗯，行行，我考虑考虑吧。"沟通到这种程度，丁沫没再坚持，觉得也应该给客户一定的时间考虑清楚。

"也好，您考虑好我们再联系。"丁沫微笑着结束了与客户的面谈。

像这样的客户，在丁沫的展业过程中，是比较典型的，而丁沫也知道，如果作为代理人不和客户主动联系，客户是不会和自己联系的，当然，除非……有坏事情发生。

半个月后，丁沫去拜访其他客户的途中路过孙建军做生意的市场，找到他聊了几句，可能是因为有生意，孙建军的态度比较冷淡，丁沫和他说了几句话，就知趣地准备离开了。孙建军清楚地知道，丁沫是想了解对于上次给自己分析的家庭保障情况的不足，是否考虑好了进行补充。所以，在丁沫告别时，他略带歉意地说："丁经理，等我想好了，我去找你吧。"丁沫明白，这话的意思就是说，你也不用再来找我了，我想买的时候自然就会主动找你的。丁沫颔首微笑。

这次见面过了大约两个星期，一个周六的下午，丁沫陪女儿妮妮上完绘画课，刚到家，就接到了孙建军的电话，丁沫一接听，就感觉对方的口气就不太对劲儿："喂，是丁经理吗？我们家出事了。"丁沫感觉自己的心顿时往下一沉。

"孙师傅您别急，慢慢说，怎么了，谁出事了？"丁沫尽量让自己冷静。

"我儿子，我儿子出事了。"丁沫一听是小孩，直觉可能是摔倒了，碰着了之类的，心情反而轻松了一点。

"那赶快送医院啊，离你最近的博爱医院也是我们公司理赔范围内的医院。"丁沫以为对方一时慌张过度，不知道该干啥了，提醒客户。

"嗯，在医院呢，医生说不行了……"丁沫一听，心一下子又悬起来了。

"啊？孩子到底怎么了？你说清楚啊！"丁沫这时的心情是又着急、又害怕，着急是急着想了解客户的状况，同时又害怕真实的状况自己也难以接受。

"孩子从窗户摔下来了……"一听这话，丁沫都没敢问是从几楼摔下来的，眼泪顿时涌了出来。"人已经不行了，你看看，理赔都需要做什么……我们都需要准备什么资料，你帮我弄吧。"

这是丁沫加入寿险行业以来办理的第一起因意外事故导致的死亡理赔案件。丁沫为客户痛失爱子而备感心痛的同时，让丁沫更加痛苦的是，内心深处对自己产生深刻而强烈的自责，她觉得这件事情上自己有失职的地方。如果那天跟客户沟通时再多劝说劝说，让孙建军给孩子买上意外险，说不定今天这事就不会发生，即使发生了，客户也能多得到一些理赔款。虽说死者不能复生，但逝者已逝，毕竟是现实，如果生者因此什么也得不到，那不是更让人悲哀吗？至少在理论逻辑上是这样。

其实，谁都知道，如果事情的发生与购买保险之间真的存在逻辑关系，那天下所有买过保险的人就都无病无灾了，那样的话恐怕根本不需要保险代理人这一职业了。因为不用任何人再去沟通、说明、强调保险的功用和意义，谁都知道保险如同水和食物一样是每个人的必需品，每个老百姓一定会争先恐后地购买。

丁沫在情绪上仍然陷入深深的自责中，很长时间都难以原谅自己。

理赔的整个过程，还算顺利，理赔款在资料递交的两天之内就打到了客户的账户中。

也因此，丁沫一直与孙建军保持着联络，这件事故后，夫妻俩因难以承受这巨大的打击，整整一年都没有工作，整个家庭也就立即失去了经济来源，依靠以前的积蓄勉强度日。

这件事情让丁沫深刻地认识到，如果我们的家人因风险的发生而离开了我们，的确再多的理赔款也无法让逝去的生命复活，但是赔款至少可以让生者继续生活下去。如果孙建军当时听从了丁沫的建议，获得的理赔款几乎是现在的两倍。这笔钱可以给他们因此而失去收入来源的家庭带来实实在在的补偿，因为他们还有老人需要赡养，而且，孙建军的妻子在事故不久后又有了身孕。这个意外得有些不可思议的喜讯，给这个不幸的家庭多少带来了几许安慰和对未来生活的憧憬。

生命的往复轮回，真的就是这个宇宙间最大的秘密。

自从这个事件之后，客户家庭的切肤之痛以及深刻的自我谴责，让丁沫形成了更为严谨的工作模式和清晰的自我要求。丁沫要求自己，每次和客户面谈时都要把自己的建议提及至少三次以上，而且第二次的会面不能晚于上一次会面一个星期，等于是对上一次会面的回访，以强化客户对保险意义、功用的理解，加深对风险的破坏性以及无法预防的感性认识。即便这样做可能会导致个别客户的不理解而产生对抗情绪，也一定要坚持。正是因为客户的认知可能达不到专业高度，我们作为专业人士才必须要给客户一个明确而清晰的建议。这就是专业精神的体现吧。

当孙建军的第二个宝宝出生时，丁沫精心准备了一份礼物送给这个小天使，送上自己真诚的祈祷和祝福，祝愿孙建军一家平安如意。

2

在丁沫加入保险行业不到一年的时候，就开始陆续有其他保险公司的人给丁沫打电话，或者邀请丁沫加入他们的公司或团队，即直接挖墙脚；或询问当前的状况，仿佛无限关心的样子。在滨海这个并不算大的二线城市,有近三十家各种性质的保险公司,所以基本上就是这些保险公司的人你来我往地相互进行"骚扰"。

其中,有一家保险公司比较特别,因为丁沫发现其他公司打过电话后基本就不会再打电话了,但是,这家公司几乎隔一个月就会打来电话,也就是说有一定规律地、有意识地给丁沫打电话,尽管丁沫每次都告诉对方自己并不想换公司或者换工作,但对方仍然按自己的节奏不急不缓地进行。

民生保险无论其规模还是同业中所占据的地位,以及自己在这里工作的感受,都让丁沫觉得没有要离开的理由,至少目前没有。所以丁沫每次接到同业的增员电话,出于礼貌也出于同行的理解,都婉言相拒。

有一天,丁沫正在和一个客户沟通保单的情况,又接到了这家公司的电话,丁沫不想多聊,就推托说现在不方便,晚些时间再说吧。

结果对方果真在晚上七点多的时候又打电话过来。丁沫虽然是一个敬业的人,但也不喜欢在休息时间被人打扰。一看电话,不是通讯录里保存的联系人,有心想不接,但又觉得不太好,并且这个号码好像自己比较熟悉,就担心是不是哪位客户的电话。

"喂——您好,是丁经理吧,打扰了!我是德信人寿的李美,下午的时候和您联系过。"声音轻柔,原来如此,丁沫早把下午的"承诺"忘掉了。不由得心想,我就是那么一说,你还当真啊。

"你好,我知道的,你说吧。"丁沫的声音让人听不出来她的情绪,即使心里再不高兴,也不便还以颜色。

"您看,我们公司和您保持联系也有一年多了,经常打扰您,我们也非常抱歉。"嗯,还算懂事,丁沫想。

"嗯……"丁沫未置可否。

"您看这样,这两天我们见个面,聊一聊好吗?"对方一听,这次丁沫没有像上几次一样直接拒绝,就立即展开功势。

"你们找我到底什么事情呢,大家都挺忙的,而且又是同业,我看没有见面的必要吧,也无须浪费大家的时间。"丁沫以守为攻。

"丁经理，我听说您是一位特别喜欢学习也非常擅长学习的人，这个世界这么大，有很多事情在我们不了解的时候，就容易让不理智的情绪障碍我们的思想，以致于影响了我们的判断，您说是吗？"听声音这位不到三十岁的女子说起话来还蛮有道理呢，两句话不到就可以切中要害。

"听你的意思，你们对我还是比较了解的，你们是从哪里知道我的个人信息和资料的？"丁沫觉得这事应该没有表面看起来那么简单，因为其他同业你告诉对方不想换工作，就不会再进行第二次打扰了，只有这家，丁沫今天才明确知道这家公司的名字是"德信人寿"，以前总是叫不准。

丁沫从这个公司的名字就可以判断，这是一家没有民生保险规模大的公司，可能只经营人寿保险产品，财产险、责任险以及其他金融行业范围的业务都不涉及。

"这个啊，现在还不方便告诉您，到时候您自然会知道的。"这位名叫李美的女子还真有趣。

"我不可能离开民生的，我已经告诉过你了，你这样只能是浪费彼此的时间。你是做什么职位的？"丁沫想知道她是一个什么角色。

"我就是一名督导。"督导，丁沫心想，一个小小的督导还挺厉害呢，好像比民生的督导要高上一筹呢，丁沫不禁有点不服气。

"这样吧，我们也不用这样来回地拉锯了，你们如果真有诚意请我过去工作，就请你的领导和我谈，好吗？"丁沫用了一个反客为主、树上开花之计，意在让对方知难而退。因为就丁沫所知，代理人增员其上级是不可能给下属去做增员洽谈的。

但是，丁沫发现了一个问题，这位李美的职位是督导并不是代理人，那她就不可能是为了自己的团队增员，难道她是代表公司在进行招聘吗？

"行，好的，我帮您预约一下，我的领导这两天出差了，我和她预约一下时间，然后给您回电。"没想到对方竟爽快地答应了。

"李小姐，你刚才说你的职位是督导，是吧？"丁沫想证实一下自己的分析。

"是啊！我是德信人寿滨海分公司的一名督导"李美应道，岗位描述得更加清晰了。

"哦，知道了，好，还有其他事情吗？"丁沫心想是应该好好想一下这事儿。

"没事了，我约好时间后通知您哈。再见，丁经理。"听得出来，李美的心情显然和以往大不相同，仿佛胜券在握一般。

丁沫在想，难道这个叫德信人寿的保险公司其体制不是代理制而是员工制吗？自己怎么没听说过，去德信人寿的官网上浏览了一下，也没看到什么值得注目或与众不同的信息。

倒是有一点，证实了丁沫对这家公司的判断，即这的确是一家只经营人寿保险的保险公司。虽然也是一家集团性质的金融类企业，也就是说有自己独特的金融业务细分市场以及保险营销模式，但是其规模完全不可与民生集团相比。丁沫接着又在保监会的官网上浏览了一番，将两方信息进行了互相印证，以求相关数据和信息尽可能客观真实。

德信人寿虽然只经营寿险，但也不是一个很小的公司，其保费规模在国内同业中也是名列前茅的，丁沫尤其注意到，在几个能够充分说明企业经营状况的相对指标中，德信人寿在行业中连年居于首位。这是财务管理专业人士非常注重的指标，同时也是一种工作习惯。

此时丁沫注意到，在民生保险公司工作期间，眼睛里和耳朵里接收的全部是对于民生保险有利的信息，也就是说作为与民生保险合作的代理人，接收的信息已经全部被民生保险公司有意识地进行过滤了，代理人接收的信息只是公司想让你接触和了解的信息，而对于行业整体的信息则被公司处理掉了。这是已经习惯于在高层工作的丁沫，现在居于一个机构的最低层，不得不面对的现实。

但是，这也正常，没什么可奇怪的。孔夫子早已说过："不在其位，不谋其政。"你不在那个位置，不知道那个位置应该知道的事情，当然很正常啦。如果本身已不在那个位置，还想要知道在那个位置才能知道的事情或信息,那就会出现两种可能的情形:要么是越位了解信息,要么就是道听途说,甚至以讹传讹、妄加评论,虽说是两种情形,但结果差不多,误人、害己不说,甚至还有可能危害社会。

德信人寿打电话这件事丁沫并没拿它当回事儿,第二天正常上班。其实,丁沫的心思还是在自己的团队搭建上,失败的原因是什么,哪里出了问题,丁沫一直都想把这个事情搞清楚,所谓病因不知道,很有可能以后还会出现败局。

俗话说"解铃还须系铃人",丁沫内心也清楚,想要知道问题出在哪里,找两个当时已经同意来了又改变主意的人,一聊就知道了呗,可是丁沫认为现在还不是这么做的时候。

3

接近午休的时候,丁沫接到鸿万里的电话,说中午一起吃饭,丁沫不知道他有什么事,还以为团体险做得不合适,要改条款或者有了新的想法和要求。一问,还不是保险的事,说公司经营上有点事情,想请丁沫帮着参谋、参谋。看鸿万里说得如此轻松,丁沫也没多想,略做准备就前往就餐的地点了。

鸿万里祖籍是江苏,虽然从小就生活在北方,但骨子里还是偏爱江浙口味的美食,所以今天鸿万里做东,就是在滨城餐饮界比较有档次的"西湖传说"订了位子。

丁沫比约定的时间早到了五六分钟,丁沫的原则是不要让客户等自己。自己刚落座不到两分钟,鸿万里的电话进来了,是关心丁沫能不能找到地方、要不要去接她,丁沫说自己已经坐在这里了。

鸿万里这次不是一个人,身后还跟了一个人,丁沫一看,从年龄和气质上看不像是司机,经鸿万里介绍才知道这是鸿万里的副手,主管财务的副总,叫于海波,双方互递了名片,丁沫看于海波应该比自己年长几岁,一看就是那种比较典型的财务管理者:沉稳、谨慎。

宾主寒暄过后,鸿万里请丁沫点菜,丁沫抱歉说自己有选择综合症，这任务委实难以完成，结果由于海波代劳了。看来于海波和鸿万里共事的时间应该不短了，点菜基本不用请示老板，一蹴而就：西湖醉鱼、东坡肉、糯米莲藕、油焖春笋，外加一汤——上汤苋菜，主食是糯米烧麦，四菜一汤，国宴标准。

"西湖传说"是近几年滨海市比较有名气的中高档餐饮场所，丁沫之前也只来过两次，每次就餐留给丁沫的印象都非常好。

菜品上桌的速度很快，服务员也非常周到有眼色，可能看出丁沫与这两位男士对菜品不是很熟，每次上菜都能在报完菜名后，把这道菜的传说、特色以及食用的要点讲述一下，令食者在胃口大开之时也获得精神上的享受，对江浙的饮食文化有所认识和了解。

于海波第一次和丁沫见面，但由于大家都是财务管理人员出身，还是有很多的话题，因此席间气氛相对轻松，反倒是鸿万里变得好像有些多余了，其实丁沫一直在等鸿万里揭开今天就餐的谜底。

鸿万里一直听着他们二人的谈话，偶尔还插上一两句话，在菜过五味之后，终于道明了今天约见丁沫的目的。

原来万里速运公司目前面对的所谓"经营问题"是想进行外部融资。丁沫心想，有主管财务的老总，公司又这么大规模，还需要我参与吗？

正踌躇间，鸿万里仿佛知道了丁沫的心思，像是解释又像是说明："海波呢，已经跟我干了快十年了，业务能力没的说，对公司的忠心和情感有目共睹我也是知道的，就是融资这方面的事情海波以前没涉足过，因此，今天把你们叫到一起，就是希望以后二位多沟通多了解，把融资这个事儿搞定。海波熟悉公司业务和公司经营情况，丁总对资本运作的流程和实务操作非常在行，所以我们公司以后融资的事情就靠你们二位了。"

至此，丁沫彻底明白了，鸿万里今天宴请的目的和诉求。

让丁沫不理解的是，鸿万里凭什么这么确定自己一定会答应帮这个忙呢？这么重要的事情，怎么也不提前和我通一下气呢？我又不是你们公司的员工，随时找我我都有时间奉陪吗？况且你们公司具体是什么情况，是需要直接在资本市场融资还是申请一些贷款就能解决问题，是需要战略性长期融资还是筹措短期流动资金，等等，这些事情我一概不知?！丁沫此时心里可谓翻江倒海，又如同打翻了五味瓶，但是表情依然平静含笑，神态自若。她想先听听于海波怎么说。

"鸿总的意思我明白，以后我和丁总多沟通，多学习，尽快把我们公司这次融资的事协调好。"于海波就是表了个决心，他也只能这样，毕竟人家上下级在一起共事近十年，公司的情况他自然也十分清楚。但是，丁沫还是要把自己的真实想法表达清楚。于海波说完后，等于他们两个人就在等丁沫的表态了。

"鸿总，首先，感谢您对我丁沫个人的充分信任。但是还要请您原谅，这件事情我现在不敢接，因为一来我的时间很有限，平时的工作很忙；第二，贵公司现在具体什么情况我一无所知，能否不负您的重托，我一点把握也没有。"丁沫措辞谨慎，尽量不让自己的情绪显露出来。

"丁总你顾虑太多了，也可以理解，但是没有这个必要，成功了是你和海波的功劳，这事如果没办成算我的。公司的情况下来你和海波多了解，我们公司首先是合法公司，做的也是守法的买卖，而且万里速运也不会白让丁总辛苦的。"

丁沫从小就有个习惯，在一定时期内，只做一件事情，比如上学的时候，有的同学可以边听歌边写作业，上班以后她发现有的同事，可以手里按着计算器，而嘴里和别人在讲其他事情，年纪小的时候这种本领让丁沫挺羡慕的，但是长大以后，丁沫发现，凡是不能专心致志做一件事情的，几件事情都做得不尽如人意，还不如一心一意做好一件事。

因为丁沫只能专心做一件事情，而且她对自己的要求是，既然这件事情做了就一定要做好，既要对得起自己付出的时间，更要对得起将这件事托付给自己的人。所以眼观六路、耳听八方、八面玲珑之类的词语是她这辈子都用不到的，丁沫做不了兼职，也不想一心二用。且在丁沫看来，这既是自己的客观能力不足，也是自己主观所不愿去为之的。

于是，今天对于鸿万里的请求，丁沫只能委婉拒绝，但是碍于鸿万里是自己的客户，又不能伤害对方的颜面以及彼此之间的和气。

"鸿总，您误会了，我不是说报酬的事情，而是担心自己没有那么多精力，把您这么大的事情给耽误了，那我就太对不住您的信任了。"丁沫希望鸿万里能明白她话里的分量。

这时于海波说话了。

"这样吧，丁总，您也不要推辞和客气了，作为财务人员，我想你的担心我还是能多少理解一些的，这几天您抽个空，我把公司的整体经营情况跟您交流一下，您了解了公司的情况，以及我们这次融资的想法，然后再决定这件事做还是不做，您看这样比较稳妥吧？"

鸿万里正在低头喝汤，仿佛一点都不担心丁沫会拒绝的样子。

"哦，那——我就先了解一下情况吧，但是，我的时间确实有限……"丁沫依然坚持自己的主张。

鸿万里终于又开口了。

"这样吧，海波你们部门多辛苦一下，基础性的工作不要让丁总费神了，丁总就是给我们把把关，把握好方向和原则，其他事务性的工作你安排人去做，配合好丁总。你看呢？"他和于海波交待完，就转过头来看着丁沫。

丁沫心想，这鸿万里真够拧的，既然人家都如此给自己面子又递台阶的，再推辞就不好了。"好，那我先了解一下公司的情况再说。"丁沫还是给自己留了一个活口。

"好啊，这就对了嘛，吃饭、吃饭，菜都凉了。服务员，来把汤热一下。"于海波赶紧张罗起来，可能他也没想到这事丁沫事先一点也不知道，鸿万里这根本就是搞突然袭击，但总算这顿饭没有白吃，这事还算有了一个着落。

这顿"鸿门宴"总算吃完了，丁沫下午哪儿也没去，直接回家了。

她想静一静，她觉得最近事情怎么这么多，乱七八糟的，如一团乱麻。

姬老师曾经讲过，外在环境就是自己心境的显现，是不是自己最近的心绪过于杂乱，才引发出这么多的事情，千头万绪的。

这时，手机响了，看着号码挺熟悉，不想接又怕是客户的电话，丁沫可不想因为自己一时不在状态误了客户的事情。

"喂，你好！"丁沫端坐好，打起了精神。

"您好，是丁经理吗，我是李美呀。"哦，又是这家公司！丁沫想，德信人寿的李美，早知道是她，就不接了。

"哦，什么事情啊？"丁沫略改了改坐姿，让自己舒服一点，但语气还是平淡如初。

"是这样，我帮您约好了我们部门经理，她三天以后就能回到滨海。您看，三天后您的时间方便吗？"李美热情地说。

"三天以后啊，现在还不好说，到时再联系吧，而且这事我还没考虑好呢。"丁沫不想在这件事情上多费神了，她还不想换工作，在她看来，哪家公司都是大同小异，各有各的特点，现在自己在民生保险虽然组建团队的事情不尽如人意，但失败是成功之母，不代表一次失意就成定局了。

"哦，那也好，我过两天再和您确定一下时间，再见丁经理。"李美也没多说什么，但丁沫总觉得这个女子和其他保险公司的增员人或招聘者不大一样，透出一股少见的沉稳和耐力。

林征下班回到家，见丁沫在厨房忙着做饭，就凑过来说，"今天有口福啊，能吃到媳妇做的饭了，做啥好吃的呢？"林征现在对丁沫的称呼比以前丰富了，以前基本都是大学时的称呼"丁丁"，现在可谓丰富，一会儿媳妇，一会儿丁丁，一会儿孩子她妈，一会还可能称老婆，不一而足，这是因为林征的心情轻松了吧，丁沫是这样判断的。

晚饭的时候丁沫把中午的事情，给林征讲了一遍，林征故意说："看看，这就是区别，这就是人和人之间的区别，现在很多人都找不着活儿干，可我们丁丁呢，人家都找上门了，咱还推三阻四的不愿意干呢。"

丁沫说："哎，我一点情况都不了解，谁知道鸿万里他们公司到底是个什么状况，而且融资的事，又不是一天两天就能解决的事情，我哪有那个精力呢！"林征明白媳妇是担心给人家搞不好，影响自己的声誉事小，误了人家的事情那损失就大了。

林征正色道："这事呢，说好办也好办，首先这是你客户的事，人家能如此信任咱们，咱们从道义上讲能帮上忙就帮他一把，再说人家老板开口了也不能直接回绝，你不是也答应先了解情况吗，你先去看看情况再说，说不定根本就没有那么复杂呢。"先生这个锚往下一放，丁沫这颗悬在半空的心仿佛一下子落地了，踏实了，安稳了。

心一静，脑子自然就发挥应有的作用了，丁沫一直想，鸿万里身边不可能就我这一个懂财务、懂融资的朋友，他怎么就偏偏选中我了呢？

首先鸿万里作为丁沫的客户，丁沫是不可能直接拒绝他的，这是一个大的方向；而且，最让鸿万里放心的还是丁沫的人品，鸿万里本就是个老江湖，经过几次接触，鸿万里认定丁沫即使这事不能帮上他，也不会对外泄露公司的信息或情况；再说专业能力，以丁沫的人品判断，如果这件事自己做不来，就绝不会接手，若敢于接手那就是八九不离十。退一步讲，如果以丁沫的专业能力都解决不了的事，只能说明这个事情现在不易操作，那就先放一放，所谓"识时务者为俊杰"，识时务，即顺应天道而行，反之就是逆天而行，对人对事都不会有好结果。另外，鸿力里早已经在茹屹那里了解了丁沫的为人以及业务能力，而财务方面的专业能力今天已经让于海波基本摸清了。因此，鸿万里才一再坚持让丁沫参与到融资这件关系到万里速运未来发展的大事之中。

过了两天，德信人寿的李美果然如期给丁沫来电了。

"喂，您好，丁经理，您说话方便吗？"李美机智地问，她可不想在这个时候制造麻烦，让好不容易产生的这点进展，付之东流。

"嗯，你说吧。"丁沫平缓地说道。

"您看，明天下午您时间方便吗？我帮您约了我们胡经理和您面谈。"李美直接进入主题了。

"嗯——这样吧,"丁沫沉吟了一下,"李美,我们也通过几次电话了,我的态度你很清楚,而我的态度一直没有变化。首先你的好意我心领了,对于你来说,我也希望这件事情你对上级也有个交待,毕竟我这个目标你也跟了这么长时间了。我是不会离开民生公司的,原则上也就不应该和你们德信的人见面,但是我之前答应过见你的领导,所以我的想法是,我请你的领导出来坐坐,地点可以由你们来定,你们定好了通知我。这样可以吧?"

"嗯——好的,我和胡经理沟通一下,定好地点再和您确认,那您先忙,再见。"李美回答。

丁沫挂了电话,就在琢磨,看来德信人寿是非常认真的,而且是有备而来,也显示出了一定的诚意,如果人家真答应了在外面见面,自己接下来又该怎么做呢?难道还能一次又一次地这样提出条件或问题吗,这样是不行的,丁沫觉得有必要认真思考一下,要怎样应对德信人寿的事情了。

丁沫想,如果李美或者她的经理,就是在为德信人寿招聘员工,那自己就顺便了解一下其他保险公司的体制是什么情况,又是如何运作的;另方面,也可以了解一下他们想让自己过去做什么,是什么岗位或部门,这个部门是新设立的还是以前就有,如果是之前就存在的部门现在扩大规模了,部门的职能是什么;如果是新设部门,那么为什么要设立这个部门,目的何在,打算如何运作,公司对这个部门的愿景是什么,人员招聘、培训、组织架构都是如何设计和安排的。还有,丁沫到目前为止,仍然不知道德信人寿怎么就盯上自己了,或者同时接触的有几个人选,自己只是其中之一?

就在这天下午,丁沫接到于海波的电话,和自己确定去公司的时间,丁沫梳理了一下这几天的日程,就定在了第二天的下午,于海波客气地提议,中午没有安排的话,午餐就一起吃吧,丁沫也没客气,就同意了。丁沫想,如果是只有他们两个人吃饭的话,自己就可以了解一些不方便在公司了解的细节或真实信息,有利于自己确定如何进行下一步的安排。

第二天中午，丁沫来到和于海波约好的餐厅，见于海波已经到了，果然只有他一个人，简单寒暄后，丁沫得知鸿万里又出差了。鸿万里不在，他们俩的谈话就随意一些，而且两人又是同行，很多事情不必说得过于露骨，点到为止，就皆已心知肚明了。

万里速运成立有近二十年的时间了，这是鸿万里创立的第三家企业，前两家均以失败告终。这家速运公司也经历了许多坎坷和困难，几起几落，发展到今天的局面的确非常不易。鸿万里为人不爱张扬，不喜繁文缛节、讲求实效，虽然文化程度不高，但对于新事物善于学习，更难得的是为人正派，有正义感。他和鸿万里原来是一个单位的同事，后来机缘巧合于海波才来到鸿万里的公司协助他一起发展。

听了这些介绍，丁沫虽然还没看到公司的会计报表以及其他了解公司财务状况的信息，心里多少还是有了底儿。

饭后二人直接来到公司，走进于海波的办公室，相对于鸿万里办公室的"大"，这间办公室可以用"简"来概括，特点就是没有特点，再普通不过的办公室，这也显示出主人的性格和追求。沙发和书柜之间有一盆硕大的盆栽植物，这盆呈现旺盛生命力的发财树是这间办公室唯一的风景。

于海波首先给丁沫讲解了公司的组织架构以及业务管理模式，然后介绍了公司的财务状况以及经营情况。从于海波的介绍以及财务报表的数字和各种指标来看，企业的运营相对健康，而且稳定安全，可以说公司的运营模式还是比较保守的，并没有看出资金短缺的迹象。

介绍了公司目前的大致情况后，于海波便不再讲话了，像是让丁沫安静地看报表。于海波此刻在等着丁沫提问或者发现问题，以便摸摸丁沫的业务功底，想确定这位鸿万里如此看重的丁总，业务水平到底如何。虽然第一次见面时丁沫的专业能力已经让于海波有了一定的了解，但毕竟是大家在一起聊天，内容还是非常宽泛和笼统的，丁沫真正的专业水准今天就可以看出高下了。

丁沫抬起头，提出了一个问题："于总，恕我直言，请问这张报表里的数字,是我们公司真实完整的财务状况吗?"

"是,没错,我们全部的数据都在这里。"于海波坦然地回答。

"那如果这是真实的情况,我看不出我们公司有资金方面的缺口或不足啊,至少目前资金方面还是比较乐观的,不仅如此,而且我们的经营情形也比较稳健,财务指标非常健康,企业的盈利能力和资金周转能力都不错,企业负债率很低,没有对外借款。"丁沫笑着说道。

"哈哈,丁总不愧为行家里手啊,可谓一语中的,佩服、佩服,是这样的。"丁沫略展身手,就让于海波立刻对自己的业务能力有了一个判断,一方面是想让于海波对自己的专业能力放心,另一方面,也希望自己和于海波的合作能够顺利,二人齐心协力把鸿万里交待的事情办妥。于是,于海波开始给丁沫讲解公司下一步的打算和安排。

原来万里速运正在筹划一个新项目,丁沫将这个基于物流和商品贸易的项目理解为是一个互联网平台,简单地说,是将传统概念中的客户和供应商集中在这个平台上进行货物贸易和物流运输资金融通,结合万里速运自己独特的货运产品,打造华北供应链金融的一流品牌。

"你们的这个项目有详细的商业计划书吗?"丁沫在判断这个项目是老板一时头脑发热,还是理性思考加市场实际调研的结果。在民营企业特别是已经度过生存期,开始步入发展阶段的公司,因老板一时兴趣高涨做出的一个决定,而导致公司陷入"创新"困境甚至经营失败的例子屡见不鲜。

"据我所知应该是没有,至少我没看到过。"于海波颇有些谨慎地回答。

"哦,我个人认为,这件事情是涉及到贵公司战略发展的一件大事,可能会改变以及影响公司现有的经营模式和业务开展,最好慎重一些,按规范的商业运作流程去走,可以规避一些不必要的风险。"丁沫也同样谨慎地提出自己的建议,鸿万里既然说让自己来把关,那就得把这个"关口"把好。

"嗯,呵呵,我把丁总的意思向鸿总如实传达到。"于海波笑言

"于总您怎么看待这个项目啊？"丁沫想了解一下于海波的看法。

"我不太懂现在的电子商务、互联网金融，但是我想这件事应该是好事，如果能成功的话既提高工作效率，对公司的品牌宣传也会起很大的促进作用！"于海波的话，听着有点不知所云，可能他对时下热门的新媒体、自媒体等概念和能发挥的作用知之有限吧。

"嗯，应该是这样，于总，我们公司有IT管理中心或类似的部门吧？"丁沫好像突然换了话题。

"有啊，丁总是想了解什么呢？"于海波没明白丁沫的用意。

"如果这个项目要上的话，IT部门是不可或缺的角色。因为首先是他们部门提出方案，包括技术架构方面，以及功能方面需要实现的预想，包括相应的资金预算，项目实施过程中的风险。"丁沫解释道，同时丁沫传达出来的意思是，这个事情不应该仅由负责财务或者主管财务的最高领导来主抓，至少还应该有IT部门的负责人或者是公司的CIO参与。

"IT负责人姓关，他和鸿总一起去成都了。"于海波答道。

"哦。"丁沫应道。今天能了解的都了解了，该提的建议也都提了，丁沫就起身告辞，约好鸿万里回来后，需要她的时候再联系。

在回家的路上，丁沫梳理着下午获得的信息，思考着：以万里速运现在的业务发展状况来看，有没有必要上这样一个充满不确定因素的项目或系统呢？首先，供应链金融不是一个新事物，更不是一个新概念，虽然即便在率先成功运营的欧美发达国家，供应链金融从学术概念到在现实贸易、物流环境中经营运作，早已不是纸上谈兵的阶段，而是通过真金白银的迅速流通不断打破业务边界，将更多样的业务形态、更广泛的行业领域紧密聚拢的大数据经济时代。在不到20年的时间里，不但在全球范围，已经有知名的物流品牌商在业界声望日隆；即便在国内，在经济发达的东南、华南地区也有若干家企业在运营类似的业务。

如此，要想在这样的领域闯出一片天地，首先比拼的不是占领市场的速度，而是独树一帜的鲜明特征，这一鲜明的特征既是在客户心目中形成的口碑，也是企业的品牌。在新技术不断涌现、企业间产品无限趋同的时代背景下，企业之间比拼的不再是产品实物，而是客户能够切身体验到的购物、服务体验的积累，乃至升华。无疑，对于万里速运来说，这是一项史无前例的创新。创新，其本质是企业生命的延伸，做好了，对于企业本体来说，延年益寿，荣华富贵；做糟了，轻则壮士断腕，重则危及企业生存根本。在这场游戏中，万里速运的角色已经远远不是一家企业能够承担的，而必须是一个中心、一个平台、一个数据源、一个作战指挥部；能够扮演好这样一个角色，需要的不仅是企业现有的在经济、物质方面的实力，更需要一个有胸怀、有格局的领袖人物来策划、引领和实施。

4

还没到家，丁沫就接到李美的电话，告诉她和胡经理见面的地点，订在她们单位附近的一个咖啡厅，具体时间、包间都确定好了，日期就订在明天。丁沫答应明天如期前往。李美似乎有如释重负之感。

第二天，丁沫准时来到和李美约好的咖啡厅，丁沫向门迎报出包间名称时，听服务人员说订包间的人已经到了。丁沫也很想见到这位李美是何许人也，电话里沟通了这么多次，不管自己未来如何决定，李美在丁沫的心里已经不是一个陌生人了，而且多少有些好感。可能正是因为对李美的这些许好感，丁沫才鬼使神差地答应了和德信人寿的领导会面吧？

来到包间门口，服务人员替丁沫推开了房门，迎面是一个三十岁左右的女子，笑容可掬，"您是丁经理吧？我是李美。"一时之间，面前的李美和丁沫自己的心目中的那个"李美"形象上有些不匹配，因为眼前的这个李美，浓眉、大眼、大嘴巴，身材比较壮实，和丁沫根据自己熟悉的李美声线勾勒出来的"语音李美"完全不相同，故而丁沫笑了笑，不免自觉有些尴尬。

李美转向房间的另一位女士，给丁沫介绍："丁经理，这位就是胡经理，我的部门经理，今天早上刚刚出差回来。"李美特意强调，以渲染德信人寿对本次见面的重视。

"您好，我是胡胭玉。"李美的着装，是一身保险公司常见的黑色职业套装，里面是白色衬衫，稳重中透着素雅。职业装中丁沫最不喜欢的就是黑色，她觉得在华夏民族的普遍意识中，黑色总是与不吉祥联系在一起。一身黑色，给人的感觉总是呆板多于稳重，悲凉多于庄严。所以丁沫心想，如果李美穿着其他的衣服可能会更加美丽一些，就像这位胡经理一般。

胡经理的一袭红色连衣裙，让丁沫有先色夺目之感，衬托着略显丰满的身材，眉目清秀，五官精致，特别是她今天佩戴的一套伊泰莲娜"蝶恋繁花"系列的首饰，包括耳环、手链、项链，真可谓盛装出场，更加衬托出她热情爽直、不甘人后的个性。红色，是丁沫一直只能观赏不敢尝试的颜色，而这位胡经理的个人气质与这种被国人称作"中国红"的颜色交相辉映，恰如其分。看来胡胭玉非常在意今天的这次会面。

丁沫判断这位胡经理的年龄和自己相仿。丁沫在端详对方的同时，胡胭玉也在打量丁沫，难怪李美一而再、再而三地不放弃这位丁经理，果然气度不凡，虽然看起来一副弱不禁风的样子，可是自有一股气魄从其微笑的眼神、和畅的面容之间散发出来。"丁经理真是一等一的人物啊！难怪有人对你赞不绝口！"胡胭玉首先对丁沫进行了一番赞美，丁沫谦让了几句。丁沫心想，之前大家都没有见过，你们又不了解我，"赞不绝口"又从何说起？

胡胭玉问丁沫习惯喝咖啡还是茶，丁沫觉得这是在咖啡厅，还是选择咖啡比较明智。

"胡经理您的这条裙子像是为您量身订制的，与您的气质浑然天成啊！"丁沫由衷地发出赞叹。

"是吧，这是我这次出差刚买的，我也是一眼就相中了。"胡经理不免得意地说道，看来她本人也非常喜欢这条裙子，而且喜欢红色，喜爱红色的人，一般是性格强烈、热情、奔放的人。

"丁经理，首先感谢你能给我们这次机会，就有些问题我们双方能够认真坦诚地进行沟通。"胡胭玉率先开口致意，李美可能还有其他工作先行回公司了。

"嗯，也是李美真的很有耐心，无论是出于礼貌还是对李美个人这种认真的工作态度的尊重，都应该给予相应的反响吧！"丁沫一如平时的自己，平静而礼貌地回答。

"丁经理，我想我们今天的沟通也没必要遮遮掩掩的，就直奔主题吧。"胡胭玉倒真是爽快人，这样最好。

于是，胡胭玉首先介绍了德信人寿这家公司的整体情况，包括当时德信人寿董事长卫建国设立公司的初衷和缘由，以及历经近二十年的成长、发展，现阶段处于国内保险业的地位，德信人寿战略发展规划，公司的独特优势、产品的特点，等等，可以说如数家珍，娓娓道来。丁沫心想，这位胡经理的口才很是了得啊！

在胡胭玉的介绍中，还透露了当初她自己为什么离开民生保险，而选择来到德信人寿。胡胭玉原来也曾经在民生保险公司工作过！这一点让丁沫非常吃惊，丁沫之前只是听说过民生保险是保险业乃至国内金融业的人才培训基地，现在，自己果真面对面地与一位前"民生同仁"进行交流，胡胭玉在寿险行业已经工作了近二十年，可以说是一位真正的寿险"老"前辈，想到这里，丁沫不免心中升起一股敬意。

胡胭玉介绍的第二部分内容，是有意于请丁沫过去主持工作的新筹部门的情况。

根据胡胭玉的介绍，德信人寿滨海分公司正在组建一个新的部门，特点是：员工制，起点高，待遇优，资源好。这是经胡胭玉介绍后，丁沫自己总结的几个字。丁沫能很快地理解并能总结出这些特点，得益于胡胭玉极富逻辑性的讲解。可见，胡胭玉是一位思路清晰，工作能力较强的管理者。

丁沫自己不喜欢"女强人"这个称谓，也很少轻易给其他女性冠以这个名称。丁沫觉得女性再怎么强势也是女性,要做好和守好女性应有的本位。这并不是说,女性一定要比男性在工作成果或者学业方面的成绩差,只是作为男人和女人各有各的本位,大家都做好自己应该做好的一面,就对了。拿女人与男人对比,本身就是一个错误,因为一个天、一个地,一阳一阴,比从何来、何比之有呢?

丁沫从胡胭玉的介绍中,收获的全部是正面信息,但是任何事物都有两面性,不足的一面是什么呢?丁沫提出了自己的问题。

"不足的方面么,与你现在所处的民生保险公司相比,可能在人员培训方面我们略显不足。"胡胭玉看似坦诚地回答。

接着,还没等丁沫说话,胡胭玉开始进行了第三部分内容的介绍,她自己在德信人寿十三年的成长经历,以及创造的辉煌功绩。

胡胭玉过往的经历以及取得的成功,可能已经给很多人讲述过了,并且可能这些辉煌事迹都是经过专业人员之手编写而成的。因为往往一个人在讲述自己的过往经历时,容易将事件发生的时间逻辑弄乱,导致听众听得云里雾里、不知所云。但胡胭玉对自己经历的事迹,描绘得清晰、流畅,而且生动,甚至有几次说到动情处眼睛都泛红了。

丁沫想,这位能干的女勇士霸气外露之下还是一位性情中人。

为什么丁沫会以"勇士"称呼一位女士呢?因为从胡胭玉的叙述中,丁沫了解到胡胭玉曾经数次独立开创过若干个保险业务分支机构,且都是从零开始,然后团队慢慢发展壮大起来,那不是开疆拓土的勇士是什么呢?丁沫心中对胡胭玉的敬意不禁又增添了几分。

从咖啡厅出来,丁沫感觉像是看了一场美式大片,仿佛与自己曾经熟悉的世界隔离了一段时间,才又重返人间。丁沫觉得胡胭玉的描述中很多有着明显的情感色彩,可能是因为很多事情都是她的亲身经历,当然也有她刻意的渲染的,目的不言自明,因为听众也是一位女性。

所以,丁沫给胡胭玉的答复是,自己还要详细考虑一下在民生保险的去留。胡胭玉也没有多说什么,也许她也知道对于像丁沫这样的女子，性格不温不火，看似平静的外表，很有可能里面藏着一颗强大的内心，所以不好强加自己的意志于其身，还是水到渠成的好。

丁沫临别时不经意地问了一下胡胭玉，德信人寿是怎么知道我的信息的？胡胭玉开始一愣，可能对丁沫的问题没有准备，随即一笑，略带神秘地说，"以后如果我们成为同事，你自然就会知道啦。"丁沫当然不知道，李美有个亲属，是民生保险在滨海分公司的高管。

5

丁沫现在的心情可谓十五个吊桶七上八下的，不知道是个什么滋味儿。

第一，丁沫属于那种只要行业有发展、单位能生存、自己也能找到自我价值，就不愿意轻易跳槽的人；第二，她发现不知道从什么时候开始自己在问自己一个问题，如果不从客户的角度出发，民生保险吸引我丁沫的地方在哪里？第三，自己加入保险行业的动机是什么，目标是什么，在民生保险的两年时间目标是否实现了呢？

后面这两方面的担心，说明丁沫潜意识里已经有离开民生的苗头了，至少是在民生继续工作的思想产生了动摇。当她发现这个事实后，产生了无法排遣的自责：离开民生怎么对得起信赖自己的客户和朋友们呢？特别是那些给自己很大支持的朋友！

眼下的这种心情源自何处呢？是因为自己已经开始思考民生是否值得继续待下去，还是因为可能即将面临的工作的变更呢？还有没有其他方面的担忧呢？

丁沫外表看起来给人以淡定甚至是淡漠的感觉，仿佛没有什么事情可以牵动她的情感，让她动心，其实丁沫的内心是极其感性的，而且也是十分多情的。这一点自己的父母可能都不了解，恐怕只有先生林征最了解自己了。只不过丁沫没把自己的情绪表现出来而已，或者丁沫不太擅长在别人面前表露自己的情绪，这一点与丁沫的家教有关还是与其个人的性格有关，还是二者兼而有之，恐怕连丁沫自己也难以厘清。

丁沫有个习惯,每当需要抉择而自己又因为情绪的干扰拿不定主意时,她就会找个本子把自己的所有想法,以及做这件事和不做这件事的好处和坏处,全部写出来,以便重新启动自己的理智,恢复工作,这个方法被林征戏称为"私人订制SWOT分析"法。

而这个习惯,也从一个侧面证明了丁沫的确是个视觉学习型的人,丁沫学习知识或者阅读文件、报表等重要信息时一定要用眼睛来看,而不是靠耳朵去听。

人,作为这个星球的万物之灵,统率着这个可爱的蓝色星球,不可否认,是这个星球最擅变的一个物种。如果再继续往下更详细地区分,女人相对于男人更为擅变。身为女人的丁沫也不得不承认这一点。

丁沫刚刚工作的时候,还是一个被别人多看两眼人都会羞涩地低下头的女孩儿,直到自己慢慢成长为一名管理者,因为非常年轻就要管理别人,直觉上就理所当然地认为自己应该显得比别人更智慧、更理性,所以,就会有意无意地去追求更具理性化的"丁沫",至少外表要看起来比别人更理智。

随着年龄的增长,慢慢发觉智慧不是刻意营造出来的,更不是追求来的,而是依靠不断地学习和总结不足得来的。而且作为管理者,与其去"管"人,不如自己行得正、做得端,正如孔老夫子所言:"政者,正也。子帅以正,孰敢不正?"历史虽然过去了两千多年,虽然我们身处的时代有了互联网,有了新媒体,有了让人们的生活和工作看似更加便利的技术和手段,但是人性却没有变化,天道亦没有改变,"诚者,天之道也;诚之者,人之道也"仍然是真理,而且是经过几千年的验证而被确认是颠扑不破的真理。

可是,离开民生,这种做法,是善行吗?对得起信任自己的朋友吗?对得起朋友的托付吗?

丁沫在诘问自己。

丁沫加入民生保险后不久,即将这个消息告诉了身边的朋友,包括最要好的朋友。

而接到这个消息的人，每个人反应都不太相同。丁沫把这些人分别归为三种类型。

A类，听到丁沫加入保险公司非常赞成，表现得也很热情，并且承诺说，以后自己想买保险的时候一定找你哟！当有好产品或者丁沫认为这是一款适合他的保障计划而向其推荐时，则百般推托。

B类，听到这个消息很惊讶，然后若有所思，思后祝福之。当丁沫向对方推荐好产品时，有的选择购买，也有可能不买，买或不买都很自然。

C类，听到这个消息很惋惜，也有同情的因素，当丁沫向其推荐适合的产品时，出于信任丁沫的眼光和人品，而出资购买，甚至不惜倾囊而购。

如果真的要离开，丁沫自觉最对不住的就是最后这类朋友了，对不住的是他们百分百对自己的信任，出于这份信任他们可以说把身家性命交付给了自己，而自己呢，能够轻而易举地转身而去吗？

这样做，你的心安宁吗，丁沫？！

可是，如果真的是我丁沫的朋友，他或她就一定希望我能越来越好，能够找到最大限度发挥我才能的平台。否则，他就不是我真正的朋友，弃之，也不可惜。

人的内心，从来都住着一个天使、一个魔鬼，只是不到关键的时刻，他们都不出现而已。现在丁沫内心的天使和魔鬼就在激烈地交锋，两种思想发生激烈的碰撞，让丁沫寝食难安，甚至魂不守舍。

这一切终究还是逃不过林征的眼睛，他问丁沫出什么事儿了，怎么从来没见过你如此地心神不宁？丁沫把德信人寿一直追踪自己，希望自己加入的想法告诉了林征，同时也坦白了和胡胭玉见面的过程。

"但是，我并没有决定离开民生公司，我觉得对不起支持我的好朋友们。"最后这句话声音小得连自己都听不清。可见，自己也知道这个说法中包含的真诚有多少分量。

林征看着丁沫，缓缓地说道："其实，你的内心已经决定离开民生了，现在只不过在给自己找一个冠冕堂皇的理由罢了。"丁沫低下了头，摆弄着手机，默认了先生的判断。

"人往高处走，如果民生不能让你实现最初选择这个行业的理想，在德信人寿如果能够实现，也未尝不是好事。但是，我们得处理好朋友的信任，不能因此伤了朋友的心。"丁沫抬起头，看着林征，看着自己的丈夫，心想让自己焦头烂额的事情怎么到了林征那里，总能春风化雨般地迎刃而解，自己既感动又满足，明亮的眼眸仿佛穿过林征的肩头，定格在了远方某一点。

这就是林征，往往让丁沫纠结如一团乱麻之事，林征轻描淡写的几句话就可以解开，理出头绪。

"可是，一想到要离开民生，首先自己就感觉非常痛苦。"这也是丁沫这些天的真实感受。

"是否离开民生，还没到真正做决定的时候，如果你这个部门果真如胡胭玉所讲的，那你的直接领导应该是副总这个层级的，做决定前应该见见副总，而且就算我们不提，在管理规范的单位，其正规流程也应该由主管领导面试后才能算招聘工作完成了。"对呀，丁沫心想，这些流程自己原本非常熟悉，只不过这段时间心太乱，以至于失了方寸了。

丁沫顿感轻松，不自觉地呼出一口气。一句泰戈尔的诗不知不觉飘入丁沫的心中："某些看不见的手指，仿佛悠闲的轻风，正在我的心上掀起微波荡漾的乐声。"

6

在丁沫为公司客户服务的过程中，发现很多老客户的保单没有指定受益人。

受益人，一般不做特殊说明都是指"身故受益人"，如果某保单在未指定受益人的情况下，被保险人身故以后，按照有关法律规定，其保单利益或保险理赔金将视同身故人的遗产，言外之意，保险理赔金将作为被保险人的遗产由其继承人继承,而保险公司这时实质上就是履行保险理赔金支付的执行机构了。

没有指定身故受益人,这是一个说大很大的问题,说小可能也很小的事情。说这个问题很大,是因为如果身故受益人人数比较多,这就是一个大事情,而这种情况居多数;相反,如果身故受益人只一两个,那这就是小事情了。所以,对于服务于客户的代理人来说,这是责任心和责任感共同作用下的代理人的工作:是否会提醒以及协助客户做好这方面的完善。

丁沫把自己管辖内的客户,凡是有这类问题的保单进行了整理,有计划地开始通知各个客户,逐步进行受益人的重新指定工作。

丁沫首先按照年龄大小,其次依据自己了解到的客户健康状况进行排序,经过大半年的努力,目前这件工作终于进行到尾声了。

这天丁沫接到一个电话,一看是客户徐老先生的电话,但是一接听,明显是一位女士,对方自称是徐老先生的儿媳,丁沫一想是晚辈来的电话,可能老人家又住院了,就顺便问候了一下,"徐老先生他还好吧?"

"嗯——谢谢你,我爸爸他已经去世了,我今天打电话给你,就是想了解一下老爷子那份保险理赔的事情。"对方语气平静地回答。而电话这头的丁沫,仿佛瞬间石化,唏嘘世事无常。

丁沫的记忆迅速回到自己刚到民生保险工作时,计划着对每一位客户进行面访,这位客户当时属于自己需要去拜访的客户之一,一方面是因为自己还没有见过这位客户,另外也是因为这位客户没有指定受益人。

相对于丁沫所管理的客户群体来说,这个客户的年龄并不是特别大的,还不到七十岁。而且丁沫印象特别深的是,这位老爷子非常随和、幽默,丁沫在电话里把指定受益人的事情给老人家讲了,但是老人说他来不了,等过一段时间身体好些再去。公司要求受益人的变更必须由被保险人亲自来公司办理,他人不能代办,所以也只好等老人家身体好一些再说,丁沫提议去拜访他,老人婉言谢绝了,并且说

"你们年轻人工作都很忙,我也不能去看你,上年纪了腿脚不大听使唤,三天两头地还得住院……"那感觉,就像是和自己的晚辈唠家常一样,那个时候丁沫刚刚进入保险业,有一位如此体贴的客户,让人心里暖暖的,非常感动。丁沫说:"那您有任何问题就随时联系我,我就不去您府上打扰了,您好好休养吧。"

就这样,一晃有一年多时间没再联系了,今天却突然听到这样的消息。

丁沫感觉鼻子酸酸的。冷静了一下,丁沫迅速找到徐老爷子的资料,浏览了一下,保费早已经交清,现在按照理赔程序办理赔偿金就可以了。

但是,丁沫发现老人家的受益人始终没有变更,系统里显示"受益人"的位置仍然是"法定",丁沫心想这下可麻烦了。

"哦——真是抱歉!不好意思,我怎么称呼您呢?"丁沫发现自己还不知道这位女士的姓名。

"啊,我姓刘。"对方回答。

"刘女士,是这样,徐老先生的这张保单,现在可以根据相关法律程序进入理赔阶段了,我稍后把理赔需要准备的资料发给您,我们添加一下微信,您看好吗?"丁沫按照逻辑简单扼要地和她沟通,这样便于她理解。

"好的,我把微信号发给你,你添加我吧。"

"嗯,好的,我微信是实名的。还有一件事,我现在要提醒您一下,由于徐老先生这张保单未指定受益人,所以按照保险法和继承法的有关规定,徐老先生的保险理赔金将视为徐老先生的遗产进行分配,即支付给每一个法定受益人。"丁沫说到这里,停顿一下,等着对方的反应,如果有问题也好及时解答,一般人都会对受益人这个概念不理解。

"什么是受益人?"果然,对方也是对这个概念产生疑问了。

"受益人,在这里是指身故受益人,就是说徐老先生这张保单的保险利益或保险理赔金由谁来领取,如果徐老先生指定了一个受益人,那就非常简单了,就由指定的这个人来领取相应的保险理赔金。如果没有指定受益人,那么保险理赔金则相当于徐老先生的遗产,由徐老先生的亲属共同领取,当然能够领取理赔金的亲属是法律规定范围之内的。"

"哦,这些亲属,都包括哪些人呢?"刘女士问道。

"按照我国继承法的规定,遗产的继承首先由第一顺序继承人继承,包括三种人:徐老先生的夫人,他们的子女,以及徐老先生的父母。按照相关规定,同一顺序的继承人要全部到齐以后才能办理,而且要求继承人亲自到保险公司领取理赔金。"丁沫认真地给予讲解。

"哦,这样啊,还挺麻烦的,我公公的父母早都不在了,那就剩下子女和我婆婆了是吗?"根据刘女士的反应,丁沫判断她基本听懂了。

"理论上讲是这样,但是,关键是对于去世的继承人,按照法规的要求,原则上是要求出示死亡证明的。"丁沫进一步解释。

"啊?!那怎么可能啊?你想,我公公都70了,他的父母如果活着,那还不得有百十来岁了,早几十年前就去世了,而且听说我公公的父亲是在战争中去世的,到哪儿去开死亡证明啊?!"对方的情绪有些急躁了。丁沫非常理解客户,如果换了自己,相信也会有同感。

"那是这样,您这种情况比较特殊,我和公司相关部门沟通一下,尽量帮您酌情处理,您看好吗?"丁沫站在客户的角度,耐心地进行沟通,体贴客户的情绪。

"还有,我公公有四个子女,只有一个在本地,其他三个都在国外,不可能为了这点钱来回折腾,你把这个事情一块给公司反映一下吧。唉,一共也就是两万块钱,真不够麻烦的。"刘女士情绪明显不太好了。

"嗯嗯,您说的情况我都记下了,刘女士。作为保险公司,要依据法律规定谨慎地处理理赔金的支付,这也是保护客户的相关权益,还请您能够理解,并予以配合。您的意思是,第一顺序继承人有五位,但是只有两人能亲自到公司办理理赔金的领取,其他三位不能前来办理,是这样吗?"丁沫重新梳理了一下获得的信息,再次核实确认。

"对啊!没错。"

"我明白了。在国外的继承人,由国内的亲属即其他继承人写一份书面证明材料,证实不在国内的亲属无法亲自来办理理赔金的领取,且指定一个人来代为办理,另外,不在国内的继承人须出示身份证原件。回头我把这些要求微信转发给您,您再向亲属转达,好吧?"丁沫说完这番话,迅速把思路整理了一遍,看看有没有遗漏的地方。

"嗯,好的,谢谢你。"对方可能也觉得丁沫这位服务人员业务熟练,态度也和蔼,自始至终都如此和气,自己再发脾气那只能显得自己缺少涵养了。

"不客气,这是我应该做的,您回头有问题或者不清楚的地方,欢迎再和我联系。"丁沫真诚地说。

因为办理理赔,就理赔的资料进行过多次的沟通,也由于丁沫熟练的专业技能,以及发自内心的积极配合,理赔程序顺利执行完毕了,刘女士和她的爱人徐先生非常感激丁沫的服务,一来二去的,他们也因此成了好朋友。在丁沫和刘女士已经非常熟悉之后,了解到徐老先生是因为突然摔了一跤,摔断了股骨,继而又引发了身体的其他问题,最终导致不治身故。丁沫默默祈祷这位未曾谋面的徐老先生一路走好。

7

由于上一次,丁沫全力以赴组建自己的团队却没有成功,这件事成了丁沫心头一块挥之不去的阴影,虽说,一次没有成功,还有许多机会,只要自己有这个想法,随时都可以从头再来,但是,丁沫却始终没有再尝试过搭建团队。原因就是自己还没找出上次组建失败的原因。对于做过的事情,无论是正面的还是反面的,如果没有总结出这件事成功或失败的原因,丁沫就不会去尝试第二次,特别是没有成功的事情。

这个周末，丁沫照例陪妮妮去绘画课，每次绘画课的时间都是三个小时，丁沫不想浪费这几个小时，因而每次丁沫都会带上一本书，这次丁沫带的是稻盛和夫先生的著作，其中的一段故事引起了丁沫的兴趣和思考。

故事的背景说的是二十世纪六七十年代日本的电信业，当时日本国内只有一家公司在经营电信业务。无论在哪个体制下的国家、处于哪个行业，只要一家独揽，自然而然就会形成对这个行业的垄断。垄断的后果就是消费者花了大价钱而得不到与之相匹配的服务或产品。面对这样一种局面，无论是经营生意的企业还是居家过日子的民众，无不怨声四起、苦不堪言。

好在政府也意识到了问题的严重性，希望打破垄断，引进公平竞争机制，通过制造媒体舆论、以及出台相应政策引导企业加入电信行业。但是，鉴于现有的企业原本就是国营企业，通过多年的经营积累，如今其经济实力可谓一家独大；加之由于多年来得到政府明里暗里的"支持"，更有一手遮天之势。因此，即便是与电信业处于产业上下游的企业亦不敢轻易涉足，何况其他企业，更是前顾后盼、裹足不前了。

于是，牵头此事的政府，陷入了进退两难的尴尬局面。此时，经过半年时间的慎重思考和扪心自问，稻盛和夫率先打破沉闷，宣布成立"第二电电"公司，进军电信业。与后来加入电信业的其他企业相比，第二电电公司无疑有很多先天不足，成为"三无企业"：无行业经验，无电信行业技术人才，无足够的资本支撑——从行业专用设备到经营资金。但是即便如此，第二电电自成立以来，其经营业绩一直名列日本电信业前三，甚至有领军日本电信业之态势。

为什么会有如此结局呢？稻盛先生的总结是，无私心方成正果。当初是否进军电信业以及进军电信业的目的，是稻盛先生反复考量的：是否为了自己企业赚更多的钱，是否为了自己的名誉，等等。当稻盛先生确信进入电信业不是为一己私利，而是为了把电信业的成本降下来，从而有利于所有企业和大众，稻盛先生才毅然决然地挺进了电信业。

正是"动机至善，了无私心"如此申明大义的信念，并将之根植于自己的每一个经营决策之中，故而稻盛先生治下的企业才能基业长青，也因此为稻盛先生博得了"经营之圣"的雅号吧！

读到这个故事的时候，丁沫内心受到极大的冲击和震撼，能在这个时候有幸读到稻盛先生第二次创业时的精神境界，以及在这种境界指引下的所作所为，难道不是冥冥之中自有一种力量在指引着自己前行吗？

受到稻盛和夫先生创办"第二电电"企业秉承天地大义的启发，丁沫也在反复地审视自己的内心深处：丁沫，你加入保险公司或者加入民生保险的动机是什么呢？自己想组建一个团队，又是为什么呢？是为了和其他人一样拿更多的钱吗？是为了面子好看、为了有更高的荣誉吗？你挑选的那些希望和你一道推进保险事业的人，是为了他们能够成长还是为了满足你自己对成功的欲望呢？

我，丁沫，要建设一支保险团队，要让这支团队改变社会对现有保险行业的认知，从而让更多的人理解保险的社会作用和意义，从而帮助和改变更多的人，让更多的人体验生活的幸福与美好。这就是我丁沫的理想，并且，我要把自己的理想化为整个团队的理想和行动。

这就是丁沫要践行的大义，我确立的目标没有错，符合绝大多数民众的利益，那就是正义的事业，符合人道的事业。稻盛先生当年是为了民众能享受一个价格低廉的电信费用而毅然投身于电信事业，而在当下的中国，是不是也需要一位勇气和胆识兼备的人，来担负起时代的使命，筹建一支利益大众、改变中国寿险业现状的精英团队呢？

既然是符合人道的事业，那么在哪里实现就不是重要的事情了，重点在于能够实现，或者在哪里能够实现。"唯大英雄能本色，是真名士自风流"，丁沫虽一介女子，亦能以大英雄和真名士为楷模，实践自己的初衷。

可是道义是道义，情感是情感，回到当下面对现实的时候丁沫在情感上仍然觉得难以面对自己的朋友,难以开口告诉他们:我要离开民生了,去其他保险公司。这个信息让朋友们情何以堪呢?!

先放一放吧,反正如林征所讲,还没到最终要做决定的时候。期望船到桥头自然直。丁沫这个时期切身体会到了想做一件好事,其实并不是一件容易的事情,自己的想法或意图并不能够让所有人理解。

当鸿万里出差回来后,于海波向他汇报了丁沫在倾听了公司的经营情况和财务状况,以及了解了公司下一步的打算以后,给公司提出的建议。

鸿万里认真听取了于海波的汇报之后,考虑了一下,说:"你怎么样看待丁总的这个意见?"

鸿万里这句貌似简单的话,背后的意思包含几个方面:第一,我出差这几天你们一直联系,丁沫的专业水准如何你现在应该有个清晰准确的判断了,而不是第一次见面后的大概判断;第二,丁沫的意见是站在她所了解的信息基础之上的,你们同为专业人士,这个意见的意义和价值你应该更为清楚;第三,抛开丁沫这个人不谈,你于海波跟了我这么多年,公司的情况以及我的想法你最了解,实施这个项目的胜算有多大,你也可以在这个时候发表一下自己的看法。

于海波没想到鸿万里会问自己这个问题,踌躇了一下,说道:"从我和丁总接触的这几天,我个人觉得她的专业能力还是很强的,特别是在管理方面颇有独到的见解,而且根据我的判断,她虽然是一介女流内心却有男儿本色,勇于担当。她的意见我认为应该是中肯的,如果我们要上这个项目,应该还有很长一段准备的路要走,要在充分准备的基础上实施或开展。"

这是一番颇具于海波特色的评价,从他的嘴里很难听到他对一个人负面的声音。

于是,鸿万里这次出差回来后,召开的第一个全体管理人员的会议,就是宣布这个供应链金融平台项目正式启动的会议,首先成立一个项目运营小组,由于海波担任组长,副组长是IT中心负责人关智勇。在这次会议上,鸿万里同时要求项目小组拿出一个项目总体预算方案。

8

在丁沫和胡胭玉见面的第三天，丁沫就接到了胡胭玉打来的电话，"丁经理，我已经将我们上次会面的情况向领导进行了汇报，主管这项工作的是我们公司的副总，我们温总对您的情况非常感兴趣，温总刚好明天下午有空，如果丁经理时间也方便的话，就请来公司和温总谈谈吧。"这就是正式面试了，如果这次会面或称面试双方都满意的话，那么这个事情是不是就算确定了呢，丁沫心想。

德信人寿滨海分公司经过十八年的打拼，去年搬到了位于这座城市的新兴金融圈中的尚金中央广场，租用了这栋大厦的五层写字间。据说这是目前滨海市最高档的商务写字楼，从建筑设计到开发施工以及营业后的物业管理，全部由香港地产界顶尖团队操刀。德信人寿的职能部门以及分公司高管均在这座大厦的25层办公。

温子建刚刚从分公司一把手战强的办公室出来，回到自己的小天地，把气息调整到正常状态，习惯性地做了一下深呼吸，啜了一口刚泡好还没来得及喝的大红袍，现在这个温度倒也刚好，又连喝两口，往班椅的后背上一靠闭目养神。看起来仿佛睡着了一般，实则他的心里正在回味刚才战强和自己的一番谈话。

温子建两年前从总部调回到了滨海分公司，作为分公司的二把手，开始负责银保业务线的拓展工作。温子建是滨海市人，是保险业从业人员中为数不多的研究生，毕业于本省有名气的财经大学，硕士毕业后，他的同学大都进入了金融业，当然多数都是在各大银行工作，只有温子建这个德才兼备的优等生，却阴差阳错地去了保险公司，而且还不是国企，只是一个名不见经传的民营企业——德信人寿保险。

当时保险业在中国，很多老百姓根本不知道是做什么的，只有一些大型企业并且几乎全都是央企或地方上的国有企业，给单位员工做一些团体人身险或者财产保险,也就是说基本上只有企业并且还是大型企业的管理者等这样一些极少数人,才知道保险公司是做什么的。

所以温子建的选择在当时等于是个大大的冷门,在他的同学看来都有些替他抱不平,一个高材生怎么就去了保险公司呢?大家都以为温子建在保险公司也就是临时落一下脚,顺便了解一下金融业的边缘地带,看看保险是怎么回事,时机成熟的时候就得从那里出来。但是谁也没想到,温子建这一去就在保险业踏踏实实做了十六年。并且因为工作能力突出,学历又高,八年前被总部相中调到北京去工作了五六年,这几年之中他就在滨海市和北京之间来回奔波,个中滋味只有他自己体会了。

那几年在总部的锤炼,把温子建从一个分公司的普通管理者,蜕变为一名保险业的高级管理人才,最终以分公司第二把手的身份荣归故里。

曾经有人说,在总部工作一年等于在基层工作三年可能还要多,因为无论是接触的人还是遇到的事,远远不是在基层工作能够想象的。都说有很多东西是花钱也买不来的,其中就包括一个人的眼界和经历吧。有些东西温子建原本是具备的,后来没有了,比如说创新精神和超乎常人的工作激情。也有一些原来自己没有的或者不是很明显的,到如今已经成为他自己的一部分了,比如谨慎,三思,有时甚至三思还嫌不够。

作为分公司的第二把手回到滨海,温子建负责寿险业务的银行销售渠道,这个渠道也是寿险业务中非常重要的渠道。总部之所以让他负责这条业务线,也是考虑到温子建在北京负责全国的银行保险业务时,取得了令人瞩目的成绩,可以说改写了银行保险在德信人寿的地位,同样,也创造了德信人寿的第二条业务生命线。在我国目前,人寿保险的销售渠道已经被约定俗成为三种:个人代理销售、银行柜面销售、电话销售。

而在德信人寿,银行保险的经营规模经过近十年的积淀和成长,发展势头越来越强劲,已经成为公司上规模、增业绩的重要业务渠道了。从而也可以看出，德信总部对于滨海市银行保险工作的高度重视与期待。

在温子建回到滨海之前，银行保险在滨海分公司基本处于瘫痪的状态，而德信人寿在全国的其他分支机构，银行保险业务已经开展得如火如荼，业绩蒸蒸日上，因此可以说，温子建是在众望所归之下带着使命回到滨海分公司的。

银行保险这个业务渠道按照业务逻辑归口，又可以分成两个业务团队，即"首期"团队和"续期"团队。

德信人寿滨海分公司银行保险首期团队这个业务单位，在温子建回来之前就已经存在了，但业务规模处于鸡肋状态，相对于滨海市的城市规模以及与全国其他兄弟单位横向对比之下，其业务规模的差距不是一点半点。而续期渠道的团队根本就不存在，处于零的状态，本应该由续期团队来完成的工作，比如一些必须要做的服务工作一直由首期以及其他职能部门协助完成，其他能放、能缓的服务工作则处于长期无人问津的状态，因此，整个滨海德信人寿银行保险渠道的服务工作质量以及客户满意程度也就可想而知了。

温子建回到滨海后经过一番调研和考察，决定先把首期的工作扶持起来，然后再开展续期的筹建工作。毕竟首期团队已经具备一定的基础，再加上温子建原本就是滨海人，很多同学又都在各大商业银行工作，以他们现在的资历，很多人都坐到了支行行长或分行处长之类的位置了，因而对于温子建开展银行保险业务，自然有很大的帮助。

银行保险业务本身就是双赢的业务，既销售了保险产品，银行也因此可以拿到相应的报酬。既然这项工作的开展，无论于公于私都是稳赚不赔的事情，而对于温子建本人来说，更是占尽了天时、地利、人和，所以银行保险首期业务的开展如鱼得水，在不到一年的时间，德信人寿滨海分公司银行保险渠道的业绩，从原来的全国排名倒数几位，一跃进入全国前十的行列。

温子建可谓战功卓著！于是，温子建在德信人寿滨海分公司声名鹊起。可以说，温子建漂亮地迈出了作为副总经理这一角色回到滨海分公司的第一步。

温子建为此难免要得意一番，于是，在总部领导的殷殷期待中、在分公司一把手战强更高、更快、更强的不断鞭策下，温子建信心百倍地开始了银行保险续期业务团队的筹建工作。

也许是首期工作开展得太过顺利，续期业务团队的筹建，从开始踏出的第一步就充满了不确定性，可谓跟跟跄跄，颇费周折。

首先，续期的业务内容不像首期相对单纯，首期只要业绩一上来，可谓一白遮百丑，晕轮效应非常明显，因而首期业务团队的工作重点相对集中，几乎没有其他售后服务的工作要做。而续期业务则完全是另外一种情形，续期业务部门不仅有繁琐的售后服务工作，而且还有业绩规模指标，总部对这两项工作的业务管理要求是齐头并进，在续期业务工作的开展过程中实际也是相互促进的关系。

于是，续期业务团队在还没有成型之前，工作目标既已确定，一个是业绩指标，一个是服务质量，二者好比是续期业务工作的左膀右臂，可谓两手都要抓、两手都要硬，业绩不仅要高，服务工作还要到位。如此看来，续期业务团队的管理工作要比首期复杂得多。

为了促进银行保险工作特别是续期业务团队筹建工作的顺利开展，滨海分公司专门成立了一个部门：银行业务部，名义上负责管理整个银行保险渠道的业务工作，实质上其工作重点近期来说仅针对于续期业务团队的筹建，足见分公司对此项工作的重视程度与必胜的决心。既然设立了部门就需要一个部门经理，以协助温子建开展业务团队的协调、支持等工作，发挥上情下达、下情上传之类的作用。而在目前的筹建期，这位部门经理的一个重要工作，就是协助温子建招聘、寻找、挖掘优秀的业务团队负责人。

但是，从银行业务部成立至今，银行业务部的部门经理前后已经换了三个人，三个人免职的原因都是因为工作进展毫无起色，即续期业务团队的负责人在近一年的时间里也没有定下合适的人选。

无论是滨海分公司一把手战强，还是分管业务工作的二把手温子建，面对这种局面都感到无所适从，续期业务团队的筹建工作进入了一个尴尬的十字路口,在总部领导隔三差五的亲切关怀下,在全国兄弟单位的密切注中,真是退无可退,进无可进,已成骑虎之势。

山穷水复疑无路,柳暗花明又一村。就在今年,这种情况仿佛出现了一丝转机,因为有人居然自告奋勇,毛遂自荐地要求担任银行业务部的部门经理一职,要知道,经过近一年的折腾,这个职位仿佛滑铁卢之于拿破仑一般,在很多人眼中已成为失败的代名词,躲都怕来不及,哪里还会有人自告奋勇担此重任呢?

勇挑银行业务部经理重担的这个人,就是胡胭玉,向分公司一把手战强主动请缨,要求协助温子建开展续期业务团队的筹建工作。在战强看来,胡胭玉能主动把这个烫手的山芋接过来,光这气魄就足以让人对其交口称赞了,何况这胡胭玉并不是一般的人,而是德信人寿昔日传奇式的人物呢!此举,不蒂于天女下凡,帮助滨海分公司解了一个大围,一个天大的难题消弭于无形之中。战强几乎立即首肯了胡胭玉的请求,甚至没有征求一下温子建的想法和意见。

胡胭玉,在保险行业已经奋战了十八年,其中有十二年的时间消磨在个人代理销售渠道,可见其对于个人代理渠道从业经验之丰富,相对于银行保险这个渠道的业务来说,她还是空白。但是,这一点对于目前银行保险续期业务团队的筹建工作来说,已经算不得是一个问题或者缺陷了。胡胭玉是第四个坐上这个位置的人,由于把丁沐这位德信人寿上下都非常看好的优秀人才推荐给了自己的领导,结局自然和她的三位"前辈"截然不同,现在已经是实至名归的银行业务部经理了。

而胡胭玉之所以能够顺利促成此事,除了与她本人早期的经历密切相关,同时,与之前的三位"前辈"相比,她的个人能力似乎也最接近或者说符合银行业务部经理这个岗位的要求:既精通寿险业务,又有丰富的成功组建业务团队的经验,且热爱寿险事业。至少这是很多人对胡胭玉的个人评价。

此时温子建在自己的办公室中,把战强刚才找他过去说的一番话,重新在脑子里过了一遍。

自从胡胭玉主动请缨担当了自己在续期筹建工作中的助手以来，上任后的一个月内，倒是颇有声势，如走马灯一般，向自己推荐了不下六个人，应聘续期业务团队的负责人或者续期区部经理，但是没有一个符合自己心目中的续期团队负责人的标准，不是学历太低，就是形象太差，要么就是经验不足，或者年纪太大。因为战强的强势推荐，并且从战强对胡胭玉既往经历的描述和评价之中，自己也对胡胭玉这个神一般的人物充满热切的期待，然而经过一个月的折腾，当初高涨的热情渐渐平息了，当初寄予的热切温度也几乎从天空掉落到地面。

刚才战强找他谈话，一改往日的强硬作风，不仅面带笑意，而且还非常难得地对温子建嘘寒问暖起来，询问温子建儿子中考的成绩怎么样，计划考哪个高中等等。这些看似亲切的举动在温子建看来却很不自在。在与战强相处两年多的时间里，这应该还是头一次，战强对自己表现得如此友善和关心。温子建甚至见到战强的笑容都是有限的，而且每次好像都是在总部的领导来滨海分公司视察工作之时，再有一次就是他们银保首期第一次拿下千万大单的时候，战强笑了。

可是今天，战强不仅笑了，而且与前几次笑的背景都不相同，可能是他今天的心情格外好吧，因为除了唠几句家常，他还主动问到了胡胭玉最近推荐的一个人选，"老胡拍着胸脯告诉我，续期的区部经理，非此人莫属。她能有这么大的把握，这个人应该很不错啊！"看来，战强也知道这个人了。

胡胭玉这是先声夺人啊，我还没有面试，这个人到底如何，你就急不可耐地把应聘人推向一把手邀功请赏啦！胡胭玉，你心里还有我这个直接领导吗?! 战强今天如此一反常态，看来，也是对这个应聘人选基本已经投了满意票了？即便如此，这个人将来也是我的将领，如果过不了我这一关，还是竹篮打水一场空。

丁沫，人还未到，分公司现在上上下下的注意力已经全部放在这个人身上了，胡胭玉在宣传自己功绩方面也真是做足了功课。我倒要看看，这个人选到底是何方神圣！

不错，今天，正是温子建面试丁沫的日子。

按理说，这个续期团队负责人或区部经理的人选，在胡胭玉任职银行业务部经理之前，几乎就没有人请温子建面试，胡胭玉不管怎么说，这一个月里还让他走马灯似的面试了几个人，虽说没有实质性的进展，但在数量方面毕竟突破了零的局面，也算是一个进步。

而且，工作成效往往取决于工作热情，看看胡胭玉现在的劲头，可以用干劲十足来形容，这就是好兆头。胡胭玉之前的三位续期部门经理都是战强一手提拔起来的，虽然正式任命前战强也和自己通了气，但谁都知道，那种所谓的征求意见，就是一种形式，作为下属谁会不识相地提出反对意见呢，温子建在总部工作的五年时间里，学会的最大一门内功，就是忍功。

记得自己刚回到滨海分公司时，在一次部门经理工作例会上，温子建由于手机忘了调成静音，而导致自己的手机在会议中突然唱起歌来，被战强当着滨海分公司全体中层干部的面，一顿臭批，而且自战强嘴里说出来的话，简直不是话，可以用骂人来形容，战强认为这种行为就是对他这个分公司一把手权威的公然挑衅，"别以为自己在京城镀了几年金就不把老子放在眼里，在老子跟前充大，你还嫩了点儿！"战强认为，能在北京总部工作了五六年的高级管理人员，怎么可能犯这种低级错误，唯一的解释就是根本没把自己这个滨海的老大放在眼里，所以他借题发挥，敲山震虎给了温子建一个毫不客气的下马威。

战强这种在公开场合想发作就发作，丝毫不控制自己情绪的做法，让温子建极为反感，当然也体会到了恐惧，温子建也懂得对待这种脾气的人，万万不可硬碰硬地当面顶撞，只能察言观色，顺势而为。从此，温子建对这位老大采取的做法就是恭而敬之，敬而远之，并且表现得俯首帖耳，唯命是从。

而今天，从战强态度的变化之大这一点上看，似乎不仅预感到了今天面试人选的顺利通过，简直看到了未来续期团队的茁壮成长啊！嗯，拭目以待吧，这位丁沫到底有何本领与本事，马上就要揭晓了。

9

当丁沫来到尚金中央广场,到达德信人寿滨海分公司所在的楼层时,电梯门一打开就看见李美站在门口,笑盈盈地迎上丁沫,这个小小的举动让丁沫感到心里暖暖的,德信人寿这些细节工作的确做得很到位啊!李美把丁沫带到胡胭玉的办公室,由胡胭玉把丁沫引领到副总温子建的办公室。

胡胭玉可能是因为这次在公司办公,所以穿着和上次大不相同,也是一身黑色职业套装,看上去和上次见面的印象有很大差别,虽然人是人、衣服是衣服,但是衣服穿在人的身上就成为了人的一部分。上次见面胡胭玉留给丁沫强烈印象的"勇士"光环,似乎褪去了不少。

胡胭玉把丁沫带到温子建的办公室,给他们做了介绍,自己就退了出去。

回到自己的办公室,胡胭玉不禁对自己近来的好运气,喜不自胜,溢于言表!就在这次出差前,自己还在为这个续期区部经理的人选而头疼呢,可是现在不过一周的时间,事情居然来了个天翻地覆的变化,这真是天助我也,人家都说穿红色衣服能够转运,还真是灵验呢!

想到这里,胡胭玉再一次对自己一个月前做出的英明决定感到庆幸:果断地选择了毛遂自荐。这一点,再次证明了自己高出常人的政治嗅觉与敏锐的判断能力。

早在胡胭玉决定离开民生保险的时候,这种能力就已经显现了。当初,胡胭玉发现在人才济济的民生保险公司,无论自己如何努力发奋地工作,也不可能在职务上有所升迁了。经过了在保险业六年的摸爬滚打,从一名普通的业务人员,成长为高级客户经理,胡胭玉自诩现在的自己已然是羽毛丰满的凤凰了,如果在民生找不到上升的空间,以自己现在的身价去一家正在发展的公司也许是一个明智的选择。于是，她的目光锁定了德信人寿，因为当时的德信人寿正在滨海大张旗鼓地招募天下保险英才，着手成立分公司。

由于学历的限制在进入德信人寿时，胡胭玉仍然是基层的业务人员。但是随着分公司的规模不断扩大，她凭借良好的业绩被破格提拔到分公司成为一名行政人员，从此，胡胭玉得以从一名外勤业务人员转为内勤管理人员。虽然赚到的钱相比以前有所下降，可是毕竟以后会有很大的机会步入管理层，这不是自己之所以离开民生而选择德信的原因吗，也正是自己梦寐以求的啊！

时间的巨轮驶入新世纪之后的第一个十年，国内的各行各业都在突飞猛进地发展，保险行业也不例外，特别是如德信人寿这样原来不算小、也不算大的公司，正是通过新世纪第一个十年的拼搏和积累，从一个默默无名的小型保险公司，一跃而成为寿险业的新星，进入了全国寿险业排名前五的行列。

作为保险公司的德信抓住了飞跃发展的良机，作为保险公司中的员工，胡胭玉也没有放过在自己身边稍纵即逝的机会。德信看准时机在全国大规模扩建地盘，各地分支机构纷纷拔地而起。滨海市作为连接东北、华北的枢纽城市，自然在德信人寿的战略布局中犹为突出，因而十年中，德信人寿在滨海市及其周边地区成立了十一个分支机构，其中三个分支机构由胡胭玉组建完成。可见，胡胭玉没有浪费上天赐予的每一次机会，完美地展示了自己不凡的组织才能，最大限度地释放了她超乎一般人的工作热情和敬业精神，在当时的德信人寿成为名燥一时的明星管理者，在德信人寿管理层，几乎没有人不知道"胡胭玉"的大名的。

本想凭借这些赫赫战功可以一路晋升上去，怎么着也能熬上个分公司的一把手，也尝尝成为一方诸侯的滋味。可是不知道为什么自己始终停留在分公司部门经理这个所谓的"中层"管理者位置上，似乎再也上不去了。职位不见提高，可是，时间却是不等人的，一晃自己已经人到中年，眼看风光不再，可是仕途的绿灯却仿佛死机了，且没有重启的可能。

最有希望被提拔的那年,胡胭玉自认为无论从哪个角度看,都应该是自己坐上这个滨海分公司老大的交椅,不曾想总部竟然凭空派来一个战强,无情地击碎了自己的梦想。思想上想不通,行为上自然也接受不了,在工作配合上也就表现出来了,结果最后还被这个土老帽给收拾了,让自己"休息"大半年,没有任何工作,也没有任何岗位。

那段如恶梦一般的时期,让胡胭玉彻底理解了什么是热锅上的蚂蚁,度日如年又是什么滋味。后来终于明白过来,胳膊终究拧不过大腿,识时务者为俊杰,自己得学会"顺",顺应这种变化,顺从这位新上任的滨海分公司的老大,如此,方有自己的生存之路啊。

而这一次胡胭玉之所以敢于毛遂自荐,正是因为从中看到了机会。而机会往往隐藏在困难和阻碍之中,无论是谁,如果能在这个时点敢于把这个位置接过来并且完成续期的筹建工作,不仅将成为彪炳青史的英雄,而且还会成为晋升的筹码,特别是对于自己来说,上天终于还是没有忘记我胡胭玉,聆听到了我的祈祷和渴求。而现在巡视一下滨海分公司除了我胡胭玉,还有谁敢于站出来接下这个差事呢,与其让战强低下头找我谈,还不如自己主动出击,这样既掌握了主动权,又给足了领导面子,何乐而不为呢!

盘算至此,就有了一个月前胡胭玉主动请缨的一幕。可是,正当胡胭玉的如意算盘打得噼啪作响时,有一件事她可没想到,她没想到自己推荐的那几个所谓续期区部经理的人选,没一个能让温子建看上眼的,温子建的要求也太高了吧!这书读多了就把人读傻了,什么学历、形象的,到时候还不是得看业绩,凭业绩说话么,其他的都是扯蛋!

但是,人家毕竟是副总,名义上还是自己的直接上司,也不敢公开和他唱反调,至少现在还不是唱反调的时候。正当胡胭玉一筹莫展之时,居然天上掉下个"林妹妹"!不,应该说是丁妹妹,那个平时不声不响的李美手里竟然握有如此奇货,还好,她适时出手了并没有可居之意。至于,作为督导的李美是如何与丁沫相识的,胡胭玉自己也不知道，而李美似乎也有意回避这个问题，自己现在也不好强加询问，以免引起不必要的麻烦或损失，且等丁沫这个宝贝如愿以偿地来德信上班以后再说。

虽然前几次推荐的区部经理全部落选了，但是通过和温子建的交流，胡胭玉基本摸清了温子建对这个岗位人选的要求。所以这一次推荐丁沫，胡胭玉有十足的把握，丁沫这个人选一定符合温子建心目中续期区部经理的标准，不只符合，甚至在某些方面超出了他的预期。

于是还没等温子建面试，她已经按捺不住把丁沫的情况兴高采烈地向战强做了汇报，好消息总要尽早让领导知道嘛。可以猜到，战强也是被这个好消息感染了，心情难得大好。现在只等温子建点头了。胡胭玉心知肚明，战强已经看好这个人了，难道温子建会予以否定吗？

如果续期区部经理的人选定了，续期的筹建工作就等于拉开了序幕，胡胭玉非常清楚，到了这个时点，自己的使命也算是完成了一半，到时候自己再提出一些小小的回报，难道战强还会不答应吗？想到这一点，胡胭玉不禁有些飘飘然，自己真的要时来运转了。

人逢喜事精神爽，胡胭玉决定下班后去做做美容，犒劳一下自己，也让自己冷静下来想一想分公司给予自己的回报，以及应该如何向战强摊牌。好，就这么办。

丁沫跟随胡胭玉进了温子建的办公室。这是一间布置得相对简单的办公室，在细致观察之下，却也有不易觉察的点睛之处，透露出主人的品学与兴味。

温子建背后的墙上挂着徐悲鸿著名的八骏图临摹，左侧书柜里几十本书籍随意摆放，可能主人随时都会拿起一本来读上一段；两三件小器物散落于书柜的角落，却也难掩个中的精致与意蕴。眼前这位德信人寿滨海分公司的副总，精明干练的外表之下透着几许儒雅，这份儒雅是来自于他的学历吗？

温子建给人的感觉比较冷峻，但是说起话来，却不一样，是一个相当坦率的人。当了解到丁沫的职业背景时，无论从他的眼神、还是语言,以及体态之中,都清晰地传达出深刻的惋惜,作为一个硕士毕业生,可能很难理解以高级管理人才的资历和背景,怎么肯涉足保险业并把自己的高管职业生涯都奉献其中呢?因为这样的事情,不能说一个没有,毕竟现实世界中太少见了。

这次本应该是一次面试的过程,因为双方都比较放松,气氛自然和谐,这主要归功于这位温子建对这次交流基调的把握。关于德信人寿这个新筹部门的动机和愿景,以及未来可能的发展,遇到的困难和阻力,温子建介绍得比丁沫预期的还要多,更加让丁沫敬佩温子建为人的坦率以及自然而然流露的真诚。

双方相谈甚欢,彼此相互认可,这是形成未来良好合作的基础。

让丁沫没有想到的是,温子建在和自己沟通完毕后,居然温文尔雅地把自己送到电梯口,才返回办公室,这一举动给丁沫的内心很大的触动,丁沫认为这表明他个人非常认可自己。有的人可以被钱财利益击倒,有的人可以拜倒在珍宝玉石的光辉之下,有的人可以屈服于美色诱惑,而读书人最怕遇到知音,所谓"士为知己者用",丁沫可能就是这种人吧。

丁沫承认,德信人寿对自己的吸引力其实只有一点:就是自己到德信后,可以立即开始组建团队,并且是以德信人寿保险公司的名义开始筹建,目前只有德信人寿能让丁沫实现自己的理想化为现实,或者说德信人寿提供了丁沫实现自己理想的平台和机制。

最终,丁沫在情感上虽然依旧极不情愿向自己的朋友们以及客户坦白这一变化,但是自己也知道,既然选择了就要面对自己的选择。也许,丁沫在想,自己不愿意面对的、逃避的就是变化。可是,这世间,又有什么是永远不变的呢?唯一不变的,就是变化本身。这一点让人想不通、气不过,却又是事实。

不愿意面对,也可以用另一个词语来解释,就是没有勇气面对。勇气,意味着接受必须去面对的选择,无论这个选择是多么的痛苦。和平年代虽然看不到战火纷飞的场面,但是仍然需要勇敢,而这种勇敢可能要比放弃生命需要更大的勇气,因为战胜自己往往比放弃生命更加难以做到。是故这个世界主动选择放弃生命的人,远远要比圣人多的多。

丁沫一直认为自己虽然不是一个非常勇敢的人,但也是可以坦然面对一切或者说面对自己所做出的选择。唯这件事情,着实让丁沫在内心深处徘徊良久。正如林征一语道破的,自己其实最在意的是当初自己给朋友们的承诺,至今言犹在耳:"我将会一直负责你的保单,只要丁沫还在,保单有任何问题都可以找到我,我会帮助你解决。"丁沫最看不起的就是随意承诺又不当回事的人,觉得这种人简直没有人格。

丁沫记得,那天在和胡胭玉会面时,自己也把这个问题抛给了胡胭玉,看看胡胭玉当年离开民生时是如何处理这个矛盾的。胡胭玉一脸轻松,"这个呀,根本就不是问题,因为不能说我走了、离开民生了,我朋友的保单就没有人管了,一方面公司会继续指派新的服务人员为其提供服务,另一方面,虽然我本人离开了民生,但民生的同事还在啊,他们都可以帮我啊,客户有什么事情直接打我电话就妥了。我当时的客户,我们一直都保持联系,他们有什么事情还是直接找我,到现在我们依然是要好的朋友。"胡胭玉的这种说辞可以说有如一阵清风,将丁沫阴云密布的内心吹开了一道缝隙,金色的阳光如利剑一般,力透凡尘世界。这阳光,于此时的丁沫来说,犹如救命稻草,给了丁沫选择新生的勇气。

但是,当时丁沫并没有立即决定选择德信人寿,促使自己做出这个决定的,还是今天与温子建的一番面谈。

好吧,面对自己,面对朋友,面对你的选择吧!

首先,要做的是告知自己服务的所有客户,自己的这一变化。告知方式,丁沫计划采取三种:第一种面见;第二种电话告知;第三种发消息或邮件通知。丁沫坚信,自己当初的承诺依然有效,朋友以及客户的保单利益不会因自己的离开而有任何损失。

"做人只是一味率真,踪迹虽隐还显;

存心若有半毫未净,事为虽公亦私。"

但是，即便如此，还是有一个人，丁沫竟然一直未曾将此事告知于对方。而起初，当丁沫意识到自己的工作可能会发生变化时，第一个浮上心头、自觉有愧的就是这位好友的面庞。她是丁沫最要好的朋友，最不能伤其心的姐妹。可是，往往最不希望发生的事情，就一定会发生，不愿意看到的事情，就一定会变成事实！丁沫为此付出了代价，以至险些失去自己好友的信任。这是后话。

10

决定既然做了，于丁沫来说不啻艰难地迈出了第一步，剩下的事情就相对单纯了，按部就班地往下进行。

按照筹建方案，续期服务部在区部经理层级下要搭建两层平台，主管和客户经理。在胡胭玉第一次和丁沫面谈的时候，提到续期服务部建制的问题时，胡胭玉表示筹建前期主管这一层级两个人就可以，主管下面一层即客户经理至少五个人。若果真是这样一个标准，当时丁沫对这个所谓续期团队的建制可以用震惊来表达，但她并未有所表现，只是心里感觉这样少的编制怎么可以是一个区部的规模呢？如果是自己来做的话，那就不是两个主管，至少要上到五个主管，主管下面至少五到十人，如此才能是一个团队的架构。

如果想在短期内快速对一个陌生的组织进行全面了解，以便对其整体状况有一个相对清晰且完整的掌握，需要在三个层面上进行剖析，丁沫称之为三维全像图法。首先针对组织的战略布局、发展规划做充分的了解和认识；然后针对组织的产品结构、产品特点、行业优势进行分门别类的整理；最后了解公司的体制结构、组织基础。如此，这个组织在你的面前就是活生生的，不仅有过去、有现在、有未来，而且有血、有肉、有眉眼，清晰立体地呈现在你面前。

丁沫利用一周的时间对德信人寿的整体状况进行了一次梳理，心里有了清晰的认识和轮廓，然后开始团队主管的筛选工作。

正在这个时候，分公司一把手战强出乎意外地来找丁沫。

丁沫对战强的认识是一次在电梯间里的偶遇。当时,电梯间只有他们俩人,丁沫站在战强的身后,因为在同一个楼层上的电梯,所以丁沫猜想应该是公司的同事或者客户,但是,从穿着上看不太像同事,因为这身装扮太过随意了,虽然公司有规定周一至周四必须职业装,而且只能是黑色的套装,在周五的时候可以着便装。但是这个"便"装,在丁沫的理解中,也不能太过随便吧,也应该是上班时间能穿的服装,因为周五虽然是周末但也是工作时间啊,每个工作的人都要面对客户、面对下属和上级,如此怎么可以穿得太过随意呢?

而丁沫之所以对分公司老大的第一印象十分深刻,原因就在于战强那天的一身装束。上身一件圆领 T‐shirt,而且是鲜亮的翠绿色,胸前还有柠檬色的卡通图案,下装一条浅浅的卡其色休闲裤,脚踏一双黑色北京布鞋。如果在某一公园里,这身装扮很惬意,即便手里再摇把扇子,或者手里再架个鸟笼,谁都不会觉得有什么问题,大家都会觉得这位老爷子,日子过得可真舒心啊,估计不少人得羡慕得直流口水。

但是,这是在公司,一个办公场所,还是要有规矩的。所以站在战强身后的丁沫,一直在猜想这个人的身份,说是公司同事吧,从年龄看应该至少是中层干部,但从装束、行为举止看,却也不太像,因为一上电梯,这个人就斜靠在电梯的一侧翻看手机;说是客户吧,也不太像,因为保险公司的客户一般都会随身背个包,用来放置保险合同、投保资料什么的,很少有两手空空来保险公司办事的。

下午的时候,这件事情就有了答案,公司的同事告诉丁沫:"中午和你乘电梯的那个老头儿是咱们老大!"而且还提醒丁沫:"我们看见他过来了全都早早躲了,就你不知道,还跟他一起上了电梯。"丁沫也奇怪呢,今天这大中午的,电梯里怎么就俩人呢?!往常里面都是站得满满的,人和人基本全挨在一起,根本没有所谓人和人之间的"安全距离"。原来是你们都躲了,丁沫就问为什么呀?心想,难道这位战总还会吃人不成?

对于丁沫,从来就没有对哪一位领导害怕过,你做你的领导,你承担的责任更大,那是因为你的德、才、能都高于其他人,我向你学习;我做我的下属,那是因为我通过之前的努力和进步适合我现在的职位,我也相信通过努力自己在今后还有获得晋升的可能。无所谓怕还是不怕,各干各的事儿,虽然领导和下属之间的行政关系泾渭分明,但在工作分工上谁都离不开谁,工作结果上更是一条绳上的蚂蚱。

大家看到丁沫不解的神情,几乎异口同声地说:"你是刚来,还不知道老大的厉害啊!"丁沫只是微笑听着,什么也没说。

今天,战强突然说要见自己,不知道这位德信人寿滨海的老大是想从我这里了解什么?丁沫快速把自己入职以来的所有行为进行了一番回忆,好像没有什么出格之处或做错的地方。但是,丁沫也知道,自己现在属于新闻人物,别人可能都认得自己,自己却并不一定认识他们,己在明处,人在暗处,如果有人想找自己的毛病既容易也不容易,容易是因为丁沫不知道暗中盯着自己的人是谁,不容易是说丁沫自认本身既洁身自爱又敬业尽责,要找毛病恐怕也不容易呢!

所以,丁沫走进战强的办公室还是非常坦然的。

不愧是一把手的办公室,单从面积上来说,几乎是温子建办公室的三倍,而且在布置上也气派得多。一只醒目的鱼缸摆放在门口的拐角处,丁沫猜想可能是用来调和所谓风水的吧,几尾银龙霸气外露,悠然自得地游动着。

在滨海市养宠物的人特别多,随着见识的增多,丁沫发现一个规律,宠物和其主人颇有相似之处,而且无论是外在相貌还是道德水准。很多宠物和主人的相貌惊人地相似,是不是主人和宠物相处久了以后,二者的容貌就越来越像了呢?就是不知道是主人向宠物靠近,还是宠物向主人靠近。另外,但凡有公德心的主人都会把自家宠物的排泄物仔细地收拾干净,决不会任由其影响城市卫生与公共环境,时间久了,自己的宠物也仿佛懂得不能随地大小便,而选择在草地或裸露的土地上排泄了。

都说孩子是家长的一面镜子,其实,宠物也是主人的一面镜子。

丁沫看到战强的办公室除了这个硕大的鱼缸特别醒目以外，再就是他旁边墙面上的两张几乎占满一面墙的世界地图和中国地图，如果战强穿上一身军服站在地图前，想必更符合他的形象和性格吧。房间里比较惹眼的还有四五盆繁盛的植物，看着让人感觉格外的生机无限和春意盎然，如果用颜色来形容战强办公室的氛围，可以用铁灰色来形容，冷硬且缺少亲切柔和之感，虽说这是一位男性的办公室，但是适当带有一些感性的氛围也是必须的，因为至阳至阴皆不符中庸之道，所谓"中也者，天下之大本也；和也者，天下之达道也"，而这几盆绿意浓浓的植物，恰到好处地中和了这间办公室的格调。

很难想象，脾气火暴如战强者，居然也有这个心情和耐力把这些植物伺候得如此光彩照人、丰饶多姿，这本身就是一大奇迹，耐人寻味。丁沫这时不禁想起来，自己虽然来德信人寿上班没有几天，但是有好几次见到战强拎着水壶去卫生间打水。看来，战强对于这几盆植物非常用心啊，而它们也以自己的蓬勃向上回报了主人的殷殷之情。

室内异常整洁，几乎一尘不染，这种境况在一位男士的办公室倒是很少见。书柜里满满地摆着几套书，其中有一套让丁沫直眼馋，不知道是战强自己爱看书还是装点门面的面子工程。

在硕大的落地窗前，两组灰绿色的布艺沙发，稳重又不失生机，绿色是德信人寿的标识色，寓意保险将带给人们春天般的温暖和照拂。令人感到不解的是，绿色平时给人的感觉是祥和宁静，但这两组沙发却多少彰显出威严和霸道的气场，似乎告诉来客，我可不是轻易就能坐的哦！所以大多数来宾，都知趣地只放半边臀部在沙发上，能保持身体平衡即可。

办公室的门开着，德信人寿滨海的第一号人物此刻正站在窗前，不知在沉思还是在观海景。

德信人寿所在的这栋写字楼，不仅建筑质量和服务品质均处于高端层次，地点也位于滨海的黄金地段，五层以上可以俯瞰大海，虽然此处的大海并不美丽。

丁沫于是轻轻敲了敲门，提醒房间主人客人到了。战强转过身来，看见丁沫站在门口，仿佛突然间醒悟过来，"哦，小丁，丁经理，来，进来吧。"战强走到自己的办公桌前，坐下，示意丁沫在他对面的椅子上坐下。

"怎么样，来公司有几天了吧？"战强的第一句既像是询问工作的进展，又像是在关心刚来的丁沫是否还适应。

"哦，我来德信工作有一周了，战总。"丁沫突然发现，战强的名字倒是挺符合他这个人的，至少符合丁沫眼下对战强这个人性格特点的了解。

"怎么样？适应吗？不要着急，慢慢来。"这句话让丁沫多少有点吃惊，没想到他能这么说，但转念一想，可能就是领导的客套话吧。

"嗯，我在做一些基础工作，计划下周进入实质性的筹建工作。"丁沫平静地回答。现在她还不知道这位老大找自己谈话的用意何在，所以本来就比较低调的丁沫显得更加平淡。丁沫注意到战强今天戴了一副眼镜，虽然对他并不特别了解，但在丁沫印象中，战强应该是不戴眼镜的，而且他这个年纪应该不会突然就近视了，那就是老花镜吧，但又不像平时常见的那种戴老花镜的样子：镜片离开眼睛都有一定的距离。

"我们公司从上到下对这个部门都非常重视，也非常期待有一位能够胜任这个岗位的人来管理和带领这个部门，我想你的压力一定也很大。"这时，战强把眼镜摘下来了，恢复了平时大家所熟悉的样子。这时，丁沫意外地看到了战强眼睛里射出的光芒，让人有一种面对一头雄狮的感觉。难怪大家都怕他呢，这种眼神也的确很难让人产生亲近感。

丁沫笑了笑，"嗯，的确是有压力的，但是，我喜欢这种有压力的感觉，有压力说明这工作有难度，不是谁都能做得了的，既然选择了就尽力去做呗。"丁沫还是那种不紧不慢的节奏。

战强似乎认真地而又明显感到意外地看了看丁沫，可能丁沫的这种态度，在崇尚表决心、习惯热血沸腾的保险行业确实比较另类，以至战强心里在打鼓：眼前这位笑容可掬、温文尔雅的小女子，真的是大家心目中的那位能人吗?

"嗯,分公司会大力支持银保续期的筹建和组织发展工作,要人给人,要钱拨钱,一句话,就等你们的好消息。我也交个实底给你,年末前我是不会看你们业绩的,我只看队伍,续期的队伍是不是拉起来了,我就看这个!"

哦,战强这是在探我的底,看看我是不是这块料,只要你能做到你承诺的,我就能做到我承诺的,"战总,我不习惯表决心,首先我相信事在人为。如果银保续期团队的筹建圆满成功,是我们分公司上下一致的目标,并且志在必得,那么,我相信'上下同欲者胜'。"

战强好像感觉到了坐在自己面前的这位看起来瘦小的女子,却有与众不同的格局,那就让时间来证明吧。"好,有气魄!你有什么问题要问我吗?"

丁沫知道这是谈话结束了,"暂时没有,战总,如果有的话,我会向您请教。"丁沫站起来告辞。

从战强的办公室出来,丁沫觉得这个大家心目中"老虎"并不像传说中的那么可怕,甚至还蛮可爱的。在众人心目中的老虎,在丁沫心里却是一只狮子。

看着丁沫从自己的办公室离开,战强在想,这么个弱女子,能成事么?不过,她的身上倒是具备他人少有的气魄和胸怀,更难得的是,平静中带着坚定,淡然中透着求索。难怪温子建对这个人的评价如此之高,以战强对温子建的了解,温子建属于那种对人的评价有所保留之人,自己还从来没听他对哪一个人有如此满意的评语呢,大有把续期筹建成功的希望寄托在丁沫身上之意。

看来李美的确没有夸大其词,如果她真是我们优中选优期待中的人选,那我们跟踪了她一年也是值得的!

原来李美早在一年前就已经把丁沫其人向战强做了汇报。李美有个近亲在民生保险滨海分公司做高管,而且是丁沫比较好的朋友,李美听说他们是一个学习班的同学,因此对丁沫的资历、能力和人品都是比较了解的。当时德信正在招聘续期业务线的负责人,李美在家中无意说起此事，于是就有人给自己推荐了丁沫，当时这位推荐人也说了，只是告诉你有这么一号人物，能不能把她请过去，要看你们的缘分了。李美当时就说，如果真是人才，你不怕我们把她请过来对你们造成不利影响甚至是打击吗？当时这个长辈认真地说，我能给你推荐，第一是站在丁沫是自己的朋友的角度，第二，民生早在几年前就已经出现发展的瓶颈期了，真正的人才在这里想要出头，不是靠工作能力而是靠运气，像丁沫这种能力的人如果在六七年前直接带一个二三百人的团队不成问题，可是现在不行，人太多了！实际上，这也是李美大学毕业后没有选择民生而是来到德信的一个根本原因。

所以，以后李美和丁沫的接触都是在战强的直接布署安排下进行的。李美当初是以办公室文员的身份进入德信的，战强是想培养一个秘书，当时招聘了两个大学毕业生，经过近一年的考察，两个人的表现都非常不错，这也不排除两人知道领导最终是要二选一的，所以工作自然加倍努力上进，战强最终根据两人的性格和各自的优势，决定让另一个女孩担任秘书。但让李美走人他又觉得是浪费人才，刚好那个时期银行业务渠道正在拓建，温子建刚刚从总部回来，于是战强把李美安排到了银行业务部，职位虽然是督导，但是直接服从温子建的领导，等于是温子建的助手。这样的安排既体现了作为领导的战强对下属体恤有加、积极支持下属的工作，又在下属跟前安插了自己的人，同时又给李美铺就了一个非常有前途的未来，真可谓一石数鸟。

所以，丁沫之于战强已经不是一个纯粹的陌生人了，但是，对于温子建来说，这一切安排他是不知道的。别说温子建不知道，其实这事只有战强和李美知道，因为考虑到丁沫还没有离职，谨慎行事，对双方都是一种保护；另外也担心节外生枝，避免不必要的麻烦。

此刻，战强不禁想到，如果丁沫真能成事，这也真是胡胭玉的运气啊！

一想到胡胭玉，战强的心里说不出是个什么滋味，这个女人是既能干又难管，对权力、金钱的欲望都异乎寻常的强烈。自己六年前刚刚来滨海上任时，她就摆出一副劳苦功高的派头，仿佛滨海离开她就转不动了，成天给我出难题，想把我整走，如果我再听之任之，这女人就能骑到我的脖子上。若不是自己找了一个机会让她彻底明白了自己的位置，德信人寿早就没有她胡胭玉这一号了，还能有今天的运气吗？这个世界上就是有那么一些人，不碰南墙不回头啊！不碰得头破血流就不明白自己几斤几两。

也好，有了这么一个胡胭玉做出头的猴子，其他还有看热闹不怕事儿大的，也想浑水摸鱼的，一看胡胭玉的下场，立即明白了自己的立场，见风使舵，开始乖乖地该干嘛干嘛去了。滨海分公司这个总部异常重视的保险市场深水区，再一次证明了，在任何职场永远只有三种人，一种是可信的、不可用的，一种是可用、不可信的，再一种是即可用、又可信的。第一种人只能交待他做一些无需特别的能力但需要忠诚的事情，第二种人可能交付比较困难的任务去完成但绝不可信任，只有最后一种人才可能成为领导的左膀右臂，但如今这样的人真的是太少了，可能比大熊猫多不了多少。

胡胭玉就属于第二种人，既要用，还要防，更要治，否则，她就不知道她自己是谁，我是谁。哼！现在倒是在我这里服服帖帖的了，又开始找温子建的毛病了。常言道，知人者智，自知者明，老胡啊老胡，你早晚得死在过于自大的毛病上，你也是白比人家多吃了几年饭哪，别说你还瞧不上温子建，你就是给他提鞋恐怕都不配呢！

温子建这个人，别看这小子年龄小，可是很有耐性和深度，自从上一次在全体干部大会上把他归拢了以后，看不出这小子有任何情绪或者怨言，工作还是和以前一样做，该汇报的积极汇报，该请示的一个都不落地请示，尾巴夹得紧紧的，到底是书读的多啊，很有城府。如果这个丁沫果真如大家期待的那样，很快就能为续期的筹建工作打开局面的话，那么，滨海的银行保险工作在全国就算出名了、成典型了，如此的话温子建也许还能再获升迁，年纪轻、学历高，总裁这两年喜欢提携这样的人。凭着两年多的观察和考验，温子建的工作能力有目共睹，关键是自己对温子建到底能不能信任仍然不能确定。物极必反，城府太深，有时候也不一定就是优势啊。

自己呢，五年之内或许还能有一次升迁的机会，估计这也就是自己职业生涯最后的绽放了，也许能做到一个业务渠道的分管副总裁，这个位置看着位高权重，几乎就是一人之下万人之上，可实际上并不是什么好差事。在总裁身边干活，虽说没有伴君如伴虎那般严重，但是，总裁在保险业内是出了名的要求严格、工作狂，一个副总裁也就是听着好听，哪有做一个地方诸侯来得舒服和实在呢？哎，说到舒服，在哪儿也不如自己的家啊！

战强今年也有五十五岁了，他和温子建刚好相反，没什么眩目的学历，完全凭借个人真刀真枪、真金白银的业绩，一步步地升到现在这个位置，至今也在保险事业中战斗了二十五个年头，也就是把自己人生最辉煌的时期都献给了这份事业。

战强是河北石家庄人，由于自己常年在外，家里全靠媳妇打理，女儿明年就要高考了，从女儿生下来，战强从来就没有连续陪伴女儿超过一个月，所以女儿从小就和自己不亲，青春期以后还相当叛逆。这些年媳妇又当爹又当妈，还要工作，累得一身病，媳妇是自己的，能不心疼吗？好在从前年开始，分公司的一把手年薪终于有了大幅提升，战强随即果断地让媳妇辞去工作回家休息了，专门照顾家庭，这是唯一的一次让战强实实在在体会到了在保险行业做分公司一把手的实惠。

想到这儿，战强的心里既希望丁沫能在续期筹建中做得有声有色，自己也能因此得到总部的嘉奖，另一方面又担心胡胭玉因此狮子大开口地漫天要价。这就是胡胭玉和温子建的本质差别，温子建的工作能力、人品声望，可以说无论是分公司还是总部都是有目共睹的，可他从来没在物质、权力方面有过非分之想，更没有说主动邀功或请赏，但是，上级也不是傻子，难道不知道下属的功劳吗？

胡胭玉会要什么奖赏呢，此刻，她也正在盘算吧。哼，你有千变万化，我有一定之规，看你还能兴起什么风浪！

11

丁沫把自己准备接触的主管目标人选,首先进行了分类,然后进行了排序。第一类是同业内选择,包括民生的几个人,第二类就是自己的朋友,包括之前在民生的时候,自己组建团队时曾经邀请过的人。

丁沫锁定的第一个目标是代月莹。

丁沫离开民生保险,正如她当初加入民生保险时一样,是一件新闻。尤其对于认识她、知道她的人,简直是一件重磅新闻,一时之间对于她的去向有多种版本的传闻,每一种都具备一定的悬念。对丁沫比较了解和敬佩的人会觉得,没有了丁沫这样优秀的同伴,让他们感到若有所失,他们觉得以后没有了追赶的目标;而对于一直认为丁沫本身就是优秀的人才,不可能在保险业做久的人来说,丁沫的离开仿佛最终证实了他们的判断;还有一些人,周围环境的变化根本不会对他们产生太大的影响,他们不会去考虑,什么样的人可以帮到自己,对自己有正向的影响。对于自己需要和什么样的人在一起能够得到提高,没有一个清晰的认识,也就不会在意自己的周围谁去谁留,以及何去何从。而在保险公司每天走一个人来一个人,平常得可能就像每天要吃的三餐一样。

当丁沫给代月莹打电话时,她多少有些吃惊,因为平时在民生的时候她们很少联络,虽然代月莹对丁沫的印象非常好,但丁沫对代月莹印象怎样,代月莹自己并不知道。

当代月莹得知丁沫约见自己的目的和意向时,又让她吃惊不小,但是代月莹对丁沫的印象非常好,可能丁沫自己以前也没太在意,所以说她们二人虽然之前没有过多的接触,但其实是神交已久了。

有了这个基础,丁沫没费什么劲儿,代月莹的工作就做通了,代月莹希望抓住这个机会来德信和丁沫一起创业。另外,代月莹也深知,能够和丁沫这样的人一起共事,本身也是一个学习的好机会。

接下来，丁沫的目标是铁如春，当丁沫约见铁如春时，才知道原来铁如春和代月莹平时就是非常要好的朋友，铁如春对于能和丁沫一起开创一份事业，又有自己的好朋友一起参与，自然兴趣大增。不仅如此，铁如春还出人意料地给丁沫推荐了自己的一个朋友张伟。张伟是铁如春原来在酒店业工作时的同事。

张伟原来在一家大型人寿保险公司有过三年的主管带队经验，为人正直，后来因为和上级主管就某些问题看法不同，而导致其离开了保险行业。因此，一度由于受自己前主管不良行为的负面影响，以至于对保险行业失去了信心，现在在一家小额贷款公司做业务经理，还比较顺心，但是他对这个行业一直不太看好，觉得无论是公司还是个人，发展的空间都非常有限。

铁如春一直和他保持着联络，当他听说铁如春打算离开民生而投奔德信人寿时，不免有些吃惊。因为德信人寿相比现在的民生，名气、规模等方面都望尘莫及，感觉铁如春此举无异于弃明投暗。但是铁如春把自己的想法和实际情况告诉张伟之后，张伟对德信这里的情况也颇有些动心，于是，铁如春顺理成章地促成了张伟和丁沫的会面。这正是铁如春相比其他几个主管最显著的优势。铁如春在保险行业工作之前，曾经在服务行业有过七八年的从业经历，并且有较为丰富的带团队的经验，其难得的口才也是在酒店做主管时训练出来的。

经过和张伟的一番沟通，丁沫了解到张伟离开原来的保险公司，是因为其主管私心太重，每个月都要从张伟以及他的团队的收入中按一定比例扣除一部分，且美其名曰"团队管理费"，张伟曾经几次和主管就这件事情进行理论，但总是没有办法解决，更为严重的是张伟越级向上反映此事，也只是管得了一时管不了一世，乃至时间长了张伟怀疑他们都是一丘之貉。这件事不仅张伟个人不满意，他下面的三个小兄弟也对这件事非常不满，他们都是90后，年轻气盛，更加不能容忍自己合理合法的报酬却要无缘无故地给别人分一杯羹。所以不到一年的时间，张伟自己的小团队就散伙了，不久之后，张伟也离开了这个沉瀣一气的不良环境。

张伟在和丁沫的沟通交流过程中，丁沫的工作能力以及人品素养都给他留下了深刻印象，虽然没有立即同意加盟，说要回去和爱人商量一下，因为前次在保险行业的深刻教训，张伟的爱人严令张伟不得再加入这个行业，所以张伟等于要先做通妻子的工作，才能轻松加入团队工作。丁沫支持张伟的举动，任何工作无论大小首先要取得家人的理解和支持。丁沫笑着说，如果爱人的工作很难做通，她可以帮忙。

丁沫在一周内确定了两个主管，并且这两个主管无论从个人能力还是寿险从业经验方面都属上乘人选，而更让各位领导满意的是，这两位人选的外表也非常惹人注目，于是，丁沫再次成为德信的焦点人物，同时，也证实了早前大家对丁沫的预判。

丁沫团队主管的到位速度和质量让胡胭玉深感意外的同时，自然也非常高兴。到目前为止，可以说丁沫的每一步进展都超出她的预期，但是，丁沫却又总是那么低调和平静，这一点和她的工作作风截然相反，甚至形成强烈的反差。只要能做出成绩，有反差就有反差吧，现在我们是一个战壕里的盟友，你做的好就等于是我胡胭玉脸上的光彩。嗯，照现在这个状况来看，我就等着分果子就行了，其他的心几乎不用操了。

丁沫的第三个人选是王柠和东方禾，她们俩的自然条件都符合丁沫心目中主管的人选，无论是年龄，还是展业能力以及学历情况，都是上乘人选。但是丁沫有过一段时间的犹豫，她在犹豫动自己师傅，算不算违背道义。经过思考后，丁沫排除了这种担心。因为首先自己能够选择德信正是因为德信可以给她提供一个施展抱负的平台，让她可能将理想化为现实，而且工作本来就是双向选择，哪个地方更能发挥自己的所长就选择哪里，这本是无可厚非的。从整个社会角度来说，如果每个人都能找到最适合自己的平台或岗位，进而能发挥自己最大的潜能，则不仅整个社会价值会提高，而且每个人也将因此而感到快乐和满足。

所以丁沫认为自己目前的角色是将这个机会提供给对方，选择权则完全属于他们自己,这是他们作为候选人的权力。如果候选人自己并不认为这是一次机会而选择放弃的话,只能说明自己看错了人,候选人并不适合这个岗位,那么我会放弃对你的选择,你继续你原来的工作,我则继续我的工作,我们两不相误,这对大家来说也是公平合理的。强扭的瓜不甜,谁也不会去勉强谁。所以丁沫坚定了自己的想法后就与二人如期会面了。

王柠非常可爱,因为她没想到自己喜欢的沫沫姐离开民生了还能想着自己,所以丁沫把德信这里的情况告诉她以后,几乎没有异议,立即同意过来和丁沫一起工作。

东方禾是一位平时话比较少的女子,她最大的特点就是用眼睛说话,丁沫对她的印象就是观察、思考,然后决定自己的行动。她和王柠颇有相似之处,都是本科学历,而且个人素养相对较高,皆为难得的人才。

丁沫选择主管的一个最重要的条件是,一定要和自己所倡导的价值观吻合,否则即使业务能力再强也不会向其递出橄榄枝。这是成为自己团队主管的第一个条件,而且是硬性条件。丁沫早在民生时就已经编写好了团队建设的文化标准,可见什么样的人可以共事,她是有清晰的目标和界定的。

丁沫如期实现了自己团队筹建过程中第一批主管人员的到位。不用说,在他人看来,丁沫仿佛不费吹灰之力、轻而易举就请到五个主管来加盟自己的团队,在很多人看来这是不可思议的,即使在胡胭玉看来也难以理解,这个丁沫怎么会有如此大的影响力和魅力,感召力怎么会如此之强大?

同时,这种势如破竹的局面,也让丁沫更有信心去重新了解自己的朋友们——那些曾经答应过自己一起创业的朋友们。

丁沫乘胜追击,再一次向自己在民生时曾经邀请过的朋友伸出橄榄枝,希望通过这一次的沟通和了解,把自己埋藏心底近一年的心结解开,当初为什么这些人集体爽约。只接触了两三个人,问题就基本澄清了。

做好自己，让最好的来找你

原来，大家当时普遍认为，他们原本打算与自己敬佩的丁沫一起经营一份事业，但发现民生的大环境并不像自己希望的那样，也就是说大家都非常怀疑或者担心丁沫能否在这样的环境里打造出自己的品牌或团队。预期风险超过了自己的承受能力，当然选择退缩或放弃了。

丁沫做事情，首先是出于对自己的信心，这个信心不是盲目的自大，一方面是出于自己工作能力的自信，另一方面是来自于自己对事物存在、发展的判断。所以她的视线不会在意别人或周围的环境，或者说周围的人或环境不能对自己的决定产生本质的影响。当然，丁沫所做的决定，往往都有一个深思熟虑，并详加考察的过程，而不是一时兴之所致，越是重大的决定越是慎重。

然而，很多人并不是这样看问题的，他们衡量自己能不能做成一件事，不是出于自己的意愿，而是寻求环境对自身的影响，别人做成了或者别人认为能做的，自己再去做；如果他人没有做成或者不看好，则自己也不打算"冒险"去做，对周围环境的要求远远高于对自己的要求，也就是说不能"反求诸己"，而是反求诸人。这个世界上，有的人仿佛天生就是领导他人去做事情的，而更多的人则只能被他人所领导。这也形成了一种平衡，因为天生的领导很少，而天生的被领导者很多。

12

德信人寿滨海分公司银行保险续期近期取得的突破性进展，在总部也引发了不小的震动，以至负责人力资源的总裁派出了一个工作小组前来滨海分公司，对丁沫团队人选进行逐一评审和鉴定，以确定如此之快的速度下其筹建工作的质量到底如何。

就在这次总部派来考察小组工作的过程中，丁沫发现了胡胭玉这位昔日的英雄人物不为人知的另一面。

总部的老师这次来滨海考察续期筹建工作，让丁沫从心里感受到了温暖和鼓励,因为带队的人,再一次让丁沫认定,保险行业的确是一个藏龙卧虎之地,有许多让人尊敬和推崇的楷模。

这位带队的老师姓董,叫董梅,很有诗意的名字,在总部负责银行保险业务渠道的人力资源工作。丁沫对这位董经理之所以敬佩,一方面是董梅在保险行业工作了近二十五年的时间,另一方面还有董梅的才华和才气。原来丁沫担心保险行业人才之匮乏,现在一看竟是自己无知了,只是之前自己没福气认识这些才华横溢的人罢了。

就在董梅来到滨海的第二天,在对丁沫的管理团队逐一进行审查、鉴定完毕,表示非常满意之后,胡胭玉突然找到丁沫,表达了下面这些意思:董总这次来滨海,对我们的续期筹建工作,无论是速度还是质量、数量方面都比较满意,于是,董总提出,既然丁经理轻松地就能取得如此瞩目的工作成绩,是不是说明我们的标准设置得太低了?如果把筹建标准提高到主管必须八个人,是不是应该没什么问题,让我问问你的意见如何?

丁沫一听,心想,这就是传说中的"鞭打快牛"吗?丁沫虽然心情不悦,但仍然保持平静的状态,反问一了句:"如果我拒绝呢?"胡胭玉立即说:"拒绝就等于是辞职不干了。"

丁沫心想,如今箭在弦上,怎能说不干就不干呢,"如果我不能完成这个新标准呢?"丁沫平静地问道。

"那就按完不成的情形考核啊。"丁沫听胡胭玉的语气,这事不像是突然才产生的想法,仿佛他们都知道了只有我不知道!

丁沫虽然对董梅并不熟悉和了解,但是,凭着这两天的接触,丁沫很难想象这是出自于董梅之口。

董梅本次出差滨海的行程安排得非常紧凑,前一天晚上到达滨海,第二即开始工作,而且一坐就是一整天,和每一位主管详谈,了解其履历以及未来的团队规划方案。今天,董梅给续期筹建的现有人员进行了一场培训,主题是阐述德信人寿的企业文化以及经过二十年的发展,现在国内保险行业中的排名。第三个内容就是她当年为何选择了德信人寿,理由和今天丁沫的选择颇有几分相似之处:大公司已经人满为患,晋升空间非常有限;小公司倒是有很大的成长空间,但是各项政策就如邹德江版的天气预报,变化无常,变是绝对的,不变是相对的,让人难以应对,无瑕工作,所以她最终选择了德信人寿。试想,如果德信人寿也是这种朝令夕改、变化无常的公司,她还会给大家讲这段吗?那不是自己打自己的脸吗?!

如果上级安排完工作后,下级按照既定的标准埋头苦干、奋力拼搏,作为上级看见下级任务完成得好,就单方面随意提高工作量或考核标准,让努力完成任务的下级情何以堪?单方面调整工作目标或任务标准的上级,在做出这种一厢情愿的改变时,是否可曾想过"枉士无正友,乱政无善人"呢?在这种巨变之下,作为具体执行工作任务的下级来说,是否还能心甘情愿地与这种擅变的上级做到"上下同欲者胜"呢?答案恐怕不言自明。有道是"夫人之所行:有道则吉,无道则凶。吉者百福所归,凶者百祸所攻;非其神圣,自然所钟"。

作为一个法人单位,怎么可以如此轻易地改变一个团队筹建的政策和标准呢?难道筹建一支团队可以如此儿戏吗?!想到这里,丁沫更加难以相信这个愚蠢的决定,出自于总部派来的工作考察组或者那位才华出众的董梅经理。丁沫怀疑此事一定另有隐情。经过一番推敲之后,丁沫基本上确定了这是胡胭玉在里面捣鬼。

胡胭玉之所以敢于私自变更续期团队的筹建政策,是因为如果提高标准后丁沫团队完成了,于她个人来说,更加说明她胡胭玉的功劳无与伦比,因为丁沫是她推荐的人选;即使失败了,也完成了目前总部下达的原筹建目标,也是可喜可贺之事。同样的,如果调整标准之后的结果成了,那么胡胭玉的领导也只有喜出望外,难道还会有谁问罪于把标准提高的这个人么,恐怕不仅不会怪罪还得额外奖励呢!所以,无论对于胡胭玉个人来说,还是对于胡胭玉的领导来说,提高标准这事成了,大家脸上都有光,而且报酬多多;即使不成,也对大家无害,这是一个成与不成皆为赢家之妙计啊!

当然,"私自"这个概念,是相对于总部的工作考察组而言的,丁沫现在判断是胡胭玉个人所为,而与总部的工作考察组无关,至于这件事是否与滨海分公司的领导如温子建、战强者有关,她目前还无法判断,这需要更多的时间和机缘才能让真相浮出水面。

另外,一旦完成了提高之后的筹建工作标准,要知道这可是在总部领导考察工作之后,滨海续期团队的筹建工作完成情况翻了几倍,这也是总部领导的功劳啊,总部领导即董梅的面子也有光彩啊!

最重要的是,虽说这些都是丁沫一个人的推论,无法验证其真伪,至少现在还不是验证的时候,然而作为证据可以支持丁沫这一推论的就是没有见到文件:续期筹建工作非同儿戏,从总部到分公司都要有相应的文件,一定会有正式的文件下发,丁沫刚入职的时候就看到过这个文件,如今既然条件和标准有变,那么相应的调整文件也应同时下发到执行人手中才对,但丁沫始终也没有看到关于续期团队筹建标准变化的正式文件。

总之,提高续期筹建团队标准这事儿,除了直接责任人丁沫以及她的团队主管们以外,成功了,大家都是赢家。失败了,还有丁沫一帮人等兜底,这笔账简直太漂亮了。丁沫突然想到,胡胭玉自己说过,她来保险公司之前是做会计的。难怪呢!不过,多亏她现在已经不是会计了,否则不了解的人,会以为会计都是如胡胭玉一般,在背后算计他人的人。

丁沫的这些分析和判断对谁都不能讲,只能等着让时间来验证了,该做什么还得做什么,而且还必须做得更好。这就是丁沫,也是丁沫现在的团队文化。

13

丁沫团队对于主管层级的搭建,现在已经有五人,包括代月莹、铁如春、王柠、东方禾、张伟。之后丁沫又在自己的朋友圈中敲定了三个人,这三人都是前次在民生组建团队爽约的人,这一次下定决心跟随丁沫加入到现在的团队中,他们分别是司徒毓、陆军旗、安娜。至此,丁沫团队的主管人数果然达到了八人,也就是刚好完成了调整后的筹建目标。但丁沫认为这只是巧合而已,并不是努力追求而来的。当然,如果没有之前在民生那次增员行动的铺垫,这一次恐怕也不会如此顺畅。

胡胭玉坐在自己的办公室里,眼睛看着办公桌上的一个香水座,时不时转动一下转椅,心里这一份得意,真是让自己从头到脚、从里到外地感到舒畅惬意啊!

这些日子运气好得自己都难以置信,简直可以用"要风得风,要雨得雨"来形容了。胡胭玉不禁神气地想,这一切都源于自己超乎常人的谋划能力,以及谋定之后志在必得、坚定执行的意志力,如此才能有今天的志得意满吧!

纵观自己主动请缨的三个月以来,续期筹建工作顺利得出乎自己的意料,现在我胡胭玉应该是滨海分公司最得意的人了,也是最受瞩目的人啦,我不费吹灰之力又回到了众人的视线之中,这种感觉于我来说久违啦,我就是喜欢在聚光灯下的感觉,我就是享受被人仰视的感觉。这是能力的象征,也是手段的象征,更是智慧的象征。

那些批评我的,总是看我不顺眼的人,不管你们怎么想,你们又能奈我何,哼,重要的是我胡胭玉又成功了!用什么手段不重要,重要的是结果,是不是达到或超出了老板想要的结果,这才是真金白银,货真价实的,是能够让一个人名利双收的。你们有这本事吗?你们只会指指点点,嫉贤妒能罢了!谁成功了,谁就是正确的,我的成功也证明了你们这些平时只会指手画脚的人,都是无能之辈。哈哈,痛快!

若不是我及时发现了丁沫尚未开发的潜力,灵机一动采取了非常措施,哪有今天的累累硕果,哈哈,我都被自己明察秋毫的眼光以及当机立断的能力感动了,我胡胭玉真是天纵之材啊!滨海分公司你们这些俗人,如果没有我胡胭玉,恐怕此刻还在愁眉苦脸地盘算如何向总部交差呢吧,哈哈,这种舍我其谁的感觉真是好极了!

现在是时候了,自己手里的牌已经足够了,是时候和战强摊牌了。

胡胭玉自信而坚定地来到战强的办公室，门口的秘书问道："胡经理，请问您是和战总约好的吗？"

"对啊，我约好的。战总他在里面吧？"胡胭玉问道，实际上她还想打听一下此时战强的心情如何，但是还是没有问出来。

"战总在里面呢，你可以进去了。"秘书答道。

胡胭玉敲了敲门，拧开门把手，战强正在喝茶，抬头一看是胡胭玉，心想果然来了，战强不动声色。

"坐吧，老胡。"战强经常如此称呼胡胭玉。"最近续期工作开展得非常不错啊！成果显著，你辛苦啦！"战强采取了主动，首先进行了一番热情的表扬和慰问，脸上露出胡胭玉难得一见的笑容，似乎鼓励着胡胭玉的勇气。

"啊，领导过奖啦！这都是我应该做的。"胡胭玉对这位上司既恐惧又敬畏，不知道现在是晴天，什么时候又突然开始疾风骤雨，甚至电闪雷鸣。一不留神，对于自己来了这么一个故作谦虚的开场白有些懊悔，因为她发现自己这话接得好像对往下进行的内容不太有利。

"领导，您看，现在我的工作还有哪些方面做得不到位的，你给我指点指点呗。"胡胭玉到底是职场老将，力图快速扭转对自己不利的局面。

"嗯，挺好，成绩斐然，已经超出分公司的预期了。"战强坦然地回答，端起茶杯又喝了一口茶。战强的这番表示让胡胭玉多少感到错愕，以自己对战强的了解，战强一向对下属的工作结果吹毛求疵，鸡蛋里挑骨头地埋没下属的功劳，或者对工作成果装作视而不见。可是这一次她发现战强的态度似乎来了一个一百八十度的大转弯，这是自己事先没预料到的。

好，既然你也承认我有功劳，那我可就不客气了，"您看，我有个不成熟的想法，您看合适不合适哈。"胡胭玉一边观察战强的表情，一边小心翼翼地遣词造句。

战强脸上好像一下又恢复了他的招牌表情：不苟言笑的表情，定定地看着胡胭玉，仿佛在说，看你能有什么花样。面对战强的变化，胡胭玉一下子有点不知所措,但内心炽热的欲望让刚刚呈现乱象的阵脚立即恢复了应有的秩序。

"领导,"胡胭玉不自觉地咽了一下口水,她突然觉得有些口渴,德信人寿的领导从来都不知道给汇报工作的下属体贴地倒杯水,真是太缺少人文关怀了。略微调整了一下坐姿,让自己坐得更舒服一些,呼吸顺畅一些。

"到目前为止,续期团队的筹建在我的推动下,已基本成型,并且这个团队无论在规模方面还是质量方面,都是优中选优的,也给总部来考察的领导留下了深刻的印象。不仅如此,我们还超出预期数倍实现了续期团队的筹建目标,团队现有五十二人,可以完全作为一个寿险组织投入工作了。"胡胭玉有意停顿了一下,看着战强的神态,战强还是他那标准表情,看不出任何情绪上的变化或倾向。

"领导,我也没别的要求,我希望这个团队在今后的业绩中能有我的管理津贴。"胡胭玉一口气说完了,心跳的速度似乎都降低了,屏住呼吸盯着战强,似乎心跳快一点或一呼一吸之间都能漏掉战强的任何一个表情。

管理津贴,在保险行业是一个团队的管理者或者这个团队的直接组建者按照公司的管理制度定期获得的报酬。顾名思义,如果有了一份管理津贴相当于有了一口井,可以源源不断地自井中取水,水量的多少取决于团队的人员规模和业绩贡献。

而丁沐这支队伍,正如胡胭玉自己总结的那样无论在数量还是质量方面,都是上乘水平,至少目前是这样。俗话说,强将手下无弱兵,丁沐现在已经成了滨海分公司的传奇人物,已然成为一个品牌,她组建的队伍想必是差不了的。而胡胭玉作为公司的行政管理干部,按道理说是没有可能拿到业务团队的津贴的,她能提出这种要求,想必是被自己所构建的功劳簿冲昏了头脑,理智已经被淫欲完全攻陷。

战强心想:"这只贪心的老狐狸,真是狮子大开口啊!想什么呢?!我先装聋作哑,和她绕一绕。"

"老胡,你的意思是不想做这个部门经理了?"

部门经理是公司的管理层，公司每年按年薪制度支付劳动报酬，完全是管理人员的薪酬结构，和业务团队的业绩是没有直接的效益挂钩的。另外，德信人寿这几年一直在积极筹备A股上市，而作为公司劳苦功高的管理层，一定会在未来的原始股中分到一杯羹，这是不言自明的事情，所以，如果现在放弃管理层待遇，等于放弃了并不遥远的未来原始股价值，那可是一笔巨大的收入或损失啊！

"不是啊，领导，部门负责人我怎么会不做呢，我是指另外的报酬。"至此，胡胭玉终于亮出了全部底牌。

战强端起茶杯吹了吹漂在上面的茶叶，顺势啜了一口，"那我就不懂了。"慢慢放下茶杯，看着胡胭玉，心想，"我看你还怎么说。"

胡胭玉一看，他这是装糊涂啊，还是真糊涂呢？非要我明说啊，"领导，在你没到滨海之前，我筹建过三四个分支机构，整个德信人寿都知道，总裁还特别颁发给我一项奖励呢，这你知道吧？"

拿总裁压我，老胡啊你不知道的是，把你看得最透的就是总裁了，当年提拔你的呼声很高，到总裁那里去审批，就是他老人家给拦下了，"欲望太强的人，永远不适合做高级管理者"，这是他老人家的原话。

"嗯，是啊，我知道，咱们公司能有今天，你立下了汗马功劳啊！"战强这句话在肯定胡胭玉工作成绩的同时，也似乎暗含讽意，但是胡胭玉可没听出来，还觉得战强也认同自己的确功高至伟。

战强心里另有一番想法，只不过作为胡胭玉的上司不能和她直接表白。在保险业，如果把德信人寿比作一栋大厦，那么这栋大厦的一砖一瓦都是用我们业务团队的血汗甚至泪水换来的，德信人寿能有今天的成就，那是多少人的功劳啊！你心里就认为自己有功，就你功劳大，谁没功啊？！你觉得你功劳大，我还觉得我功劳大呢。再说，你功劳大，公司也没亏待你呀！

"在我筹建其他机构的过程中，咱们分公司都有额外的费用给我，以示激励和肯定，这也是惯例啊！"胡胭玉的尾巴有点夹不住了，还好没有明说：你的前任都比你明白，就你抠门，到现在什么表示都没有，你就不怕我关键时刻撂挑子不干了?!"

狐狸尾巴终于露出来了，战强心想。

"好啊，我也想给你提一些奖励，但是，现在的工资结构可和你说的以前大不一样了，你现在还提以前的旧黄历，是不是不合时宜啊?"战强不紧不慢地说，眼睛定定地看着胡胭玉。

胡胭玉没想到，战强在这儿等着我呢，可我也不能就这么白干呀，我在一线吃苦受累，你们坐享其成，想巧使唤人，哪有这好事啊，"领导，你是讲道理的，续期团队是我辛辛苦苦一手搭建起来的，这功劳大家有目共睹啊，领导，你说我也不能白干是吧?"

胡胭玉话还没落地儿，战强刚端起的茶杯，重重地往桌上一放，"白干？公司没给你发工资吗？还是没给你发奖金？哪样少了你的？别不识抬举!"最后两句话声音就大了，基本上接近喊话了，虽然门是关着的，但是外面肯定都能听见。

胡胭玉已经不是第一次挨战强的骂了，刚开始自己非常不习惯这位一把手的工作作风，但这几年下来，竟然也习惯了，因为似乎他每次骂人都有道理。

在滨海分公司历任的一把手里面，战强还是相对讲道理的，也是能够尽力为手下人争取利益的一把手，所以大家对他是既敬且畏，而欲望越大的人对他也就格外地害怕，比如胡胭玉，因为挨骂的次数较多，而且每次挨骂前自己基本都能预感到，欲望把人的理智已经催眠了，却还没有完全睡着，所以直觉上也知道自己的目的不可能达到，但偏偏不死心还要试一把，所以结果就是挨骂。

是故，贪婪足可以毁掉一个国家，而胡胭玉此番仅仅是丢了面子而已，并没有其他损失，已经是万幸了。话又说回来，但凡灵魂已经被欲望控制的人，早已经不在乎面子了。

被欲望驾驭失去自我的人，既可悲又可恨，同时也让人心生怜悯，胡胭玉接下来的结局其实挺让人同情的。

14

丁沫在德信人寿大张旗鼓地开始搭建自己的团队之时,一个偶然的机会了解到了自己刚刚加入民生保险时培训班各位同学的状况。

有一天丁沫不知怎么了,突然想到应该给陈建南打个电话,谁知,这个电话一打,让她了解到保险行业残酷的淘汰率。丁沫记得当时自己所在的那个培训班有一百一十多人,可现在只有不到五个人仍然坚持在保险行业工作,几乎就是全军覆没。

原来在民生的时侯,自己所在的课虽然也经常发生前些天还在,这几天却突然看不着了的人,原来是已被淘汰掉或者自己提出解除代理合同。但是,自己从来没有认真做过数字方面的统计,现在了解到这个具体情况,毕竟在一起学习了半个月的时间,还是有感情在里面的,让丁沫的心情多少有些难过。

但是,丁沫也知道,就在当时培训的过程当中,在丁沫看来,有的人根本不可能成为一名优秀的代理人,因为这些人对上岗前的培训嗤之以鼻,认为公司的培训是多此一举,应该现在就让自己去销售产品、去和客户打交道。面对这种思想,丁沫当时就想,你见了客户说些什么呢,怎么说呢?

这通电话除了让丁沫知道了当初培训班的惨烈结局,还让她知道了两个颇为震惊的消息。一个是坏消息,通话时陈建南本人正在休假中,丁沫开始还以为他就是出去和家人旅游散心呢,后来才知道他竟然得了血癌。

丁沫乍一听到"血癌"这两个字,惊恐得简直不敢相信,而且是从陈建南自己的口中,若无其事地表达出来,丁沫拿着手机的手,甚至都开始颤抖起来,她赶紧找把椅子坐下来,停了好一会儿,才能继续这个通话。

陈建南患病已经半年多了,他自己刚知道这个消息时,也是难以接受,甚至抗拒治疗,但是三个月过后,他听从了家人和医生的规劝，开始配合治疗，用他自己的话说，如果只考虑自己的感受，不去积极治疗，对于自己的亲人来说，是不是也太自私了呢？经过这几个月的治疗，医生说病情得到了控制，目前没有再继续恶化的迹象。丁沫这个时候才发现，自己的眼泪不知什么时候已经溢满眼眶。没有宗教信仰的丁沫不禁说了一句："上帝保佑。"

丁沫的惊恐和伤心，一方面来自于震惊，这个消息太过突然；另一方面，陈建南是一百多人的培训班里仅有的一个丁沫看得上的人，无论文化素养还是工作能力，可以说在那个培训班中鹤立鸡群。谁能想到，一个四十出头、健康阳光的型男，居然得癌症呢！

另外一个好消息是，培训班的那个退伍军人高来富，现在已经成为他所在的那个职场的明星人物，因为他的团队组建快速，其事迹还被编成文案，经常代表分公司去外地宣讲呢。

丁沫没告诉陈建南自己已经离开民生了。唉，如果培训班的绝大部分学员因为利益的诱惑，冲动之下选择了这个行业，而在这么短的时间内又放弃了当初的选择，那也只能说明，当初他们的选择就纯粹是为了利益，而且是眼前短期利益，正如夫子所言"君子喻于义，小人喻于利"，如果不是为了一份事业、胸怀坚定信念做出的选择，一旦发现短期内无利，很容易就会放弃。

丁沫特别为高来富高兴，因为当时在培训班时，丁沫和这位退伍军人聊过几次，当时他表现得特别没有自信，感觉自己比其他同学的条件都要差：第一，自己是外地人，在本地没有朋友圈，只有他过去的一个连长的家安在了滨海，民生保险的这份工作就是这位连长的家属给接洽的；第二，自己文化水平低，见了人没一点自信；第三，自己从来没有任何销售经验，而自己又不像其他销售人员那样有特别好的口才。在一般人的印象中，凡是从事销售业务的人，都是能说会道的人。

得知高来富的担心后，丁沫帮他分析了这个行业，以及什么样的人能够最终取得成就，丁沫自己也不确定他当时是听懂了还是没听懂，反正自己觉得既然人家能和自己说这些，那就是信任自己，于是就把自己的想法和这些年来的工作心得讲给他听：无论做什么工作，诚信踏实、认真负责的人都会取得好成绩。高来富今天的成功，也证明了丁沫的职场真理。

这时，丁沫突然联想到在培训班学习时，自己使用的很多教材都要求回收，自己非常不理解，以为民生这么大的公司居然如此抠门，现在突然明白了，教材的回收可能也是因为如此之高的淘汰率吧。

丁沫也因此感到想要让保险团队可持续发展，首先得保证团队每一个成员的收入和成长，否则自己这支队伍也会有曲终人散的那一刻。如果要保证收入，首先就要有系统完整的学习和严格的培训，通过培训和学习，将保险行业的知识和信息化为每一名从业者的行为习惯，贯穿于寿险事业的始终。伴随团队的成型，丁沫越发感到自己肩负责任的重大。

15

正当丁沫的团队筹建工作如火如荼地开展而无暇他顾时，突然接到了鸿万里的电话，丁沫一看是他的电话，心里第一个反应就是：糟了！自己只顾着团队筹建的事情了，鸿万里的供应链平台项目这几月早被抛到九霄云外了。

放下电话丁沫呼了一口气，还好，虽然自己无暇他顾，但是这个供应链金融平台的项目并没有因为自己这段时间没有参与而有所损失，或者出现什么问题，因这段时间，正是万里速运自己内部整合梳理项目的阶段，也即企业练内功的阶段。但是，丁沫还是决定找个时间，把自己现在工作的变化和鸿万里沟通一下，顺便也了解一下这个项目目前的进展以及需要自己发挥的作用和充当的角色。

鸿万里上次出差回来后，按照丁沫的建议采取了一系列的措施，目前IT中心的方案已经初步成型，这一次请丁沫过来就是要看一看公司近期所做的工作，以及接下来该如何进行，这是定方向的事儿，丁沫也不敢大意。

丁沫忙里偷闲，腾出一个下午的时间来到鸿万里的公司会议室，参加关于这个项目的第二次重大进展交流汇报会。

IT中心的方案还是比较严谨的，但是就项目本身的功能以及具体到实施使用需要的周期，丁沫并不了解，而这些情况如果了解起来那可是没完没了，但是，自己现在实在是分身乏术啊！

人急生智，丁沫突然灵光一现，对啊，万里速运这样的情况我完全可以帮他们找一家VC或PE对接啊，何必把自己束缚在这里呢，与其担心自己有限的时间和精力，容易导致哪个地方考虑不周而影响大局，还不如找一家专业的投资方来操作这件事，同时再找一家金融类企业进入，平台项目的各方角色就基本到位了。对，这才是正确的方向。好，就这么办。直到此刻，丁沫也才突然想起来，自己当时参加完关于这个项目的第一次会议后，已经考虑到万里速运的本次融资需要外围专业团队的介入。

根据目前掌握的情况判断，万里速运供应链金融平台的项目还是找一家PE更适合，而且自己刚好和一家熟悉物流项目运作的PE比较熟悉，其投资总监和丁沫一直保持联系。

于是，丁沫在了解了万里速运关于该项目的整体进展后，把自己的想法在会议上和盘托出，首先阐明PE是做什么的，为什么要选择PE参与到项目运作中，这样做的优势和缺点各是什么，详细告之。

鸿万里自是感到比较突然，好在，一方面之前丁沫已经铺垫过自己目前工作性质的变化，时间和精力方面确实有限；另一方面，丁沫在提出这个想法的时候阐述清晰，分析中肯，始终是以推动项目顺利进行，并取得期待的结果为出发点和落脚点。鸿万里虽心有不愿，但还是理性地首肯了丁沫的提案。但是鸿万里最后还是说了一句，"这里的整个过程你得把关！"

丁沫为什么在这次会议上就把自己刚冒出来的想法公布出来呢？这样做多少有违丁沫做事稳健的风格，支持丁沫这样做的理由是：第一，这个场合是最适宜的，也是难得的，尤其是对于丁沫来说，因为关于该项目的关键人物全部在场，如果丁沫的提案有问题，大家当场就可以提出来，便于修改或否决。当然，对于丁沫来说要有足够的把握，才敢于在这个场合抛出这个提案。第二，关于供应链平台项目这件事情，当初接手时，丁沫就十分的慎重，一方面确实是碍于自己时间和精力的限制，另一方面，对于企业融资这样重大且重要的活动，丁沫始终觉得以自己这样一个局外人的身份，去推进也好或操办也罢始终是有风险的，严格地讲也是不符合职业经理人操守的，这一点始终是丁沫内心最大的障碍，而这个障碍并不是凭借自己一贯秉承的对工作认真负责的态度就能扫除的，所谓"名正"方可"言顺"，"不在其位，不谋其政"，夫子早就有训在先了。

会后，丁沫自然随着鸿万里来到他的办公室，一方面让他再消化一下自己的想法，另一方面也希望他更加放心，无论是丁沫的为人还是丁沫的提案。

丁沫推荐这家宏图资本，是一家在香港设立的股权投资基金，属于私募股权投资性质，成立已经有四十余年的历史了，目前分别在北京、上海、深圳设立了三处办事机构，他们的投资领域主要是快消、节能、物流方面，在大陆运作了十几个项目，已经成功上市的包括A股、H股的有六七个，甚至还有一家即将在纽约纳斯达克上市。以丁沫对众多类似私募投资的了解，认为宏图资本是一家颇有实力的PE。因为工作关系，丁沫与宏图资本的投资总监薛俊贤非常熟悉，已经成了好朋友。薛俊贤平时在上海的时间居多。

丁沫当着鸿万里的面给这位哥们打了电话，把情况大致介绍了一下，还好，他人在上海，建议万里速运先把公司目前的资料整理一下发给他，他先了解一下总体情况，然后再定下一步的行动。丁沫知道他是想判断一下这个项目是否值得接手。

丁沫和鸿万里就如何与宏图资本这种专业的投资方打交道讲了几条原则。原来早在接触丁沫前，鸿万里就听说过这类机构，但是仿佛说好的说坏的各占一半，弄得鸿万里不知所措，更不敢轻易与这些精明得似乎能算计到企业家骨子里的"高人"打交道了，所以才想到请丁沫来给自己主持这个项目，出于对丁沫本人的了解，无论结果如何他都能放心。了解了鸿万里的心病,丁沫就明了了接下来自己的工作重点,作为中间人她既肯定宏图资本在投资界的口碑与专业胜任背景,绝不是时下那些滥竽充数类的"投资公司",不知在哪里搞点钱就敢做私募、做基金,而对于投资风险、投资程序、过程控制、退出机制等完全没有概念和系统的操作。同时,她也了解被投资方万里速运是个真正想做事情的企业,而不是只想在金融市场上套出钱来拍屁股走人的暴发户。所以,丁沫做这个中间人,心里还是很踏实的。至于需要金融类企业,丁沫首先想到的是招商银行,在鸿万里的办公室也和盘托出。鸿万里自是言听计从。

在高度发达的商业社会,一个优质项目在前期找不着雄厚的金融资本支撑,而金融资本可能也找不到可投资的、有着广阔市场前景的实业项目。只有在天时、地利、人和"三才既宜"之时,才有可能促成优秀的金融资本与优质实业项目的对接。一个优秀的金融资本不仅仅给企业带来了金钱资本的投入,在双方合作之后,更相当于被投资方的一个"外脑",其带给被投资企业的附加价值远远不是金钱可以计量的。

没过几天,这位薛俊贤总监就给丁沫打来电话,他想多了解一些这个项目的信息,如果双方都方便的话,他计划尽快飞到滨海和公司老板会面。

丁沫非常高兴,没想到事情进展如此顺利,看来只要思想对路了,一切问题就迎刃而解了。她立即给鸿万里打了电话,约定他们双方见面的时间,鸿万里则特别叮嘱丁沫,到时候你也得来啊!丁沫满口答应,心想现在我去也不用操太多心了,人家是专业做这方面业务的,而且也不会为了抢项目而使用不合法的手段,我的角色就是把把关而已,如此就省心多了。

在丁沫的接洽下,万里速运和宏图资本招商银行三方顺利对接,经过三四次的全面沟通和交流,合作方签订了前期的相关合作协议,以及就各方能够顺利合作而达成的投资方面的共识,一直到鸿万里和薛俊贤都认为丁沫可以完全放手了,丁沫才得已从这个项目中抽出身来，专心致力于自己的团队发展工作，可谓皆大欢喜。

16

经过近两个月的努力，丁沫团队架构已初现规模，现在的成员有近六十人，八名主管，五十名客户经理。德信人寿滨海分公司为银保续期团队筹建成功，特别召开了一场声势浩大而热烈的庆功会。这也是银保续期筹建工作以来第一次高规格的大会。

在这次会议上，战强代表分公司和总部向全体续期成员进行了慰问，并发表了热情洋溢的讲话，这也是丁沫加入德信以来听到的一把手最为动情的讲话，大大鼓舞了团队成员的士气，每个人的心情都为之振奋起来。在这次会议中丁沫还有另外的收获，从战强的讲话中丁沫发现，关于续期团队的筹建标准，从来就没有调整或提高过，也就是说根本没有胡胭玉提出的所谓总部领导要求提高的另外一个标准。这个发现也证实了丁沫之前对胡胭玉为人的判断，好大喜功、贪得无厌是胡胭玉其人最贴切的注脚。对于这个发现，自然只有两个人心中明了：丁沫和胡胭玉。在任何职场，知道秘密，往往就意味着已经身处危险之中。

以丁沫团队目前的规模，按照公司的相关规定尽可以向公司申请派遣一名督训，以协助丁沫开展团队的日常管理和培训工作。这种体制与民生保险有大大的不同，在民生人寿保险，所有业务团队配备的内勤或督训人员，都是团队自己寻找人选、支付费用的，公司一律不闻不问。

银保部两支业务团队，仍然只有李美一个人做督训，首期那边的督训工作自顾不暇，实在顾不上续期的工作了。

如果没有一个合适的督训，那么团队培训工作就有可能出现问题。战士出征前如果不练兵，奔赴前线就等于是送死。断送的不仅仅是每个业务人员的职业生涯，对于刚刚组建的续期团队来说，可能导致整个团队失去客户的信任。承担所有这些恶果的还是德信人寿的这个品牌。作为客户则会推而广之地认为：这就是保险行业的"标准服务"吧：购买之前，恨不得把客户当祖宗；购买以后，基本找不着人影了。

一方面，是不断壮大的续期团队，从上到下如饥似渴地期待岗前培训；另一方面，由分公司派遣负责培训工作的督训仍遥遥无期。

丁沫思考如何解决这个问题，两个方面都是客观存在的现实，而且丁沫意识到已经就位的这些伙伴不能等，培训工作需要立即开始，否则就可能导致团队现有成员掉队，等到正常服务工作开展时才发现团队整体技能缺失，作为团队管理者，如果到那个时候才发现问题，则悔之晚矣。

与其坐等外援，不如自力更生，团队上下齐心协力，攻克难关。

说做就做。针对刚刚组建的团队现实情况，以及日后正常服务工作的顺利开展，丁沫编制了一个详细的培训计划，相当于一个团队课程表，包括每天的培训内容以及相应的讲师安排。培训的目的就是，通过培训，团队成员在常识、技能、素养等方面均有所提高，能够胜任银行保险的续期服务工作。培训讲师就由丁沫和所有主管轮流担当，这样既能够提升团队伙伴的工作技能，同时，作为讲师的主管们也是一次学习、锻炼和提高的机会。

丁沫后来形容这段非常时期，真有点像既当爹又当妈的感觉，什么都得管，每天虽然工作十几个小时以上，身体极度疲惫，但是丁沫和她的这些主管们心情却很好，因为大家看到了团队的未来，希望触手可及。

第五章 无私者无畏，无畏者功成

1

关于新筹续期团队培训的事情，鉴于迫在眉睫，温子建这些时候也在考虑这个问题，温子建内心的想法是，这个问题实际上可以由胡胭玉承担起来，一方面续期团队已经筹建起来了，胡胭玉的工作可以说告一段落了，实际上是没有实质性的工作可做了；二来胡胭玉本身是寿险业的前辈且经历非凡，正是可以用这些丰富的经验指导新筹团队的最佳人选，给英雄以用武之地。其实，温子建的想法过于理想化了，胡胭玉的寿险经验的确丰富，但那些都是个险渠道的经验，对于银行保险渠道的业务她是一片空白，这一点是温子建忽略了的，但却是非常重要的一点，因为两个渠道的工作方式、方法完全不同，思路也有很大差别。

而且，温子建发现战强在任用胡胭玉一事上，态度也不是非常明朗，如果某项工作就是属于某一职位的，那没有什么可说的，在其位、谋其政天经地义。可是,胡胭玉银保续期部经理这个职位是为了筹建续期团队才特别设立的,其具体职能并不十分清晰,但也似乎非常清晰;仿佛只要把队伍拉起来,这个岗位也就完成了历史使命。这是温子建对这个岗位的定义。这个定义对于胡胭玉来说可并不美妙,因为事情如果这么简单,那么现在续期团队已筹建完毕,她这个银行续期业务部经理也就到了下课时间了。

在胡胭玉看来,业务团队培训,那是督导的职责,我堂堂部门经理怎么可能去做一个小督导的活儿呢?所以,胡胭玉对此似乎并不以为然,非但不以为然,而且也没有在行动上彰显这个岗位保留下去的理由,比如主动解决目前新筹团队的燃眉之急,担负起培训工作的任务。自己主动扩大这个岗位的外延,也不啻为目前自我保全的一种策略,至少可以让大家看到胡胭玉其人对待工作的态度。这种想法的产生源于一个人的格局,能够将这个想法化为行动的,源于一个人的能力。而胡胭玉缺少或者没有的不是能力,正是格局。

从战强的角度来说,作为中年人,而且又是同样为保险事业贡献了大半辈子的中年人来说,他从内心还是比较同情胡胭玉的,从这一点来说,战强也应了那句俗语:刀子嘴豆腐心。以个人能力论,胡胭玉当个分公司经理是可以胜任的,但是胡胭玉露骨的贪欲把她自己的前程给毁了,可能她自己到现在都不知道问题出在哪儿。所以,战强也希望借着续期团队筹建,给胡胭玉一个机会,对于胡胭玉来说这个机会可能就是其职业生涯的最后一次机会,升迁是别想了,但是如果把握好了,留任一个部门经理是没有悬念的,在部门经理的位置上退休,既有面子,又有实惠,何乐而不为呢?所以,在对银保续期业务部经理这一岗位的定性上,战强有意留下一个空白或者说模糊地带,让胡胭玉自己去领会,自己去做。路,可是自己走出来的,是平坦还是崎岖,就看自己的德性了。无论是对于刚刚踏入社会的毛头小伙,还是历经风雨的职场老将,这句话都是真理。

可是战强这一番良苦用心,胡胭玉似乎并没有参透,至少到目前为止。

对于战强、温子建、胡胭玉这三个人来说，相同之处在于，都是能力很强的人，特别是战强和胡胭玉，都是凭借优秀的个人业绩一步一步从基层做到了管理层的位置，足见，对于二人来说今天的局面来之不易。所以从具体销售实战业务来说，二人起初并不服气于温子建，因为温子建凭借其较高的学历加入保险公司，直接从管理层开始做起，用胡胭玉的话说就是：只见过猪、没有吃过猪肉，还是不知道肉是啥滋味，这些秀才的专长也就是纸上谈兵，没有真正的本领。

但是一个实际情况却是胡胭玉没有注意到的，就是温子建个人的经历。正是温子建在滨海分公司工作期间的优异表现，才被破格提拔到总部进行特别锻炼的，否则，全国分支机构几十个、管理人员上千人，怎么就能选中他温子建呢？特别是在总部的五年时间，温子建更是凭借超强的学习能力和温和友善的性格，得到总部诸多领导的好评。要知道，德信人寿总部的领导们，如同其他保险公司的总部一样，这些领导来自天南地北，不仅脾气秉性、思维模式、个人喜恶一个人一个样，更重要的是这些人能坐上今天的位置不说是人中龙凤，也是个中翘楚，一个人的工作要想让这些人都满意，没有实实在在的真功夫那是绝对做不到的，这里的真功夫既包括人品也包括能力。

不仅如此，温子建因为也领导了总部业务机构中诸多部门的工作，从中学习到了很多难以在基层学到的东西，对自己成长为一名全面发展的、具备综合素质的高级管理人员打下了坚实的基础。其中，让温子建在德信人寿全国的机构中扬名立万的一项工作就是，领导银行保险部门重新开拓银行保险业务市场，在温子建的率领和带动下，银行保险渠道的业务由原来的低迷徘徊状态成长为德信人寿的第二个支柱业务渠道。这个成绩充分证明了温子建不仅仅是俯首书案、咬文嚼字的儒雅书生，同时也是能够跃马扬鞭、攻城克地的骁勇战将。

在战强心里，自从那一次对温子建的公开威吓之后，不知是温子建快速改变了对战强的态度，还是温子建对战强打心眼里就非常尊重，总之，温子建再没有过任何让战强不满意或反感之处，无论是私事还是工作，也无论是私下里的个别交流还是众目睽睽之下的公开场合。并且通过这两年多的工作磨合与实际接触，温子建的工作能力不断刷新着战强的固有判断，不免让战强刮目相看。温和稳重、能力有嘉的温子建，让战强在内心深处对这位后生竟不知不觉地越发敬重起来，虽然表面看依旧还是那么严厉。

不同的人，对同一个人的认识和评价却有着天壤之别，这真是一件再有趣不过的事情。"知人者智，自知者明"，可是要做到有自知之明，又何其难也。

鉴于胡胭玉个人的表现，温子建在考虑是不是再推荐一个人来担负新筹续期团队的培训工作。他心中已经有一个自己认为比较合适的人选，但是，他觉得在还没有摸清战强的想法之前，暂时还是先不表明自己的态度，以免让领导感到突兀，自己也难免陷于被动。

2

自从上次在战强办公室被训斥以后，胡胭玉没敢再去战强那里露面。因为，她突然注意到现在自己的位置非常尴尬，续期团队的筹建已基本成型，按理说，她的任务就算完成了。但奇怪的是，战强并没有让她撤退的意思，而她从银行保险续期部门经理一职上撤退之后还没有其他去处，这个发现，让胡胭玉感到非常不舒服，甚至不寒而栗。

她深知自己现在的年龄，实在是职场中敏感而又危机四伏的一段时期啊！晋升是不太可能了，比自己年龄小好几岁的都好几个人等着呢，不能晋升又不能退休，何况自己也不想退休啊，我身体这么好，我还想继续发挥才干呢呀！那就得保持住一个部门负责人的位置。可是，分公司这些行政部门除了财务部、人力资源部等重要且敏感的部门，其负责人由总部直接委派以外，再就是总经理办公室主任这个位置了，但是这个位置可不是谁想坐都能坐上去的。其他部门的工作自己基本都做遍了，没什么意思，拿钱不多要管的事儿可不少。

但是，现在看，就是这些自己曾经瞧不上眼的部门仿佛也没有自己的位置啊！这不是明摆着要边缘化我胡胭玉吗?!

"想让老娘靠边站，哼，门都没有！"胡胭玉心想，续期团队可是在我的领导之下建立起来的，没有我在这里运筹帷幄、掌控全局，能有今天的局面吗？续期团队能如此顺利地筹建起来吗?!还不得像之前一样无疾而终，你们还不得一个个大眼瞪小眼都没了主意吗?!

"如今，看我在这里把队伍拉起来，你们想卸磨杀驴？"想到这里，胡胭玉仿佛看到了一头被按倒在地的驴子一样，既愤怒又恐惧。

"不行，我可不能就这样束手待毙，团队是我建立的，到什么时候都得把这个功劳记在自己的头上，对！要把团队牢牢抓在自己的手里。"要把团队掌控在自己手里，就得让这些人都得听我的摆布，我让他们往东他们不敢往西，让他们知道是谁掌握着他们的生杀大权。

于是，经过一番"头头是道的分析"之后，决定自己首先要实现和续期团队的零距离，手要伸到续期团队的日常管理之中。胡胭玉似乎重新看到了希望，打起精神，决心和续期团队共存亡！

团队虽然初具规模，但是，丁沫现在的心情反而是最不开朗的，因为她清醒地认识到团队成员数量虽多，但是如果这些伙伴赚不到钱，两三个月下来就会有离职的，特别是客户经理中有一半几乎是毕业不到两年的大学生，连销售的工作都没接触过，当时面试的时候，丁沫看重的是他们的学习能力和未来的成长空间，但是，现实的问题是，在未来还没有到来之前，得让这些年轻人能够看到希望，并且满怀希望地去创造未来。满怀希望的一个无法回避的前提条件就是：首先他们得养活得了自己，吃饱穿暖。

因此，现在丁沫非常希望把主要精力投入给这些年轻客户经理的培训上。虽然前一阶段自己制订了一套培训计划，也实行了一段时间，效果非常好，但是毕竟时间太短，培训了不到两周。原本就非常繁忙的丁沫，感觉最近似乎都更加忙碌，不仅自己也包括每个主管，丁沫和她的主管们几乎每天都要工作十一个小时以上才能下班回家，丁沫甚至要工作十三四个小时。对于团队的内部培训，大家都有分身乏术之感，而造成这种状况的原因，仔细想想是因为现在主管以上层级的人每天的主要工作包括三部分内容：开会，给主管培训，团队业绩。而开会，是所有工作的重中之重。

于是，丁沫觉得自己每天都在和时间赛跑，恨不得把一天二十四小时的时间都用在团队的经营和伙伴们的培养上来，但是，她发现自己的时间现在不由自己来支配，因为胡胭玉经常会突然袭击地召集大家开会。即使是例会，什么时间开、开多长时间也完全视胡胭玉的心情而定。

归纳起来胡胭玉召开的会议有几个特点：即"三无""一摆""一打"。

第一，无固定时间，想几点开就几点开，灵活机动；

第二，无计划用时，想开到什么时间就开到什么时间，又臭又长；

第三，无明确主题，想到哪儿说到哪儿，东拉西扯；

第四，摆自己当年的功劳，俗话说"好话说三遍，鸡狗不待见"；

第五，打击人没商量，批评他人如同在数落自己的孙子，不，应该是自己的老公，气吞万里如虎。

按理说，主管们在保险行业工作了好几年，对于开会这种经营模式并不陌生。但是开会毕竟占用了大量时间成本，所以会议要有实效，而如果像胡胭玉这种开法，续期团队照这个样子走下去，那日常经营还怎么安排呢？丁沫自己和她的主管们几乎不敢和客户约定会面的时间，因为很有可能你这里刚和客户约好了时间，胡胭玉那里不一定什么时候就要开会，而且经常一开短则两三个小时，长则四五个小时，如果会议是上午开始的，经常开到午饭都不一定几点吃。如果有人说我请假不开会去见客户，那问题就严重了，凡是胡胭玉召开的会议如果不参加就要扣款，上至续期团队负责人丁沫下至各主管，都会被罚扣款，而且扣款金额还相当高。

问题是会议进行这么长时间，却根本解决不了任何问题，因为没有明确的议题。相反本来没有问题的，一开会问题全来了。因为作为主管层级的人没有时间去见客户，没有时间给客户经理实施培训、指导工作，试问团队业绩从何而来呢？而作为客户经理层级的，得不到主管的培训和指导，业绩又如何能够保证，特别是那些刚毕业或者毕业不久的年轻人，他们非常需要主管的帮助和指点，不仅包括业务技能方面的指导，还包括工作习惯和方式的养成，更是需要时间来熏陶和建立，这些，难道是开会开出来的吗？

胡胭玉非常喜欢宣扬自己当年的风采和过人之处，来对比当下新筹续期团队存在的各种问题，几乎每次会议不是成为胡胭玉的个人风采展示会，就是批评指责现有团队的批判大会。丁沫不知道她这么做的目的究竟何在，意义又何在！

不错，会议现场，是体现领导权威的最佳场所，所以，对于权力欲望非常高的人，一场会议，就是一场展示谁拥有绝对权威的个人表演秀。

作为一个领导，如果下级工作存在问题，第一是要传授正确的方式、方法；第二是就事论事、针对问题加以引导，而不能一味地批评和打压；第三，作为领导身教胜过言传，如果发现下级做得不对，最好的办法就是领导给下属做一个正确的示范让下属学习，问题也就解决了。

可是，胡胭玉不知道是真的不懂领导之术，还是自己也不知道究竟该如何做才是正确的，所以，每次开会胡胭玉传递出来的都是满满的负能量，消极的情绪铺天盖地。丁沫感到非常糟糕，但是，作为续期业务部的经理丁沫觉得应该给予她应有的尊重，希望她能自己发现问题，并主动加以改变。

一支业务团队，首先需要的就是鼓励，其次需要的还是鼓励，第三需要的仍然是鼓励。如果某天的早会胡胭玉参加了，伙伴们都说今天一天别想做出成绩了，因为已经没心情去见客户了，更别说拿出漂亮的业绩了。这个团队已经让胡胭玉给搅和蒙了，大家全都找不着北了。

后来，丁沫发现胡胭玉虽然在保险行业工作了十几近二十年的时间，但是她对银行保险渠道的业务并不明白，更不了解，而且还表现得十分不虚心,更离谱的是她提出来的工作要求往往和温子建要求的不一致。特别是在一次续期团队的全体成员大会上,她居然公开把温子建对业务工作的要求全部推翻,要求续期团队按她的方式去做。

大家面面相觑,不知所措,这个时候只能由丁沫出面传递大家的心声:"希望公司领导的指示能够表达一致,以便我们遵照执行。"

胡胭玉接着说了一句话,让大家都很不舒服,甚至难以接受,"你们如果不想死,就听我的!"加之,她当时恶狠狠的表情,这一幕,委实让观者不寒而栗。

有一个年轻的小伙伴后来说:"我们这是在上演现实版的宫廷剧吗?"

有很多人都看出了胡胭玉和温子建在唱对台戏,于是,就有伙伴提醒丁沫:"领导,你可得领着咱们站好队啊,咱们初来乍到的别站错了队伍呀!"

丁沫安抚大家说:"我们是来做事情的,不是来站队的,我相信人要顺天理,信奉天道,我也相信德信人寿的企业文化并非逆天道而行。"丁沫虽然从正面给伙伴打气,但是她强烈地感到,如果再这样折腾下去,这个团队将何去何从,前景很难预见!

就在那天会后,胡胭玉回到自己的办公室,一屁股坐在椅子上,手机往桌上一摔,越想越觉得丁沫之可恶,"丁沫呀丁沫,你这是有意和我唱反调啊!"

胡胭玉发现,自从上次董梅来了以后,丁沫对自己的态度就不像以前那么热情了,几乎不到自己办公室来,而且好像有事没事总躲着自己,有一次胡胭玉在自己的办公室透过玻璃看到丁沫在和其他人说话,居然走出来直接质问丁沫:"哟,丁经理,最近怎么也看不着你人影,你成天都瞎忙乎啥呢?"用似笑非笑、明显带有挑衅的目光看着丁沫。

丁沫呢,依旧平静而淡然地回答,"领导,我们不是天天都能见面吗,我现在得去见客户,和客户约好的再不走就迟到了,改天再来汇报工作,真是抱歉。"听到丁沫如此的回答,当时就有周围的员工赶紧低下了头，丁沫和胡胭玉自然都明白他们低头的举动意味着什么。

"这还了得，你以为你现在有了团队了，是名副其实的区部经理了，翅膀就硬了吗?!"

"丁沫啊丁沫，你觉得自己功劳大了是吗，现在滨海分公司就属你丁沫的名字响亮，已经到了无人不知、无人不晓的地步了是吗？但是你也不要高兴得太早，如果谁让我胡胭玉难受、让我胡胭玉不舒服，你将死得很难看！我们走着瞧！"

胡胭玉的眼睛里射出一道利剑般的寒光，不，是两道。幸亏丁沫没看到，否则丁沫的心，相信瞬间就会被秒杀成蜂窝煤。

3

现在对于年轻而稚嫩的续期团队来说，首要的工作就是让这些银保渠道的新员工了解和掌握银行保险的工作性质、特点、规律，工作中哪些错误是不能犯的，也就是让续期团队掌握银行保险工作的5W1H工作方法：是什么，为什么，在哪，谁，什么时间，怎么做。从而让大家知道工作的方向和节奏，有的放矢地去开展工作，而不是整天待在办公室玩手机，或者发呆。也就是说现在团队需要最基础的岗前培训。

丁沫自己拟订的团队内部培训，主要内容是针对于广义保险范围的，包括作为一名保险从业人员的职业操守，保险的社会意义和功能，内容相对宽泛，相当于寿险工作人员的岗前指导和培训，但是对于银行保险业务来说，丁沫自己也是门外汉，所以只能请专职培训人员或者有这方面工作经验的人来给整个团队进行这方面的培训。

从以往分公司的职位设置和工作职责上来界定的话，与业务工作直接相关的培训责无旁贷应该由这个部门的负责人胡胭玉来完成，但可以肯定的是，她对于银行保险工作的5W1H也是一片空白，和这些续期团队的新成员一样，当然，她自己是从来不会承认自己不会的。

那这个工作又必须要做,难道只能聘请总部或其他兄弟公司的人来给大家做培训吗?可是这个培训内容比较多,可能多则一个月少则二十天才能完成,有谁能在滨海待这么久呢?其实在滨海分公司就有一个人能给大家做这个培训,而且只有这个人一定会做得最好,他就是温子建本人。

温子建一定也知道新筹续期团队非常需要这个培训,而且只能由他亲自去实施这个培训,但是,温子建还是没有行动。他在等什么呢?

温子建在等待一个时机,因为有的人认为自己只能讲,不服气,觉得都是保险工作,有什么神秘的,大同小异,温子建想给她一个机会让她尝试尝试,有句俗话:是骡子是马,拉出来遛遛,不就真相大白了,上级要懂得给下属发挥的空间嘛!

于是,温子建就在等着看胡胭玉的表演,让她尽情在这个新舞台上发挥自己的能量,释放自己的想法和主张。可是,让温子建没有料到的是,出于上级给下级一个充分发挥平台的这个角度,他放手让胡胭玉去表现,但是,胡胭玉正是利用这个平台给这支还很弱小的新筹的团队带来了难以估量的伤害。

胡胭玉在续期团队中释放的信号以及相应的动作,温子建都清清楚楚,他觉得现在是时候了,自己出面给大家做培训的时机成熟了。但是,自己毕竟是主管领导,一个副总怎么好自己提出来去给大家做培训呢,第一不符合工作职能分工,二来也是很没面子的呀!所以,温子建现在非常希望续期团队中有个聪明人,能够现身邀请自己去做这个培训,这个过程和动作必须要有。

还好,这个人适时出现了,而且也应该是这个人来邀请温子建,如果是别人那就是另外一个性质了。这个人就是丁沫,代表续期团队请求温子建给大家做一次银行保险续期工作内容和方法的培训。"好,我果然没看错你。"温子建心中窃喜,对于丁沫的举动非常满意。

温子建非常重视这次培训,从课件时间到工作内容以及业务开展的逻辑顺序全部进行了精心的安排和校对,这也是他一贯的工作作风。

　　这次培训一共进行了近一个月的时间,温子建每天抽出两个小时的时间专门给续期团队实施培训。这一个月里,丁沫看到胡胭玉只来过一次培训现场,而且听了不到半小时就离开了。就是这半个小时丁沫却也发现了一个很奇怪的现象:胡胭玉的表情透着明显的不屑,而且这是丁沫第二次见到这副表情了。第一次是丁沫的团队因主管达到八个人时的表彰会上,那次是温子建给大家召开的,丁沫骇然发现了胡胭玉的这副公开展示的、不屑一顾的神情。

　　让丁沫不明白的是,一个下属怎么可以对上级呈现出这样一副表情呢?在职场中,下属即使对上级的做法心怀不满,也不应该公开表现出来呀!首先因为这种行为对自己不利、无异于是自杀啊!在公开场合怎么也得表现出一团和气才是啊!敢于公开表现出对上级的不屑,这得有多么大的隔阂和不满呢?让丁沫更加担心的是,这副表情被续期团队其他成员看到,大家得怎么看待这事啊,如果大家对于自己部门的经理和主管领导的工作关系是否融洽的关心超过了对自己工作内容的关心,那么这种情绪对于目前续期团队的成长和发展是十分不利的。

　　温子建平时给大家的感觉,比较硬朗、严肃,但是,他的授课风格却是轻松活泼的,并且还时不时地用一些幽默的语言来引导大家思考和总结,以调动这些年轻伙伴的学习兴趣,课堂气氛热烈活跃。

　　也因此,大家对这个学习机会都秉持着极其认真的态度,大家心里也都清楚,由分公司副总直接给自己讲课授训,一辈子可能也只有这一次,可以说千载难逢、时不再来。而且,现在的续期团队成员很可能就是未来续期团队的元老级人物,有机会成为在天安门城楼上挥手的"建国"元老。待将来自己做团队长的时候,将这段经历再讲给新兵听时,一定会让后辈艳羡不已吧。

　　一个月的培训工作结束后,大家对银行保险的工作内容,以及如何实施和开展日常工作,心里有了底,其实,如果要迅速提高续期团队的业绩,还有一个重要的活动需要去完成,那就是银行保险产品的培训。银行保险渠道的产品与其他渠道的保险产品相比有着特殊之处，如果把银行保险工作比作一个图书馆，温子建的培训解决的是如何找到图书馆，如何找到你想要的那本书，如何与图书管理员沟通交流，了解图书馆的规矩，你选定的书能否外借等等。产品培训解决的就是如何阅读书籍的问题，如果不识字，不领会每个字的含义，面对一座书城，你仍然无法把知识变成自己的，面对客户仍然无能为力。

但是，产品培训这个问题始终没有引起足够的重视，或者温子建认为现在还没到非得解决问题不可的时候，温子建的思路是先熟悉客户，也就是先了解图书馆是怎么回事儿，通过大量地拜访公司的老客户，了解客户的需求，为客户提供服务，把服务工作先做好，取得了客户的信任，即使你不了解产品也能拿单出业绩。因为银行保险的客户，自从成为公司的客户以来，可以说基本没有体验到公司提供的规范服务。

作为德信人寿，是有愧于银行保险客户的托付和信任的。丁沫理解温子建的想法和初衷，并且认为这是一个有战略高度的认识，也是作为一个高级管理者应有的工作态度。

4

胡胭玉本打算趁着这一次温子建给续期团队培训这个机会，充分展现一下自己虚心好学的一面，而且也想借此消除自己和温子建不和的传闻，毕竟自己是下属，如果传出一个下属和上司不和，那么舆论多半都会认为是下属不懂规矩。所以，胡胭玉非常希望借此良机有所澄清，让流言不攻自破，以正视听。

同时，胡胭玉也的确在内心检讨过自己：对上级不够尊重，对下属也不够友善，非常想改变自己的工作作风，改变留给大家的不良印象。但是，无论自己在家里想得多么好，甚至有多少不眠之夜自己扪心自问，检讨自己的工作方法，自己也曾无数次下定决心一定要加以改正。可是怎么一到实际工作中的时候，就又回到原来的状态了呢，下定的决心,怎么顷刻间化为乌有了呢?为此,胡胭玉自己似乎也十分苦恼。

温子建亲自给续期团队进行培训,胡胭玉本想跟着大家一起学习,但是一见到温子建在续期团队中的影响力,看到续期团队成员和这位副总打成一片的和谐而热烈的氛围,这种场面自己的内心是多么期待和渴望啊!是我整天和续期摸爬滚打地相处,带领大家找问题出主意,怎么就没有得到大家的好感呢,怎么你成天坐在办公室当你的领导,倒能得到大家的欢迎呢?!胡胭玉终于还是压抑不住内心升腾的愤怒,离开了培训教室。孰不知,正是由于胡胭玉欲望的手伸得太长,理智又让自负吞噬,才导致了她和大家渐行渐远,内心的隔阂越来越多。

胡胭玉的思绪又回到了七、八年前,当时总部要挑选一名去北京的干部进行培养,胡胭玉自然非常想去,而且自觉也只有自己才有这个资格。但是,总部来调研的人最后上报的是温子建而不是自己,当时胡胭玉就想,一定是温子建在这里做了手脚,否则凭我在滨海分公司这些年的功劳,怎么能轮得到他呢?

但是,胡胭玉可不知道,根据总部做出的干部任职调研,公司几乎所有中层干部以及主管人员都不同意派胡胭玉去总部进修,所以,最后总部选择了温子建,因为他不仅在中层干部中最年轻,而且学历又最高,也就是说有培养价值,最重要的是这个人也非常敬业。这个时候,只要没有人站出来公开反对,又没有原则性问题的人,都会被选中。在职场中,很多时候无过即是功。

所以,胡胭玉心里一直认为,正是这个温子建挡住了自己的晋升之路。因为有了这样的阴暗心理,无论温子建做什么,在她看来都是不值一提的,也无论温子建怎么做她认为都是错的,"他不就是多读几年书吗,他对公司有什么贡献,能和我的辉煌业绩相提并论吗?!"

殊不知,正是这种极端自负、狂妄无知的心理把胡胭玉一步步拖到了自我毁灭的境地。

"如果没有我当年的谦让,把去总部进修的机会留给你,你怎么能有今天,怎么还能有机会站在这里意气风发地给大家授训?"胡胭玉的心被嫉妒、不平之火灼烧得难以平静,只好离开了培训现场。

"你们就在那里讲理论吧,去纸上谈兵、闭门造车吧,我要用严格的管理把这些小猫咪训练成为狼性的团队!"愤怒、嫉妒的火焰已经让胡胭玉处于疯狂的边缘。

胡胭玉实施的所谓"狼性"管理,首先体现在作息时间上,把原来的上班时间往前提前了半个小时。但是,虽然只有看似短短的30分钟,却让这支新筹团队的绝大多数人难以接受,尤其是团队的主管们。

变更作息时间或劳动时间,在任何一家机构或组织中,都是一件大事,因为这关系到员工能否正常出勤的问题,特别是在以计时制作为计薪办法的组织中,更是一件需要严谨而慎重对待的事情。所以说,相关劳动法规中明确规定:变更劳动时间需要经职工代表大会审议通过。虽说保险行业业务团队的计薪制基本都是与业绩直接挂钩,固定报酬所占比重很小,甚至有很多保险公司的业务团队根本没有固定报酬。而德信人寿的银保续期团队其薪酬结构中有一部分是固定报酬,主管以上层级人员的固定报酬比例还比较高,而固定薪酬的多少就是与出勤情况挂钩的。

所以说胡胭玉改变劳动时间这个手段,主要针对的就是团队主管。让主管难以承受这个变化的还有另外一个原因,丁沫团队的主管一共八人,其中有六人是孩子妈妈,另外两个男主管也都做了爸爸,陆军旗孩子尚小在家有老人负责照看,张伟的孩子也有老人帮忙接送。主管妈妈们几乎都担负着早上送孩子的责任,因为晚上不一定几点才能回家,家里人早已经不指望她们接孩子了,但是为了能够和孩子有一个相处的时间,妈妈们自然而然选择早上送孩子上学或去幼儿园,这是目前唯一能够与孩子说说话的时间。但是早上送孩子上学也好,去幼儿园也好,并不是想几点送去都可以的,必须按照学校或幼儿园规定的时间送到,早于规定的时间是进不去学校或幼儿园大门的。如此规定想必是为了孩子的安全考虑,因为孩子过早到校或入园的话是没有老师看管的,孩子的人身安全就成了隐患。原来的上班时间就已经是妈妈们送孩子的时间上限了,即学校或幼儿园刚刚开门孩子就到了。为此,还有的妈妈非常不放心,因为学校或班级只有自己的孩子一个人在教室,那情景就是想一想也是挺让人担心的啊。所以作为妈妈,就会多陪孩子待上十分钟、八分钟的,等着哪怕再多来一个小朋友,然后自己再去上班,这种情况几乎就是踩着点上班了。而现在时间又提前了半小时,可以想象,这些主管妈妈们心里焦虑到了何种程度。不排除,已经超出了某些人的忍耐极限了。

问题不在于大家能否早起来半个小时上班。困难也是相对的,有些困难可以通过改变自己的行为去克服,而有些困难不是克服就能解决或消除的。所以,就有人选择宁可迟到,也不能拿孩子的安全开玩笑。作为妈妈,谁不担心孩子的安全问题呢?

让大家想不通的是,对于改变工作时间这种大事,但凡在一个正规些的单位,都应该按照相关法规或者单位的管理办法有一个调整变化的过程,最终也得有个叫作某某文件的东西给大家传阅一下吧,以证明此事不是你胡胭玉个人的想法,而是公司或组织的决定,否则,你难道不害怕大家会顺理成章地以为这是你胡胭玉的个人行为吗?

而她之所以敢于如此明目张胆地触犯众怒,不怕被千夫所指,大家认为胡胭玉自恃的是:反正现在你们上了我的船,我想怎么做就怎么做,开弓没有回头箭,你们能奈我何?作为一个管理者,如果以如此龌龊阴暗的心理对待工作、对待员工,是不是也太过无耻了呢?!何况作为组织的管理者,代表的是一个组织而不是你个人,有道是"释己而教人者逆,正己而化人者顺"。

而胡胭玉自有一套整治"逆我者"的办法:经济制裁结合政治打击。经济制裁的主要手段是罚款,确切地说是扣款,在薪酬里直接扣掉,这种扣款可不是每次十元、五元的,而是可以达到固定报酬的50%以上甚至还要多。迟到一次的扣款比日平均工资还要高,不知道胡胭玉是否知道这是严重违背劳动法的行为吗?

政治打击花样多了,下文自有交待。

在胡胭玉的淫威治理之下，丁沫损失了两位主管，东方禾和铁如春，她们对于这种粗暴的管理方式忍无可忍，愤而离开德信人寿，同时也离开了她们曾经寄予无限期待和憧憬，又曾经在入职后的这段时间付出了无数汗水和泪水的团队。虽然面对自己辛苦筹建的团队在情感上难舍难分，但是一想到每天要面对不可理喻又飞扬跋扈的胡胭玉，还是毅然离去了。

对两位爱将的离职，丁沫的内心备受煎熬，同时又非常惋惜，因为在加入续期团队之前丁沫看好她们的能力或者说既往的经历，通过大半年的朝夕相处，每天几乎都在一起工作十个小时以上，不仅耳鬓厮磨，而且同呼吸、共命运，丁沫和团队伙伴特别是自己这八位主管的感情几乎堪比亲人了。而更让丁沫痛苦和不安的是，面对目前这种局面，自己无力改变，似乎也无计可施。

胡胭玉实施的第二项"狼性"团队的训练手段是：微信汇报工作制，每天按要求逐级上报当天的工作情况和结果，并且对第二天的工作做出安排或计划。

第一周开始执行的时候，每天逐级上报各指标完成情况，即客户经理报主管，主管汇总本组的数据后再报给区部经理。每天上报三次，每次上报四个指标的完成情况以及对下一个时间段内工作结果的预期，也就是说对于每个客户经理来说，每天需要分别三次、上报十五个数据，而对于一个有着十个客户经理的主管来说，每次汇总五十个、每天要汇总一百五十个数据。最惨的是丁沫，因为她下面还有六个主管，几乎每天就是坐在办公室上报这些数据，没有时间去做其他的工作了。有一天丁沫正在和客户一起沟通产品，忘记了中午汇报数据的事情，结果被罚款了。

最火大的是，上报的规则还变化莫测，刚刚了解了这个时间上报这些数据，没过几天上报的规矩就变了，大家被折腾得从无奈到无语了。丁沫觉得大家被折磨得已经麻木了，甚至包括自己在内。

在这些花样百出、不断翻新的所谓狼性训练手段中，丁沫又失去了一位主管，陆军旗，他是丁沫的朋友推荐的，无论是丁沫挽留还是推荐人做工作,也没能挽回这位平时话语不多却喜欢思考的理科生。

在陆军旗和丁沫的最后一次谈话中,丁沫了解到了另外一件事情,而正是这件事情,最终成为压倒骆驼的那根稻草。胡胭玉已经暗中预谋把陆军旗调到其他业务渠道了,就是说离开了丁沫领导的银保续期团队,至于调离的理由,胡胭玉自然不会告诉陆军旗。当胡胭玉找到陆军旗告诉他这件事情时,陆军旗从震惊中感到事情并不像表面上看到的这么简单,就询问为什么要调离自己所属的团队,胡胭玉说:"这是公司正常调动,而且不是你一个人,是你的营业组全部调离。"没想到,陆军旗又追问了一句:"如果我不服从调动呢?"胡胭玉冷冰冰地说:"那你就可以辞职回家了。"

这件事情让丁沫非常震惊,一来,自己作为银保续期团队的区部经理即直接业务负责人,二来,这支团队也是自己亲手打造筹建的,现在有人要调离自己团队的人,而她作为团队最高负责人居然毫不知情!

在这段几乎疯狂的所谓"狼性"训练中,陆军旗本已悄悄生了退意,但内心还抱着一丝希望和眷恋,毕竟自己付出了这么多,无论是汗水还是智慧。任何事物只要有自己的一份付出,就好比是自己养大的孩子一般,子女和父母的感情不是生就的,而是在一天天、一年年的抚养过程中通过一点一滴的言行培养和建立起来的。

为了不影响其他主管的情绪,或者说不能在这个非常时期再给这个已然不堪负重的团队增加任何的烦恼了。陆军旗没有和任何人谈起过这件事情,"与其任由不可理喻的管理者这么折腾,还不如自己先走吧!"陆军旗的去职吐出了大家的心声:想要做一番事业,谁都不怕受苦挨累,哪怕是受委屈,只要是正大光明地工作。但是这三四个月的精神折磨和体力消耗一路折腾下来,大家对于这位胡经理的所作所为,总结了两个词来形容:水深火热,昏天黑地。大家的神经每天都处于水深火热之中,每天工作努力到了昏天黑地的程度,但是所有这些作为对于团队建设无益、对于个人业绩提升无益。如今这个结果或称局面,不要说主管看出来了,就连客户经理也都感觉到了。

5

由于工作强度的增加，连续近一年每天工作十几个小时，更雪上加霜的是近几个月辛苦培养的主管又接二连三地离去，而且是在满怀怨恨，又极度不情愿的状况下离开了自己亲手打造的团队。心情极度苦闷之下的丁沫，终于病倒了。

这哪里像个团队呢？团队的整体业务素质没有得到提升和锻炼，再这样下去，不要说团队不像个团队的样子，而且很可能团队将不存在。

尤其让丁沫内心苦闷的是，胡胭玉的这些疯狂举动难道公司领导不知道吗？即便胡胭玉的具体做法他们不知道，但是续期团队主管不断离职、业绩不断下滑，难道他们也看不到吗？在德信人寿，胡胭玉就能一手遮天了吗？

另外，对于胡胭玉这个角色来说，有没有权力对业务团队这样指手画脚地横加干涉，她的工作职责到底是什么？

在保险行业，作为行政管理人员，是没有权力对业务团队的日常经营和管理进行过多干涉的，因为，每个团队每个期间内都有明确的业绩目标和考核办法，如果做得不好或者没有达到相应标准，淘汰机制早就自动发挥作用了，因此业务团队管理相对简单，也相对透明。就是说，每个人是做什么的，处于什么位置，大家都心知肚明。

目前这种状况，难免让丁沫扪心自问，自己把大家引领到德信人寿，这个决定难道做错了吗？

现实情况是，无论对错，已经把大家从各个地方聚拢到了这里了，特别是自己的八个主管，放弃原有的职位、工作环境，来到德信和自己共创一份事业，为实现同一个理想，每天工作十几个小时，抛家舍业，全部是出于对我丁沫的充分信任，可以说，大家把自己的未来托付于我，而到目前为止，我的做法是否有负于大家所托呢？

团队刚刚组建，各方面还不成熟稳定，犹如风雨飘摇中的小船，需要呵护和支持,更需要鼓舞和激励,可是驰骋沙场的将士还没有上战场,就在内耗中损失了三位大将,他们是优秀的,也仍然是可敬佩的。不仅主管离职,还有近二十几位客户经理,也相继离开团队。

就在陆军旗离职的第三天,原来陆军旗手下的五名客户经理就找到丁沫,说胡经理刚找他们谈话了,他们已被调离了银保续期团队,问丁沫这是怎么回事。丁沫平时是平静如水的人,当时的情绪却可以用愤怒来形容,"陆军旗本人已经离职,按照你胡胭玉当时和陆军旗的'约定',陆军旗不服从工作调动就离职,难道一个人离职还不够吗?还真的要赶尽杀绝不成吗?!"

丁沫去找胡胭玉询问此事的原因,而胡胭玉居然一本正经地回答:"丁经理,你不要多想,这就是公司正常的工作调动。"虽然嘴里回答得官腔十足,一本正经,但是,从她的眼神中丁沫看到了实施报复之后的快感在按捺不住地闪动,这眼神让丁沫想起了《魔戒》中咕噜哄骗弗罗多得逞时的眼神,猥琐、狂喜、贪婪,还有满足。

正当大家的心已经被搅得七零八落的时候,胡胭玉又发布了一项重大的改变:调整了续期团队的业绩考核标准。所谓调整,当然是把业绩考核标准调高了,不仅如此,原来曾宣布过的团队要达到八个主管的要求此刻又重新提出来,并且威胁说如果有反对者,按自行离职论处。

这下子有如在滚沸的油锅中滴入了开水一般,续期团队立时炸开了锅。还没等早会结束,局面就几乎失去控制,这个通知不是由胡胭玉自己告诉大家的,而是由督导李美代为传达的,这个消息一发布,李美几乎被大家的口水淹没了,李美可能没有料到续期团队居然会出现这样的状况,脸都吓得没了颜色,直往丁沫所在的地方看,丁沫只好先稳住大家,宣布早会结束。

会后,五位主管全部聚集在丁沫的周围,七嘴八舌地你一句我一句地表达自己的疑问,或者发泄不满的情绪。丁沫通知所有主管到自己办公室开会,客户经理待命。

丁沫想首先对每个主管的想法有清晰的了解,然后拿出自己的意见。

会议开始后的几分钟时间里,大家谁都没有说话,但是看大家的表情,都非常不快。也是由于这几个月以来大家心里有太多的不满需要倾诉了,一时之间竟然不知从何说起。丁沫一看大家的状态,就说道:"现在是我们团队内部自己开会,大家不要把心里话放在肚子里,我们现在还是一个团队,有问题共同面对,请大家畅所欲言吧!"

张伟首先打破了沉默:"你们不说,我就说了,刚才领导已经说得很清楚了,我们是一个团队,我们共进退,我就是这想法。这地方能干就干,不能干就走!"

代月莹这时也颇有些激动地说:"这也太欺负人了,她明知我们从原来的公司过来,奔着丁沫姐,不可能再有别的想法,才敢这么整我们,也太缺德了,真不是东西!"

司徒直接说:"'其身正,不令而从;其身不正,虽令不从。'领导,你是我们的老大,我们来这里就是奔你来的,现在你说吧,咱们怎么做,我们都听你的!"丁沫一直认为,如果放在古代,司徒毓一定是侠女,并且是一位可以在嫣然谈笑之中轻取敌方首级的绝代女侠。丁沫清晰地记得自己第一次见到这位美女的时候,有几句诗立即出现在脑海,"有美一人,清扬婉兮。"当时司徒毓是一家品牌时装店的店长,丁沫在店里看衣服,一抬头不期看到一位美女,不禁呆了,司徒毓反倒很大方,对着丁沫微微一笑,丁沫才缓过神来。

在后来的接触中,丁沫对司徒毓的评价是不仅美,而且慧,还有如今难得一见的侠义之气,以至后来自己组建团队时,就想到请她加盟,于是司徒毓成就了"邂逅相遇,适我愿兮"的当代版本。司徒毓则特别敬佩丁沫高洁的人品和非凡的气度,认为跟着丁沫一定能做出一番让自己不枉此生的事业。

"兹事体大,更不能意气用事,'小不忍、则乱大谋'。都说说自己的想法。王柠,你呢?"丁沫引导大家各抒己见,看着王柠,问道。

王柠说话了,"丁沫姐,这是公司啊,难道没有人出来管管吗,就让她一个人这么胡作非为,气焰嚣张地胡整吗?!"王柠的爆脾气一发不可收,丁沫在民生就领教过的。

一直没开口的安娜说话了,"丁经理,我看哪,这次这个事,固然是坏事但也是一个好事情,说它是好事,是我们可以作为一次机会使用。既然大家的想法基本一致,我们就联名给公司写封信,要么换人,要么我们走人,同进同退。"到底是做过管理工作的,就是不一样,丁沫欣赏地看了安娜一眼。

"嗯,还有不同意见吗?"丁沫最后问了一句,大家齐声回答:"没有。"

"大家现在出去把主要骨干和客户经理叫进来,我看看他们的意思。"丁沫安排道。

结果一问这些骨干的意思,几乎异口同声回答,"听领导安排!"

丁沫看到这个情况,就说,"首先,感谢各位对我丁沫一直以来的支持和厚爱,我真的非常感谢你们,"丁沫感觉用尽全身的力量在抑制泪腺的分泌,"让大家这几个月来跟着我吃苦受累不说,还没有得到成长,也没有赚到钱,现在事情竟然弄到这样的地步。我有能力把大家带到德信人寿,我也有能力带领大家离开这里,但是这不是我们的目的,我们的最终目的是希望在这里继续我们刚刚开始的工作,继续实现我们当初的誓言和理想。到目前为止,我依然相信德信人寿的企业文化没有问题,个别人的作为不能代表德信也不能抹杀德信这些年的发展和成就,以及一直以来对社会履行的责任。所以,我作为各位信赖的团队负责人,有责任把大家的想法传达给分公司有关领导,以正视听,以期正音。"丁沫停顿了一下,"但是,事情都有个万一,如果我们这次的请愿没能达成,那我们将面临离开这家公司,在未确定新的去向之前,会经历一段失去收入的日子。这是最坏的情况,但我想这段时间不会太长,不会超过一个月的时间。"

丁沫能这样和大家说,一方面她有把握把这个团队带下去,另一方面,她一个人的时候就有很多保险公司找她,现在她还有一个团队,到哪家公司都是极其受欢迎的,可以说主动权仍然在丁沫自己手里,就看最终她的选择了。德信人寿如果留不住这支团队,等于自己

无私者无畏，无畏者功成

种树，果子却留给别人摘去了，这是多赔本的一笔账啊！所以丁沫的直觉也告诉自己，他们这次的请愿成功的可能性还是过半的。

而且丁沫内心深深地知道，在滨海市保险行业里，现在有好多人都在关注自己、关注这支团队，因为有几个主管是丁沫从民生挖过来的，这些人能跟着丁沫离开民生来到德信，不是因为民生保险公司不好，而是因为信赖丁沫这个人，相信丁沫，相信跟着丁沫能一起做一番事业。所以，为了这个团队的继续，为了自己当初设立这支团队所期待的愿景和赋予的使命，丁沫要义无反顾地带着大家向前走，这是一份责任，虽然格外沉重却也格外温暖。

6

丁沫将请愿书的中心思想以及遣词造句、语气等重要元素告诉安娜，由安娜执笔，经过再三检视，丁沫确定可以交出去了。丁沫不希望任何一个看到此信的人，认为这份文稿有要挟意味，这封信的目的只有一个，通过陈述事实，让读到此信的人了解现在这个团队的实际处境和要求——如果不改变和调整目前实施的所谓"训练或管理"行为，这个团队将会面临解散的结局。

丁沫把这封请愿书直接发给了温子建，因为丁沫认为温子建是自己的直接上级，这件事他有责任也有权力第一个知道，并作出反应；而且，在丁沫看来，自己最终选择能够在德信人寿发展，其中温子建的影响是很大的，如果自己离开或者想要离开应该让温子建第一个知道，这是对一个人的尊重，同时也是对一种品格的尊重。另外，丁沫的直觉告诉自己，正如团队需要了解分公司的意图一样，温子建作为分管银保业务的领导，也十分需要这一份基层群众的心声。

也许是温子建了解了事情的严重性，也许正如丁沫所预感的那样，温子建需要这个声音，这个真实的声音。故而这一次温子建的行动非常迅速，第二天就告诉丁沫他收到了信，并且已经在着手处理这件事，一定给续期团队一个满意的处理结果。

当天下午四点，丁沫接到分公司通知，就带领团队主管一起来到分公司会议室，由温子建主持的一个临时特别会议开始了。公司方面除了温子建还有李美以及人力资源部的一位女士参加，丁沫知道胡胭玉对团队施行的扣款，都是由这个人负责执行。本次会议议题只有一个，宣布胡胭玉调离现有岗位，公司会在近期内增派一位人员前来协助续期团队后期工作的开展。

听到这个消息，会场响起一片热烈的、难以抑止的掌声，张伟甚至带头欢呼起来，会场激动的气氛持续了大约一分钟，温子建示意大家安静，继续宣布，在新安排的人员未到岗的这段时间里，由督训李美暂时代理续期团队的工作沟通和事务协作。

晚上下班，丁沫六点到家，是近一年难得见到的比较正常的时间，不像以往的这几个月来一直是八、九点有时甚至更晚，而且往往到家累得连饭都不想吃。

丁沫把今天公司发生的事情给林征描述了一遍，林征也觉得这是一个皆大欢喜的结局，替丁沫感到高兴和欣慰。但是，不知为什么丁沫高兴不起来，她觉得胡胭玉不管怎么样都是因自己的团队而离开了现有岗位，现在胡胭玉的心情一定非常沮丧，而且说不定她认为自己拼命工作到头来却落得这样一个结局，还觉得非常委屈呢，丁沫对于胡胭玉近乎疯狂的行为以及行为背后的心理，虽同情却委实难以理解。之后，在尚金大厦丁沫再也没有见到过胡胭玉。

佛说，有因必有果，有果必有因。善因结善果，恶因结恶果。

在职场中抱怨自己怀才不遇的论调屡见不鲜，姑且以胡胭玉的经历为例，不妨略为总结一二：如果没有炽热的贪心，如果不是极端自负，如果没有强烈的嫉妒心，胡胭玉凭借自己高人一等的工作能力，得一善终应该是没有悬念的。《史记》中就有一段关于大舜早年的故事，虽经时间的洗刷，即便在今天也是值得当代管理者深思的。

大舜在还没有掌管天下之前，在一个叫雷泽的地方居住，发现年轻力壮之人由于占据着好地形捕到的鱼又多又好，而年老体弱之人捉到的鱼既少又小。舜于是自己也去打鱼，看到争执抢夺的行为不参与、言语上也不加评判；当看到互相谦让的行为就大加赞美、宣扬，并且从行动上也积极效法这样的行为。如此过了一年，大家都主动把泽厚鱼多的位置让出来给那些年老体弱之人。以舜的智慧，难道不能说几句高风亮节的话教导大家吗？但他没有使用语言说教，而是以身作则，通过身体力行来转变人们的思想，提高大家的觉悟，这就是舜所以能成为一代圣主明君的根本原因吧！

念及此处，丁沫不由得想到了国内的一些企业家、私营业主，在开始创业之时，作为老板或创始人都能够和大家同甘共苦、身先士卒，甚至吃苦在前享受在后，恭敬师长、友爱下属，由于企业的首脑人物率先垂范、为人师表，也就是居上位之人以仁德要求自己，所以没过几年，企业即呈现出一派繁荣景象。可是当事业上了轨道，企业的规模也越来越大的时候，很多企业的老板、领导者开始变了：财大气粗、贪图享受、不思进取，用不了几年，原来积累的福德就会败光，企业就会陷入困境，甚至走向败亡。

做老板的也许会说，我所以如此拼命或者说好听点，努力拼搏、奋发进取，不就是为了能过上好日子，能开香车、住豪宅吗？否则，我这么拼命不是有病吗？工作是为了改善生活品质，是没有错的，也是非常正确的，有尊严的生活是为人必备的生活基础。

但任何事情都有一个度，要适度，不能过，过了则失正道，即非中庸之道，那就要出问题，甚至很危险。所谓享千金之产者、必是千金人物，也就是说，只有那些守中庸、走正道之人才能拥有与之相匹配的财富，否则，即使因缘际会或者因付出超人代价而侥幸获得了财富，亦难有长久、安乐，甚至有可能没有福气去享受。

7

不到一周的时间，温子建又召开了第二次会议，这一次是银保续期全体人员参加的会议，丁沫想应该是宣布新到任的银保续期业务部经理吧。

果然，温子建给大家介绍了这位接替者：秦芳经理，不仅如此，还把李美正式任命为督导主管，协助秦芳工作，而原来李美的工作则由原人力资源部的一位女士接替，即上一次宣布胡胭玉调离银行业务部的那次会议上与李美一同参会的女士。

大家立即不约而同地在心里把她同胡胭玉作了对比。

相同之处是，两人都是女士，且年龄相仿。不同之处在于，首先就是秦芳脸上洋溢的笑容，温暖而亲切，一下了就和大家拉近了距离。而大家也突然发现与胡胭玉一起工作这么久，居然很少见到她的笑容，当然胡胭玉也不是不会笑，而是面对不同的对象，表情是不同的。胡胭玉的笑容都是献给上级的，所以作为"下属"的续期团队，且又事事难以让"领导"满意，自然是难以让领导展颜一笑的。

就连丁沫都感受到了秦芳的微笑所具有的杀伤力，而且不难理解，笑容往往是受大家欢迎的，任谁见到一张笑脸，即使不习惯笑的人也会自然而然地嘴角上扬，随之而来的，周围的环境氛围也仿佛充满了阳光和朝气，这些都是一个不起眼的微笑所能实现的。

秦芳的经历也是非常丰富的，在寿险岗位已经工作了十四年，期间出色地完成了三四个业务机构的前期筹建和后期的团队稳定工作，这么看的话，仿佛秦芳的履历可能更适合现在续期团队的状况，更满足团队目前的需求。

温子建在介绍秦芳的背景时，丁沫从温子建的字里行间察觉到，秦芳是温子建费了一番周折才请来的"大神"级人物，可见，温子建对她的工作能力以及人品修养都比较满意，同时，也寄予了厚望，可以说，秦芳是温子建的一张王牌啊！

在续期团队还属于襁褓中的婴儿，就历经了胡胭玉实施的狼性团队训练，以及后来胡胭玉在管理措施上的不断失衡，续期团队不仅没有在"训练"中得到成长和壮大，反而被折腾得奄奄一息。所以在目前的形势下，对于新到任的秦芳来说压力是很大的，她的到任可以说只能成功不能失败。成功，则一荣俱荣，失败，则一损俱损。因为，她的成功或失败涉及三个方面的影响：温子建、续期团队以及她本人的职业生涯。这位外表给人以柔和、坦率的极其普通的妇人能够实现温子建对她的期待，把续期团队引领到一个新的局面，开创一个新的历史时期吗？

秦芳以高度的热情投入到工作中，想来，目前续期团队的状况温子建已经和她做过交流了。正式上班第一天开过早会后，秦芳就把丁沫请到自己办公室。

自从上次温子建把秦芳介绍给大家的见面会，丁沫对秦芳的印象就不错，先不管能力怎么样，首先这个人给人一种温暖的感觉，以后再想到这个人的时候，眼前就是一张笑脸，一想到这真诚的微笑自己的心情仿佛也明朗起来。丁沫深深地知道，现在团队需要的不是凌厉的鞭打和强势的驱赶，而是温和的指引和必要的支持。因此自从秦芳到任，丁沫就期待着彼此能好好沟通一番，以便双方的配合更加默契，促进续期团队工作能够快速进入常轨。

经过和秦芳的沟通，丁沫发现秦芳有几个特点，首先，外表柔和其工作习惯却是雷厉风行，绝不拖泥带水；其次，秦芳是谦虚、务实的人；第三，秦芳又是一个十分真诚并且善良的人，一如她那始终发自肺腑的招牌微笑。

秦芳开口就对丁沫以及丁沫带领的这个团队到目前所取得的成绩，做了充分的肯定甚至是赞扬，这一点就让丁沫深感佩服。因为，这一句肯定的话语，说明秦芳的确是带过业务团队的，了解团队筹建初期的艰难，无论是体力还是智力，另外还包括精神方面，几乎每天都承受着巨大的挑战。在这个时期，肯定就是一种赞扬，何况一句真正的认可呢。

丁沫给秦芳介绍了团队情况，特别是各个主管的情况，现在丁沫的团队还有五名主管，他们每个人下面都有客户经理，团队不到四十人，如果在近期内没有一个让他们留下来的充分理由，可能要不了多久还会有伙伴陆续离职。

第二句话，秦芳问道，现在你认为团队最需要的是什么，需要我在哪些方面协助你，对于工作接下来的开展才是最有意义的？

这是一个非常务实而又真诚的问题，团队目前最需要的是培训，内容主要包括两个方面：产品知识和营销模式。

关于产品知识的培训，秦芳自己对银行保险渠道的产品也不是特别了解，不过，她承诺自己想办法积极解决这个问题。丁沫后来知道，秦芳是借助于自己在德信工作近十年来所积累的"人力资源"——请了兄弟公司银行续期团队的督训以及相关团队主管给滨海分公司的新筹续期团队进行了一次全方位的讲解和培训。

从这件事情可以看出，首先，秦芳在德信人寿集团总、分部的管理层中，口碑好、人缘好，即使没到一呼百应的地步，但有困难的时候愿意帮助她的人很多。这次来做产品培训的分公司人员，完全是因为秦芳个人的交情义务给滨海分公司做的培训，滨海分公司不过是提供了对方往来的差旅费。其次，秦芳是个信守承诺的人。这说明秦芳为人的基本素养是值得称道的，也是值得和她相识的人去敬重的，无论现在是同事还是将来以朋友相待，她都是值得一辈子交往的。

销售模式问题，秦芳自己对个人代理渠道的营销模式非常熟悉，虽然如此，秦芳在知道自己即将接管银保续期业务部的时候，就已经把温子建给续期团队所做培训使用的课件全部学习了一遍，虽不能说过目不忘，但对银行保险特别是续期渠道的工作特点在头脑中有了一定的概念。

而上次温子建给大家培训了银行保险相关的销售模式，结合这段时间在工作中的实践总结，丁沫在心中也形成了自己的想法，经过她们在一起反复讨论、修改、完善，最终拿出一套适合现有团队的营销方案。

秦芳虽然作为部门经理，但实际上却承担了很多督训的职责，比如她非常擅长培训工作，特别是营销推广活动的培训，每次给大家讲解都让伙伴们受益匪浅，对大家相应的技能的提高也非常有帮助。包括营销活动的策划、组织、实施、反馈等一个完整的营销活动的循环。

这也是秦芳和胡胭玉在工作作风上最大的区别，秦芳讲究的是指导、帮助、提高、鼓励，胡胭玉擅长的是批评、指责、粗暴干预，却从来不传授正确的方法和做法，而对于不服从者给予严酷的打击报复，所以才逐渐失去了人心。

人和人是如此的相似，却又是多么的不同。

结合目前续期团队以年轻人居多，并且还有许多人是销售经验不足的人，这套方案以会谈和约谈两种销售模式为主，以面谈销售为辅。面谈销售的模式要求熟练掌握产品以及对客户需求的理解和把握，自然是团队主管采取这种形式的居多。

而在会谈和约谈中又以约谈为主，因为约谈兼有会谈和面谈的优点，既能够让没有销售经验的客户经理从中学习与客户沟通的技巧和方法，同时，由于会谈模式参会的人数往往具有一定的规模，从而能够利用"羊群效应"原理实现销售突破。

关于会谈的方式，丁沫一改以往保险行业的习惯做法，比如以在酒店或者在平时办公的职场，举办名为"某某答谢会"的方式，这种在名义上答谢客户的活动，却难掩诱导客户再次购买之实。因其"名不正，则言不顺"，其结果必然是"事不成"。故这种所谓的会议营销效果是不会好的，对于保险公司来说不过是人力、物力、精力等社会资源的浪费而已，因为有投入却没有产出。

而对于客户来讲，更是巨大的浪费，客户往往是放弃休息甚至牺牲了工作时间来参加会议，第一次参加这种会议的可能还抱着希望，以为可以通过这种会议学到一些有关保险的知识，或者得到保险公司的某些服务，但是，听过一次之后，就明白了，这是变着法儿地让我再次购买产品啊！当然了，如果客户确实有保险需求也有相应的经济能力，那是最好不过，但是，这样的情况毕竟不到百分之一。因为有购买需求又有经济能力的人，不会等到你召开以推销为目的的会议时才掏腰包，可能早就通过其他渠道购买了，也就是说能在会场上实现的销售只是巧合，或者是做秀。

对于业务团队来说，经过几次这种没有回报的会场营销，团队的信心和士气会受到一定打击，虽然敬业是对待工作的基本要求，但是，如果常常付出时间和精力乃至财力去做没有回报的事情，无异于是对组织成员敬业态度的一种摧残，其后果可能会让一个刚踏入社会不久的年轻人，对敬业这一态度是否正确以及是否要持之以恒地实行产生疑虑，甚至会放弃。

特别是会议推销搞得多了，在社会上就会形成一种心理暗示，大家都知道这是保险公司想让我们再买产品的借口，所以很多退休的老年人相对来说喜欢参加这种会议，反正在家待着也是待着，还怪闷的，权当出来散心了，不花钱还能白领礼物，因为一般如这样的推销会议都会有价格不高的一些小礼品赠送给来宾，以鼓励和感谢来到会场参会的行为。如此，这样的会议可能实现保险公司或业务团队既定的目标吗？

8

丁沫的做法是：走出去、做服务、卖产品。走进社区，走进居民小区，一方面宣传保险的作用和功能，真正实现为群众服务，普及保险常识，面对面地了解客户的实际需求；另一方面，由于深入群众之中，主动展示保险人平时工作的标准形象，也能让更多的人了解保险从业人员的素质和工作作风，有利于改变多年来保险从业者给大众留下的不良印象，而这些印象的形成多半是道听途说甚至以讹传讹形成的，丁沫希望通过这种崭新的工作方式以正视听。

而且丁沫深信，在服务的过程中，实现产品销售是自然而然的事，这个过程就如同一个活着的人，每天在任何时刻都是该干嘛干嘛，从来不会刻意思考，我得停下手里的事情吸口气儿，一个健康的人呼吸空气是自然而然发生的，从来不需要刻意去做，保险营销也是同理，服务做到位了，销售就能够自然而然地发生或产生，这就是营销的本质。

丁沫的立足点是把这项工作看作一个销售渠道或者工作模式，而不是搞一两个月的突击就结束了，自己的团队会一直坚持做下去。

所以，丁沫对这项工作或营销模式的开展非常重视，希望在不断总结、不断提高的基础上形成团队的营销文化，因而有目标、有计划、有监督、有总结地实施活动，这四个特点或要求逐渐被团队主管戏称为"四有新人"活动。

有目标。主要是指本次进驻的小区，其居住人群特点是什么，根据其特点拟订本次活动的目标，包括保险服务主要讲解哪些内容，与此相关的保险产品的资料要携带哪些，活动过程中谁做主讲、谁做服务、谁负责场地安排等等都要提前做出安排、计划。在活动实施的过程中，以及本次活动结束后还有一个监督的环节，即针对本次活动未完成的工作进行继续跟踪，比如有意向的客户以及其他服务性质的工作结果追踪等等。最后一个步骤是每次活动结束后要有一个总结，正面的经验和反面的教训都要总结出来，以便下次的活动或后人的工作在前人基础上或更臻完美，或免于重蹈覆辙。

对于这些相应环节的安排和管理，丁沫团队是采取一套相应的文件来配合完成的。这些文件根据每次活动编写或填写完成后，统一归入团队的文件云盘，以供大家日常查阅、学习和使用。

只有如此严密周到地管理和实施，这项活动才会取信于民，才会形成团队品牌，才会让民众对保险人刮目相看。

根据丁沫制订的这种新的营销模式，每次进驻小区前，根据本次活动的目标，具体实施小组在成员编排上可能会打乱正常的编制：张伟的客户经理或许会被安排到安娜小组的活动中。根据活动需要，主管也可能要支援到其他业务团队中，比如安娜作为主管也可能临时参与到代月莹他们本次进驻小区的活动中。

比如，今天代月莹团队安排一个业务小组进驻 A 居民小区，要根据 A 小区居民的特点安排相应的工作内容：保险的作用和意义要从哪些角度和案例去讲，是否给有保单的家庭提供保单分析服务，对于保险除了可以转移风险外可以发挥的其他金融作用以及实现的其他法律功能要做哪些讲解，等等，总之根据要做的事情来安排相应的人员。

在具体实施这项活动的过程中，她们发现有很多客户并不知道保险的特殊功能和用途，这让丁沫感觉不可思议。如果不知道保险的这些功能，那就说明以实现这些功能为目标的服务，客户根本没有体验到，就如同一个拿着智能手机的人，而只会用来打电话、发短信而已。所以，丁沫着重在这些方面给团队做了培训和辅导，然后由每个业务活动小组在工作中给客户进行讲解。

9

通过产品知识的培训、营销模式的打造、服务品质的提高等一系列工作环节的改善和加强，续期团队的精神面貌和业务能力有了本质的变化，在业绩提升方面自然而然实现了飞跃和突破，并且这种提高保持在稳定的持续状态中，充分说明团队的经营宗旨是正确的，同时也证明了团队文化真正落到了实处。这一点，让丁沫感到由衷的踏实和欣慰，因为她知道这才是维持和促进团队持续发展的动力和动因。

伴随着良好的业绩，团队成员的个人收入也随之提高，大家对于自己的未来、团队的未来甚至行业的未来充满希望并且坚信不疑，对于践行把职业作为事业来经营的理想更加坚定。同时，团队士气的提高，又自然而然吸引了更多的优秀人才加盟这个团队，让丁沫特别高兴的是，原来离开团队的主管东方禾又回到了团队之中，陆军旗自己没能回来，但是推荐了一位好朋友加入这个团队。

在团队成立第二年的年度工作总结大会上，丁沫率领的团队在团队总业绩和人均业绩两项指标中均入围前十名，而在此之前，滨海分公司银保续期业务的各项指标在全国近四十个兄弟单位中的排名全部都在最后徘徊。

在这个欢乐的时刻，本应该和大家举杯同庆的时候，一件事出乎意外地涌上丁沫的心头——丁沫突然记起自己离开民生的事情，竟然一直未曾告诉自己最要好的朋友，同时，也是自己投身保险行业对自己支持最大的人。决定离开民生的时候是思想有顾虑不敢开口，后来想通了，给其他人发了消息，却对自己最难面对的人一拖再拖，以至事情接踵而至最后彻底忘记了。也许潜意识中明明知道应该在想通以后立即告诉朋友,而不是在新工作开始之后,于是,这个时刻一旦错过,就永远成为了历史。

有些事情一旦错过了,就永远错过了,一如两个人擦肩而过之后,也许此生再也不会见面,擦肩的那一刻就成了诀别。应该做的没有做,也是"做"错了,而做错的事情,分明就是一块疤,总是躺在那里,每当你看到它,内心的自责似乎利刃一般戳向自己的神经,因为你知道做错的事、伤害的人都无法挽回,正如时光无法倒回一样。时间如一潭泥沼,慢慢把真相和内心仅存的那一点勇气拖入其中,而对好友的负罪感却仿佛一块巨石压在丁沫的心上。

每当心念及此,无论多么值得高兴的事情,丁沫也顿时没了兴致。

更加让丁沫感到不安的是,这件事情还让她怀疑自己是否是一个能够真正做到自省的人,内心是否对自己足够真诚。这件事情足以证明自己距离先贤所要求的"修身"还差得很远,正如三千年前屈原的诗句"路漫漫其修远兮,吾将上下而求索",道出了丁沫的心声。

人,总是习惯于看到别人的问题,而忽略自己的不足,即便贤如夫子的高足子贡者,也难免犯这样的毛病,"子贡方人。子曰:'赐也贤乎哉?夫我则不暇。'"

难道自己一辈子都要这么过下去吗,任凭那块石头压心头,让自己对它无可奈何,就这么束手待毙吗?如果一直不把这层纸揭开,自己将永远无法面对好友。而后果更为严重的是,表面看仿佛仅仅是失去一位好友,可是实际上失去的是信任,既包括他人对自己的信任,也包括自己对自己的信任。而对于一个人来说,"人而无信,不知其可也。大车无輗,小车无軏,其何以行之哉?"可见,信,乃为人之本。

于是,丁沫鼓足勇气,立即拨通好友的电话,虽然有些吞吞吐吐,但还是把自己工作单位的变化,以及新工作的情况介绍了一番。可能是比较突然,也可能是朋友心里不高兴,总之,好友的反应比较平淡，氛围虽然平静，但在这平静的背后，丁沫感到的是朋友的不悦。以好友温和的个性而言，即便非常生气也很少会动雷霆之怒，至少丁沫还从来没有见过她发脾气。但这种平静已充分说明了她是很在意这件事情的——认为丁沫辜负了自己的信任和重托。这个结果，也是丁沫预料到的。

如果一直瞒着朋友，可能还会维持和好友之间表面的友谊和亲密，但是，这不是丁沫要的率真的友情。虽然好友的表现明显拉开两人的距离，但丁沫内心的那块巨石终于不见了，能够直面自己，这是丁沫对自己的要求和希望，而最终自己还是做到了。至于好友那里，丁沫现在只能寄希望于时间，希望时间能够慢慢治疗自己对好友的伤害，同时，她也希望通过自己未来的行动得到好友的宽恕。

10

丁沫后来总结秦芳之所以能够带领这支银行续期团队取得超越其前任的辉煌成绩，究其原因二人最大的区别就在于：明道守理。

客观来讲，秦芳的个人工作能力比胡胭玉或许要差一些，但秦芳一个最大的优势却是胡胭玉所缺乏的，即明天道守天理。什么是天道，什么是天理？站在宇宙这一高度来解释，就是自然界普遍存在的自然规律，万事万物皆须遵循的真理；站在人类生存发展的角度来理解就是为人要遵守的道、德、仁、义、礼。只要作为人还生活在这个世界，就应该遵守，而且是自觉遵守，不能违背。故秦芳能有一个圆满的结果，这是必然的。

丁沫在学习了民族优秀的传统文化之后，以自己还非常浅显的理解和心得来经营和管理团队，实践是检验真理的唯一标准，华夏民族之所以至今仍然能够巍巍然耸立于世界，并日益成为被世界瞩目的国家，已然说明中华民族优秀传统文化的力量和伟大，让丁沫感到由衷的喜悦。因此，丁沫有足够的信心带领团队实现团队愿景。

丁沫的团队犹如一股清风，一股温暖的春风吹入保险业界，引发了认识、不认识丁沫的人的好奇心，丁沫对此却并未在意，因为成绩永远属于过去，而对于未来，丁沫有着清晰的认识和打算。

中国的保险行业已经进入"偿二代"这一保险行业的新纪元，这对于保险行业来说既是挑战也是机遇。所谓保险"偿二代"，其主要目的是控制风险和转变保险行业形象，这个主旨乍听起来仿佛只是保险公司单方面的事情，与处于行业基层的业务人员没有关系，或者没有直接关系，其实不然。

简单地说，风险是绝对的、也是永恒的，不仅对于保险公司，也包括这个行业的基层团队。如果说保险公司的风险在于系统风险以及经营风险的管理和控制，当然系统风险对于保险公司个体来说是无法控制的；那么，对于业务团队或个人来说，需要面对的风险就是职业风险。

目前，基层业务人员或团队应对职业风险的措施，主要依靠业务人员的技能，技能要全面而不能单一，要立体而不能平面。可是，说到底，技能再全面也是相对的，何况没有人能够掌握某一行业的全部技能，因为你在了解这个技能时，新技能也在不断涌现，而且，技能从本质上来讲，究竟只是"术"、一种实现目的的手段，只有"修身"才是根本。

这就和改变保险行业形象最终对应起来了，形象不是做秀做出来的，而是要从修身开始，"欲修其身，先正其心；欲正其心，先诚其意。"故所谓修身，即通过让自己的每个意识、心念真诚而最终达到涵养品德之目的。"礼乐皆得，谓之有德。德者，得也"，"故大德必得其位，必得其禄，必得其名，必得其寿"。

所以真正做到了修身，首先是对自己有益有利，这个利益当然不是一己之私利，更非不择手段攫取而得，是因其有德自然而来，所谓"利者，义之和也"。

俗话说"商场如战场"，那么，商业的成功，亦要符合中国文化合于兵道的精神，即先辈所尊崇的军事哲学思想"武之七德"，因"孔德之容，唯道是从"，是以"大道之行也，天下为公"。

漫步在满是鹅卵石的沙滩,海风吹拂着面颊,不禁让人眯起了眼睛。丁沫从小就喜欢被风吹拂的感觉,仿佛自己正御风而行。向远处眺望,此刻,正值夕阳西下。每次看到那巨大的火球缓缓沉入海之彼岸,丁沫心中总会升起无限的感动。太阳给了地球温暖和光明,育养万物成长、生息,可是观之朝阳没有我生万物的骄狂,反而有谦和含蓄的泰然;夕阳亦无日薄崦嵫的苍凉,反而有威泽四海的壮美。

后　记

在我决定自己要写点东西的那一刻开始，到真正下笔开始写，以及在"写"的过程中，一个问题一直在我的心头萦绕：我为什么要写它？

我一直认为自己是成熟较晚的人，在三十五岁之前，懵懵懂懂，不知道自己作为一个人来到这个陌生的星球是为了什么，但肯定不是每天就这样上班、下班，做一些所谓能发挥自己才干的工作。

内心总有那么一个声音或者念想，时不时冒出来探一探头却又立即缩回去，像和我捉迷藏一般。可是，我自觉没有捉迷藏的那份闲心。故而，始终也没有窥破天机。

也不知道是什么时候，突然发觉有一个意识深藏心中：每一个来到世间的人，都有着一个目的，都不是随随便便地来和去的，总要带给这个世界一些什么，留下自己曾经来过的痕迹，即便下一次再回来的时候可能多半已不认得这是曾经的"自己"留下的。这是人之所以成为万物之灵的责任和意义。

我想我（今生的我）是一个生性容易快乐而又极其简单的人，内心时而就会冒出来不可思议的冲动：锄强扶弱，济世助人，伸张正义，世界大同，我希望这个世界上每一个人都生活得安宁而自在。

但是，在红尘走上几圈之后，现实环境让我变得有些敏感、自卑，为了不让别人发现，也不让亲人担心，我曾用自信来包装自卑和困惑，把自己封闭起来，以求得安全。这种故作的自信一度让自己表现得自负和傲慢，但自己却丝毫没有察觉，现在想来，当真是很可怕、又可怜的事情。

时间进入了2016年，终日忙碌奔波的"我"似乎终于意识到了自己已人到中年，时不我待啊！

化险为夷 HUA XIAN WEI YI

  我不是一个作家,或者自己过去的学习和工作经历决定了自己不能成为大众心目中标准的作家,所以,我能开始执笔写下这些,在很多人看来很有一些不自量力,其实这也是我内心的痛点,甚至羞于向周围的朋友承认自己正在写作。就是怕别人想,"你到底想做什么?写作,并不是你的专业啊?!"

  是的,我的专业,到底是什么,为什么人一定要有一个专业?这似乎又回到了问题的原点,我存在的意义是什么?这是自己前半生一直在探索的问题。现在,自认已经找到答案,并且要用下半生诠释这个答案。

  再次重申,这些文字并不是在刻意地批评哪一个人,又或者是在炫耀谁的成功,实际上本书中几乎所有人物的身上都有我自己的影子。希望这些文字能够在某些方面对看到这本书的人有所启发,则吾愿足矣。

  即便如此,如果字里行间仍不慎伤害到了某人,在此,谨致上我诚挚的歉意。

  时至21世纪的今天,在这个科技发达的时代,我们动辄做事情要讲科学、思维要符合逻辑,我们自认为这种态度就是科学家、学者、专家等这个星球智商最高的人所应具备的正确态度以及行为规范。可是,我们真正懂得天地之间亘古不变的"逻辑"吗?

  "无论我们人类发明了多少办法以让事物变得更简单易行、功能更强大、可测度、可称量,因无法让一切尽在掌握而带来的愤怒永远不会消失或减少。事实上,我们在物质上越富有,我们的不安全感和不确定性就越强烈而明显。"这段文字来自于宗萨蒋扬钦哲仁波切。这里本想写一段自己的话,但是,思来想去,自己的想法早已被上师清晰地表达出来,自己再怎么组织语言也不会比上师的思想和境界更高明、更睿智,于是干脆直接引用吧,我想这并不丢人,内心因而充满欢喜自在。

  子曰:"道之不行也,我知之矣:知者过之,愚者不及也。道之不明也,我知之矣:贤者过之,不肖者不及也。人莫不饮食也,鲜能知味也。"

  然,或有"书不尽言,言不尽意",不亦乐哉?

沐桐
2016年10月20日